DAS HERZ DES RANCHERS

DIE STONES AUS HEART FALLS #1

VIVIAN AREND

1

Oktober, Silver Stone Ranch

Caleb Stone lief wie der Teufel.

Normalerweise war er keiner, der sich sonderlich schnell bewegte, und auf gar keinen Fall hielt er Joggen für etwas, das man als normaler Mensch zur Unterhaltung tat, aber in diesem Augenblick ging es beim Laufen ums nackte Überleben. Caleb senkte das Kinn, bewegte die Arme auf und ab und stieß sich mit den Füßen vom Boden ab, sprintete im vollen Lauf auf die nächstbeste Absperrung zu.

Aus eineinhalb Metern Abstand hechtete er los und stieß die Hände vor, um sie durch den metallenen Zaun zu schieben.

Er ging hart zu Boden, sein Körper krachte außerhalb der Umfriedung in Staub und Schlamm.

Der wütende Bulle, der ihm auf den Fersen war, kam ruckartig, nur wenige Zentimeter vom Zaun entfernt, zum Stillstand, schnaubte eine letzte Warnung. Das Monster warf einen funkelnden Blick zwischen den Zaunabschnitten durch, als würde es Caleb herausfordern, sein Revier erneut zu betreten.

Schau dir mal den neuen Bullen an, ja? Caleb konnte die Bitte seines Bruders Luke hören. Schön. Die Bestie war angeschaut, und es schien, als wäre sie heftigst verstimmt und nicht allzu erfreut über ihre neuen Besitzer.

„Das war ein ziemlich beeindruckender Flug."

Caleb rollte sich herum, um in den Himmel zu starren, achtete nicht auf die Schmerzen in seinem Körper. Wenn er lange genug da lag, würde sein nerviger kleiner Bruder vielleicht etwas Besseres finden, um sich zu beschäftigen.

Leider war Vernunft nicht gerade ausgeprägt unter seinen fünf jüngeren Geschwistern. Genauso wenig wie das Konzept, einem Mann Gnade zu gewähren, wenn er am Boden lag.

Dunkelbraune Augen in einer vertrauten, doch jüngeren Version seines eigenen Gesichts starrten zurück, als Dustin sich über ihn beugte, sein erheitertes Grinsen viel zu breit, wenn man bedachte, dass der Junge erst neunzehn war, ganze sechzehn Jahre jünger als Caleb.

Caleb hob eine Augenbraue, ließ absichtlich so wenige Gefühle wie möglich durchblicken. Als ob er mit voller Absicht hier auf dem Allerwertesten liegen würde. „Brauchst du was?"

Dustin schüttelte den Kopf, bevor er es sich anders überlegte und nickte. „Luke sucht nach dir. Er ist in der großen Scheune."

Caleb erhob sich und biss die Zähne zusammen, damit er nicht stöhnte, als ein scharfer Schmerz durch seine Rippen schoss. Nichts war gebrochen – *dieses* Gefühl war ihm ebenfalls vertraut. Diesmal hatte er sich nur geprellt und zerschlagen, aber auf gar keinen Fall würde er den jungen Wilden, mit denen er arbeitete, einen Hauch Befriedigung zugestehen, indem er sie wissen ließ, wie sehr es ihn allmählich schmerzte, wenn er hinfiel.

Er war nicht alt. Fünfunddreißig war nicht alt, verdammt noch mal.

„Ich bin gleich da." Er schaute auf die Uhr, dann beäugte er Dustin. „Wie kommt's, dass du nicht arbeitest?"

Dustin grinste. „Ich arbeite. Luke hat mich für den restlichen Nachmittag losgeschickt, um die Zäune zu überprüfen. Du warst nur auf meinem Weg zurück dorthin, wo ich das Quad stehen gelassen habe."

Sein kleiner Bruder – der Junge war so groß wie Caleb, hatte aber noch ein paar Jahre, um kräftiger zu werden – richtete sich den Hut, während er davontrabte, wobei er vor sich hin pfiff. Mit langsamer Gangart, aber zumindest in die richtige Richtung.

Caleb holte sich seinen eigenen Hut, ehe er sich in die entgegengesetzte Richtung aufmachte, hob die Zügel von dort auf, wo er sein Pferd am Boden angebunden hatte. Er schwang ein Bein über den Rücken der Stute und wandte sich der Scheune zu.

Dustin war kein schlechter Junge. Trotz all der Sorgen, weil Caleb seine Geschwister hatte großziehen müssen, nachdem seine Eltern unerwartet bei einem Autounfall ums Leben gekommen waren, hatten sie sich alle ziemlich prächtig entwickelt. Ein wenig sorgloser, als es Caleb lieb gewesen wäre. Wie Walker, Bruder Nummer 3, der derzeit beim Rodeo war und seinen törichten Hals aufs Spiel setzte.

Obwohl sie auch alle töricht waren. Eine Ranch zu betreiben war ein Schuss ins Blaue – der Erfolg war den Launen des Wetters und dem stets veränderlichen Preis des Viehs unterworfen. Letztlich gab es keine Garantien.

Garantiert waren nur Arbeit und Rechnungen.

Luke gesellte sich zu ihm, als er die Scheune betrat, und sein viel zu aufmerksamer Bruder musterte ihn von oben bis unten, ehe er grinste. „Was hältst du vom neuen Bullen?"

Caleb hielt seinen Gesichtsausdruck neutral. „Macht einen ganz ordentlichen Eindruck."

Luke nickte. „Ich dachte, er bewegt sich vielleicht ein wenig steif. Vorne ein bisschen lahm."

Nicht, dass es Caleb aufgefallen wäre, aber es war durchaus schwierig, die Gangart eines Tieres zu beurteilen, während man vor dem gefährlichen Ende mit den Hörnern ums Leben lief, anstatt es aus sicherem Abstand zu bewundern.

„Behalt es im Auge", befahl er. „Was ist los?"

Lukes lockeres Lächeln verflog. „Ich habe unseren Futterbestand noch mal überprüft, und je nachdem, wie hart unser Winter wird, wird es womöglich eng. Wir haben dieses Jahr mehr Vieh, und wegen der Überschwemmungen im vorletzten Frühling haben wir ziemlich viel Land verloren."

Caleb ließ sich von seinem Bruder auflisten, was sie an Futter hatten, aber er konnte sich nicht an genügend Einzelheiten aus dem letzten Jahr erinnern, um frei heraus eine eindeutige Antwort zu geben. „Die Aufzeichnungen sind im Büro. Ich sehe sie mir an, aber derzeit gibt es nicht viel, was wir tun können, außer auf das Beste zu hoffen."

Luke nickte. „Ich dachte nur, ich sollte es mal erwähnen."

Die beiden gingen in geselligem Schweigen durch die große Scheune. Die vertrauten Pfosten und Balken, die als Kinder ihr Spielplatz gewesen waren, waren inzwischen die Basis, die ihren Lebensunterhalt als Erwachsene bestritt.

„Die neue Nanny kommt heute an, oder?"

Das Thema, bei dem Caleb sehr angestrengt versucht hatte, sich davon nicht in Besitz nehmen zu lassen – der Aufruhr im Haushalt, der kurz bevorstand. Obwohl er unfassbar glücklich darüber war, dass es jemanden geben würde, der sich um Sasha und Emma kümmerte, war Caleb verdammt sicher, dass das die schlimmste tolle Idee war, in die er jemals eingewilligt hatte.

Diese Mädchen waren sein Sonnenlicht und sein Leben. Inzwischen waren sie neun und sieben, und es war vier Jahre her, dass er und seine Mutter die Scheidung hinter sich gebracht hatten. Sasha hatte den Wandel mit stoischer Resignation ertragen, doch Emma war stiller geworden als vorher. Sie war noch nie eine Plaudertasche gewesen, aber inzwischen sagte sie kaum noch etwas, und niemals zu Fremden.

Trotzdem wussten sie beide, dass er sie liebte – dafür sorgte er jeden einzelnen Tag. Die Beschäftigung einer Vollzeit-Nanny sollte die restlichen Lücken schließen und helfen, alles in ihrer Welt in die richtigen Bahnen zu lenken.

Das machte die bevorstehende Verlegenheit erträglich, denn Tamara ...

Ja, das würde unangenehm werden.

„Sie sagte, sie würde bis heute Abend hier sein."

Luke nickte. „Du freust dich bestimmt darauf, wieder eine Frau hier zu haben."

Caleb hielt den Mund, während er zum nächstbesten Pferd ging und sich bückte, um seine Hufeisen zu überprüfen, damit er seinem Bruder nicht ins Gesicht schauen musste. Tamara Coleman, die Nanny, die bald ankommen würde, war auf jeden Fall eine Frau, auf die man sich freuen konnte. Dreist, aber feminin, genau, wie es ihm gefiel. Weiche Kurven und ein scharfer Verstand, üppig und ... er rückte unbequem umher.

Passte das nicht wie die Faust aufs Auge? Die erste Frau, die ihn verlockte, seit seine Frau gegangen war, und es musste ausgerechnet diejenige sein, von der er am allermeisten die Hände lassen musste.

Er hielt sich an die Fakten. „Es wird gut sein, sie hier zu haben. Die Mädchen brauchen einen weiblichen Einfluss in ihrem Leben. Gott weiß, dass ich nicht derjenige bin, der ihnen das bietet."

Luke schnaubte, bewegte sich aber nicht, sondern wartete, dass Caleb den Huf wieder abstellte und wie ein Narr dastand.

In dem Augenblick, in dem sie sich in die Augen schauten, schüttelte Luke einen Finger in seine Richtung. „Du bist ja vielleicht kein weiblicher Einfluss, was immer zum Teufel das heißen soll, aber diese Mädchen lieben dich. Du bist ein verdammt guter Daddy, also putz dich jetzt bloß nicht runter. Es ist nicht deine Schuld, dass du sowohl Mom als auch Dad sein musstest."

„Ich weiß zu schätzen, dass du dich hier für mich starkmachst, aber in Wahrheit hat doch ein Kerl nur begrenzte Möglichkeiten, wenn er ein Mädchen aufzieht. Und jetzt, da Ginny und Dare weg sind ..."

Seine Schwester und Ziehschwester hatten mehr getan, als sie jemals hätten tun müssen, seit seine Frau gegangen war, aber sie waren beide schon früher in diesem Herbst ausgezogen. Eine zum Reisen, die andere, um sich selbst ein Heim aufzubauen.

„Du tust das Richtige." Erheiterung tanzte in Lukes Augen. „Ich sage ja nur, dass deine Mädchen nicht die Einzigen sind, die gerade jetzt einen weiblichen Einfluss zu schätzen wüssten."

Lukes Anmerkung ging ihm bis aufs Mark. Das erste Treffen von Caleb und Tamara war kurz gewesen, aber erinnerungswürdig. Zum Großteil, weil er die Nächte nach ihrer Begegnung gefangen in lustvollen Träumen verbracht hatte. Lange, dunkelbraune Haare, blitzende Augen, Kurven, die kein Ende nahmen. Kurven, die ihn in Tagträume trieben, die davon handelten, wie er sie so hinreichend studierte, dass er mit geschlossenen Augen hätte darüberstreichen können.

Würde sich Caleb gerade jetzt einen weiblichen Einfluss wünschen?

Ach, Scheiße.

Caleb ignorierte die Antwort, die er nicht geben würde. „Hier geht's nicht darum, eine Frau als etwas anderes als eine Nanny im Haus zu haben. Mach das jedem klar, der was anderes behauptet." Obwohl er sich da selbst etwas vormachte, wenn er so tat, als ob der Gedanke, Tamara im Haus zu haben, seine Libido nicht in Fahrt brachte. „Ich will nicht, dass sie verschreckt wird, ehe wir dem Ganzen eine Chance gegeben haben."

„Du wirst sie nicht verstecken – du bist solide und vorhersehbar." Luke klopfte ihm auf die Schulter. „Ich werde dafür sorgen, dass ich es den Arbeitern noch mal sage, und ich bin vergeben, darum wirst du bloß Walker warnen müssen, wenn er nach Hause kommt. Oh, und Dusty."

„Sie ist fast dreißig", sagte Caleb träge. „Glaubst du wirklich, sie wäre an Dustin interessiert?"

„Er mag ja jung sein, aber er ist ein Stone." Luke wackelte mit den Augenbrauen. „Die Ladys mögen uns."

Caleb widerstand dem Drang, die Augen zu verdrehen. „Du erzählst so viel Müll."

Luke grinste nur fester.

Ein rascher Blick auf die Uhr stachelte Caleb zu neuen Taten an. „Ich muss los, um fertig zu werden, bevor die Mädchen von der Schule nach Hause kommen."

Sein Bruder dachte darüber nach. „Weißt du was? Ich mache eine Pause und gehe zum Bus. Ich habe die Mädchen ein paar Tage lang nicht gesehen. Nächste Woche bin ich weg. Lass mich das erledigen. Sobald du mit der Arbeit fertig bist, nimm dir ein wenig Freizeit, ehe du deine neue Mitarbeiterin einweisen musst."

Neue Mitarbeiterin. *Mein Gott.*

Caleb war nicht sicher, ob es ein Segen oder ein Fluch war, aber er nickte. „Im Kochtopf sind Nudeln mit Soße, also musst du nichts ..."

Luke wedelte mit der Hand. „Ich krieg das hin", sagte er locker. „Ginny und Dare sind nicht die Einzigen, die Zeit damit verbracht haben, sich um deine Kinder zu kümmern."

Ein spitzer Pfeil, vergiftet mit Schuld, schoss direkt durch Caleb hindurch, die Widerhaken auf dem Schaft gruben sich tief ein.

Luke hatte wohl gesehen, wie er das Gesicht verzog. „Hey, das war keine Beschwerde. Ich verbringe verdammt gern Zeit als Onkel Luke. Aber du solltest gehen, bevor ich es mir anders überlege und dich im Gegenzug meine Pflichten erledigen lasse."

Caleb schlug ihm dankbar auf die Schulter.

In der nächsten Stunde erledigte er ein paar Aufgaben in der Scheune, bevor er seine Freizeit nutzte. Er ließ seine Stute den Weg suchen, während sie irgendwohin streiften, seine Gedanken trieben dahin, bis ihm klar wurde, dass sie zu einer seiner Lieblingsstellen auf der ganzen Silver Stone Ranch unterwegs war.

Offensichtlich ging es seinem Pferd genauso, während es zu dem Teich hinabschlenderte, der im Zentrum von Heart Falls lag.

Das Land in diesem kleinen Bereich war über eine Straße ab vom öffentlichen Highway zugänglich, und es war der Gemeinschaft überschrieben worden. Die Familie hatte eine Bank hoch oben über dem Wasser aufgestellt, damit die Leute sich hinsetzen und die Aussicht genießen konnten. In warmen Sommernächten nutzten Teenager den Weg, um zu den Steinen zu kommen, damit sie in das kühle Nass hineinspringen konnten, und hin und wieder baten sie um die Erlaubnis, den Fluss hinabpaddeln zu dürfen, der dort entsprang und durch Silver Stone führte.

Caleb saß auf Laceys Rücken und starrte über das Wasser hinaus, sah zu, wie das Licht auf der Oberfläche glitzerte wie

Sonnenstrahlen auf morgendlichem Tau. Er holte tief Luft, und das Geräusch der Wasserfälle wogte durch ihn hindurch und beruhigte die Anspannung, die sich aufgebaut hatte.

Als Vorsteher der Silver Stone Ranch musste er die richtigen Entscheidungen treffen. Falls er es vermasselte, könnten sie alles verlieren, und in diesem Augenblick, gerade jetzt und hier war es, als ob das Land selbst sagte: *Alles wird gut.*

Bei Gott, er hoffte, dass das stimmte.

Er schloss die Augen und holte ein weiteres Mal tief Luft, sog sie in sich hinein. Spürte, wie sich Ruhe in seiner Seele niederließ, und es fühlte sich gut an. Bis es das nicht mehr tat.

Ein unwillkommenes Gefühl stahl sich in ihn hinein. Er glitt von seinem Pferd, ließ die Zügel fallen, damit es grasen konnte, während er mit sich rang.

Wie hatte Luke ihn beschrieben? Solide und vorhersehbar? *Pah.* Das war nur verklausuliert für alt und langweilig. Als ob der einzige Grund, weshalb eine Frau gerne herkommen und in seinem Haus wohnen würde, darin lag, dass er *ungefährlich* war.

Was nicht nur schlecht war. Der Teufel sollte ihn holen, wenn er sich wünschte, dass Tamara oder sonst wer sich vor ihm fürchtete, aber …

Er stellte fest, dass er den unteren Rand seines Hemdes packte, es sich über den Kopf zog, während er die Stiefel von sich stieß und sich entkleidete. Ein breites Grinsen machte sich auf seinen Wangen breit. Das Wasser würde eiskalt sein. Es war womöglich die letzte Woche im Jahr, bevor es richtig zu schneien begann, aber zum Teufel mit der Logik.

Nicht bekannt für seine impulsiven Regungen? Das sollte man doch mal sehen.

Er trat an den Rand der Felsen und starrte hinab in die blauen Tiefen.

Ich wette, Tamara wäre mutig genug, um zu springen.

Die geistige Verlockung ließ eine weitere Woge der Lust durch ihn hindurchgehen, zusammen mit dem der Vorstellung seiner baldigen Nanny, die aber völlig tabu war, in nackt …

Himmel, jetzt brauchte er das Eiswasser, um das Feuer in seinen Adern abzukühlen.

Wenn man bedachte, dass Voyeurismus keine von Tamaras Vorlieben war, war sie schon öfter über Nackte gestolpert als die durchschnittliche Frau. Selbst jetzt, während sie dasaß und eigentlich mit ihrem eigenen Kram beschäftigt war, musste sie zugeben, dass die Überraschungsshow sich als ziemlich spektakulär erwies.

Die Schatten der hochaufragenden Kiefern im Westen veranstalteten ein Versteckspiel mit seinem Gesicht, und man sah ihn zum Großteil im Profil, aber während der Mann noch voll in der Sonne gewesen war, war sie so weit entfernt gewesen, dass sie die Einzelheiten seiner Gesichtszüge nicht erkannt hätte. Sie hatte keine Ahnung, wer er war, was bedeutete, dass sie nicht wusste, ob sie sich schuldig dafür fühlen sollte, ihn zu begaffen.

Er könnte verheiratet sein, oder der Pastor der Heart Falls Gemeindekirche, der den Zugang zur Natur suchte – wenn *das* allerdings der örtliche Mann der Kirche war, dann würde sie gleich eine religiöse Erfahrung machen.

Nichtwissen war von Vorteil, wenn man neu in der Stadt war.

Es war auch ein Fallstrick, denn sie würde im Lauf der nächsten Tage mit allen möglichen Neuerungen zurechtkommen müssen, und das noch über Wochen hinweg. Zum Großteil freute sie sich darauf. Nach neunundzwanzig

Jahren an einem Ort sagte ihr die Vorstellung eines Neuanfangs zu. Sie würde ihre Familie vermissen, den Großteil zumindest, aber eine Veränderung war nötig gewesen.

Der mysteriöse Mann war inzwischen von der Taille aufwärts nackt, sein Gesicht in Schatten verborgen. Feste Muskeln spannten sich am Bizeps und der Brust an, während er die Jeans und den Rest zu Boden schob. Sie wünschte sich, ihr Beobachtungsplatz auf dem Wanderweg wäre etwas näher an dem Teich, denn obwohl der Anblick herrlich war, war es zu weit weg, um Einzelheiten zu bieten, die über Allgemeines hinausgingen. Schmale Hüften, starke Oberschenkel. Kein Gramm Fett.

Sie schob ihre Brille die Nase hinauf und seufzte glücklich.

Ja, dieser Neuanfang würde richtig gut funktionieren, wenn man die Dinge in Heart Falls so anpackte.

Der Star ihrer Show trat an den Rand der Felsen und blieb lange genug stehen, sodass Tamara einen letzten, köstlichen geistigen Schnappschuss anfertigen konnte. Nur zur Wertschätzung der menschlichen Gestalt, verstand sich, wie es jeder mit einem medizinischen Hintergrund getan hätte ...

Während der Mann sich lautlos ins Wasser stürzte, trat ein bitterer Geschmack auf ihre Zunge. Sie gehörte nicht mehr zum medizinischen Personal.

Gefeuert. Ohne Job, und was noch schlimmer war, ihre Zulassung als Pflegefachkraft war zurückgezogen worden. Eine gut gemeinte, doch leicht illegale Entscheidung vor ein paar Jahren, und alles war vorbei. Illegal, nicht unmoralisch, rief sie sich in Erinnerung. Selbst im Wissen der Folgen würde sie es sofort wieder so machen.

Sie beobachtete, wie ihr derzeitiger Gute-Laune-Macher starke Schwimmzüge im Teich vornahm, unterwegs zum Wasserfall, während sie darüber nachdachte, was ihr wirklich diesen Schlamassel beschert hatte. Ihr impulsives Wesen, ja.

Dass sie sich zu sehr für die Angelegenheiten anderer interessierte. Sie hielt sich nicht für eine Wichtigtuerin, und sie meinte es immer gut.

Nur wenn aus *gut gemeint* schlecht gemacht wurde, wurden alle sauer. Unterm Strich musste sie ihre Angewohnheit ändern. Und dieser Zeitpunkt war so gut wie jeder andere, wenn man bedachte, dass Heart Falls ein echter Neuanfang war.

Tamara lehnte sich an den Felsen hinter ihr, die Hände auf den Knien. Von dem Aussichtspunkt hatte ihr die Verlobte ihres Cousins erzählt, Dare, die früher in der Gegend gewohnt hatte. Die gleiche Freundin, die ihr den Job verschafft hatte, den sie gleich antreten würde.

Ihre Reise nach Heart Falls war schneller über die Bühne gegangen, als sie erwartet hatte, und es war zu früh, um auf der Ranch aufzutauchen. Nach allem, was ihre Freundin ihr über den Aussichtspunkt erzählt hatte, klang es nach dem perfekten Ort, um ein letztes Mal innezuhalten und *einen klaren Kopf zu bekommen.*

Ich werde mich ändern, schwor sie. Ganz gleich, wie verführt sie in der Zukunft sein würde, impulsiv zu handeln, musste sie ...

Unten im Teich hatte es der Schwimmer länger ausgehalten, als Tamara erwartet hatte. Mit Unterkühlung war nicht zu spaßen, und das Wasser war bestimmt bitterkalt.

Er war unterwegs zu den Steinen, und sie stieß erleichtert Luft aus, als er eine Hand auf einen Felsvorsprung legte und sich hochzog.

Das Seufzen wurde zu einem Keuchen, und sie schoss hoch, als der Mann zurückfiel und unter der Wasseroberfläche verschwand. Ein paar Sekunden lang zögerte sie, ehe sie den Pfad weiter hinabging, ein Auge auf dem Weg vor ihr, und das andere auf der Wasseroberfläche.

Er tauchte nicht wieder auf.

Bis sie unten am Pfad ankam, sprintete Tamara richtiggehend, lief um den ganzen Teich herum zu den Felsen, von denen er ursprünglich hineingesprungen war. Sie starrte in das Wasser, konnte aber nichts sehen.

Flüche hallten durch ihren Kopf, während Panik sich breitmachen wollte.

Dort. Oh mein Gott, *dort* – der verschwommene Umriss eines Armes.

Tamara rief laut um Hilfe, während sie aus ihren Turnschuhen stieg. Sie ließ ihre Brille darauf fallen und holte tief Luft, ging zum Rand der Felsen.

Kein Zögern. Sie warf sich hinein.

Eiskaltes Wasser drückte ihr die Brust wie ein Schraubstock zusammen. Ihr Gesicht wurde taub, die bloße Haut prickelte, als würde sie von einer Million winziger Fische mit messerscharfen Zähnen angeknabbert. Panik wogte hoch.

Hatte sie sich Sorgen wegen Unterkühlung gemacht? Das konnte man vergessen – jemand würde Jahre später ihre Leichen aus dem Eis holen wie gut erhaltene Wollmammuts.

Sie schaute sich rasch um, dankbar, dass sie dicht genug an ihrem Ziel gelandet war, um ihn zu sehen. Sie bekam eines seiner Glieder in der Nähe zu fassen, schlang die Finger um einen massiven Unterschenkel, wollte ihn bereits in Sicherheit ziehen.

Der Fuß entzog sich ihrem Griff und schnellte direkt auf sie zu, traf sie am Bauch und der Hüfte, so hart, dass die ganze Luft, die sie angehalten hatte, in einem plötzlichen Zischen aus ihr entwich. Einen Augenblick später bildeten sich Sterne vor ihren Augen.

Ihr einziges Ziel war es, so schnell wie möglich zur Oberfläche zu kommen, doch ihre Arme wollten sich nicht bewegen. Das Einzige, was sie davon abhielt, eine Lunge voll

Wasser einzuatmen, war, dass es ihr so sehr den Atem verschlagen hatte, dass *nichts* zu funktionieren schien.

Die Sterne verblassten von leuchtend weißen Punkten zu tiefschwarzen Löchern, ehe sie das letzte bisschen ihrer Kraft heraufbeschwor und panisch mit den Füßen zur schimmernden Oberfläche des Wassers hinaufruderte.

Ihr Kopf stieß durch die Oberfläche. Sie schnappte durch den Schmerz nach Luft. Keuchende Geräusche hallten in ihren Ohren, noch während andere Geräusche deutlicher wurden. Noch jemand hustete und prustete.

Tamara drehte sich nach rechts, um festzustellen, dass es ihr Vermisster an die Oberfläche geschafft hatte. Gott sei es gedankt. Sie war dankbar *und* vorsichtig. Ein Fremder in Panik neben ihr im Wasser? Nichts, womit sie sich befassen wollte, wenn sie selbst kaum Luft bekam.

Sie legte sich zurück und trieb dahin, behielt die verschwommene, dunkelhaarige Gestalt achtsam im Auge. Er war weit genug weg, dass sie ihn abwehren konnte, wenn er zu ihr kam und versuchte, sie nach unten zu ziehen.

Es tat weh, tief genug Luft zu holen, um zu sprechen. „Alles in Ordnung?", zwang sie zitternd hervor.

Eine Reihe gemurmelter Flüche mischte sich in das Spucken und Prusten, das zu ihr herübertrieb.

Also gut.

Vielleicht war er verlegen, dass man ihn hatte retten müssen, aber es war zu kalt, um in dem Teich zu bleiben und sich mit diesem Idioten zu beschäftigen. Sie machte sich zu dem Ufer auf, an dem man einfach aus dem Wasser laufen konnte, anstatt zu klettern. Auf keinen Fall würde sie sich ohne ihre Brille an dieser Felswand versuchen.

„Was zum Teufel hast du getan?" Seine Frage kam aus ein paar Metern Entfernung, während sie sich stolpernd aufrichtete. Das Wasser ging ihr bis zur Taille.

Tamara drehte sich um, um ihn anzusehen, die Hände stemmte sie in die Hüften. „Ihnen den Hintern retten? Übrigens, gern geschehen."

„Du rettest mir den Hintern, indem du mich unter Wasser ziehst, wenn ich es nicht erwarte?" Er kam einen Schritt näher, seine Stimme wurde weicher.

Verflixt. Tamara zog sich weiter ans Ufer zurück. „Sie sind doch so unterkühlt, dass Sie schon Wahnvorstellungen haben. Sie sind reingefallen und nicht wieder aufgetaucht. Sie waren in den Felsen verfangen, und ich hab Sie rausgezogen."

Sie wurde langsamer, blinzelte auf den Boden, um einem möglichst ebenen Pfad zu folgen, damit sie nicht stolperte. Verdammt, warum hat sie keine Kontaktlinsen getragen anstatt der Brille?

Der griesgrämige Bastard gab keine Antwort, ging einfach an ihr vorbei. Das war nicht so unterhaltsam, wie es vielleicht hätte sein können, denn so kurzsichtig, wie sie war, war sein nackter Hintern, sobald er mal ein paar Schritte vor ihr war, nicht mehr als ein spektakulärer verschwommener Fleck.

Bis sie es nach oben auf die Felsen geschafft hatte, hatte er seine Jeans an und stieß seine Füße in die Stiefel. Sie hatten immer noch nicht mehr als ein Dutzend wütender Worte gewechselt.

Gut. Sie würde ihre Brille aufsetzen und einen guten Blick auf den Typen werfen, damit sie wusste, welchem undankbaren Arschloch sie in Zukunft aus dem Weg gehen sollte.

„Deine Schuhe stehen hier drüben", grollte er, trat an den Rand der Felsen ...

„Vorsicht. Meine ..."

Sie konnte nicht sehen, wie es passierte, aber mit ihren Ohren war alles in Ordnung. Brechendes Glas hatte ein eindeutiges Geräusch.

Er fluchte wieder. „Warum zum Teufel hast du deine Brille auf den Boden gelegt?"

Das brachte das Fass zum Überlaufen. Tamara sah rot.

All ihre Vorsätze, ihr Temperament im Zaum zu halten, und alle tollen Pläne, hier in Heart Falls einen blitzsauberen Neuanfang zu machen, zerstoben unter dem Gewicht ihrer spontanen Wut.

„Sagen Sie je für irgendwas Danke? Außerdem, denken Sie je daran, dass es *nicht* die Schuld eines anderen ist, wenn Dinge schiefgehen?" Während sie redete, trat sie auf ihn zu, der Groll schob die Kälte beiseite. Sie schnappte sich die verdrehten Reste ihrer Brille aus seiner Hand und machte einen letzten Schritt, damit sie so nahe war, dass sie ihm ins Gesicht schauen konnte, als sie ihre abschließende Anmerkung von sich gab „Vielleicht ist es *Ihre*."

Seine dunklen Augen brannten, während er zurückstarrte, sein kantiges Kinn war wie in Stein gemeißelt. Ein Rinnsal aus Wasser lief aus seinen Haaren seine Wange hinab, fing sich in den groben Stoppeln auf seinem Kinn. Gerade Nase, viel zu sinnliche Lippen für einen Mann. Es war ein vertrautes Gesicht, und eines, dem sie in Zukunft auf keinen Fall aus dem Weg gehen konnte.

Denn *er* war es. Caleb Stone höchstselbst.

Auch bekannt als ihr neuer Boss.

Verfluchte Scheiße.

2

Es schien, dass manche Dinge – etwa viel zu impulsive Handlungen, und sich einzumischen – sich niemals ändern würden.

Trotzdem glaubte sie nicht, dass sie im Unrecht war, aber es lohnte sich nicht, einen Kampf auszutragen, den sie nicht gewinnen konnte. Sie brauchte diesen Job, und wenn es bedeutete, dass sie sich einschleimen musste, würde sie ihren Stolz schlucken und es tun.

Tamara stieß barsch Luft aus und machte sich bereit, sich ein Organ herauszuschneiden.

„Ich bin nicht ertrunken."

Seine Worte waren sehr viel weicher, als sie erwartet hatte, und gingen in eine völlig andere Richtung als der „mach dir nicht die Mühe, deine Taschen auszupacken, denn ich würde dir meine Kinder nicht anvertrauen, und wenn du die letzte Frau auf Erden wärst"-Tadel, den sie erwartet hätte.

Sie stand in geschockter Stille da.

„Am Fuß dieser Felsen gibt es eine Höhle", sagte er, seine Stimme immer noch grollend, aber nicht mehr barsch wie

Rollsplit. „Manchmal bildet sich da eine Luftblase, und das habe ich mir angesehen. Ich hatte den Kopf die ganze Zeit über Wasser und habe die ganze Zeit geatmet. Tut mir leid, dass ich dich erschreckt habe."

Huch.

„Okay." Sie schlang die Finger um die Überreste ihrer zerbrochenen Brille und bemühte sich, nicht von einem Zittern entzweigerissen zu werden. Diese körperliche Erinnerung verschaffte ihr die notwendige Ablenkung, die Unterhaltung zu soliden, bewältigbaren Themen zurückzuführen. „Du musst dich anziehen und aufwärmen. Es ist viel zu kalt, um halb nackt hier herumzulaufen."

„Stimmt. Wir gehen besser beide so schnell wie möglich nach Hause." Er erwischte sie am Handgelenk und nahm ihr die zerbrochene Brille aus den Fingern. „Aber ich glaube nicht, dass du ohne die fahren kannst. Oder?"

Tamara schüttelte den Kopf. „Ich habe Ersatz im Gepäck, also keine Sor..."

„Du gehst den Weg nicht blind rauf." Caleb verschränkte die Arme vor der Brust.

„Ich komme schon klar", beharrte Tamara.

Er knurrte, dann drehte er sich um und ging so schnell weg, dass Tamara abermals nur ein verschwommener Fleck blieb. Sie sah sich um, bis sie ihre Turnschuhe fand, leise Flüche entwischten ihr, während sie sich abwechselnd die Zehen anstieß und auf Felsen mit scharfen Kanten trat.

Sobald ihre Füße geschützt waren, senkte Tamara den Kopf, um sich einen Weg zu suchen, so gut sie konnte, aber jeden dritten Schritt rutschte ein weiterer Stein weg, drohte ihr einen verstauchten Knöchel oder schlimmeres zu bescheren.

Plötzlich war er wieder da, massive Beine bildeten eine Wand vor ihr.

„Vielleicht ist an der Sache mit der Unterkühlung was

dran." Er hatte sein Hemd angezogen. „Zum Glück kann meine Fahrgelegenheit noch jemanden mitnehmen, und ihr ist egal, ob du sie sehen kannst oder nicht. Komm, ich helfe dir."

Sie erwartete, dass er ihr die Hand gab, während sie hinübergingen, wo sein Pferd angebunden war.

Caleb hatte andere Vorstellungen. Ein Keuchen entwich ihr, als er sie mit einem festen Griff hochnahm.

„Ich kann gehen", beharrte sie, noch während ihre Arme instinktiv hochkamen, um sich um seinen Hals zu legen.

„Zu langsam. Es ist kalt."

Was sie wirksam zum Schweigen brachte. Sie verbrachte die nächsten fünf Minuten an einen zunehmend warmen Oberkörper geschmiegt. Hitze breitete sich zwischen ihnen aus, während sie versuchte, einen Winkel zu finden, bei dem sie ihm nicht direkt ins Gesicht schaute.

Es war auf gewisse Art besser, als er sie in den Sattel hob und in einer geschmeidigen Bewegung hinter ihr aufstieg, denn sie konnte ihn nicht sehen.

Aber sie konnte ihn spüren. Felsenfeste Oberschenkel und den ganzen Rest, während ihr Körper direkt an seinem lag. Es war unmöglich zu ignorieren, wie sehr man tatsächlich in Kontakt kam, wenn man zu zweit ritt.

Er schlang einen Arm um ihre Taille, hielt die Zügel selbstbewusst in einer Hand. Die Landschaft zog vorbei, nicht mehr als verschwommene Massen aus Grüntönen. Sie kniff die Augen zusammen und versuchte, Orientierungspunkte zu erkennen, aber es war nur eine Ansammlung ranchförmiger verschwommener Gegenstände.

Seine Finger lagen auf ihrem Bauch, sein Körper bewegte sich in einem lockeren Rhythmus, während sein Pferd sie weitertrug.

Da es nicht viel zu sehen gab, musste sie entweder schweigen oder sich etwas einfallen lassen, über das man sprechen konnte. Ein paar Augenblicke lang schaffte sie es, den Mund geschlossen zu halten. Nur dass die Stille es ihr zu leicht machte, sich auf das Reiben ihrer Körper zu konzentrieren. Sie waren beide nass, aber sie hätten trotzdem direkt aus der Sauna kommen können, so viel Hitze erzeugten sie zwischen sich. Die Gangart des Pferdes schuf einen verführerischen Rhythmus, bei dem sie jeden Augenblick ihrer monatelangen Keuschheit spürte.

Tamara wollte die Sitzposition ändern, damit zwischen ihnen etwas Luft war, aber dabei rieb sie nur mit ihrer Hüfte an seiner, und ein tiefes Grollen kam von ihm.

Sie erstarrte.

Das schien er recht häufig zu machen. Dieses Grollen. Sie wollte nicht zu sehr darüber nachdenken, was das in ihrem Inneren anrichtete.

Sie hatte den Mund geöffnet, um irgendeine bekloppte Frage zu stellen, als er ihr zuvorkam. „Dein Auto und Anhänger. Sind sie am Aussichtspunkt?"

„Der Truck ist oben auf dem Hügel. Der Anhänger beim Wäge-Terminal."

„Meine Schwester hat dir von den Wasserfällen erzählt, oder?"

Endlich etwas Ablenkendes. Tamara verschränkte die Finger über dem Sattelknauf und hielt sich fest, als ginge es um ihr Leben, versuchte noch einmal, ihre Körper zumindest ein winziges Bisschen auseinanderzubringen. „Dare hat mir erzählt, sie wären hübsch, und ich dachte, ich hätte Zeit, sie mir anzusehen, bevor ich zu dir weiterfahre. Gibt es einen Grund, weshalb sie Heart Falls heißen? Oder sind sie einfach nach der Stadt benannt?"

Caleb zögerte, bevor er antwortete. „Wenn man auf den Felsen steht, wo ich deine Brille zerbrochen habe, ist der

Wasserfall die Mitte, und die Lagune weitet sich aus zu den zwei Rundungen eines Herzens."

Tamara widerstand dem Drang, eine Anmerkung über die anatomische Fehlannahme zu machen, wenn man irgendetwas herzförmig nannte. Diese Art Humor kam normalerweise bei Nicht-Medizinern nur schlecht an. „Klingt sehr viel romantischer als das, was die meisten in der alten Zeit als Namen für einen Versammlungsort ausgesucht hätten."

Das Pferd brach zur Seite aus, und Caleb nahm die Zügel fester, drückte ein wenig zu heftig auf die Stelle, wo er sie getreten hatte.

Ein keuchender Schmerz entwich ihr, ehe sie etwas dagegen tun konnte.

„Was ist los?", wollte er wissen.

„Nichts, nur ein blauer Fleck."

Da sagte er nichts mehr, was ihr auch recht war, und sie nutzte die Gelegenheit, um das Thema zu wechseln. „Da ich schon früher hier bin, macht es mir nichts aus, gleich loszulegen."

„Ich glaube nicht, dass du viel tun wirst, bis wir dir eine Brille suchen", erklärte er. „Wir holen deinen Truck. Den Pferde-Anhänger kann ich auch mitbringen, wenn ich schon dabei bin, falls du das willst."

„Das würdest du tun? Mir ist es nicht recht, Stormy länger als nötig zurückzulassen." Schuldgefühle trafen Tamara schwer. „Ich wollte dir keine zusätzliche Arbeit machen."

„Ist keine große Sache. Ich bin derjenige, der deine Brille zerbrochen hat."

Sie seufzte. „Ich bin diejenige, die versucht hat, dich zu retten, wo du doch gar nicht gerettet werden musstest. Das gleicht sich aus, fürchte ich."

Ein unerwartetes leises Lachen kam von ihm. „Oh? Du springst die ganze Zeit in Schwimmteiche rein?"

„Schon eher springe ich zu voreiligen Annahmen, und ja, das mache ich durchaus oft." Sie erwähnte nicht, dass sie sich geschworen hatte, sich zu ändern, denn ihre Tigerstreifen waren noch deutlich sichtbar. „Es tut mir leid, dass ich dir deine gemütliche Entspannung verdorben habe."

„Du hast es gut gemeint", erwiderte er leichtfertig.

Was es schlimmer machte, denn das war *genau* das, was sie ändern musste.

Er redete weiter, seine Stimme strich über sie hinweg, während sie sich viel zu geschmeidig wiegten. „Wir bringen dich nach Hause, und dann zeige ich dir dein Zimmer. Dort gibt's eine Dusche, und du kannst dich aufwärmen. Noch bevor du fertig bist, bin ich mit deinem Zeug wieder da. Die Mädchen können dich beim Abendessen kennenlernen, aber ich erwarte nicht, dass du offiziell vor morgen anfängst. Wir machen eines nach dem anderen."

Sie näherten sich der Zivilisation, die weitläufigen Umrisse von Scheunen und Nebengebäuden waren sogar mit ihrer schlechten Sicht erkennbar. „Vielen Dank."

Er grummelte kurz. „Du hast mitbekommen, dass Emma nicht gern redet, oder? Sie ist nicht stumm, nur leise."

„Dare hat es mir erzählt. Damit kann ich umgehen."

„Ich will nicht, dass man sie *in Ordnung bringt* oder so was. Nur, damit das klar ist ..."

Lieber Gott. „Wen zum Teufel hattet ihr denn vorher als Nanny?", wollte Tamara wissen. „Oder hat irgendeiner ihrer Lehrer diesen Schwachsinn von sich gegeben?"

Caleb klang erleichtert und zur gleichen Zeit frustriert, als er antwortete: „Einer der Babysitter hat sie nicht essen lassen, bis sie laut nach allem gefragt hat. Sasha kam raus zur Scheune, um mich zu holen, angefressen wie eine nasse Katze."

Tamara mochte Sasha bereits jetzt. „Gut gemacht. Sie in Ordnung bringen, was?" Sie machte aus dem Wort einen

Fluch. „Keine Sorge. Ich will helfen, und ich foltere Kinder äußerst ungern."

Er gab ein leises Geräusch von sich, das nicht viel aussagte, während es gleichzeitig eine Menge sagte. „Davon bin ich auch nicht ausgegangen. Meine Schwester hält eine Menge von dir, und das wiegt schwer bei mir. Aber die Mädchen haben in den letzten paar Monaten viel zu viele Veränderungen erlebt. Ich erwarte nicht, dass sie anfangs begeistert sind, dass du da bist. Geben wir ihnen Zeit. Hoffentlich funktioniert es."

Er lehnte sich zurück. Das Pferd reagierte sofort und blieb stehen.

Tamara schwang ihr Bein herüber und wollte abspringen.

Irgendwie stieg Caleb zuerst ab, seine starken Hände legten sich um ihre Taille, während er sie aus dem Sattel hob und sie auf den Boden stellte, als wäre sie ein Kind.

Sie war sich nicht sicher, weshalb seine nebensächliche Berührung so eine Enttäuschung war. Dass er dieser Verlegenheit, die sich zwischen ihnen aufgebaut hatte, keine Beachtung schenkte, war genau, was sie brauchte. Sie fing hier eine Stelle an, und das letzte, was sie wollte, war, dass er sie wie eine mögliche Partnerin behandelte.

Er nahm sie an der Hand, um sie weiterzuführen. „Drei Stufen hinauf bis zum Treppenabsatz, dann kommt die Tür."

„So blind bin ich nicht", sagte sie, aber sie zog ihre Hand nicht zurück, denn so gut sah sie auch wieder nicht, und das letzte, was sie wollte, war ein Sturz, bevor sie es auch nur durch die Tür geschafft hatte.

Tamara erwähnte mit keinem Wort die Tatsache, dass sie beide immer noch nass waren – es war sein Haus, und wenn es ihm nichts ausmachte, dass sie den ganzen Boden volltropfte, war es für sie auch in Ordnung.

Sie würde sauber machen, sobald sie heraus hatte, wo der Wischmopp aufbewahrt wurde.

Caleb führte sie durch einen Gang – gelbe Wände, die das helle Licht zurückwarfen, das durch die Fenster hereinströmte – und öffnete die letzte Tür. „Das ist deins. Die Tür zum Bad ist rechts, und du hast ziemlich viel Platz im Schrank. Die Mädchen sind in den beiden Zimmern links von uns. Den Rest des Hauses zeige ich dir später." Er ging rückwärts, diese dunklen Augen bewegten sich aus ihrem Sichtfeld. „Alles weitere lasse ich dich selbst rausfinden."

Er war weg, und ehe sie noch ein Wort herausbrachte, suchte sie sich einen Weg durch verschwommene Wände und Möbel bis in das geräumig große Bad.

Die Dusche fühlte sich toll an. Tamara stand direkt unter dem Wasserstrahl, den sie so heiß aufdrehte, wie sie konnte, solange sie es aushielt.

Das war gut gelaufen …

Gar nicht.

So viel zu ihren guten Absichten. Aber vielleicht war das etwas Besseres – wenn Calebs Erwartungen jetzt ganz unten waren, konnte es nur aufwärtsgehen.

Es dauerte etwas, aber sobald sie fertig war und sich in ein riesiges Handtuch gewickelt hatte, fühlte sich fast schon wieder menschlich. Sie beugte sich dicht an einen Spiegel, wischte das Kondenswasser weg, um sich ihr Gesicht anzuschauen und sich mit den Fingern durch die Haare zu fahren. Bis ihr Zeug ankam, gab es nicht sehr viel mehr, was sie tun konnte.

Sie schob die Tür auf und schaute sich ihr neues Heim an.

Ein dunkelhaariges kleines Mädchen saß auf ihrem Bett.

Tamara glitt hinaus und versuchte, nicht zu unheimlich zu wirken, als sie nahe genug kam, um in das Gesicht des Kindes zu schauen. „Hi."

Keine Antwort.

Okay. Kein Sprechen, was laut Tamaras Quellen bedeutete, dass das Emma sein sollte. Tochter Nummer 2.

„Weißt du, ob dein Daddy schon meinen Truck zum Haus gebracht hat?"

Ihr schiefer Pferdeschwanz schwang hin und her, als sie den Kopf schüttelte. Dann schaute sie Tamara bohrend an, ihre Lippen krümmten sich nach unten, ein gestresster Ausdruck stand in ihren Augen.

Tamara setzte sich gegenüber von Emma hin. „Ist deine Schwester auch da?"

Der Mund des kleinen Mädchens öffnete sich ganz kurz, ehe es nickte.

„Okay, das ist gut. Dein Daddy hat gesagt, dass ich erst morgen anfange, als eure Nanny zu arbeiten, aber ich wollte euch treffen, und da seid ihr ja schon." Sie hielt Emma eine Hand hin. „Ich bin Tamara. Ich freue mich sehr, dich kennenzulernen."

Emma starrte ihre Finger misstrauisch an, ehe sie sie nahm und rasch schüttelte.

„Deine Tante Dare hat mir erzählt, dass du nicht so gerne redest, besonders nicht mit Fremden. Das entscheidest du, aber da ich neu bin, werde ich dich vermutlich öfter mal was fragen müssen. Ich hoffe, selbst wenn dir nicht danach ist, mir mit Worten zu antworten, dass du mir auf andere Weise helfen kannst."

Der Mund des kleinen Mädchens öffnete sich überrascht, ehe sie ihn wieder zuklappte.

Tamara hielt inne.

Hmmm. Etwas war im Busch. Das schien kein kleines Mädchen zu sein, das aus irgendeinem Grund keine wörtliche Rede benutzte. Es war schon eher ein Mädchen, das versuchte, so zu tun, als würde es nicht reden.

Tamara verbarg ihr Lächeln. „Hey, ich glaube, ich höre draußen was." Sie stand auf und spähte aus dem Fenster. „Sieh sich das mal einer an. Sie haben meinen Truck geholt, und da ist mein Pferd. Kann ich dich um einen Gefallen bitten, Sasha? Ich wüsste sehr zu schätzen, wenn du die Taschen holen könntest, die ich auf dem Beifahrersitz stehen gelassen habe."

Sasha saß einen Augenblick lang reglos da, ehe sie wissen wollte: „Woher hast du gewusst, dass ich nicht Emma bin?"

„Ich glaube, wichtiger ist die Frage, warum hast du so getan, als wärst du sie?"

Böse wurden braune Augen zusammengekniffen, bevor Sasha ganz süß und freundlich wurde, während sie ein eisiges Lächeln für Tamara hatte. „Sie ist meine Schwester, und mir gefällt es nicht, wenn Leute fies zu ihr sind."

„Also hast du mal nachgesehen, ob die neue Nanny ein Fiesling ist?"

Sasha nickte.

Tamara neigte zustimmend das Kinn. „Gut gemacht."

Sasha warf ihr einen unbestimmbaren Gesichtsausdruck zu.

„Wir können später mehr darüber reden, aber du musst für mich diese Taschen holen. Ich kann nicht nur mit einem Handtuch bekleidet da raus gehen. Das ist so eine Mädchensache, oder? Das verstehst du doch."

Sasha stellte die Füße auf den Boden. Sie marschierte weiter, öffnete die Tür, ohne noch ein Wort zu sagen, und glitt hinaus, während sie Tamara die ganze Zeit genau im Auge behielt.

O ja, das würde interessant werden.

3

Bis Caleb zurück war, nachdem er Tamaras Truck geholt hatte, war ihm kalt bis auf die Knochen.

Seltsamerweise machte es ihm nichts aus. Die nasse Jeans, die an seinen Oberschenkeln klebte, hatte ausgereicht, um den Bildern etwas entgegenzusetzen, die er unter Kontrolle halten musste. Der Ritt zurück zur Ranch mit Tamara in seinen Armen war eine einzigartige Form der Hölle gewesen. Weshalb hatte er überhaupt auf seine Schwester Dare gehört und dieses gefährliche Wesen eingestellt?

Genau. Weil die Mädchen eine Frau um sich brauchten.

Aus irgendeinem Grund hing Dustin im Hof herum anstatt in der Schlafbaracke, in die er nach seinem Schulabschluss letzten Juni gezogen war. Caleb zog seine Aufmerksamkeit auf sich, warf ihm die Schlüssel zu Tamaras Truck zu. „Parke den Anhänger neben der Scheune, dann bring ihr Pferd rein, machst du das?"

Dustin betrachtete erheitert Calebs nasse Kleidung, traf aber dieses eine Mal die richtige Entscheidung und stellte keine Fragen.

Caleb schnappte sich die paar Taschen auf Tamaras Beifahrersitz und trug sie ins Haus, wo er im Gang in Sasha hineinlief.

„Ich kann die zur Nanny bringen, Daddy", bot sie nett an.

„Vielen Dank, mein Schatz."

Sie zog die Nase kraus, als er sich hinabbeugte, um ihr einen Kuss zu geben, dann floh er in sein Bad.

Er drehte den Hahn auf, und heißes Wasser strömte sofort heraus. Tamara war bestimmt mit ihrer Dusche fertig ...

Und verdammt sollte er sein, wenn diese verbotenen Bilder nicht wieder zurückfluteten. Es war schon schlimm genug gewesen, dass sie sich auf dem ganzen Ritt nach Hause an ihm gerieben hatte. Es musste nicht noch Gedanken an nackte Haut unter heißem, dampfenden Wasser dazu geben. Alles in allem war es jedoch schwer, sie aufzuhalten.

Nachdem seine Frau gegangen war, hatte Caleb die Liebe mehr oder weniger aufgegeben. Er brauchte aus romantischen Gründen keine Frau in seinem Leben. Luke konnte ein Träumer sein, und Dustin konnte jede junge Frau in der Stadt und den nächsten drei Bezirken bezirzen und für sich gewinnen, wenn er wollte. Walker konnte seinen Cowboy-Charme einsetzen, während er die Rodeowettbewerbe bestritt.

Letzten Endes wünschte sich Caleb am meisten jemanden, der ihm nachts das Bett wärmte. Unverblümt, aber wahr. Den romantischen Schwachsinn konnte man vergessen, er hätte gern Sex. Es war das Einzige, was er schon sehr lange nicht genossen hatte, und er vermisste es verdammt noch mal.

Aber es gab keinen sicheren Pfad, auf dem man wandeln konnte, wenn die Frau, die zu ihm ins Haus kam, so tabu war, dass er sie als sein persönliches Kryptonit betrachten musste.

Augenblicke später hatte er sich angekleidet und beeilte sich, sich seiner Familie anzuschließen.

Er machte zwei Schritte ins Zimmer, dann blieb er abrupt stehen.

Luke saß mit Emma neben sich an der Kücheninsel. Wie üblich traf der Anblick seiner jüngsten Tochter Caleb mit der Härte eines Tritts in die Magengrube. Eine winzige Ausgabe seiner Ex-Frau, nur dass Emma ganz süß und voller Freude war. Im Augenblick auch frustriert – ihre blonden Locken wackelten, während sie sich auf der Stelle wand, das Buch mit Hausaufgaben lag offen vor ihr, während Luke auf etwas auf der Seite deutete.

Emma schaute auf. Ihre blauen Augen leuchteten, und ihr Gesicht hellte sich zu einem Lächeln auf, wie nur sie es hinbekam. Liebe ließ sein Herz schmelzen.

„Hey, Krümel."

Sie gab ihre Aufgabe nur zu gerne auf, glitt von ihrem Hocker und eilte zu ihm, um ihn in die Arme zu schließen.

Er nahm sich einen Augenblick, um es zu genießen, von winzigen Armen fest gedrückt zu werden, bevor er ihr einen Kuss auf die Stirn gab. Er richtete sich wieder auf, um sich um die zweite unerwartete Person im Raum zu kümmern. „Hübscher Trick, Walker. Zuletzt haben wir gehört, du wärst meilenweit weg. Hast du dir über Nacht Flügel wachsen lassen?"

Walker trat hinter der seitlichen Anrichte hervor, wo er einen Salat gemacht hatte, die Hände ausgestreckt, um die von Caleb zu nehmen. „Bin in meinen Truck gestiegen, als die letzte Show rum war, und die Karrte hat mich einfach nach Hause gefahren."

Er schüttelte Caleb die Hand, das Lächeln auf seinem kantigen Gesicht war nicht ganz so breit wie das von Luke. Ein Schatten lag in seinen dunklen Augen, an den Caleb sich nicht von früher erinnerte, aber bevor er weitere Fragen stellen konnte, wandte Walker sich wieder seiner Aufgabe zu und sagte über die Schulter: „Luke meint, er hat kein Problem damit, dass ich mich in den nächsten paar Monaten hier durchfresse, darum schätze ich, hier ist so gut wie jeder andere Ort, um meinen Hut an den Nagel zu hängen."

„Ist für mich in Ordnung. Du kannst dich so weit durchfressen, wie Luke dich lässt", sagte Caleb daraufhin gleichmütig.

Sie wussten beide, dass das *gar nicht* bedeutete. Luke mochte ja der witzige Bruder sein, aber er verlangte immer noch, dass jeder seine Arbeit erledigte.

Caleb warf einen Blick auf den Tisch, dann zurück zu seiner Tochter, die Grimassen in Richtung ihrer Hausaufgaben schnitt. „Emma, ich wollte dich bitten, dass du einen zusätzlichen Teller für die neue Nanny hinstellt – sie wird sich beim Abendessen zu uns gesellen, aber es sieht so aus, als hättest du bereits einen Teller mehr aufgestellt, als wir brauchen."

Sie schob ihre Hausaufgaben weg, hielt die Finger hoch und zählte, ohne die Namen laut zu nennen. Es war eindeutig, dass sie Leute auflistete, und Caleb machte stillschweigend mit.

Emma, Sasha, er. Luke, Walker, Tamara ... Und noch jemand.

Ahh. „Dustin wird heute Abend hier sein, stimmt's?"

Emma nickte übertrieben, ihr Kinn neigte sich ganz nach oben und unten, Freude malte ihr wieder ein Lächeln aufs Gesicht.

Natürlich würde sich Dustin ihnen anschließen, denn wenn es etwas gab, das die jüngeren Stone-Jungs noch lieber mochten, als ihren größten Bruder zu quälen, dann war es, ihre Neugier zu befriedigen.

Kein Wunder, dass der Junge sich so nahe am Haus

herumgedrückt hatte. „Ich schicke ihm eine Rechnung, wenn er so weitermacht."

Luke strich Emma durch die Locken, während er sich erhob, und begab sich zum Tresen, um den riesigen Topf Nudeln abzugießen, der auf dem Herd gekocht hatte. „Es ist toll, dass er immer noch gerne Sachen mit uns unternimmt. Das muss man doch schätzen – manche Jungs in seinem Alter können es gar nicht erwarten, so weit wie möglich von zu Hause wegzukommen. Dass er nur in die Schlafbaracke gezogen ist, weil er erwachsener sein wollte, ist etwas Gutes."

„In der Baracke bekommt man auch was zu essen. Wenn er ganz allein wohnen würde, müsste er zumindest manchmal auch für sich kochen." Trotzdem lächelte Caleb, als er sich ihnen an der Insel anschloss und einen Arm um Emmas Schultern legte. „Du verwöhnst deinen Onkel Dustin gern, oder nicht, meine Kleine?"

Emma lehnte sich an ihn, ihre Haare kitzelten ihn an der Nase, während sie zwei Finger hochhielt, ihre Miene wurde traurig.

Er drückte sie, weil er wusste, dass sie auf keinen Fall in diesem übervollen Zimmer sprechen würde. Zum Glück konnte er herausfinden, worauf sie sich bezog. „Ich weiß, dass wir jetzt zwei weniger sind. Mir fehlen die Mädchen auch. Aber Tante Dare wird uns besuchen kommen, wenn sie kann, und sie wird deinen neuen Cousin Joey mitbringen. Und nächstes Wochenende haben wir vor, mit Tante Ginny zu skypen. Das macht bestimmt Spaß, oder?"

Emma nickte, ehe sie tief seufzte und ein weiteres Wort auf das Blatt mit ihren Hausaufgaben schrieb.

Es war nicht Mathe, was sein kleines Mädchen in den Wahnsinn trieb, es war Sprache. Sie mussten ihr die Wörter aus der Nase kitzeln, ob es nun ihre Finger oder ihr Mund waren, die reden sollten.

Tochter Nummer 1 lief in das Zimmer wie ein Wirbelwind. Ohne auf sonst jemanden zu achten, stieg Sasha auf Emmas Hocker und kam mit den Lippen direkt an das Ohr ihrer Schwester, um rasch zu reden, leise genug, dass sonst niemand es hören konnte.

„Hallo auch, Sasha", sagte Walker mit einem leisen Lachen.

Sie winkte ihm zu, ohne sich bei ihrer Geheimnisübermittlung unterbrechen zu lassen. Je länger sie murmelte, desto größer wurden Emmas Augen.

Wieder erklangen Schritte, und Caleb machte sich bereit, bevor er sich umdrehte, nur um festzustellen, dass Dustin ins Zimmer marschiert kam. „Das ging schnell."

Dustin warf einen Schlüssel in die Luft und fing ihn mit einer Hand auf, grinste breit, während er sich im Zimmer zwischen seinen Brüdern umschaute. „Sie hat einen hübschen Truck."

Und genau das meinte er auch.

Caleb trat sich innerlich, weil er jede verdammte Anmerkung über Tamara in etwas Sexuelles ummünzte. „Hast du ihr Pferd schon reingebracht?"

„Ja." Im nächsten Augenblick verlagerte Dustin unbehaglich sein Gewicht, wirkte genauso betreten wie die Mädchen, wenn Caleb sie beim Lügen erwischte. „Okay, *ich* habe es nicht reingebracht. Ashton war da, und er sagte, ihm würde es nichts ausmachen, darum habe ich ihren Anhänger geparkt und den Truck zum Haus gefahren. Ich wollte nicht zu spät zum Abendessen kommen."

Luke schob sich an Caleb vorbei, um einen riesigen Pott Spaghetti auf den Tisch zu stellen, dabei sprach er leise. „Weil er sich die Nanny ansehen will. Habe ich doch gesagt."

Himmel Herrgott, war das nicht genau das, was Caleb brauchte.

Er entschied sich, sich auf die Tatsache zu konzentrieren, dass Dustin sich *irgendwie* nützlich gemacht hatte. „Du sollst doch keine Aufgaben an unseren Vorarbeiter delegieren, aber danke, dass du den Anhänger geparkt hast."

„Kein Problem." Dustin stieß Walker freundlich mit der Schulter an, um ihn zu begrüßen, bevor er sich auf einen Stuhl niederließ und sich zurücklehnte, um ihn auf zwei Stuhlbeinen zu balancieren, während er allen anderen in der Küche beim Arbeiten zusah.

Walker beugte sich an ihm vorbei, um einen Korb mit Knoblauchbrot auf den Tisch zu stellen, und Dustin fischte sich ein Stück heraus.

Die Mädchen verließen die Kücheninsel und begaben sich zu ihren Plätzen. Dustin verfiel darauf, sie zu necken, seine Worte waren jedoch unverständlich, weil er mit dem Brot im Mund sprach, das er verputzte.

„Ich bin auch neugierig", gab Walker zu, der leise genug in Calebs Ohr sprach, damit die Mädchen nicht mithören konnten. „Auf die Nanny. Es schockt mich richtig, festzustellen, dass du eine Frau im Haus unterbringst."

Seine Miene war schwer zu deuten, irgendwo zwischen besorgt und neckend.

„Benimm dich", warnte Caleb. Das letzte, was er brauchte, war, dass die Mädchen dachten, an dieser Nannysache wäre noch etwas anderes, nicht nur jemand, der kam, um auf einer strikt im Anstellungsverhältnis befindlichen Basis zu helfen.

Ein Quietschen kam von Emma, als Dustin sie kitzelte. Sasha gab es ihm zurück, und obwohl sie nur spielten, wurde es lauter, als man im Haus hätte sein sollen. „Mädchen. Dustin – muss ich euch daran erinnern, dass ihr eure Innenraum-Stimmen benutzt?"

Dustin schob sich ein riesiges Stück Brot in den Mund,

bevor er antwortete, offensichtlich amüsiert, dass seine Worte genuschelt herauskamen. „Wir haben Manieren."

„Schlimme."

Seine Familie. Ungezähmt und fast schon wild, doch er liebte sie – wenn er sie nicht gerade umbringen wollte.

Tamara kam um die Ecke, als Dustin gerade eine wilde Grimasse schnitt, die Wangen aufgeblasen wie ein Eichhörnchen, das Nüsse für den Winter sammelte.

Es war kindisch, doch Caleb konnte nicht verhindern, dass er das Gefühl hatte, dass an diesem Tag zum ersten Mal etwas zu seinen Gunsten verlief.

Es war nicht schwierig gewesen, die Küche zu finden. Tamara ließ sich von ihren Ohren zu dem Lärm führen, noch während sie den Rücken aufrichtete und sich geistig vorbereitete.

Es spielte keine Rolle, dass sie Jahre damit verbracht hatte, mit Situationen fertig zu werden, in denen es um Leben und Tod gegangen war, und sogar zu verschiedenen Themen Vorträge vor großen Gruppen gehalten hatte, als sie noch im Krankenhaus gearbeitet hatte. Das hier war anders. Sie würde Leute treffen, mit denen sie rund um die Uhr leben würde, und *sie* waren eine Familie. Sie war der Neuankömmling. Sie musste sich anpassen, was bedeutete, dass sie ihr bestes Benehmen an den Tag legen musste.

Wenn ihr einfiel, wie man das machte.

Zwei Schritte weit im Raum blieb sie stehen. Dieser Abschnitt des Hauses war offen gebaut, mit dem Essbereich rechts und der Küche links in einer L-Form entlang zweier Wände. Eine große Insel war ganz praktisch vor dem Kochbereich platziert, unter ihren Rand waren eine Reihe hoher Hocker geschoben.

Das alles fiel ihr sofort auf, eine Art Hintergrundrauschen des hauptsächlichen Geschehens, als sich alle Gesichter in ihre Richtung wandten. Sie ignorierte die männlichen Körper und konzentrierte sich auf die zwei kleinen Mädchen, die nebeneinander am Tisch saßen und sie reglos beäugten.

Sashas Gesichtsausdruck war verhalten, während sie sich beschützend zu einem lockigen blonden Engel von einem Mädchen beugte, das wohl ihre Schwester war. Emma wirkte verwirrt und besorgt, ihre Zähne pressten sich in ihre Unterlippe, während sie darauf kaute, ihre klaren blauen Augen musterten Tamara eingehend.

Etwas in Tamara glitt mit einem plötzlichen Klicken an seinen Platz. *Das* war der Grund, weshalb sie hier war – für diese Mädchen. Und obwohl sie niemals zugeben würde, wie sehr es sie ängstigte, dass sie ihre Komfortzone verlassen hatte und ein bisschen wie ein Fisch auf dem Trockenen war, es würde sehr viel einfacher werden, wenn sie ihren Job in die richtige Perspektive rückte.

Sich um Leute zu kümmern, die sich nicht selbst verteidigen konnten, war genau das Richtige für Tamara. Sie konnte dafür sorgen, dass diese Kinder sicher und glücklich waren.

Und aus diesem Grund warf sie, nachdem sie ihnen ein Lächeln geschenkt hatte, einen sehr viel zuversichtlicheren Blick auf die vier Männer im Raum. „Ich hoffe, dieser köstliche Geruch bedeutet, dass ich jemanden überzeugen kann, mir was zu essen zu geben.“

Der Teenager, der neben den Mädchen saß, stellte seinen Stuhl so schnell gerade hin, dass er beinahe umfiel. Ein jüngeres Spiegelbild von Caleb, das auf einem riesigen Bissen Essen kaute. Seine Wangen wurden rot, während er eine Hand hob, um sie sich über den Mund zu legen.

Tamara hatte Mitleid mit ihm und schaute in die andere Richtung.

Sie begegnete Calebs Blick gerade noch rechtzeitig, um zu sehen, wie er sich ein leichtes Grinsen vom Gesicht wischte. Seine ausgeglichene, stoische Miene kehrte zurück, und seine Erheiterung verschwand, als hätte es sie nie gegeben.

Er neigte höflich das Kinn.

Bevor er etwas sagen konnte, trat ein weiterer Mann mit wildem, leicht rötlichem Haar vor, die Hand zum Gruß ausgestreckt. „Was zu essen *und* zu trinken, man stelle sich das vor. Hi, ich bin Luke. Schön, dich kennenzulernen."

Sein Lächeln war rundum freundlich, ein schalkhaftes Glitzern stand in seinen braunen Augen, während sie ihm fest die Hand schüttelte. „Schön, dich kennenzulernen. Tamara Coleman."

Luke wies mit dem Daumen über die Schulter auf den größten aus der Schar, der an der Anrichte lehnte, die Hände vor der Brust verschränkt. „Der da ist Walker. Er ist gerade von den Rodeowettkämpfen zurück, darum weiß ich nicht, wie zivilisiert er im Augenblick ist."

„Ich weiß nicht, warum du dich für witzig hältst", murmelte Walker. „Wirklich nicht." Sein tiefschwarzes Haar und die Augenbrauen zusammen mit seiner entschieden weniger freundlichen Miene ließen ihn sehr viel gefährlicher wirken als den überschäumenden Luke.

Schmetterlinge schwirrten einen Augenblick lang in Tamaras Bauch, bis sie vortrat und ihm die Hand anbot, trotz Walkers wenig einladender Körpersprache.

Er schüttelte sie kurz, dann ging er zur Spüle, um einen Krug mit Wasser zu füllen.

„Caleb kennst du ja schon", fuhr Luke in seiner selbst zugewiesenen Rolle des Zeremonienmeisters fort. „Und der da drüben ist Dusty. Keine Sorge, auch wenn es so aussieht, wirst du für ihn nicht auch noch die Nanny geben müssen."

Das Gesicht des armen Dusty wurde flammend rot, und obwohl Tamara verstand, dass Necken dazugehörte, wenn man eine große Familie hatte, tat ihr der Kleine leid.

Sie ging hinüber und hielt ihm die Hand hin, genauso wie sie es bei Walker getan hatte. „Ich habe zwar keine großen Brüder, aber ich habe eine Reihe älterer Cousins, also vertrau mir. Ich verstehe, wie unendlich nervig sie manchmal sein können."

Seine Lippen zuckten, und ein Teil der Anspannung verflog. „*Drei* ältere Brüder und *zwei* ältere Schwestern – der Frust und ich, wir sind gute Bekannte. Und ich bin Dustin, wenn das für dich okay ist."

„Also dann, Dustin."

Tamara drehte sich, um das letzte Familienmitglied zu begrüßen, und ging auf die Knie, um ihren Kopf auf eine Höhe mit Emma zu bekommen. „Deiner Schwester bin ich schon begegnet, also bist du Emma. Ich freue mich darauf, dich kennenzulernen."

Sie wartete ab, um zu sehen, was für eine Reaktion ihr das einbringen würde. Sie würde das kleine Mädchen nicht in den Mittelpunkt rücken, indem sie ihr einen Handschlag anbot und sie sich womöglich völlig verschloss.

Emma neigte den Kopf und musterte Tamara, ein leichtes Stirnrunzeln trat auf ihr Gesicht, ehe sie die Hand hob und mit dem Finger am Rand von Tamaras Brille entlangfuhr.

„Gefällt sie dir? Als ich noch im Krankenhaus gearbeitet habe, musste ich bestimmte Kleidung tragen, weil es eine Vorschrift gab, und manchmal hat sich das ziemlich langweilig angefühlt. Ich habe angefangen, alle möglichen Brillen zu sammeln, die nicht langweilig waren. Die hier ist eine meiner liebsten. Wenn ich sie trage, fühle ich mich, als wäre ein Sommertag, sogar mitten im Winter."

Die Brille war richtig witzig. Ein leuchtend gelber Rahmen mit einer Reihe von kleinen Vögeln, die entlang der Oberseite saßen.

Emma zog die Hand zurück, aber sie lächelte schwach.

„Du hast mehr als nur eine Brille?" Sasha klang überrascht. „Tante Ginny hat eine Brille, aber nur eine. Oh, manchmal hat sie eine Sonnenbrille, und manchmal setzt sie gar keine auf."

„Ich muss meine Brille tragen", sagte Tamara ernst zu ihr. „Ansonsten ist alles nur ein großer verschwommener Fleck."

„Emma und ich brauchen keine Brille ..."

„Warum setzen wir uns nicht alle hin", unterbrach Caleb. „Dann kommt das Essen etwas schneller auf die Teller."

Anstatt eines typisch rechteckigen Tisches im Farm-Stil war der Essbereich offen, und dort stand ein riesiger runder Tisch, auf dem schon Besteck und Gläser waren. Genug Gedecke für ein Dutzend Leute waren dort ausgelegt, die Holzstühle passten nicht zusammen, waren aber robust, und das Ergebnis war überraschend gemütlich.

Nachdem es ein wenig Hin und Her gegeben hatte, stellte Tamara fest, dass sie auf dem Stuhl saß, den Dustin freigemacht hatte, wobei nur die Hälfte des großen Tisches benutzt wurde. Caleb saß drei Plätze weiter auf der anderen Seite von Emma, und Tamara beobachtete interessiert, wie er sich daran machte, Nudelsoße und Salat auf die Teller zu verteilen, die vor ihm aufgestapelt standen.

Als er den ersten Teller fertig hatte, reichte er ihn Emma, die ihn sorgsam an Sasha weitergab.

Als Sasha den Teller vor sich hinstellte und ihre Gabel nahm, hustete Caleb streng. „Heute sitzt jemand neben dir", erinnerte er sie.

Es lag Tamara auf der Zunge, etwas zu sagen, weil es ihr

nichts ausmachte, zu warten, aber das war sein Haus, und sie wollte wissen, wo sie da hinein geraten war. Wie die Dinge in der Stone-Familie geregelt waren, und ob sie hineinpassen würde …

Nein. Wenn sie ehrlich war, war *das* nicht die Frage. Die Frage war – würde sie es gut finden?

Sie nahm den Teller von Sasha entgegen. „Dankeschön. Das sieht gut aus.“

„Das ist Tante Ginnys Platz.“ Ein trotziger, kindischer Tadel.

„Sasha.“ Eine Warnung klang in Calebs Unterton an. „Tante Ginny ist in Frankreich. Ich glaube nicht, dass wir für sie einen Platz freilassen müssen. Sei nett.“

Sasha schaute zurück auf ihren Teller, aber sie war nur ein paar Sekunden lang still, ehe sie sich wieder an Tamara wandte und höflich, aber betont sprach.

„Es wird ein gutes Abendessen, weil Onkel Luke das *beste* Knoblauchbrot macht. Daddy macht die *beste* Spaghettisoße. Onkel Walker macht den *besten* Salat. Onkel Dusty …“ Sie warf einen Blick über den Tisch, wo Dustin geduldig darauf wartete, dass sein Teller ankam. „Onkel Dusty …“

„Onkel Dusty ist der Allerbeste darin, das Abendessen zu vertilgen“, sagte Luke träge, und fing Dustins Ellbogen auf, als er ihn anstoßen wollte.

Dustin grinste seine Nichte an. „Wie wäre es damit, dass Onkel Dustin das beste Eis zum Nachtisch serviert?“

Sasha schaute mit einer gewissen Haltung zu Tamara auf. „Kannst *du* kochen?“

„Ich kann Toast machen“, sagte Tamara.

Die Augen des kleinen Mädchens wurden groß. „Ist das alles?“

„Vielleicht noch ein paar Dinge mehr. Aber Toast ist meine Spezialität.“

Sasha schaute wieder auf ihren Teller. So leise, dass es Caleb auf keinen Fall hören konnte, murmelte sie: „Wir werden verhungern."

Tamara musste sich sehr bemühen, nicht zu lachen.

Caleb war sehr effizient darin, das Abendessen aufzutischen, und bald hatten sie alle gefüllte Teller. Niemand fasste allerdings das Essen an, bis Caleb den Servierlöffel abgelegt hatte und der letzte Teller vor ihm stand.

Tamara wartete, für den Fall, dass die Stones noch weitere Familientraditionen hatten. Aber in dem Augenblick, in dem Caleb zur Gabel griff, war klar, dass das das Startsignal war.

Tamara hatte keine Einwände. Nach der Fahrt und dem unerwarteten Eintauchen ins kühle Nass war sie hungrig genug, um es mit dem dampfend heißen Essen aufzunehmen.

„Irgendeine Vorstellung, wie lange du bleibst?", fragte Dustin Walker.

„Bis Neujahr. Ich brauche eine kleine Pause, also kann ich meine Zeit auch gleich mit euch verbringen."

Caleb beäugte seinen Bruder. „Bist du irgendwie gestürzt und wir haben es nicht mitbekommen, und musst dich erholen?"

Walker hielt mit der Gabel auf halbem Weg zum Mund inne. „Sehe ich aus, als wäre ich zerschlagen? Mach dir keine Sorgen um mich. Du bist derjenige gewesen, den ich humpeln gesehen habe, als du ins Zimmer gekommen bist."

Die Schultern zu einem leichten Zucken erhoben, konzentrierte sich Caleb wieder auf seinen Teller. „Wäre nicht das erste Mal, dass du schwarz und blau bist und kein Wort sagst."

„Was ganz anderes, habt ihr Mädchen eigentlich schon raus, was ihr zu Halloween anziehen wollt?", fragte Luke. „Bis dahin ist es nur noch eine Woche."

„Ich will Astronautin werden, und Emma eine Katze. Wir

dürfen die Kostüme den ganzen Tag in der Schule tragen, und meine Lehrerin Miss Miller sagt, sie wird sich als Miss McGonagall verkleiden. Ich finde, alle Lehrer sollten sich verkleiden, aber Kelli sagt, sie nehmen sich viel zu ernst, um mal die Haarnadeln rauszunehmen und Spaß zu haben."

„Kelli hat das gesagt?", fragte Luke, und ein Grinsen spielte um seine Lippen, während er über den Tisch sofort Tamara anschaute, um es zu erklären. „Kelli ist eine der Helferinnen auf der Ranch."

Sasha pflügte weiter. „Kelli sagt, sie würde als Cowgirl gehen, aber ich finde nicht, dass das ein sonderlich gutes Kostüm ist, denn so zieht sie sich doch die ganze Zeit an."

„Ahh. *Cowgirl*. Das klingt schon sinnvoll." Tamara schaute Emma in die Augen. „Weißt du, das ist so ziemlich das, was meine Schwester jedes Jahr zu Halloween war, solange ich mich erinnern kann."

Emma beugte sich über ihren Teller, in ihren Augen stand Verwunderung, während sie sich Tamara genauer anschaute. Sie stieß mit der Schulter Sasha an.

„Emma will wissen, ob du ein Halloween-Kostüm hast", stellte Sasha fest, ehe sie bittend über den Tisch zu Caleb schaute. „Kommst du dieses Jahr mit, damit wir rumgehen und Süßes oder Saures holen können, Daddy? Machst du das, bitte?" In dem Sekundenbruchteil, bevor sich sämtliche Aufmerksamkeit Caleb zuwandte, hätte Tamara schwören können, auf Emmas Gesicht Frust zu sehen. Sie fragte sich, wie oft Sasha für ihre kleine Schwester sprach und es falsch machte.

Caleb hob eine Augenbraue. „Bringe ich euch da nicht immer hin?"

„Ja, ich dachte nur, dass vielleicht ..." Sasha warf einen misstrauischen Blick auf Tamara.

„Ahh." Caleb füllte sein Wasserglas gedankenverloren auf,

bevor er Sashas unausgesprochene Frage beantwortete. „Einige der Dinge, die ihr früher mit mir oder Ginny oder Dare gemacht habt, macht ihr jetzt vielleicht mit Tamara. Deswegen ist sie da – damit ihr auch Spaß haben könnt, wenn ich zu beschäftigt bin. Aber für die wichtigsten Ereignisse werde ich immer da sein."

Danach verlegte sich die Unterhaltung auf neue Themen, wie etwa, dass Dustin Walker um Rat mit seinem Truck fragte, und Sasha ihrem Onkel Luke eine lange Geschichte von einem der Ranch-Hunde erzählte, der den Unheil kündenden Namen Demon trug.

Hin und wieder mischte Tamara sich ein, aber zum Großteil hörte sie zu und beobachtete, versuchte, den Rhythmus dieser neuen Familie herauszuhören. Sie teilten intensive Beziehungen und ein Gefühl der Liebe, aber es gab auch einige fehlende Puzzleteile.

Als sie auf der Whiskey Creek Ranch aufgewachsen war, waren es sie und ihre zwei Schwestern mit ihrem Dad gewesen, solange sie sich erinnern konnte. Sie liebte ihre Schwestern, und sie und ihr Dad ertrugen einander, aber das gleiche Gefühl, dass etwas fehlte, hatte Tamara von der Arbeit auf dem Land dazu getrieben, eine Ausbildung zur Krankenschwester anzustreben. Arbeit mit den Händen, um Menschen zu heilen, war eine Möglichkeit gewesen, für ihre Talente akzeptiert und geschätzt zu werden, und je länger sie am Tisch saß, desto sicherer war, dass sie hier auch sein *sollte*.

Es würde nicht ganz einfach werden, sich auf der Silver Stone Ranch niederzulassen. Sie war sich ziemlich sicher, dass sie und Caleb mehr als nur ein paar Mal aneinandergeraten würden, aber etwas daran, hier zu sein, fühlte sich richtig an.

Als die Mahlzeit vorüber war und sie das Geschirr fertig weggeräumt hatten, wehrte sich Tamara überhaupt nicht, als Caleb sie mehr oder weniger wegschickte.

„Die Mädchen und Dustin können heute Abend das Geschirr spülen", beharrte er, ohne auf ihr Stöhnen zu achten. Er schaute Dustin in die Augen. „Das gehört zum Leben in einer Familie – Kochen oder Spülen, ja?"

Sein jüngster Bruder seufzte tief, doch er rückte einen Hocker vor die Spüle und setzte Emma darauf, mit der Leichtigkeit einer wohlbekannten Routine. „Komm schon, Kleine. Du spülst, ich trockne, und Sasha kann die Sachen wegräumen. Dann könnt ihr mir zeigen, was ihr für Kostüme geplant habt."

Wenige Augenblicke später schaute Tamara sich noch einmal im Zimmer um und stellte fest, dass sie allein war. Caleb, Walker und Luke waren ganz verschwunden.

Sie schlenderte zurück durch das Haus und musterte die gemütlichen Einzelheiten hier und dort, manche älter als andere. Karierte Vorhänge rahmten die hohen Wohnzimmerfenster, die nach Osten blickten, dasselbe rüschenbesetzte Material befand sich oben auf einem Glasfenster an einer Außentür an der Seite der Küche, aber der Stoff war in der Sonne ausgebleicht. Einen Kontrast bildeten die leuchtenden neuen Kissen auf den Sofas und Sesseln.

Bei den Bildern an der Wand war es dasselbe, manche waren alt, manche neu, zusammen mit Kleinkram, der auf Regalen und in Bücherregalen stand. Jedes Foto und jeder Gegenstand waren eine ausgestellte Erinnerung, deutete auf Ereignisse und Einzelheiten hin, über die sie gar nichts wusste.

Es war seltsam, so ... unwissend zu sein. Uninformiert. Tamara war sich nicht sicher, ob es ihr gefiel, nicht Bescheid zu wissen.

Sie glitt mit dem Finger über den Rahmen eines vergoldeten Bilderrahmens. Zwei Familien nebeneinander. Eine Familie mit vier Leuten, und eine mit sieben. Sie standen unter einem Baum, ein See funkelte im Hintergrund. Caleb war eindeutig erkennbar, obwohl er Jahre jünger war. Das Lächeln auf seinem Gesicht war weitaus unschuldiger und leichtfertiger, als sie es bisher gesehen hatte.

Alles um Tamara herum enthielt Geheimnisse – Hinweise auf diese Familie, in deren Mitte sie aufgeschlagen hatte. Es gab so viel, das sie nicht wusste. Nicht nur über sie, sondern auch über sich. Würde Heart Falls ein langer Halt auf der neuen Reise sein, die sie begonnen hatte, oder ein kurzer?

Sicher wusste sie nur, dass sie nicht zurückkonnte, was bedeutete, dass die Zukunft völlig offenstand und sehr, sehr unklar war.

4

Caleb marschierte in die Küche, nachdem er ein paar erste Aufgaben erledigt hatte, und blieb abrupt und völlig reglos stehen. Wenn man bedachte, dass es noch nicht mal sechs Uhr war, war das letzte, was er erwartet hatte, vom Geruch frischer Brötchen und heißen Kaffees begrüßt zu werden.

Er fing normalerweise nicht vor sieben Uhr an, Frühstück für die Mädchen zuzubereiten, und die einstündige Pause, die er zwischen seinen ersten Aufgaben und dem Zeitpunkt machte, an dem sie aus dem Bett krochen, nutzte er dazu, so viel Papierkram aufzuholen, wie er ertragen konnte.

Nun duftete nicht nur die Küche ein wenig nach Himmel, auch die Aussicht war verdammt schön. Sein Blick schoss wie zielgerichtet auf Tamaras Hintern zu.

Zu seiner Verteidigung war sie nach vorne gebeugt und holte eine Form aus dem Ofen, aber es war falsch, dass er anscheinend nicht wegschauen konnte. Süße Kurven wackelten verführerisch in seine Richtung, und er trat hinter

45

die Insel, um etwas Festes zwischen sie und seine sich aufbauende Erektion zu bekommen.

Sie erhob sich und drehte sich auf der Stelle um, stellte die Form auf ein paar Untersetzern ab, die sie vorher schon hingelegt hatte, ehe sie begeistert lächelte. „Morgen. Ich habe Kaffee gemacht. Du wirst mich wissen lassen müssen, wie du ihn gern hättest."

Er war ziemlich sicher, dass er gern alles gehabt hätte, was sie ihm auftischen wollte. Jenseits des Offensichtlichen.

Verdammt, schmutzige Tagträume führten dazu, dass es Caleb schwerfiel, daran zu denken, wie man Worte bildete. „Was machst du da?"

Abgesehen davon, dass sie jedes Hormon in seinem Körper auf Hochtouren brachte. Eine sexy, halb nackte Frau in seiner Küche, die Frühstück zubereitete und ihm Kaffee kochte? Es war viel zu verführerisch, seine Gedanken mit ihm durchgehen zu lassen.

Tamara runzelte die Stirn. „Stimmt was nicht?"

Etwas stimmte ganz sicher nicht. Ansonsten hätte er sich einfach eine Tasse Kaffee geschnappt und mit seinem Tag weitergemacht, oder? Denn in dem Augenblick, als sein Schwanz die Kontrolle weit genug abgab, um sein Gehirn ein winzig kleines bisschen funktionieren zu lassen, wurde ihm klar, dass sie tat, wozu sie angeheuert worden war.

Nannys machten Frühstück, und das war alles, was sie gemacht hatte.

„Caleb?"

Er stand schon viel zu lange da, ohne eine Antwort zu geben, was das Problem nur noch verschärfte. „Du musst dir was anziehen."

Die Worte kamen in einem Schwall heraus. Sobald sie ausgesprochen waren, wünschte er sich, er hätte sie zurücknehmen können, denn erstens, es störte ihn verdammt noch mal überhaupt nicht, wie sie sich anzog, mit ihren langen Gliedern unter einem völlig dezenten knielangen Morgenmantel.

Und zum zweiten verschloss sich der vormals glückliche Ausdruck auf ihrem Gesicht schlagartig zu etwas weit Verhaltenerem.

Er rechnete damit, gleich an den Kopf geworfen zu bekommen, was für einen Schwachsinn er redete.

Doch sie wehrte sich nicht. Ihr Kinn hob sich, doch ihre Antwort war leise und gehorsam. „Okay."

Dann kam nichts mehr, während sie sich zum Ofen umwandte und ihn abschaltete.

Das war nicht, was Caleb erwartet hatte. Ihm lag eine Entschuldigung auf der Zunge, ehe ihm auffiel, dass sie, anstatt den kürzesten Weg aus der Küche zu nehmen, in die Gegenrichtung unterwegs war. Eine Richtung, die sie unnötigerweise an ihm vorbeiführen würde.

Er lehnte sich an die Kücheninsel, legte die Hände auf die Anrichte, während er wartete, um zu sehen, was als nächstes kam.

Er hätte sich sehr viel mehr Sorgen machen sollen, als neugierig zu sein, denn anders als die meisten Frauen, die, wenn sie an einem Mann vorbeigingen, ihm den Rücken zuwandten, schaute Tamara zu ihm. In dem kurzen Augenblick, als sie sich durch den schmalen Raum zwischen der Kücheninsel und den Hockern bewegte, streiften ihre weichen Brüste seinen Oberkörper. Ihre Hüfte glitt über seine Lende, und dieser ganze Anschlag löste in seinem Schwanz Alarmstufe Rot aus.

Sie bewegte sich zum Gang, die Kurven ihres Hinterns wogten unter dem seidigen Stoff ihres grünen Morgenmantels, und er war fasziniert. Konnte nicht wegschauen.

Einen halben Schritt, bevor sie im Gang verschwand, glitt

der Morgenmantel von ihren Schultern und ließ ihn einen Sekundenbruchteil lang die anziehende Verlockung eines nackten Rückens und eines blassblauen, fast unsichtbaren Nachthemds sehen.

Caleb bewegte sich langsam, weil er auf seine unkontrollierte Erektion achten musste, und trat zum Kühlschrank. Er riss die Tür des Gefrierfachs auf und stand dort, während kalte Luft herausströmte, und betete um Kraft.

Blöder Hintern.

Er schloss die Tür und zog los, um sich einen Kaffee zu holen, ging unbehaglich zurück zur Insel. Würde sie zurückkommen, oder hatte er sie bereits verscheucht?

Aber nicht mal fünf Minuten später, als er sich gerade erst auf dem Hocker an der Kücheninsel niedergelassen hatte, bewegte sie sich rasch an ihm vorbei, ihr starrer Rücken ihm zugewandt, während sie sich selbst eine Tasse einschenkte. Ein hellblaues T-Shirt, das in ihrer Jeans steckte, bedeckte ihre Kurven, und als sie sich zu ihm drehte, hob er den Blick nach oben, um sicherzustellen, dass er ihr in die Augen schaute, und nirgendwo sonst hin.

Sich zu entschuldigen, war das Richtige, aber bei Gott, es war unangenehm. „Es tut mir leid. Meine Anmerkung vorhin war unangemessen."

Sie gab einen Löffel Zucker in ihre Tasse und rührte heftig, starrte auf die Oberfläche. „Tut mir leid, dass ich überreagiert habe." Sie hob den Blick zu seinem. „Es wirkt vermutlich nicht so, wenn man bedenkt, dass ich immer wieder dumme Sachen mache, aber ich will wirklich, dass dieser Job funktioniert."

Das wollte er auch.

Plötzlich kam es ihm ... „Was ist mit deinem Job im Krankenhaus passiert? Du warst doch Krankenschwester. Warum wolltest du eine Nanny werden?"

Ganz kurz biss sie sich auf die Unterlippe, und er war fast schon schockiert. Sie war kein Typ, der zögerte.

Als sie sprach, lag darin nicht ihr üblicher Flair. „Dare hat es dir nicht erzählt?"

Caleb schüttelte den Kopf. „Sie ist meine Schwester. Ich vertraue ihr. Sie sagt, du bist die Richtige für den Job, und ich glaube ihr, Gott stehe mir bei."

Erheiterung hellte ihre Miene auf, während ihr ein Kichern entschlüpfte. „Danke für dieses Vertrauensvotum. Du glaubst wirklich, dass du himmlische Einmischung brauchst, wenn ich für dich arbeite?"

Er musste aufhören, Tagträume von entschieden nicht-himmlischen Vorgängen zu haben. Wie ihren Lippen, weich und köstlich. Und dieser verdammten Brille, die sie aufhatte – er hatte niemals geahnt, dass er auf Brillen stand, aber offensichtlich tat er das. Heute trug sie eine, die einen schwarzen Rahmen hatte, deren äußerer Rand nach oben gewandt war. So, wie sie ihn durch die Gläser anstarrte, machten sich schmutzige Gedanken bemerkbar, zusammen mit seinem Schwanz.

Was nicht völlig überraschend kam, denn es war teuflisch lange her, seit das Ding die Aufmerksamkeit von irgendetwas anderem als seiner Hand bekommen hatte ...

... und das war eine Richtung, in die er in Zukunft auf keinen Fall gehen sollte.

Tamara sprach gehetzt, las in seiner Stille vermutlich eine Verurteilung. „Ich habe nichts Schreckliches gemacht, aber ich hatte gehofft, dass das Kleinstadtgerede nicht schon anfängt, bevor ich wenigstens vierundzwanzig Stunden da bin."

Falls sie jemand anderer als seine Schwester geschickt hätte, wäre das nicht annähernd genug gewesen. „Dare würde dich nicht so dicht an meine Mädchen ranlassen, wenn sie nicht alles wissen würde, und sie vertraut dir trotzdem. Ich schätze nicht, dass ich die Einzelheiten hören muss."

Sie entspannte sich sichtlich.

„Dare weiß Bescheid?", fragte er, nur um sicherzugehen.

Tamara nickte. „Wir haben uns hingesetzt und geredet, bevor ich hier rauskam. Ich hoffe, es macht dir nichts aus, aber sie hat mir auch alle Details über deine Familie erzählt. Ich meine den Teil, in dem deine Eltern und ihre Eltern beste Freunde waren, und dass du nach dem Unfall dafür gesorgt hast, dass sie in Silver Stone bleiben konnte, wo du sie als Schwester aufgezogen hast."

Dieser dumme, tragische Unfall, der ihm in einem Augenblick seine Eltern genommen hatte, die von Dare und ihre kleine Schwester. Caleb holte tief Luft, der Schmerz war nach all den Jahren immer noch heftig. „Sie hatte schon genug verloren. Ich dachte mir, dass sie nicht noch uns alle verlieren brauchte."

„Trotzdem hält sie eine Menge von dir, weil du sie aufgenommen hast, wo du dich doch bereits um Ginny und Dustin kümmern musstest. Dass du dafür gesorgt hast, dass ihr alle eine Familie bleiben konntet."

„Es war das Richtige, und ich habe es getan." Caleb schaute ihr in die Augen. „Dare war ein gutes Mädchen, das für eine Sechzehnjährige ein beschissenes Los gezogen hatte. Ich war froh, dass es für sie funktioniert hat, bei uns zu wohnen. Und ich hatte Hilfe. Luke war zwanzig, und Walker fast schon achtzehn."

Tamara sprach leise. „Es war sehr freundlich, das ist alles, was ich sage. Ich bin mir sicher, in einer vertrauten Umgebung zu sein, hat eine Menge geholfen."

„Ich glaube, Routine und Vertrautheit war für uns alle damals gut." Es hatte Zeiten gegeben, zu denen er sich gefragt hatte, wie es die Leute machten, die ihr ganzes Leben lang von

Ort zu Ort hüpften. „Es ist etwas Besonderes, wenn man das ganze Leben an einem Ort verbringt, aber es ist auch eine merkwürdige Bürde."

Sie nickte langsam, ihre Finger streiften den Griff ihrer Kaffeetasse in langsamen Kreisen. „Ich bin weggegangen, um auf die Schule zu gehen, aber ansonsten habe ich immer in Rocky Mountain House gewohnt. Es fühlt sich merkwürdig an, wenn ich mir klar mache, dass ich beim nächsten Mal, wenn ich in die Stadt gehe, im Supermarkt keine vertrauten Gesichter sehen werde." Ihre Lippen zuckten. „Es heißt aber auch, dass mich kein Samuel Tate angräbt. Ich kann nicht behaupten, dass ich diesen Teil vermissen werde."

Caleb zögerte, während er gerade ein nicht mehr ganz so heißes Brötchen vom Kühlgitter stahl. „Ist das ein alter Verehrer von dir?"

„Er ist schon ein Alter, aber normalerweise wären die Worte, die neben *alter* stehen, *schmutziger* und *Mann*. Er ist größtenteils harmlos, aber ein örtlich begrenztes Risiko, das ich nur zu gerne hinter mir lasse."

„Ich bin mir sicher, in Heart Falls wird irgendwer genauso nervig sein."

Ihr schiefes Lächeln wurde größer. „Na, du hast ja doch einen Sinn für Humor."

„Hab nie gesagt, den hätte ich nicht. Ich habe nur nicht das Gefühl, dass ich dafür alle auf den Arm nehmen und aufziehen muss wie Luke."

Während sie entschieden nickte, zog Tamara einen Block herüber, den sie auf der Kücheninsel vorbereitet hatte. „Ich bin die E-Mail durchgegangen, die du geschickt hast, doch deine Liste mit den täglichen Pflichten, die du für mich vorsiehst, war ein wenig dünn. Ich dachte, ich sollte noch mal nachfragen, worauf du willst, dass ich mich in nächster Zeit hier konzentriere." Sie warf einen Blick durch den Raum.

„Gestern Abend hast du einen Kalender erwähnt, aber ich sehe keinen.“

„Der ist im Büro.“

Sie machte sich in paar Notizen auf ihrem Blatt. „Wenn es dir nichts ausmacht, würde ich hier einen aufhängen, den wir alle sehen können. Das wird es mir leichter machen, während ich auf eine Routine verfalle. Macht es den Mädchen vermutlich auch leichter.“

Caleb strich sich die Brösel von den Fingern und fragte sich, ob er sich ein weiteres Brötchen schnappen konnte, oder ob er es damit übertrieb. „Kluger Gedanke. Mach gern, was nötig ist. Wir haben ein Konto bei Independent Grocers, das du nutzen kannst. Lass sie beim ersten Mal einfach zur Bestätigung bei mir anrufen.“

Ihre Augen wurden kurz groß, ehe sie sich wieder beherrschte. „Na, so was habe ich schon lange nicht mehr gehört. Man lässt euch beim Supermarkt anschreiben?“

„Ich weiß, dass Rocky Mountain House klein ist, ich habe das Gefühl, Heart Falls ist sogar noch kleiner. Manche Dinge erledigen wir hier immer noch mit einem Nicken und Handschlag.“

„Irgendwie war das klar, als mein ganzes Bewerbungsgespräch und der Bestätigungsbrief darauf hinausliefen, dass du gesagt hast: *Gut, komm am Dienstag.*“

Caleb zuckte mit den Schultern. „Ich sah keinen Bedarf, das weiter zu besprechen. Du wolltest hier sein, und die Mädchen brauchen eine Nanny.“

„Die Liste mit den Aufgaben“, erinnerte sie ihn.

Er ließ die Finger durch die Luft kreisen. „Verhindere, dass dieses Haus niederbrennt oder abrissreif wird. Das ist alles. Deine To-do-Liste ist das, was immer dazu nötig ist. Wenn du kochst, mach genug für sechs, und wenn was übrig bleibt, essen wir es am nächsten Tag zu Mittag, falls meine Brüder nicht um

Mitternacht auftauchen und alles ratzeputz aufessen. Normalerweise sind sie nicht hier. Walker und Luke haben beide Zimmer in der Schlafbaracke, und Dustin ist dorthin gezogen, als er die Highschool abgeschlossen hat. Meistens essen sie mit den Helfern, und ja, wir haben einen Koch, aber er heißt nicht Cookie."

„Ihr brecht ja ganz schön mit den Traditionen. Wie heißt er denn?"

„Jalaj Patel, aber er hat unsere Crew gebeten, ihn einfach JP zu nennen. Er ist Inder. Wir sind die einzige Ranch in der Gegend, die genauso oft Dal auftischt wie Bohnen."

Tamara grinste, ehe sie auf die Uhr schaute. „Bist du bereit zum Frühstücken? Oder willst du warten und mit den Mädchen essen?"

Er stand gleichzeitig mit ihr auf, ein wenig unbehaglich, als sie in den Kühlschrank griff und eine Schachtel Eier herausholte. „Das musst du nicht tun."

Sie hielt inne, stellte die Lebensmittel auf die Anrichte, damit sie die Fäuste in die Hüften stemmen konnte. „Caleb Stone, du hast mich angestellt, um eine Aufgabe zu erledigen, also lass sie mich erledigen. Willst du jetzt oder später essen?"

Er ignorierte die erfreute Regung, die in ihm aufkam, als er sah, dass sie sich behauptete. „Ich warte."

„Um wie viel Uhr werden die Mädchen normalerweise zum Frühstück fertig?"

„Viertel nach sieben. Der Bus holt sie um sieben Uhr fünfundvierzig ab und lässt sie um drei Uhr dreißig wieder raus."

Sie nickte entschieden, dann scheuchte sie ihn mehr oder weniger aus der Küche. „Mach, was immer du machst. Ich habe das Frühstück zur üblichen Zeit fertig. Wenn du heute da sein könntest, hilft uns das, in eine Routine überzugehen."

Er nahm seine Kaffeetasse und ging zur Kanne, um sie

aufzufüllen. „Ich hatte vor, mit den Mädchen zu essen. Dass du hier bist, ändert daran nichts." Er fügte ein wenig Kaffeesahne hinzu, bevor er die Tasse zum Gruß hob. Es blieb ihm nichts anderes übrig, als zu gehen und sich in seinem Büro den Papieren zu stellen, die er so hasste.

„Caleb", fragte sie, bevor er das Zimmer verließ. „Worauf stehst du denn jetzt?"

Schiere Willenskraft verhinderte, dass er stolperte. „Wie bitte?"

Tamara deutete auf seine Hand. „Beim Kaffee. Magst du ihn so?"

Oh. Kaffee, nicht Sex. „Ich mag ihn stärker."

Sie nickte. „Mehr Tritt in den Arsch. Verstanden, Boss." Dann drehte sie sich zum Kühlschrank und begann, ihn zu durchsuchen, machte mit ihrem Tag weiter.

Caleb zwang sich dazu, auch mit seinem weiterzumachen, marschierte durch den Gang zu seinem Büro, mit diesem merklichen Gefühl, dass mehr als nur eine zusätzliche Person das Haus betreten hatte.

Sie war eine Naturgewalt.

Tamara nutzte die nächsten fünfundvierzig Minuten, um die Küche fertig zu erkunden, ein Inventar der Vorräte zu machen und eine Einkaufsliste anzufertigen. Das Kochen für eine Familie war nicht genug, um ihr Angst einzujagen. Sie hatte während der Uni genug Zeit damit verbracht, an einzelnen Tagen diese Aufgabe für ihre Mitbewohner zu übernehmen, und später in großen Mengen Zeug zu kochen, das sie mit ihren Freundinnen austauschte. Ganz zu schweigen davon, dass sie für die Horde kochte, wenn ihre erweiterte Familie zusammenkam.

Sie konnte mehr als nur Toast, obwohl die Speisekarte nach einer Weile ein bisschen eintönig werden würde, aber das war nicht ihre größte Herausforderung.

Sie hatte jeden Morgen eine halbe Stunde, um mehr über die kleinen Mädchen herauszufinden, dann einen ganzen Tag, den sie hinter sich bringen musste, bevor sie nach Hause kamen. Diese ungefüllten Stunden türmten sich vor ihr auf.

Zum Glück hatte sie immer noch diesen Morgen, um sich abzulenken. Sie machte etwas, das einfach war. Auf dem Schrank stand eine Vielzahl von Cerealien, es gab eine Menge Brot und Eier. Sie deckte den Tisch mit ein paar Wahlmöglichkeiten, darunter Saft und aufgeschnittenes Obst, und die Brötchen, die auf der Anrichte abkühlten.

Dann setzte sie sich mit einer neuen Tasse Kaffee aus einem frischen Pott hin – Caleb hatte recht, diese erste Ladung hatte sie zu schwach gemacht – und plante ihren Tag, wobei sie so tat, als wäre es etwas ganz und gar Gutes, freie Zeit zu haben.

Zehn Minuten später schaute sie auf ihre Liste mit Aufgaben hinab und lachte. Was für ein Haufen Schwachsinn – sie konnte ihre Cousins hören, wie sie ihre beschissene Einstellung verfluchten.

Und wenn schon, dann war sie eben den ganzen Tag zu Hause, anstatt zu ihrer Schicht im Krankenhaus aufzutauchen. Sie hatte einen Haufen Arbeit, damit das Haus effizient geführt wurde, und wenn man diese Tatsache ignorierte, beleidigte man jeden, der zu Hause arbeitete.

Sie schloss den Block mit einem lauten Knall, als gerade Caleb ins Zimmer zurückkehrte.

Er warf einen Blick auf den Tisch und zögerte, bevor er sich räusperte. „Sieht gut aus, aber wir frühstücken normalerweise auf der Kücheninsel. Vielleicht wär's besser ..."

Tamara hob eine Hand. „Du hast recht. Ich werde mich

nicht in eure Routine einmischen. Es ist schon genug Veränderung, dass ich hier bin."

„Ich hätte dich vorwarnen sollen." Seine Schultern entspannten sich vor Erleichterung, und er half ihr, die Teller zu nehmen und sie zur Insel zu bringen. „Wenn wir beim Frühstücken mehr als vier sind, essen wir am Tisch. Normalerweise sind es nur ich und die Mädchen, und wenn Ginny da ist, schließt sie sich uns hier an der Seite an."

„Welche Seite?", fragte Tamara, die an ihren gestrigen Fauxpas zurückdachte, als sie sich auf Ginnys Platz gesetzt hatte.

Calebs Gedanken waren wohl in dieselbe Richtung gegangen. Er deutete auf das gegenüberliegende Ende der Kücheninsel. „Dort."

Tamara stellte ihren Teller auf das andere Ende des Tresens und machte sich daran, die Hocker neu zu arrangieren. „Dann sitze ich hier drüben. Das ist nur eine kleine Veränderung."

Caleb nahm seine Tasse und füllte sich noch einmal auf, schnüffelte anerkennend an dem stärkeren Gebräu, das sie aufgesetzt hatte, bevor er sich auf den Hocker neben der Stelle niederließ, wo sie sitzen wollte.

Es blieb keine Zeit, sich unbehaglich zu fühlen, denn einen Augenblick später kamen Sasha und Emma ins Zimmer gelaufen. Sie warfen ihre Rucksäcke auf den Esszimmertisch, ehe sie sich umdrehten und abrupt stehen blieben, um Tamara zu mustern.

Dieses stetige Misstrauen stand in Sashas Augen, als könnten Tamara Hörner wachsen und als würde sie sich jeden Augenblick eine Mistgabel schnappen.

Caleb schien es nicht mitzubekommen. Er glitt von seinem Hocker und öffnete die Arme. „Ich dachte schon, ihr beiden haltet Winterschlaf."

Sie rückten zu einer Umarmung heran, ehe sie auf ihre bestimmt üblichen Hocker kletterten.

„Will jemand ein Ei, und falls ja, wie möchtet ihr es gern?" Sie deutete auf Caleb. „Und wenn ihr es euch nicht ständig anders überlegt, sollte ich es richtig hinbekommen, nachdem ihr es mir einmal gesagt habt."

Caleb griff nach einem Brötchen und der Marmelade. „Ein Spiegelei, wenn es geht."

„Emma und ich wollen unsere ganz durch, nicht so eklig wie bei Daddy."

Tamara warf einen Blick auf Emma, doch sie griff nach einer Schüssel und den Cornflakes, darum machte Tamara damit weiter. „Ein Spiegelei, und zwei nicht eklige, durchgekochte. Verstanden."

Sie stellte die Mahlzeit zusammen, machte auch eines für sich, dann gesellte sie sich zu ihnen. Bis auf die Tatsache, dass sie beobachtete, wie Emma sehnsüchtige Blicke auf ihren und Calebs Teller richtete, ging das restliche Frühstück ohne weitere Stolpersteine vonstatten.

Es war die Ruhe vor dem Sturm, gefolgt von einem irren Ansturm aufs Zähneputzen, Schulutensilien zusammenzusuchen und vergessene Hausaufgaben, dann gingen sie und Caleb mit den Mädchen vor zur Straße, gerade rechtzeitig, als der gelbe Bus an der Hauptstraße erschien.

„Du musst den Unterstand aufstellen, Daddy. Es schneit bald, und wir brauchen unsere Burg, um uns darin zu verschanzen", informierte ihn Sasha.

„Ich setze es auf meine To-do-Liste." Er strich Emma durch die Locken und zog Sasha am Pferdeschwanz, bevor er sie beide küsste und sie zum Bus schickte.

Der Busfahrer beäugte Tamara neugierig, ehe er einen Blick auf Caleb warf. „Vor Ende der Woche wird es noch schneien", warnte er, ein Echo von Sashas Worten. „Pack die Mädchen mal lieber gut ein."

Zur Antwort knurrte Caleb mehr oder weniger. Er deutete auf Tamara. „Dan, das ist Tamara, die Nanny der Mädchen. Sie wird diejenige sein, die sie an den meisten Tagen zum Bus bringt. Sie ist in Ordnung."

„Wir sehen uns heute Nachmittag." Dan warf einen Blick zurück in den Bus, bevor er die Türen schloss und sich zur Stadt aufmachte.

Einen Augenblick später ging auch Caleb. „Wenn du mich brauchst, meine Handynummer hängt am Kühlschrank. Mach dir keine Sorgen um das Mittagessen. Ich esse mit der Crew, da heute der erste Tag ist, an dem Walker zurück ist."

Er tippte sich an den Hut, dann ging er durch das Gras zu den Scheunen, ohne noch ein weiteres Wort zu sagen.

Tamara sah ihm hinterher und gab dem Drang nach, die Aussicht zu bewundern.

Es war eine Tatsache, die sie zugeben musste – dieser Mann sah gut aus, ob er nun kam oder ging.

5

———

Tamara ging zurück zum Haus und machte das Geschirr vom Frühstück sauber, ehe sie das Haus gründlicher unter die Lupe nahm.

Die zweite Tür aus der Küche führte in einen praktisch platzierten Waschraum, wo zwei Wäschekörbe voller Schmutzwäsche warteten. Sie setzte eine Trommel auf, dann schaute sie sich den Spielbereich unten an, bevor sie zurück ins Wohnzimmer schweifte. All die Bilder, die sie am vorigen Abend bewundert hatte, waren inzwischen leicht vertraut, was bedeutete, dass sie sie sich näher anschauen konnte. Einige von Caleb und seinen Brüdern und Schwestern als Kinder. Ein paar mit zwei Leuten, die wohl seine Mom und sein Dad waren.

Viele von Sasha und Emma, als sie klein gewesen waren.

Das Haus war gemütlich, aber auf jeden Fall auch gut abgewohnt, und ganz bestimmt nicht bis in jede Ecke sauber.

Es war aber reinlich und gemütlich, und Tamara fand nicht viel, über das sie sich beschweren konnte. Sie fügte ein paar

Dinge auf ihrer Liste mit Aufgaben hinzu, zusammen mit ein paar Fragen an Caleb.

Sie steckte den Kopf in die Zimmer der Mädchen, nur um sich mal umzuschauen. Sashas Zimmer war ein wenig wie eine Bärenhöhle, überall lag Kleidung verstreut – es sah aus, als hätte sie drei oder vier Outfits anprobiert, ehe sie sich anzog, wie eine kleine Fashiondiva.

Emmas Zimmer war winzig, mit einem Bett und einer Kommode, die kleiner waren als üblich. Ihr Kleiderschrank stand offen, und die Spielsachen waren in hübschen Reihen auf den Regalen sortiert, so weit von dem Durcheinander im Zimmer ihrer Schwester entfernt, wie man es sich nur vorstellen konnte.

Das Bad im Gang, das sich die Mädchen teilten, war irgendwo zwischen unaufgeräumt und ordentlich, und Tamara lächelte, als ihre einzigartigen Persönlichkeiten sich allmählich zeigten.

Das war alles, was es auf dieser Seite des Hauses gab, und sie durchquerte den Wohnbereich zu dem Flügel, der nach Westen ging. Ein weiteres Bad – dieses war mit dem Geruch nach Calebs Seife erfüllt, holzig und scharf in ihrer Nase.

Die nächste Tür öffnete sich zu einem Büro. Sie schätzte, unter dem altem Papier und Müll gab es irgendwo einen Schreibtisch. Ein Aktenschrank in der Ecke hatte ein paar Türen, die nicht mehr schlossen, weil das Papier oben herausragte. Es gab womöglich eine Anrichte und ein paar Stühle, aber zum Großteil haufenweise Papier und eine erstaunliche Sammlung schmutziger Kaffeetassen.

Offensichtlich verbrachte Caleb hier drin Zeit. Wie er aber irgendetwas fand, konnte sie sich nicht vorstellen.

Sie sammelte die Tassen auf, ohne etwas durcheinanderzubringen, zog die Tür unter Schwierigkeiten zu. Dann zögerte sie.

„Ach, Scheiß drauf." Sie gab ihrer teuflischen Neugierde nach, schob die letzte Tür auf und spähte hinein.

Anders als der vorige Raum war dieser perfekt aufgeräumt. Das Bett war so ordentlich gemacht, als wäre er beim Militär gewesen, der ganze Raum wirkte spartanisch. Eine Kommode so klein wie die von Emma wurde von einem Bild der Mädchen gekrönt, die Arme umeinandergeschlungen, die leuchtenden Gesichter strahlten, mit einem Feld aus Wiesenblumen hinter ihnen.

Es war der einzige Schmuck im Raum.

Das einzige andere Ding im Zimmer war ein Bett, größer als ein Einzelbett, aber nicht annähernd groß genug für einen Mann, der so groß war wie Caleb.

Sie schloss die Tür und ging rückwärts, ohne noch weiter zu schauen, fühlte sich irgendwie schuldig, dass er ihr aus irgendeinem Grund das große Schlafzimmer überlassen hatte, darunter sein Doppelbett.

Noch etwas, das sie auf die Liste der Themen setzen musste, die zu besprechen waren.

Tamara arbeitete bis zum Mittag, dann beschloss sie, dass es Zeit war, den Rest ihrer Umgebung zu erkunden. Vielleicht konnte sie auch gleich nachsehen, wie sich ihr Pferd einlebte. Sie zog Stiefel und eine warme Jacke an, setzte sich einen Hut auf.

Sie schaute in den Spiegel an der Hintertür und erstarrte beinahe.

Vor wenigen Wochen hatte sie von Kopf bis Fuß in ihrer Krankepflege-Bekleidung gesteckt. Heute sah sie mehr denn je aus wie ihre alte ältere Schwester, wo doch Karens Cowgirl-Kleidung zu ihr gehörte wie die Luft zum Atmen.

Es fühlte sich ... seltsam an. Tamara hatte sich schon seit zehn Jahren nicht mehr regelmäßig so angezogen. Sie hatte immer noch Zeit geopfert, um auf der Whiskey Creek Ranch auszuhelfen, wenn es nötig war, aber es war nicht ihr Leben gewesen, dieses Geschäft mit der Ranch. Und doch war es das jetzt gewissermaßen.

Sie hatte es vermisst. Mehr, als sie zugeben wollte.

Sie spazierte nach draußen, begrüßte ein paar Hunde, die auf sie zuliefen, um sie willkommen zu heißen, ehe sie sie zur größten Scheune führten. Mindestens ein Dutzend Trucks parkten neben einem langen, niedrigen Gebäude im Süden, von dem sie annahm, dass es die Schlafbaracken waren.

Im Norden gab es einen See, und sie stellte fest, dass sie neugierig darauf war. Das war das Einzige, das anders war als in der Gegend, wo sie aufgewachsen war. Tamara blieb stehen und drehte sich in einem kleinen Kreis, betrachtete das Land. Die Berge waren hier sehr viel näher, hoch aufragend und gefährlich, die zerklüfteten Gipfel bereits weiß bestäubt, und der kalte Wind, der ihr ins Gesicht blies, warnte sie, dass Dans Vorhersage eintreffen würde.

Es war fast schon Halloween. Sie konnte an einer Hand abzählen, wie oft es zu dieser Zeit noch keinen Schnee gegeben hatte, als sie aufgewachsen war.

Jenseits des Ranch-Hauses stand ein kleines Häuschen, von dem sie annahm, dass es Dare gehörte, und sie fragte sich, ob einer der Jungs einziehen würde. Genauso wie es ihre Cousins zu Hause machten, indem sie ständig Häuser tauschten, damit jeder es so gemütlich wie möglich hatte.

Ihr Blick glitt hinüber zu den weiteren Außengebäuden, dann huschte er zurück zum See, die glitzernde Oberfläche lockte Tamara immer noch. Nicht, dass sie noch einmal in eiskaltes Wasser tauchen musste, aber es war hübsch, und sie versprach sich, sich die Zeit zu nehmen, am Ufer entlang zu gehen, vielleicht später am Nachmittag mit den Mädchen.

Sie machte sich auf zur Scheune und trat vorsichtig ein, um sicherzustellen, dass sie nicht störte.

Der süße Geruch nach Heu traf sie wie eine Erinnerung, und sie schloss die Augen und lehnte sich an die nächstbeste Wand, nutzte ihre anderen Sinne, um den Augenblick zu genießen. Tiere bewegten sich langsam, es gab das Geräusch knarzender Bretter. Irgendwo arbeitete jemand mit dem Rechen, das Kratzgeräusch war sehr viel beruhigender als Nägel auf einer Schiefertafel, aber genauso deutlich.

Ja, das hatte sie höllisch vermisst.

„Ich habe nicht mitbekommen, dass die Stones eine weitere Helferin anheuern, also musst du wohl die neue Nanny sein.“

Tamara riss die Augen auf und stand direkt vor dunkelbraunen Augen in einem sehr jungen Gesicht. Die Frau trug ihr braunes Haar in zwei festen Zöpfen, ihre Wangen gebräunt von der Sonne. Sie war klein, mindestens zehn Zentimeter kleiner als Tamara, die für eine Frau mit etwas über einem Meter siebzig einigermaßen groß war.

„Die bin ich. Tamara Coleman.“

Die Frau hielt eine Hand vor und schüttelte Tamaras mit einem festen Griff, der eines doppelt so großen Mannes würdig gewesen wäre. „Kelli James.“ Sie musterte Tamara von oben bis unten, rümpfte die Nase. „Diese Kleider sehen brandneu aus. Als Ashton sagte, du hättest ein Pferd dabei, hatte ich gehofft, dass du tatsächlich weißt, mit welchem Ende der Schaufel man arbeitet.“

Tamara stieß ein erheitertes Schnauben aus. „Diese Kleider sind neu, aber vertrau mir, ich erkenne Scheiße, wenn ich sie sehe. Ich kann sie hervorragend wegputzen oder abspülen.“

Der Ärger in Kellis Miene verschwand von einem Atemzug auf den nächsten. „Gut. Ich könnte hier drin nicht noch eine empfindliche Prinzessin ertragen, die herumstolziert wie ein aufgebrachtes Fohlen. Willst du, dass ich dir zeige, wo wir dein Pferd untergebracht haben? Ashton hat eine Stelle gefunden, wo du ran kannst, ohne bei den Ranch-Arbeiten im Weg zu sein."

„Das wäre toll." Sie beäugte die Frau, dann kam sie selbst zu einem Urteil. Kelli schien wie ein Typ, dem es recht war, wenn man unverblümt sprach. „Du siehst nicht alt genug aus, um tagsüber hier zu arbeiten. Schwänzt du die Schule?"

Kelli warf ihr einen schmutzigen Blick zu. „Sechsundzwanzig, danke aber auch."

„Schwachsinn. Dustin sieht älter aus als du."

„Ha. Der Junge ist vor ein paar Wochen neunzehn geworden und dachte sich, da sei er wohl alt genug, um mich zu fragen, ob ich mit ihm ausgehe." Sie warf einen Blick auf Tamara. „Dich fragt er vermutlich auch."

„Obwohl ich so alt bin?", neckte Tamara.

„Wer redet jetzt Schwachsinn?" Sie blieben neben einer Box stehen, und Stormy kam vor, schob die Nase über das Tor, um Tamara liebevoll anzustoßen, während Kelli um die Seite kam. „Er ist ein ganz Schöner."

„Stormy kann kein Wässerchen trüben, und das ist genau, was ich beim Reiten brauche." Tamara wischte sich die Hände an der Jeans ab. „Du hast recht. Meine ganze Ausrüstung *ist* neu. Ich habe einen Job gemacht, der nicht auf der Ranch war, und zwar so lange, dass es wichtig war, an den paar Tagen, an den ich zum Reiten gekommen bin, ein zuverlässiges Pferd zu haben. Meine Schwester Karen kennt sich mit Pferden aus, und sie hat mir Stormy vor ein paar Jahren ausgesucht."

„Gute Wahl." Kelli strich mit einer Hand über Stormys Nase, streichelte ihn liebevoll, ehe sie eine Karotte aus ihrer Tasche holte und sie ihm gab. Sie wandte sich zurück an Tamara. „Ich zeige dir, wo wir den Sattel und den Rest deiner Ausrüstung hingebracht haben, und wenn du dann willst, kann ich dich auf eine kleine Tour mitnehmen."

„Ich will dich nicht von der Arbeit abhalten", widersprach

Tamara, die sich fragte, wie schnell sie sich noch mehr Schwierigkeiten mit Caleb einhandeln konnte, wenn sie seine Arbeiter stibitzte.

Kelli winkte bei ihren Widerworten ab. „Ich arbeite gerade nicht. Ich hänge nur gern hier rum. Wenn ich den Führer spiele, habe ich eine Ausrede."

In ein paar Minuten war klar, dass Kelli nicht übertrieb – sie liebte Silver Stone, und sie kannte seine ganze Geschichte, und jeden, der hier arbeitete, und alle Tiere.

„Das hier ist Cherry Blossom. Ashton schätzt, dass seine letzten Besitzer entweder fett und faul waren, oder fies und faul, denn das Pferd wird verdammt nervös, wenn man mehr als eine Decke auf seinen Rücken legen will." Kelli verschränkte die Arme und legte sie auf einen Zaunpfosten außerhalb des Reitplatzes, wo ein älterer Mann mit silbern angehauchtem Haar das Pferd an der Longe gehen ließ. „Sie wird mal ein tolles Reitpferd. Ich freue mich darauf, wenn ich aufsatteln kann." Sie warf einen Blick auf Tamara, ehe sie mit der Hand auf sich deutete. „Ich mit meinem erheblichen Gewicht gehe gut als Startpaket für nervöse Pferde."

„Du hast keine Angst?" Tamara kannte die Antwort, aber sie wollte sehen, wie Kelli reagierte, denn die Frau erwies sich als völlige Spaßkanone.

Und so war es auch, Kelli machte ein unflätiges Geräusch, ehe sie ein breites Grinsen in Tamaras Richtung warf. „Teufel, es macht doch Spaß, sich auf große Dinge zu setzen, die sich aufbäumen."

Sie zwinkerte, und Tamara lachte laut. „Wir werden uns gut verstehen, du und ich."

Kelli stieß sie fröhlich in den Arm, dann deutete sie auf das Tor. „Willst du Ashton kennenlernen?"

Tamara warf einen Blick auf die Uhr. „Das hebe ich mir lieber für nächstes Mal auf. Ich muss noch ein paar Dinge erledigen, ehe der Schulbus kommt, und ich sollte ein wenig mehr auspacken.“

„Also morgen“, rief Kelli. „Wenn du meinst, du kannst für ein paar Stunden mal weg, sorge ich dafür, dass ich frei habe, um dich auf eine längere Tour mitzunehmen. Wir können ausreiten – ich bring dich zu den Heart Falls.“

Es hatte keinen Sinn, zu erwähnen, dass sie die bereits gesehen hatte, ganz aus der Nähe und persönlich. „Das würde mir gefallen.“

Kelli ging mit ihr zum Parkplatz. „Ziehst du in das Häuschen, oder in Ginnys Zimmer?“

Oh. Das erklärte, warum Caleb nicht im großen Schlafzimmer war. „Nicht ins Häuschen – ich muss im Haus sein, um mit den Mädchen zu helfen. Ich bin gleich neben ihnen.“

Sie blieb stehen und wartete, denn Kelli war nicht mehr an ihrer Seite, sondern blieb wie angewurzelt ein paar Schritte zurück, ihr stand der Mund offen. „Ginnys Zimmer ist unten. Ernsthaft? Du bist im großen Schlafzimmer?“

Verdammt noch mal, das bedeutete, dass sie Caleb wirklich aus seinem Zimmer geworfen hatte. „Ich schätze, Caleb hat es wohl aufgegeben, damit ich ein eigenes Bad habe.“

In einer seltsamen, gar nicht zu ihr passenden Geste schaute Kelli überallhin, nur nicht auf Tamara, als würde sie heftig nachdenken, ehe sie etwas sagte, ihr Gesicht vor Schmerz verzogen, bevor ihr offensichtlicher Versuch, die Kontrolle aufrecht zu erhalten, scheiterte. „Caleb schläft neben seinem Büro. Und Ginny hat sich geweigert, in das große Schlafzimmer zu ziehen, weil sie sagte, der anhaltende Schwefelgeruch würde sie wachhalten.“

Okaaaaayyy. Es schien, als würde in diese Situation sehr viel mehr hineinspielen, als Tamara geahnt hatte. „Ich weiß nicht, ob ich will, dass du mir davon erzählst.“

„Was das Codewort dafür ist, dass du so neugierig bist, wie man nur sein kann, aber du bist höflich und fragst nicht am ersten Tag im Job nach den ganzen schmutzigen Details?"

„So ziemlich", gab Tamara zu.

„Du hast recht. Wir werden uns hervorragend verstehen", sagte Kelli mit einem Grinsen, tätschelte Tamara die Schulter, während sie sie am Rande des Parkplatzes stehen ließ. „Diese Kinder haben verdammt noch mal was Besseres verdient, als das, was sie bekommen haben, wenn es um ihre Mama geht, doch Caleb ist ein richtig süßer Dad. Das sind alle Gerüchte, die du im Augenblick von mir bekommst."

Was mehr als genug war. „Wir sehen uns morgen nach dem Mittagessen?"

„Wenn niemand im Haus ist, komm doch mit mir, und ich stelle dir JP vor. Dann können wir eine Weile reiten."

Tamara verbrachte die nächsten eineinhalb Stunden damit, alles für den Abend bereit zu machen. Sie war keine extravagante Köchin, aber sie wusste, wie man schmackhafte Mahlzeiten zubereitete, die Kraft gaben und die Mädchen trotzdem interessieren würden.

Da sie schon mal dabei war – machte sie ein Blech Kekse. Es gab keinen Grund, weshalb sie den Anfang dieses Kennenlernens nicht versüßen sollte. Besonders, da sie vorhatte, das Boot sehr viel schneller in unruhige Gewässer zu steuern, als sie vermutlich erwarteten.

Dan grinste sie an, als er die Bustüren öffnete, und die Hunde, die herübergewandert waren, um sich mit Tamara hinzusetzen, bellten begeistert, während sie darauf warteten, dass Sasha und Emma ausstiegen. „Hallo, neue Nanny Tamara. Willkommen in Heart Falls. Hatten Sie einen schönen Tag?"

„Ja, danke schön", antwortete sie einfach. „Haben Sie einen schönen Nachmittag."

Sasha stürmte vorbei, Emma machte vorsichtigere Schritte.

Tamara wandte ihre Aufmerksamkeit Emma zu. „Dein Rucksack sieht total voll aus. Hättest du gern Hilfe beim Tragen?"

Emma schlüpfte aus den Riemen, als Sasha schon zurückgelaufen kam.

„*Komm* schon, Em. Ich muss dir was zeigen." Sie erwischte ihre Schwester an der Hand und zog sie vorwärts.

Emma warf einen Blick über die Schulter auf Tamara, aber sie sagte Sasha nicht, dass sie aufhören sollte.

Tamara ging hinter ihnen her, während sie nicht einmal zehn Schritte von ihr entfernt aufhörten zu laufen und Sasha wieder mit Höchstgeschwindigkeit sprach. Alles an der Situation machte Tamara nervös, und sie fragte sich, ob ihr Bauchgefühl sie in Schwierigkeiten bringen würde.

Vermutlich, aber wem machte sie denn etwas vor? Sie konnte sich sämtliche Ziele zu ihrer eigenen Weiterentwicklung setzen, die sie wollte, aber gerade hier und jetzt musste sie sich an ihre anfänglichen Instinkte halten. Sie würde die Kinder, die ihrer Verantwortung unterstanden, von niemandem herumschubsen lassen.

Nicht einmal von sich selbst.

Die Mädchen verschwanden in ihre Zimmer, die Rucksäcke blieben im Gang zurück. Tamara nahm die Taschen auf und trug sie in die Küche, ließ sie auf die Insel fallen. Dann lehnte sie sich an den Tresen und wartete.

Und es dauerte nicht lange, bis beide ins Zimmer gestürmt kamen, genau wie sie und ihre beiden Schwestern, Karen und Lisa, nachdem sie aus dem Schulbus gestiegen waren, halb am Verhungern.

„Okay, ihr beiden." Tamara rieb sich die Hände, als würde sie sich für einiges bereitmachen. „Wir haben noch keinen richtigen Kalender, darum habe ich ein Blatt Papier an den

Kühlschrank gehängt. Wir schreiben alles auf, was ihr aus der Schule mitbringt und worum wir uns kümmern müssen. Wenn ihr eure Rucksäcke ausleeren kommt, können wir alles eintragen, was neu ..."

„Daddy hat einen Kalender", unterbrach Sasha.

„Hat er", stimmte Tamara zu. „Und da steht alles, was er für die Ranch-Geschäfte braucht, und ich bin mir sicher, bis jetzt stand auch eine Menge Zeug für eure Schule drin, aber das ist eine von meinen Aufgaben. Wie euer Daddy sagte, ich bin hier, um mich darum zu kümmern, dass euch kein Spaß entgeht, bloß weil er nicht im Kalender steht."

Statt nach ihrem Rucksack zu greifen, verschränkte Sasha die Arme vor der Brust.

Aha. Der Kampf hatte begonnen.

Tamara wandte sich an Emma. „Wenn du deinen Rucksack ..."

„Emma will ihren Rucksack auch nicht ausleeren."

Tamara hob eine Augenbraue. „Dich habe ich nicht gefragt."

Sashas Stimme wurde lauter. „Emma redet nicht. Ich rede für sie, und sie will ihren Rucksack nicht ausleeren. Und sie will auch nicht, dass du etwas auf den Kalender schreibst, und sie will keine Nanny. Keine von uns will das."

„Aha. Danke, dass du deine Meinung mitgeteilt hast. Jetzt musst du warten, bis du dran bist, denn ich rede mit Emma." Tamara wandte Sasha den Rücken zu und konzentrierte sich auf das kleine, süße blonde Mädchen, das wie wild auf der Unterlippe kaute. Während Sasha lauter geworden war, sprach Tamara mit stiller Autorität.

„Du bist ein sehr kluges kleines Mädchen, und wenn du nicht laut reden willst, dann ist das, schätze ich, deine Sache. Aber das bedeutet, wenn jemand dir eine Frage stellt, oder du jemandem etwas sagen willst, musst du dieses kluge Köpfchen da benutzen", Tamara tippte sich mit dem Finger an die Stirn, „und ausdrücken, was du gern möchtest. Du kannst eine Nachricht schreiben. Du kannst ein Bild malen. Du kannst es vorspielen, aber ich warne dich, dass ich niemals gut in Ratespielen war, darum dauert das vielleicht lange."

Emma verschränkte die Arme vor der Brust, ihre Unterlippe frustriert vorgestreckt, und einen Sekundenbruchteil lang sahen sie und Sasha wie gespiegelte Statuen aus. Sture, nicht sonderlich glückliche Statuen.

„Emma lässt sich nicht gern herumkommandieren ..."

Tamara stieß eine Hand in Sashas Richtung. „Bitte unterbrich jetzt nicht. Deine Schwester und ich unterhalten uns."

Sashas Mund klappte entsetzt auf, was Tamara gerade ausreichend Zeit verschaffte, um weiterzumachen, wo sie aufgehört hatte, während sie Emma in die Augen schaute. „Deine Schwester ist lieb, aber sie ist nicht du. Wenn du *willst*, dass sie für dich spricht, sag ihr das. Schubse sie an, wirf etwas nach ihr, benutze Zeichensprache. Mir ist egal, wie, aber wenn ich da bin, darf sie nicht einfach so *für* dich reden, außer du sagst ihr, dass sie es darf."

Sasha plusterte sich auf. „Ich weiß, was sie will."

„Du hast gerade schon wieder unterbrochen", erklärte Tamara. „Aber gut. Sprechen wir darüber. Ich bin sicher, dass du weißt, was Emma will – manchmal. Vielleicht sogar meistens." Tamara beäugte Emma und verschränkte die Finger, hoffte auf das Beste. „Immer? Rät Sasha immer richtig? Weiß sie immer, worum du bittest? Was du essen möchtest, oder was du zu Halloween gern sein möchtest?"

Ein langsames, zögerliches Schütteln der blonden Locken folgte.

Zum Glück gab es aufrichtige kleine Mädchen.

Tamara hob eine Augenbraue in Sashas Richtung, sprach

noch leiser. „Du musst höflicher zu deiner Schwester sein, und nicht zu viel annehmen. Ich weiß, dass du sie lieb hast, und ich weiß, dass du einfach nur helfen willst. Ich habe überhaupt kein Problem damit, dass du die Nachricht übermittelst, wenn Emma dich darum bittet, und mir ist es egal, ob sie Telepathie benutzt, um dich darum zu bitten."

Sashas Gesicht verzog sich voller Verwirrung, aber sie weigerte sich, zu fragen, was das bedeutete.

Gut – Tamara hatte nie viel davon gehalten, sich anzubiedern. „Fängt an wie Telefon, geht dann mit P A T H weiter und hat am Ende ein IE. Schlag es nach."

Sie beachtete sie einen Augenblick lang nicht, während sie sich zur Anrichte drehte, holte die Kekse heraus, die sie vorher gebacken hatte, und Gläser mit Milch. „Habt ihr Hunger? Wollt ihr was essen, bevor ihr eure Rucksäcke auspackt und dann mit euren Hausaufgaben anfangen?"

Dies war der Augenblick, in dem alles schief gehen konnte. Emma griff mit einer Hand nach einem Keks und einem Glas Milch mit der anderen.

Sasha …

Ihre Unterlippe zitterte eine Sekunde, bevor ihr ganzes Gesicht sich verzog. Sie verschränkte die Arme auf dem Tresen, barg das Gesicht in der Armbeuge und begann lauthals zu weinen.

Es war ziemlich beeindruckend.

Nur dass es nicht der erste Tobsuchtsanfall war, den Tamara mitbekam – sie hatte eine Menge Zeit auf der Kinderstation des Krankenhauses verbracht und hatte Weinen und wütende Tränen aus sehr viel besseren Gründen gesehen, als dass eine neue Regel festgelegt wurde.

Das war der Grund, weshalb es ziemlich einfach war, den Aufruhr zu ignorieren, und nach einem Keks zu greifen. Sie genoss das süße Teilchen, während Emma zwischen ihnen beiden vor und zurück schaute, ihre Augen wurden immer größer, als Tamara nichts unternahm, um die heulende Sasha zu beruhigen.

Tamara wischte sich zart den Mund ab, bevor sie zu Emma sagte: „Sie kommt schon in Ordnung. Sie fühlt sich nur ein wenig emotional. Willst du, dass ich dir mit deinem Rucksack helfe?"

Emma knabberte ein weiteres Mal an ihrem Keks, während Sasha noch lauter heulte. Schließlich, mit erstaunlichem Mut, klopfte sie ihrer Schwester auf den Rücken, dann schob sie die Hausaufgaben Tamara hin, sodass sie beide Hände für ihr Glas Milch frei hatte.

So sei es. Vielleicht wurden sie taub, aber Tamara schätzte, das war ein akzeptabler erster Schritt des Nanny-Prozesses. Sie schob sich den Rest ihres Kekses in den Mund und machte den nächsten Schritt.

6

Caleb hatte vorgehabt, zu Hause zu sein, wenn die Mädchen aus dem Bus stiegen, aber er war ein paar Minuten zu spät gekommen, was bedeutete, dass er rechtzeitig ins Haus kam, um zu hören, wie Sasha in Tränen ausbrach.

Er kannte seine Tochter gut genug, um in dem Geräusch Krokodilstränen zu erkennen, und nichts ernsteres, aber trotzdem kam als erstes das Gefühl des völligen Versagens in ihm auf.

Das war nicht, was er sich für sie gewünscht hatte. Bei allen Veränderungen in den letzten zwei Monaten – und zum Teufel, den Jahren zuvor – waren ihre kleinen Welten außer Kontrolle geraten. Sich in seinem Alter mit dem Unbekannten herumschlagen zu müssen, war schon schwierig genug, ganz zu schweigen von ihrem.

Er blieb im Gang stehen, warf einen Blick in die Küche, ohne sich zu zeigen. Auf den ersten, zwei Sekunden langen Blick erhaschte er die Emotionen, die über Tamaras Gesicht gingen. Traurigkeit, Verwirrung – das verstand er. Sasha war kein einfacher Mensch. Das Einzige, was er nicht sah, war

Frust, darum blieb er zurück und wartete noch einen weiteren Moment.

Tamara legte beide Hände auf die Kücheninsel, holte tief Luft, während sie Sasha mit diesem Hauch Traurigkeit im Blick betrachtete. Mit einem Blick auf Emma schüttelte sie mitfühlend den Kopf, doch sie machte nicht den Versuch, hinüber zu gehen und Sasha zu umarmen oder so was.

Dann ignorierte sie Sasha und trat an Emmas Seite.

„Eine Mitteilung zu einem Ausflug. Ich schreibe es auf den Kalender." Tamara legte das offene Hausaufgabenbuch vor seiner jüngeren Tochter ab. „Oh, toll – Wörter buchstabieren."

Emma streckte die Zunge heraus.

Tamara lachte leise und klopfte Emma auf die Schulter. „Ja, mir geht's auch so, Kleine. Aber wenn du Nachrichten schreiben willst, lernst du lieber mal buchstabieren. Wie wäre es, wenn du loslegst? Wir geben Sasha mal noch eine Minute."

Caleb lehnte sich an die Wand im Gang und sah zu, wie Tamara an etwas auf dem Herd arbeitete und immer wieder mal zurückkam, um nach Emma zu sehen. Während der ganzen Zeit weinte Sasha weiter – große, dramatische Schluchzer, die einen Oscar verdient hätten. Leiser, dann wieder lauter, wenn ihr klar wurde, dass sie keine Aufmerksamkeit bekam.

Tamara beachtete die Vorführung nicht weiter, abgesehen davon, dass sie sich eine Schachtel Kleenex von der seitlichen Anrichte schnappte und sie neben Sashas Ellbogen fallen ließ.

Inzwischen warf Emma ihrer Schwester einen bösen Blick zu, aber sie ignorierte das Geheule auch mit unfassbarer Geduld.

Sie waren toleranter als er. Calebs Nerven waren durch das Kreischen strapaziert. Er trat vor und räusperte sich, sorgte dafür, dass es laut genug war, damit sie vorgewarnt waren, bevor er das Zimmer betrat.

Tamara sah ihn, und ihre überraschte Miene und sein Geräusch sorgten dafür, dass Sasha über die Schulter blickte ...

Wunder, oh Wunder, die Tränen hörten auf, als hätte sie einen Hahn zugedreht. Sie schnappte sich eine Handvoll Taschentücher, während sie rasch nach ihrem Rucksack griff und Sachen herausholte, das Gesicht die ganze Zeit abgewandt.

Tamara sah misstrauisch zu, doch Emma glitt von ihrem Stuhl und lief zu ihm, um ihn wie üblich zu begrüßen, blieb ein paar Zentimeter entfernt stehen, ehe sie die Nase rümpfte und sie sich dann zur Betonung zuhielt.

„Ja, Schatz, ich habe was Stinkendes gearbeitet, und ich bin für heute noch nicht mit der Arbeit fertig. Ich dachte einfach, ich schau mal vorbei und sage Hallo." Er warf einen Blick auf die Kücheninsel. „Sind das Kekse? Ich muss vielleicht ein paar davon stehlen."

Emma küsste ihre Fingerspitzen, dann drückte sie sie ihm an die Lippen, ehe sie zum Tresen lief und sich ein Glas schnappte.

Sie hielt es ihm hin.

„Ich hätte gern Milch. Wie isst man denn Kekse ohne ein Glas Milch?"

„Kekse ohne Milch sind illegal", stimmte Tamara zu. „Sasha, würdest du bitte etwas für deinen Daddy einschenken?"

Sasha stand rasch von ihrem Hocker auf, schnappte sich Milch aus dem Kühlschrank und machte sich an die Arbeit, um das Glas zu füllen, das Emma auf die Arbeitsplatte gestellt hatte. Sie hielt inne, um ihre Taschentücher loszuwerden, ehe sie sich an ihn wandte, jeglicher Hinweis auf die Tränen war wie weggewischt, und ein hübsches Lächeln an ihre Stelle getreten. „Wir essen kurz was, bevor wir Hausaufgaben machen."

Caleb nickte. „Verstehe. Klingt nach einem tollen Plan. Und lecker. Kekse – das kriegen wir nicht jeden Tag."

Emma sah das offensichtlich genauso, denn sie hatte zwei in einer Faust, den Bleistift in der anderen. Sie zog ein Stück Papier hervor und zeichnete ein Bild.

„Sind das deine Wörter zum Buchstabieren?", fragte Tamara.

Ihre kleinen Schultern hoben sich, ehe Emma einen großen Seufzer ausstieß und das Papier unter ihren Block gleiten ließ, bereit, zu der gefürchteten Aufgabe zurückzukehren.

Es war nicht angemessen, über eines seiner Kinder zu lachen. Er wechselte einen Blick mit Tamara, dankbar, dass er kein Wort sagen musste. Sie hatte seine Erheiterung wahrgenommen, der Hauch eines Lächelns spielte um ihre Mundwinkel.

Er stand auf und genoss seinen Keks, während Sasha ihm ein paar zufällige Begebenheiten erzählte, darunter, was sie im Sportunterricht getan hatte, dass jemand in der zweiten Klasse bald Geburtstag hatte, und dass das Kissen auf ihrem Bett klumpig war.

Die kalte Milch spülte die Süße des Kekses perfekt hinunter, und da der dritte Weltkrieg abgewandt schien, machte er sich wieder auf.

„Seid brav", warnte Caleb, drückte Sasha einen Kuss auf den Kopf, ehe er sein Glas in der Spüle stehen ließ.

„Immer", sagte sie, ohne zu blinzeln.

Bei Gott, auf ihn warteten so viele Schwierigkeiten.

Er kehrte in die Scheune zurück, dachte unterwegs intensiv nach. Er würde ein wenig mehr Zeit aufbringen müssen, um sicherzustellen, dass seine Mädchen es gut hatten, doch er würde sie Tamara nicht vertreiben lassen. Er konnte nicht ganz allein weitermachen. Soweit er bisher gesehen hatte, war Tamara genau die Person, auf die er im Leben seiner Töchter gehofft hatte – streng, und doch mit Sinn für Humor.

Er war immer noch ein wenig abgelenkt, als er durch die Türen ging und beinahe in Ashton hineinlief.

Der Vorarbeiter hielt eine Hand hoch, damit sie nicht zusammenstießen. „Augen auf, Junge. Ich will nicht auf dem Boden landen."

„Tut mir leid, Ashton", sagte Caleb. „Du bist normalerweise ein viel größeres Ziel. Du hast kein Pferd neben dir."

„Deine Brüder wollen mich um meinen Job bringen", beschwerte sich Ashton, bevor er bewies, dass sein Grummeln nur gespielt war. „Es ist gut, Walker wieder da zu haben. Vielleicht lasse ich ihn die Arbeit mit Dewdrop übernehmen, wenn es dir nichts ausmacht."

Caleb zuckte mit den Schultern. „Du kennst die Tiere am besten, du und Luke. Aber ich dachte, wir hätten sie verkauft."

Ashton machte ein unflätiges Geräusch. „Luke wollte sie verkaufen, aber ich wollte sie auf keinen Fall an diese Frau gehen lassen."

Caleb verbarg sein Lächeln. Es gab nur eine Frau, die sein Vorarbeiter als *diese Frau* bezeichnete. Ashton und Sonora hatten eine lang anhaltende Fehde.

Eine Fehde oder etwas anderes? Nicht, dass Ashton es je zuzugeben hätte, doch Caleb war ziemlich sicher, dass der Mann es auf die Frau abgesehen hatte, die ein paar Feldwege von ihrer Ranch entfernt wohnte.

„Das ist nicht sehr nett", tadelte er. „Luke sagte, er würde ihr das Tier verkaufen. Wir handeln uns noch einen schlechten Ruf ein, wenn du zurücknimmst, was wir versprochen haben."

Ashton grummelte kurz vor sich hin, bevor er verlegen das Gesicht hob. „Ich habe ihr ein anderes Pferd gegeben", gab er zu. „Sie braucht doch nichts Junges und Wildes. Sie braucht was Ruhiges und Zuverlässiges, also habe ich ihr Sampson gegeben."

Caleb schaute weg, denn diesmal konnte er sein Grinsen nicht zurückhalten. Der Mann war ein sentimentaler Narr. Sampson war vermutlich mehr als doppelt so viel wert wie das unbändige junge Fohlen, zumindest auf kurze Sicht.

Ashton schien zu spüren, was Caleb nicht sagte. Er stieß ein barsches Geräusch aus. „Ich weiß, aber es wäre doch schade zu hören, wenn sie sich den Hals bricht, weil sie versucht, ein Pferd zu reiten, das ihr zu viel war."

„Das sehe ich auch so", sagte Caleb. „Mit wem würdest du denn auf Ginnys jährlichem Grillfest streiten, wenn Ms. Sonora nicht mehr da wäre?"

Ashton warf ihm einen finsteren Blick zu. „Mach dich nicht über mich lustig, junger Mann, ich kann dich immer noch übers Knie legen ..." Er beäugte Caleb, bevor er den Kopf schüttelte. „Vergiss das. Ich kann dir das Leben immer noch zur Hölle machen, aber ich werde mir nicht den Rücken verreißen, weil ich versuche, eines von euch Monstern zu Boden zu ringen."

„Gute Entscheidung", sagte Caleb, bevor er Ashton auf den Rücken schlug und dann durch die Scheune auf den Reitplatz ging. Die kurzzeitige Ablenkung von den Sorgen um seine Mädchen war ihm willkommen, und als er seine Brüder fand, die mit den neuesten Pferden arbeiteten, blieb er stehen und beobachtete sie einen Augenblick lang zufrieden.

Die Art, wie sie ihre Talente zur Schau stellten, ließ sich nicht leugnen. Sogar Dustin hatte das Potenzial, zu einem großartigen Reiter zu werden.

Caleb stand mit dem Fuß auf der Umfriedung, während die Jungs geschmeidig über den Platz ritten, einander abwechselnd beobachteten und ihre Bewegungen analysierten, den Gang berichtigten und ruhelose Tiere beruhigten.

Walker sah ihn und winkte, lenkte mit den Knien sein Pferd dorthin, wo Caleb wartete. „Willst du mitmachen? Wir arbeiten noch ein paar Stunden, dann gehen wir zum Abendessen in die Stadt zu Longhorns Steakhouse."

„Ich helfe, aber auf die Steaks muss ich ein andermal zurückkommen." Obwohl er äußerst verführt war. Die Gelegenheit, sich mit Walker auf den neuesten Stand zu bringen, war einfach verlockend. „Ich muss in den nächsten Tagen am Haus bleiben. Den Mädchen die Gelegenheit geben, sich daran zu gewöhnen, dass Tamara da ist."

Luke war auch da, saß aufgerichtet im Sattel, während er sich Calebs letzte Anmerkungen anhörte. „Es wird gut werden, wenn sie sich eingerichtet hat. Ich weiß, dass du für deine Kinder da sein willst, aber du brauchst auch Zeit für dich." Er grinste hinüber zu Walker, in seinen Augen blitzte Erheiterung auf. „Man muss ihn vielleicht mit in die Stadt nehmen und sehen, ob er sich noch daran erinnert, was man mit einer Frau anstellt."

„Halt's Maul", sagte Caleb trocken.

„Stimmt schon, Luke. Sei nicht unhöflich." Walker wedelte mit dem Finger in die Richtung ihres Bruders. „Du weißt doch, dass er es eigentlich nicht vergessen hat, es ist nur so lange her, dass er am Ende vielleicht ein wenig rasch den Abzug betätigt."

Luke kicherte, viel zu erheitert für jemanden, dessen Lebenserwartung nicht viel länger war als bis zum nächsten Atemzug. „Das ist aber nicht der Ruf, den wir über die Stone-Jungs in Umlauf bringen wollen. Das läuft unserem Namen zuwider." Er zwinkerte teuflisch.

Caleb schüttelte den Kopf, und warf beim Gehen über die Schulter: „Ihr Jungs seid eine Horde Teenager."

„Darum geht es doch. *Wir* nicht, aber gerade im Augenblick bist du es vermutlich", neckte Luke.

„Hört auf, euch herumzudrücken", rief Dustin von der entgegengesetzten Seite des Platzes herüber.

Caleb ignorierte sie alle, während er sich einen Sattel schnappte und sich an die Arbeit machte. Er hielt aber die Uhr im Auge und sorgte dafür, dass er mit genug Zeit zurück im Haus war, um sich zu waschen und bereit zu sein, zu helfen, bevor das Abendessen auf dem Tisch stand.

Er zog eine saubere Jeans und ein dunkles T-Shirt an, fuhr sich mit dem Kamm durch die Haare und erklärte das für erledigt, dann beeilte er sich, nur für den Fall, dass es weitere Tobsuchtsanfälle gegeben hatte, mit denen man sich akut befassen musste.

Stattdessen begrüßte ihn eine friedliche Stille, als er sein Zimmer verließ, das leise Murmeln von Country-Musik wurde lauter, während er den großen Raum betrat. Der Tisch war gedeckt, und die fantastischsten Gerüche trieben durch die Luft. Er schaute noch einmal nach, um sicherzugehen, aber Sasha war im Zimmer, spielte mit Emma ein Brettspiel, während sie vor dem leeren Kamin auf dem Boden saßen. Tamara saß an der Kücheninsel, Kochbücher und Papier in der Hand, während sie schrieb. Auf einem neuen Kalender auf dem Kühlschrank standen einige leuchtende Anmerkungen in einer klaren Handschrift, und weitere Kekse kühlten auf Gittern auf dem Tresen ab.

Caleb sagte kein Wort, weil er Angst hatte, dass hier irgendeine Magie am Werk war, und wenn man über die friedliche Lage sprach, würde das den Zauber auflösen.

Nicht nur waren die Mädchen ruhig und gesittet, das Zimmer fühlte sich auch gemütlich an. Außerdem machte es ihm gar nichts aus, dass etwas zu essen auf dem Tisch stand, das nicht er dort hingestellt hatte.

Er schloss die Augen und holte tief und wertschätzend

Luft. „Ich schwöre, es riecht besser, wenn jemand anders kocht."

„Daddy!" Sasha rappelte sich vom Boden auf.

Beide Mädchen kamen gelaufen, um ihn zu begrüßen, und er musste zugeben, dass es etwas bis in die Seele Zufriedenstellendes hatte, das Glück auf ihren Gesichtern zu sehen und den festen Druck ihrer Umarmungen zu spüren. Er war kein perfekter Vater, aber sie schienen genug Freude an ihm zu haben, zumindest meistens.

Tamara war auch aufgestanden, und sie deutete auf den Tisch. „Willst du dich gleich hinsetzen, oder erst noch was trinken?"

„Ich kann schon was essen."

Er und die Mädchen waren auf halbem Weg zum Tisch, als es kurz an der Tür klopfte. Einen Augenblick später schwang sie auf, und Dustin steckte den Kopf herein und lächelte. Das Gesicht seines Bruders war um einiges sauberer als noch vor einer halben Stunde, als Caleb hätte schwören können, der Junge hätte sich im Schlamm herumgerollt.

„Bin ich hier richtig?" Er trat ein, einen Korb in der Hand. Den hielt er Tamara hin. „Frisches Brot. Das hat JP dir geschickt."

Tamara nahm ihm den Korb ab, wies ihn zum Tisch. „Zieh dir die Stiefel aus, dann setz dich", sagte sie. „Du bist genau richtig."

Caleb zählte rasch und bemerkte, dass der Tisch für fünf gedeckt war. „Du hast nicht gesagt, dass du dich beim Essen zu uns gesellst."

„Tamara hat mich eingeladen, als ich vorhin vorbeigeschaut habe." Dustin entledigte sich seiner Stiefel, stellte sie auf die Matte neben der Tür. Er blieb stehen, um sich die Hände zu waschen, ehe er zum Tisch kam, den Mädchen durch die Haare fuhr und sich dann auf einen Stuhl neben Sasha fallen ließ. „Wir haben gearbeitet. Ich wollte nicht unterbrechen, weil ich mir dachte, ich würde dich schon bald sehen." Er grinste Tamara an. „Mann, das riecht himmlisch."

Ein Backblech mit Rippchen wurde vor Caleb auf den Tisch gestellt, und er hatte keine Zeit mehr, sich zu beschweren, dass er nicht Bescheid wusste, was in seinem eigenen Heim vorging.

Obwohl er verdammt noch mal eine Sache wusste, die vorging, und die nicht mehr sonderlich lang so gehen würde – falls Dustin dachte, er könnte mit Tamara flirten, dann *Teufel*, *nein* aus so vielen Gründen.

Tamara stellte den Rest des Essens vor ihm ab. Sie hatte alle Teller auch dort aufgestapelt, und als sie sich rechts von ihm hinsetzte, zögerte er. Besonders, sobald sie die Wasserkaraffe nahm und allen etwas einzuschenken begann.

Eine Erinnerung an eine frühere Zeit traf in hart – Wendy auf demselben Platz. Ihre blonden Haare zurückgesteckt, das Gesicht angespannt. Still, während die Mädchen plapperten und Dustin, Ginny und Dare einander aufzogen.

Tamaras Miene wurde besorgt. „Das stimmt so, oder? Wie ich den Tisch hergerichtet habe?"

Er beeilte sich, sie zu beruhigen, das Kneifen in seinem Bauch war unangenehm, während sie auf seine Antwort wartete. „Familienritual", erklärte er, während er eine Portion von allem auf den ersten Teller gab. Er zögerte, dann stellte er ihn vor sie. „Ich weiß nicht mehr, wann es angefangen hat, aber mein Dad hat immer alle bedient. Als sie starben, habe ich diese Tradition beibehalten."

Dustins Lächeln verflog, Nachdenklichkeit legte sich auf seine Züge, als er Caleb in die Augen schaute. „Wir haben in diesem Schlamassel, als sie weg waren, irgendwas gebraucht, das gleich blieb." Er warf einen Blick hinüber zu Tamara. „Ich war zu klein, um mich an alle Einzelheiten zu erinnern, aber ich schätze, weil an manchen Tagen sieben Leute am Tisch saßen, und elf, wenn Dares Familie sich uns anschloss, war es die einzige Art, wie man sicherstellen konnte, dass jeder ein wenig aus dem Topf bekam."

Caleb hatte weiter ausgeteilt, während Dustin redete. Sasha warf ihm einen Blick zu, als sie ihm einen vollen Teller reichte, als würde ihr etwas zum ersten Mal auffallen. „Du warst so groß wie ich jetzt, als Oma und Opa gestorben sind."

Dustin nickte einmal.

„Ich bin nicht zu klein, um mich an Dinge zu erinnern. Und Emma ist das auch nicht. Wir erinnern uns an *vieles*."

Ihre Lippen verzogen sich stur, und Caleb musste lachen. „Ja, Schatz, ihr erinnert euch an vieles. Ich glaube, Onkel Dustin möchte sagen, dass *er* so alt ist, dass er vergessen hat, wie es ist, wenn man sieben und neun ist, wie du und Emma."

Emma stieß Sasha an und machte unter dem Tisch etwas mit den Fingern, dann schauten sie aus irgendeinem merkwürdigen Grund beide zu Tamara, bevor Sasha ihm einen betonten Blick zuwarf.

„Emma ist siebenein*halb*", rief ihm Sasha streng in Erinnerung.

Alle aßen und tranken, und die Unterhaltung wandte sich Erinnerungen zu, und ob sie eher wie eine Fernsehsendung oder ein gerahmtes Bild waren, und langsam ließ dieses Gefühl, von einem Geist beobachtet zu werden, weit genug nach, dass Caleb tief Luft holen und sich daran vorbeidrängen konnte.

Das Essen half. Er schlug die Zähne in ein weiteres Stück gegrillte Rippchen und seufzte glücklich.

Neben ihm kicherte Tamara. „Was hättest du getan, wenn ich nicht kochen könnte? Das hast du mich nie gefragt."

„Die Tatsache, dass er bei seiner dritten Portion ist, bedeutet, dass er weiß, wie viel Glück er hatte", neckte Dustin, noch während er seinen Teller hinhielt. „Ich habe auch Glück. Noch ein paar?“

„Vierte Portion“, erklärte Caleb, doch er schob das letzte Rippchen auf den Teller seines Bruders.

Als das Abendessen erledigt war, übernahm Dustin wieder das Abspülen, diesmal trocknete Sasha ab und Emma räumte auf.

Tamara deutete auf Caleb. „Ich habe mir die Waschmaschine angeschaut, wenn du also Kleidung hast, die du morgen brau...“

„Ich wasche selbst“, unterbrach Caleb.

Sie verschränkte die Arme. „Meine Aufgabe, weißt du noch?“ Sie starrten einander einen Augenblick an, ehe sie nachgab. „Was immer du willst. Wenn es im Waschraum ist, wird es gewaschen. Liegt bei dir. Du bist erwachsen, und ich habe andere Kämpfe, die ich austragen muss.“

Sein Blick wanderte zu seinen Töchtern. „Danke, dass du den Kampf aufnimmst. Alles in Ordnung, wie die Dinge heute gelaufen sind?“

Tamara nickte. „Schon ziemlich. Können wir reden, wenn die Mädchen im Bett sind?“ Er stimmte zu. Dann machten sie eine Weile unterschiedliche Dinge, der Abend verging, bis das Zähneputzen und andere nächtliche Rituale begannen.

Die stille Zeit, wenn er die Mädchen ins Bett brachte, hatte immer dazu geführt, dass Geheimnisse und Fragen geteilt wurden. Manchmal, weil sie unbedingt noch länger aufbleiben wollten, manchmal wusste er, dass es daran lag, dass die Welt zu schnell durch ihre Gehirne sauste, um ignoriert zu werden.

Heute Abend würde sicher ein Hammer werden.

Er zog die Decke über Sasha, dann griff er vor, um das Licht auszuschalten.

Und natürlich schoss sie hoch wie ein Gummiball.

„Wird sie wirklich bleiben?“, wollte Sasha wissen.

Caleb holte tief Luft, während er sich neben sie auf die Bettkante setzte. „War es schön, dass wir heute Abend zusammen essen konnten?"

Sasha runzelte die Stirn. „Wir haben an meisten Abenden zusammen gegessen. Ich verstehe nicht, warum sie da sein muss."

Er wählte seine Worte vorsichtig und bearbeitete das Problem, so gut er konnte. „Manchmal heuern wir neue Leute an, die kommen und aushelfen, wenn wir eine schwierige Aufgabe erledigen müssen, oder? Tamara ist eine weitere Arbeiterin auf der Ranch."

Sie schaute ihn misstrauisch an.

„Schatz, ich weiß, dass es nicht leicht ist, dass deine Tanten weg sind, aber weil sie groß genug sind, um den nächsten Schritt in ihrem Leben zu machen, heißt das, dass du auch groß genug sein musst."

„Aber ich *mag* sie nicht", beschwerte sich Sasha. „Wir brauchen überhaupt keine Nanny. Wir können uns allein um die Dinge kümmern. Ich verspreche es, Daddy."

Caleb schüttelte den Kopf. „Heute Nachmittag, nachdem ich mir einen Keks frisch aus dem Ofen genehmigt habe, bin ich zurück nach draußen gegangen und habe deinem Onkel bei der Arbeit mit den neuen Pferden geholfen. Wenn Tamara nicht hier gewesen wäre, um das Abendessen fertigzumachen und euch mit den Aufgaben zu helfen, dann hätte ich drinnen bleiben müssen. Das bedeutet, dass die Jungs zusätzliche Arbeit für mich erledigen hätten müssen. Das finde ich nicht fair."

Sasha verzog das Gesicht.

„Würde es dir gefallen, wenn du alle Aufgaben von Emma erledigen müsstest?"

Sie schüttelte den Kopf.

Caleb dachte darüber nach. „Ich weiß, dass es nicht ganz

dasselbe ist, und deine Onkel würden sich niemals beschweren, aber ich fühle mich verantwortlich dafür, meinen Anteil zu leisten. Und ich will nicht, dass Dinge nicht erledigt werden, ob das nun mit der Ranch ist, oder mit dir und Emma. Erinnerst du dich noch, dass ich versäumt habe, euch für Schwimmstunden anzumelden, weil ich es vergessen habe?"

Er hatte beinahe Angst, das zu erwähnen, wenn man die Menge der Tränen bedachte, die sein Fehler herbeigeführt hatte.

Sasha verzog die Lippen zu einem finsteren Gesicht. „Ich brauche keine Schwimmstunden. Und ich brauche keine zusätzlichen Süßigkeiten. Ich will dich, Daddy. Und Emma will ..." Sie klappte den Mund zu, zögerte kurz, bevor sie fortfuhr: „Ich *glaube*, Emma geht es genauso."

Caleb holte ein weiteres Mal Luft. „Das ist dann etwas, über das du einfach traurig sein musst, Schatz, denn ich bin erwachsen. Ich brauche Hilfe, und Tamara ist diejenige, die ich angestellt habe."

Sashas Lippen bebten eine Sekunde lang, aber diesmal war es ein ehrliches Gefühl, statt eines dramatischen Effekts, in den sie sich hochschaukelte.

Dann sprach sie so leise, dass er sich vorbeugen musste. „Sag das noch mal."

„Was, wenn sie geht?", flüsterte sie.

Es war wie ein Messerstich in die Eingeweide. Er schlang die Arme um sie, hielt sie ganz fest und wünschte sich noch einmal, er wäre klüger gewesen, irgendwo entlang des Weges, auch wenn er keine Ahnung hatte, wie das ausgesehen hätte. Er wünschte sich, er hätte seine kleinen Mädchen vor dem Schaden bewahren können, den sie genommen hatten.

„Ich kann nicht versprechen, dass sie immer bleiben wird, Schatz. Aber wenn jemand einen Job übernimmt, dann gelobt derjenige, sein Bestes zu geben und hart zu arbeiten, und zwar eine gewisse Zeit lang. Tamara hat gesagt, sie würde auf jeden Fall sechs Monate bleiben. Damit fangen wir an."

„Das meine ich doch nicht, Daddy." Sasha war kaum hörbar, ihre üblicherweise ungestüme Stimme vor Tränen ganz belegt. „Was wenn ... was wenn wir nicht wollen, dass sie geht, aber sie mag uns nicht, und darum geht sie trotzdem?"

Mein Gott. Die meiste Zeit über schaffte er es, sich davon abzuhalten, wegen seiner Ex-Frau etwas zu empfinden, aber in Augenblicken wie diesen verlor er sämtliche Gutmütigkeit und wünschte sich, er könnte Wendy entzweireißen.

Auf keinen Fall wollte er seinen Kindern glauben machen, dass Tamara nur bleiben würde, wenn sie sich wie Engel benahmen. Er wollte nicht, dass sie dachten, ihr Verhalten könne sie verjagen.

Er zwang sich zur Ruhe, bevor er etwas sagte.

„Wir sind da ein wenig voreilig", sagte er. „Machen wir uns doch erst mal Sorgen darum, eine Routine aufzubauen, damit wir alle wissen, wer was tut. Das ist das erste. Dann können wir vielleicht etwas weniger Tränen während der Hausaufgabenzeit vergießen."

Plötzlich wirkte sie schuldbewusst, bevor sie seinen Kuss annahm und sich unter der Decke zusammenrollte. „Ja, Daddy."

Emma ins Bett zu bringen, war leichter, wenn auch nur, weil sie all die Dinge nicht sagte, die ihm das Herz brechen würden, aber die Fragen standen in ihren Augen.

Er legte die Arme um sie, saß auf der Kante ihres winzigen Bettes.

Alle von den Lehrern in der Schule über den Familienpsychologen, den sie hatten aufsuchen müssen, machten sich Sorgen um ihre Sprechfähigkeit, aber sie sprach ganz gut. Oh, vielleicht nicht in einem Wortgewitter, aber sie sprach. Wenn sie etwas zu sagen hatte, sagte sie es, das hatte er festgestellt.

Caleb legte Emma die Finger unters Kinn und hob es an, bis sie ihn anschaute. „Ich weiß, dass du deine Tanten vermisst, aber ich glaube, Tamara ist ein guter Mensch. Tante Dare hat sie uns empfohlen, und du weißt, dass sie das nicht tun würde, wenn sie nicht glauben würde, dass Tamara etwas ziemlich Besonderes ist."

Emma neigte das Kinn, Misstrauen und Sorge auf dem Gesicht, aber ihre Gedanken gingen in eine völlig andere Richtung. „Sasha ist traurig", flüsterte sie.

„Sasha macht sich gern Sorgen", erklärte er. „Aber noch mal, glaubst du wirklich, deine Tante Dare würde uns jemanden schicken, der mit Sasha nicht umgehen kann? Ich meine auf eine gute Art. Jemanden, der es genießt, Zeit mit Sasha zu verbringen, und mit dir?"

Ihr Kopf ging von einer Seite zur anderen.

„Hast du das Bild fertiggemacht, das du vorhin gemalt hast?", fragte er.

Emma schüttelte den Kopf.

„Na dann, arbeite morgen daran. Ich würde es gerne sehen, wenn es fertig ist."

„Daddy?" Lieb und leise.

„Ja, Krümel?"

Sie hing an ihm wie eine Napfschnecke, bevor sie die Lippen an sein Ohr brachte und die Worte kaum hauchte: „Ich hab dich lieb."

Seine Brust spannte sich an. „Ich hab dich auch lieb. Sehr, sehr sogar."

Emma schlüpfte unter die Decke, schoss einmal hoch, um das Buch auf ihrem Nachtkästchen geradezurücken, bevor sie sich wieder hinlegte und die Augen schloss. Sie wirkte wie eine Porzellanpuppe, rein und perfekt. Und wie üblich starrte er sie einen Augenblick lang an und fragte sich, warum die Art, wie sie schlief, ihm so unbehaglich vorkam.

Das unbehagliche Gefühl verlängerte sich, während er zurück ins Wohnzimmer ging, um festzustellen, dass Dusty noch im Haus war und mit Tamara plauderte. Sie saß auf einer Ecke des Sofas und lachte über irgendetwas, das sein Bruder gesagt hatte. Dustin hatte sich auf dem Rand des Beistelltischs ihr gegenüber niedergelassen, den Blick auf ihr Gesicht gerichtet, die Hände auf den Knien, während er sich vorbeugte.

Scheiß drauf. Caleb ging zwischen ihnen durch, auf dem Weg zu seinem Sessel, zwang Dustin dazu, sich zurückzulehnen.

Sein jüngerer Bruder stand abrupt auf. „Ich schätze, ich sollte los. Danke für die Einladung. Es war wirklich gut."

„Du bist jederzeit willkommen", erklärte ihm Tamara und lächelte, ehe sie ihr Gewicht verlagerte. Sie hob die Beine auf die Couch und lehnte sich zurück, machte es sich gemütlich.

Dustin winkte Caleb zu, dann ging er zur Tür.

„Sei morgen früh nicht zu spät", befahl Caleb.

„Ich habe gehört, alte Leute brauchen eine Menge Schlaf", gab Dustin zurück. „Geh mal besser bald ins Bett, oder du bist derjenige, der zu spät kommt."

Der dreiste Bastard schlüpfte aus der Tür, bevor Caleb etwas fand, das er nach ihm werfen konnte.

Tamara lachte. „Kleine Geschwister sind nervig."

„Ja."

Sie schlang die Hände um die Knie, richtete sich auf und wechselte das Thema. „Du hast den kleinen Weinanfall von Sasha heute mitbekommen?"

Es schien, als würden sie sich gleich mitten hineinstürzen und reden. Caleb richtete sich auf und brachte seine Gedanken auf Spur. „Sie hat nur so getan. Ich schätze, das wusstest du, aber nur, damit es dir klar ist, ich wusste es auch. Aber sie macht sich Sorgen.“

„In ihrem Haus ist eine Fremde. Ich nehme es ihr nicht übel.“ Tamara zögerte. „Ich habe ihr gesagt, dass sie nicht für Emma antworten darf. Das hat sie so aufgeregt.“

Oh. Caleb ließ sich das durch den Kopf gehen. „Ich verstehe.“

„Ich werde Emma nicht zum Sprechen zwingen“, beeilte sich Tamara zu sagen. „Aber wenn alle für sie antworten, dann ...“

„Das musst du nicht erklären.“ Eine weitere Welle Frust traf ihn schwer. Er war so *dumm*. Daran hätte er früher denken können. Nicht, dass er Emma dazu drängen wollte, mehr zu reden, aber in gewisser Weise war es von ihnen faul gewesen, Sasha völlig das Ruder übernehmen zu lassen.

Tamara beobachtete ihn genau. „Ist das ein ‚du musst nichts erklären, weil du recht hast‘-Gesicht, oder findest du, ich liege falsch? Du musst mir ein paar mehr Hinweise geben, denn deinen Gesichtsausdruck kann ich nicht interpretieren.“

Er seufzte. „Du hast recht.“

Sie legte den Kopf schief, Sorge huschte über ihr Gesicht. „Alles in Ordnung?“

Caleb schob seinen Kummer beiseite und nickte, versuchte, fröhlicher auszusehen. Er fürchtete, dass er vermutlich wirkte, als hätte er Verstopfung, aber zum Teufel damit. Es war das Beste, was er zustande brachte. „Was ist mit dir? Bis auf das Weinen, wie war der erste Tag? So weit alles in Ordnung?“

Sie beäugte ihn kurz, als wolle sie seinen schnellen Themenwechsel hinterfragen. Dann entwich ihr ein leises Seufzen, und sie sank zurück auf das Sofa. „Ziemlich gut. Ich melde mich, falls ich mit irgendwas Schwierigkeiten habe.“

Tamara holte einen Block vom Tisch und begann zu

schreiben. Stille senkte sich herab, und die Unterhaltung endete so rasch, wie sie begonnen hatte.

Caleb nahm ein Buch aus dem Korb neben seinem Sessel und versuchte, sich darauf zu konzentrieren, aber da ein anderer Mensch im Zimmer war ...

Sei ehrlich. Einen anderen Menschen im Zimmer zu haben, der keiner seiner Brüder war, und nicht sein bester Freund Josiah Ryder, war etwas Einschneidendes.

Er war sich jeder Bewegung bewusst, die sie machte.

Die Spitze ihres Stiftes arbeitete geschmeidig, eine kleine Falte bildete sich zwischen ihren Augenbrauen, während sie sich auf die Aufgabe konzentrierte. Ihre Beine waren leicht angewinkelt, zur Couch geneigt, der Block lag auf ihrem Schoß.

Er schaute abwechselnd hinab auf sein Buch und versuchte es zu lesen, dann ließ er den Blick über die verschwommenen Worte zurück zu ihrem Körper gleiten.

Sie hatte das Haargummi herausgenommen, und die schwere dunkelbraune Haarflut deutete Locken an, die ihr über die Schultern fielen. Als wäre sie eine Weile in der Sonne gewesen, hatten ihre Wangen einen rosigen Ton, ihre Lippen waren weich und glänzend. Ihr Oberteil lag an der Wölbung ihrer Brüste, bewegte sich mit jedem Atemzug.

Aus irgendeinem dummen Grund wurden seine Augen ständig von ihren Füßen angezogen. Sie war von Kopf bis Fuß in Jeans und Flanell gekleidet, und er konnte den Blick nicht von den weichen Socken wenden, die sie trug.

Sie waren weiß, mit pinken Polkadots, und sie passten zu ihrer Brille. Sie rieb die Füße aneinander, und aus irgendeinem Grund war plötzlich alles in ihm angespannt.

Verdammt, er war angetörnt, als würde er sich einen Porno ansehen, dabei hatte sie sich nur ein wenig bewegt, vollkommen unschuldig.

Als sie die Decke von der Rückseite der Couch holte, verstand er schließlich. „Kalt?“

Sie schüttelte sich, als wäre sie überrascht, ihn in seinem Sessel zu sehen. „Ein bisschen. Zu dieser Jahreszeit ist es schwierig, von einer Minute auf die nächste zu wissen, wie die Temperatur wird.“

„Ich kann ein Feuer anzünden“, bot er an.

Warum zum Teufel musste sein Gehirn ihn mit Bildern ihrer nackten Haut füttern, die vom Glühen des Feuers beleuchtet wurde?

Ihr Blick wanderte zur Uhr an der Wand. „Vielleicht morgen. Ich sollte vermutlich ins Bett gehen. Es war ein längerer Tag, als ich es gewöhnt bin.“

Sie nahm ihre Sachen auf und erhob sich. Caleb stand ebenfalls auf, und plötzlich standen sie beide da, schauten einander an. Dieses Gefühl von ... *irgendwas* traf ihn wieder.

„Also, gute Nacht“, kündigte Tamara an. Dann ging sie rasch.

Ging? Nein, sie rannte verdammt noch mal fast aus dem Zimmer.

Caleb saß allein in der zunehmenden Stille, während viel zu viele Gedanken und Bedürfnisse bei ihm verblieben, von denen er wusste, dass sie nicht beantwortet werden würden.

7

Zwei Tage später verfielen sie und die Mädchen *vielleicht* allmählich auf etwas, das Tamara als gemütliche Routine betrachten konnte. Zumindest hatten sie keine weiteren großen Anfälle erlebt. So weit war alles gut.

Sie stellte den letzten Teller vom Frühstück in den Geschirrspüler, dann schnappte sie sich ihr Telefon und beantwortete den vertrauten Klingelton ihrer Schwester mit einem leichten Scherz.

„Tamaras Pfandleihe – was haben Sie zu verhökern?"

„Eine ältere Schwester und einen leicht gebrauchten Dad. Die andere alte Schachtel, die mir das Leben elend gemacht hat, bin ich bereits losgeworden", sagte Lisa dreist.

Tamara streckte dem Telefon die Zunge heraus. „Ich liebe dich auch, kleine Schwester. Was hast du heute vor?"

„Dad aus dem Weg gehen, Karen dabei helfen, das Vieh von A nach B zu bringen – das übliche."

Tamara schlüpfte in ihre Jacke, dann nahm sie ihre Kaffeetasse mit hinaus auf die Veranda. Es war kaum warm genug, doch es war sonnig, und sie konnte der Aussicht nicht widerstehen. „Ziemlich typisch. Aber ich dachte, Dad würde sich derzeit besser benehmen. Was hat ihn denn angestachelt?"

Lisa zögerte, ehe sie die Katze aus dem Sack ließ. „Karen hat ein paar Vorschläge über die Ernte und die Tiere für nächstes Jahr gemacht, und die Tatsache, dass sie kein Y-Chromosom besitzt, hat ihn ein paar Mal ins Gesicht geschlagen."

Ja, das war also wie üblich. Tamara stieß frustriert Luft aus, dankbar, dass sie dreihundert Kilometer entfernt war. „Hast du für heute Abend irgendwelche großen Pläne?"

„Ich habe mich gestern Abend bei Traders mit ein paar aus der Gang getroffen, aber jetzt hör auf, diese Unterhaltung bestimmen zu wollen. Ich habe angerufen, um zu hören, wie es bei dir läuft. Wie ist das Nanny-Geschäft?"

Leicht zu beantworten. „Besser, als sich damit herumschlagen zu müssen, dass Dad so tut, als würde er keinen Wutanfall haben."

Lisa ließ es nicht auf sich beruhen. „Dir fehlt das Krankenhaus."

Tamara dachte darüber ernsthaft nach, ehe sie ehrlich antwortete. „Weißt du was? Ich bin zu abgelenkt gewesen, um den alten Job zu vermissen."

Ein leises Lachen kam vom anderen Ende der Leitung. „Muss ja ein toller Cowboy sein."

Du liebe Güte. Kleine Schwestern waren die Schlimmsten. „Benimm dich. Davon habe ich nicht gesprochen, und das weißt du auch."

„Was? Ich habe doch nur eine einfache Beobachtung angestellt. Ich glaube, es war ein genialer Schachzug, sich einen Boss zu suchen, der in einer Levis und einem Stetson lecker aussieht."

Damit konnte man umgehen, indem man Lisas zweideutige

Anspielung überhörte, obwohl ... ihre kleine Schwester recht hatte.

Der Mann war verdammt gut aussehend, ganz gleich, was er anhatte oder nicht anhatte.

Tamara konzentrierte sich auf die echte Frage. „Es läuft ganz okay. Wir hatten hier und da ein paar kritische Momente, aber zum Großteil glaube ich, ich überlebe es."

„Natürlich tust du das. Ich wette, du schlägst dich ziemlich gut. Ich hätte eigentlich erwartet, um diese Tageszeit auf die Sprachbox zu kommen. Was machst du denn, hast du sie mit Klebeband an ihre Betten gefesselt?"

„Fast. Sie räumen ihre Zimmer auf. Oder genauer gesagt, sie haben das Bettzeug in Emmas Zimmer abgenommen, damit ich es waschen kann, und jetzt arbeiten die beiden an Sashas Zimmer. Ich schätze, sie sind Dienstag in einer Woche fertig."

Lisa lachte. „Also kommen sie nach dir. Toll. Du solltest ihnen doch alle möglichen Tricks erzählen können, etwa, das Gerümpel unters Bett zu schieben."

„Das heißt, ich weiß, wo man alles findet, wenn sie nicht wirklich aufräumen."

„Stimmt auch wieder. Moment mal." Lisa pfiff scharf und rief ihren Hund – sie ging wohl draußen spazieren und plauderte an ihrem Handy. Einen Augenblick später war sie zurück. „Was ist sonst noch los?"

„Wir basteln Halloween-Kostüme. Eine Rakete, und hör dir das an – eine Einbrecherin."

Tamara musste lächeln. Es hatte mehr als ein paar Blätter gebraucht, und dass Emma einen Film hervorkramte und damit vor ihnen wedelte, bevor Sasha herausgebracht hatte, dass Emma keine Katze sein wollte, sondern eine katzenhafte Einbrecherin. „Und jetzt werde ich ihnen *Harriet, die kleine Detektivin* vorlesen, denn Emma ist von der Idee fasziniert."

„Ihr könntet einen *Spy Kids*-Marathon veranstalten",

schlug Lisa vor. „Schaut nur nicht den letzten – man braucht nur den ersten, damit man den zweiten genießen kann, also könntet ihr einfach nur den schauen."

„Genau, ein Film ist sicher ein Marathon", neckte sie Tamara.

Im Hintergrund erklang ein Klappern, und Lisa reagierte darauf, ehe sie wieder am Telefon war. „Man braucht mich. Karen schickt Grüße und große, feuchte Küsse von allen Hunden auf der Ranch, und ich vermisse dich, und ruf bald an, ja?"

„Abgemacht. Ich hab dich auch lieb." Tamara legte auf und schaute sich glücklich die Landschaft an. Das grasende Vieh in der Ferne war wie winzige Flecken vor dem verblichenen Gelbbraun des trockenen Grases. Sie brauchten den Schnee, damit alles wieder frisch und sauber wurde.

Sie atmete tief ein und sog die kühle Luft in sich auf wie einen Balsam für die Seele.

Es war zu schön, um es nicht zu teilen. Sie sprang auf und ging nach drinnen zu Sashas Zimmer.

Die Mädchen hatten im Hintergrund Musik laufen, und der ganze Inhalt von Sashas Kleiderschrank war in einem riesigen Haufen auf ihrem Bett aufgetürmt.

Tamara hob eine Augenbraue. „Interessante Aufräum-Methode."

Sie warfen ihr vom Boden aus einen schuldbewussten Blick zu, weil sie beide den Schlamassel ignorierten und die Nasen in Bücher gesteckt hatten.

„Keine Ausreden. Ihr braucht eine Pause vom Aufräumen, aber nicht hier drinnen. Holt eure Jacken und zieht eure Stiefel an. Wir gehen ein bisschen frische Luft schnappen."

Die Mädchen rappelten sich auf, und in weniger als zwei Minuten waren sie alle draußen.

Sasha begab sich in Richtung des Häuschens, in dem ihre Tante gewohnt hatte, doch Tamara rief sie zurück. „Gehen wir zu den Scheunen."

Eine kurze Kursänderung, und Sasha raste in eine neue Richtung, Emma direkt hinter ihr. Tamara folgte langsamer. Der Weg im Gras war von früheren Ausflügen gut ausgetreten. Sie lächelte, wackelte unter ihrer Herbstjacke mit den Schultern. Sie würde bald etwas Wärmeres auspacken müssen.

Sie kamen an einem alten Hühnerstall vorbei, der Zaun war an ein paar Stellen kaputt. Tamara blieb stehen, um ihn zu begutachten, doch die Mädchen waren so weit vorne, dass sie sich nur einen Augenblick Zeit nahm. Der Stall war ein paar Jahre lang nicht benutzt worden.

Sie holte auf sie auf, doch anstatt sich in die Scheune zu begeben, kletterten sie auf eine Reifenschaukel, die vor dem Reitplatz hing.

Tamara blieb stehen, um sie ein wenig spielen zu lassen, und da fiel ihr auch auf, dass es keine Tür in die Scheune gab, die irgendwie in ihrer Nähe gewesen wäre.

„Hey, Sasha. Wie kommt ihr in die Scheune?"

Das dunkelhaarige Mädchen starrte sie überrascht an. „Dad bringt uns immer rein."

Was? „Du meinst, ihr geht nie in die Scheune, außer Caleb ist bei euch?"

Dieses Mal antwortete Emma, die langsam den Kopf schüttelte, die Augen weit aufgerissen.

Ihr entging etwas. „Wie erledigt ihr beiden dann eure Pflichten?"

„Wir haben keine Pflichten in der Scheune. Wir haben Pflichten im Haus", erklärte Sasha, in ihrer Stimme lag ein leicht selbstgefälliger Unterton, weil sie etwas wusste, das Tamara nicht wusste.

„Ihr kümmert euch nicht um irgendwelche Tiere?" Oh. Vielleicht gab es dafür einen Grund. „Ihr *wollt* euch nicht um die Tiere kümmern, ist es das?"

Noch einmal wechselten die Mädchen einen Blick, und diesmal rückte Emma näher an ihre Schwester, so motiviert, dass sie unbedingt ihre Haltung klarmachen wollte. Sie legte Sasha eine Hand ums Ohr und flüsterte.

Sasha wandte sich mit einem Schulterzucken zurück an Tamara. „Emma und ich mögen Katzen, und ich mag Pferde, aber Daddy sagt, sie sind zu groß, und wir zu klein. Er nimmt uns aber zum Reiten mit. Er und Onkel Luke und manchmal Onkel Dusty."

„Also geht ihr nicht in die Scheune, und ihr habt keine Hühner – hattet ihr früher mal Hühner?"

Sashas Gesicht verschloss sich, als wäre ein Gewitter aufgezogen. „Schon lange nicht mehr."

Dann nahm sie Emma an der Hand, und die beiden begaben sich zurück zum Haus, als wären sie auf einer Mission. Emma warf ein paarmal einen Blick zurück über die Schulter, ihre traurigen kleinen Augen brannten sich in Tamaras Seele.

Okay, etwas stimmte nicht. Die Mädchen nahmen diesen Weg offensichtlich oft genug, dass man ihn immer noch leicht erkennen konnte, aber sie arbeiteten nicht in der Scheune. Sie stiegen nicht in den Heuschober, um die Katzen zu jagen?

Etwas begann in ihrer Magengrube zu brodeln, doch Tamara sagte nichts, während sie den Mädchen zum Haus folgte. Sie machte ihnen einen Snack, bevor sie sie wieder zurück zu der Aufgabe in Sashas Zimmer brachte.

Nur dass bis zum Mittag das Brodeln zu einer kleinen Ladung glühend heißer Kohlen geworden war, und wenn sie nichts dagegen unternahm, würde sie explodieren.

Vielleicht war es der Anruf von Lisa heute Morgen – eine Erinnerung daran, dass ihr Vater das Leben ihrer Schwestern immer noch zur Hölle machte. Aber sie hätte nicht gedacht, dass Caleb vom selben altmodisch-bigotten Schlag war, der George Coleman im Griff hatte, und zwar so sehr, dass Tamara von der Ranch geflohen war.

Sie packte die Mädchen mit Sandwiches und Gemüsesticks vor einen Film, dann begab sie sich in die Scheune, um Caleb zu suchen.

An der ersten Ecke rannte sie in Kelli hinein.

Die junge Frau blieb stehen und lächelte sie an. „Hey, Freundin. Unterwegs zum Reiten?"

„Muss mit Caleb sprechen."

Die Worte kamen ein wenig abgehakt heraus, und Kelli zog eine Augenbraue hoch. „Ach?"

„Weißt du, wo er ist?"

Kelli wies mit dem Arm tiefer in die Scheune, zeigte ihr den Weg. „Ruf uns, wenn du Verstärkung willst."

Tamara gab ihr Bestes, um nicht zu stampfen. „Das sage ich ihm auf jeden Fall."

Ein leises Kichern drang an ihre Ohren, aber es reichte nicht, um ihren hohen Grad an Frust etwas herunterzuschrauben. Und als sie den Kopf in den Raum am Ende des Ganges steckte und herausfand, dass Caleb an Sätteln arbeitete, marschierte sie direkt zu ihm und baute sich vor ihm auf.

„Ich glaube, mir sind ein paar Dinge nicht klar. Du musst sie mir erläutern."

Er blinzelte sie überrascht an. „Tamara. Alles in Ordnung?"

„Ich weiß es nicht." Ihre Stimme troff vor Sarkasmus, darum nahm sie sich weit genug zurück, um sich kein zu großes Loch zu graben, falls sie doch falschlag. „Ich habe die Mädchen gefragt, wann wir ihre Pflichten erledigen würden, und sie haben mir erzählt, dass sie nur in die Scheune gehen, wenn sie bei dir sind. Was mich auf den Gedanken bringt, dass sie vermutlich keine Pflichten haben."

„Sie haben Pflichten", sagte Caleb, der verwirrt wirkte. „Wir haben doch darüber gesprochen. Du hast gesagt, dass sie sie bereits erledigen."

„Geschirr spülen und Putzen im Haus. Was ist mit Pflichten draußen?"

„Sie helfen beim Unkrautjäten im Garten im Sommer. Ich schätze, sie könnten vermutlich Schnee schaufeln, aber das lohnt sich nicht, denn Dusty nimmt den Traktor."

Er hörte nicht zu, und ihre Laune ging immer weiter in den Keller. „Es gibt immer eine Menge Aufgaben, wenn man sich um Tiere kümmert. Wofür sind sie denn in den Scheunen verantwortlich?"

Verständnis trat in seinen Blick. „Oh. Ja, sie haben keine Pflichten in der Scheune."

Caleb wandte ihr den Rücken zu, hob den Sattel zu seinem Platz an der Wand, als wäre die Unterhaltung beendet.

Auf gar keinen verdammten Fall war diese Unterhaltung beendet. Tamara zog an seinem Arm, wollte ihn dazu bringen, sich zu ihr umzudrehen. Sie hätte mehr Glück gehabt, einen Baum zu drehen, aber sie war so wütend, dass sie es versuchte.

„Ihr wohnt auf einer gottverdammten Ranch. Was, wenn sie sich mit dir darum kümmern wollen? Und wenn du sagst, das können sie nicht, weil sie Mädchen sind, werde ich herausfinden, wo du deine Werkzeuge zum Kastrieren hast, und beweisen, dass ein Mädchen jede Aufgabe lernen kann, die es sich in den Kopf setzt ..."

„Wir haben Pferde und Helfer, und ich will nicht, dass kleine Menschen hier herumstromern, wo sie verletzt werden könnten."

Sie stemmte die Hände in die Hüften. „Es gibt da dieses total tolle Konzept, das nennt sich Aufsicht, mein Lieber."

Caleb starrte sie von seiner vollen Körpergröße herab an, schaute mit seinen dunkelbraunen Augen in ihre. Aber anstatt des Streits, den sie erwartet hatte, sprach er leise.

„Gut, meine *Liebe*. Nun, da du da bist, kannst du ihnen die Aufsicht angedeihen lassen, die ich vorher nicht erübrigen konnte. Du willst, dass Pflichten draußen hinzugefügt werden, dann mach ruhig."

Und das war alles.

Huch.

Es war ein etwas hohler Sieg, wenn man bedachte, dass er nicht mal die Stimme erhoben hatte.

Er wandte sich bereits ab, als Tamara wieder etwas sagte. „Mit welchen Tieren können sie denn helfen?"

Seine Schultern sackten kurz herab, bevor er sich aufrichtete und näherkam. „Hörst du denn jemals zu?"

„Wenn es etwas gibt, das sich zu hören lohnt."

Seine Augen blitzten auf, bevor er wieder zu den gesenkten Lidern und einer nicht zu deutenden Miene zurückkehrte. „Wir haben zu viele Pferde hier, die nicht ausgebildet sind. Ich will nicht, dass sie ..."

„Ich habe gesagt, ich würde sie beaufsichtigen."

Ganz kurz bewegten sich seine Hände in ihre Richtung, dringlich und ungezügelt. Nicht auf eine Art, die Angst machte, aber auf eine Art, bei der ihr Puls raste, tief in ihrem Inneren.

Dann war es wieder weg, dieses Feuer in seinen Augen, und er war zu seiner Ruhe zurückgekehrt. Vernünftig. Er neigte einmal das Kinn. „Gut. Keine Pferde, aber du bist für das verantwortlich, was immer du sie sonst tun lassen willst."

Sie stand in seiner persönlichen Sphäre. Er legte die Hände auf ihre Oberarme und hielt sie fest, dann gab es in ihrem Inneren eine weitere Explosion, Hitze breitete sich voller Vorfreude aus.

Als er sie mehr oder weniger hochhob, und zwar ganze fünfzehn Zentimeter, und sie dann auf der Stelle drehte, war Tamara schon so schockiert, dass sie nichts mehr herausbrachte.

Er stellte sie auf den Boden, dann wandte er ihr den Rücken zu und ging aus dem Raum.

Kein Wort hatte er im Zorn gesprochen, kein echtes Gefühl gezeigt bis auf diese kurzen Einblicke, während sie dagestanden hatte und fast vor Adrenalin gebebt hatte. Halb aus Wut und halb, weil sie viel zu angetörnt war, obwohl er doch nur ihre Arme berührt hatte.

Sie eilte aus der Scheune, dankbar um die kalte Luft, die ihre erhitzten Wangen streifte, während sie zurück zum Haus marschierte. Er war das nervigste, verführerischste, ärgerlichste, *begehrenswerteste* Arschloch, dem sie jemals das Pech gehabt hatte, zu begegnen.

Aber er hatte ihr seine Erlaubnis gegeben, und er hatte nicht festgelegt, was das bedeutete, darum würde sie diese Gelegenheit ergreifen, um sicherzustellen, dass die Mädchen bekamen, was sie brauchten.

Sie dachte überhaupt nicht daran, wie sehr das einen gewissen Cowboy anpissen würde, der einen Stock im Hintern hatte. Nein, sie dachte überhaupt nicht daran.

Sie zog ihr Telefon heraus und tippte eine vertraute Nummer ein.

„Hey, du. Wie geht's?", fragte ihre ältere Schwester Karen mit einem Hauch Sorge. „Alles in Ordnung?"

„Alles bestens", teilte Tamara ihr mit. „Heute bin ich hier der Kunde. Ich brauche einen Gefallen."

Während sie ihre Gedanken wegen der Außer-Haus-Pflichten mit ihrer Schwester teilte, spürte Tamara ein Gefühl der Befriedigung. Einem gewissen griesgrämigen Cowboy würde das überhaupt nicht gefallen, und es war ihr egal.

Sie betrat das Haus mit leichteren Schritten, als sie es verlassen hatte, Vorfreude gab ihrem Grinsen eine leicht fiese Note.

Er würde gar nicht ahnen, was da auf ihn zukam.

8

———

Frieden stellte sich in Calebs Innerstem ein. Die Aufgaben des frühen Morgens waren gut gelaufen, und keines der Tiere hatte versucht, ihn umzubringen, das war immer ein Bonus.

Er marschierte zurück zum Haus, um dort festzustellen, dass zwar Kaffee aufgesetzt war, aber Tamara nirgendwo zu sehen war, obwohl sich der Geruch nach Speck in der Küche ausbreitete.

Er schnappte sich eine Tasse, dann ging er zur vorderen Veranda und blieb abrupt stehen, als er feststellte, dass Tamara sich in einem der Verandastühle zusammengerollt hatte, der ein wenig aus dem Wind gerückt war. „Macht es dir was aus?"

Sie schüttelte den Kopf, deutete auf den zweiten Stuhl, auf dem bereits ein Kissen war. „Ist doch Ihre Aussicht. Ich bekomme davon nicht genug."

Caleb ließ sich nieder. Er hatte sich kurz Sorgen gemacht, dass sie seine wunderbar friedliche Laune zerstören würde, indem sie wieder mit diesen Pflichten anfing, aber wie am vorigen Abend beim Abendessen sagte sie kein Wort darüber.

Es war nicht so, dass sie sich weigerte, darüber zu reden. Es war schon eher, als würde sie auf dem Thema herumkauen. Und auf keinen Fall war sie trotzig.

Er musste zugeben, dass er sich nicht ganz sicher war, wie er mit dieser Frau umgehen sollte.

Sie stieß ein glückliches Seufzen aus. „Ich könnte hier ein ganzes Jahr lang jeden Tag herkommen, und diese Aussicht würde mich nicht langweilen. Ich habe noch niemals so nah an einem See gewohnt. Ich meine, auf dem Land der Whiskey Creek Ranch gibt es Wasser, aber das ist ständig in Bewegung." Sie wandte das Gesicht zum See, ihr Lächeln wurde breiter. „Man muss sich eine ruhige Stelle zum Angeln suchen, um so ein Funkeln auf dem Wasser zu finden."

„Du angelst?"

Tamara schnaubte und nippte an ihrem Kaffee, ehe sie den Kopf hob, um ihm zu antworten. „Da musst du nicht so überrascht klingen."

„Es ist nur ... Meine Schwestern angeln nicht gern. Ginny und Dare genießen viele Aktivitäten draußen, aber mit einem Köder an einem Haken kommen sie nicht klar. Und da das eine Grundvoraussetzung ist, sind sie nicht mitgekommen, wenn wir losgezogen sind."

„Jeder mag so ziemlich das, was er oder sie eben mag, und manchmal ergibt es überhaupt keinen Sinn. Angeln deine Mädchen? Denn hier in der Gegend muss man doch super angeln können." Sie deutete auf den See. „Wurde da was eingesetzt?"

Er wusste nicht, welche Frage er zuerst beantworten sollte. „Im See gibt es Regenbogenforellen und im Fluss Bachforellen." Es war schrecklich, das zugeben zu müssen, aber er war ehrlich. „Sie waren ein paar Mal mit, aber ich weiß nicht, ob die Mädchen *gerne* angeln."

Er wusste, dass sie sich gerne verkleideten, und sie waren

beide einigermaßen katastrophal darin, in der Küche zu helfen. Er wusste, dass Emma Stürme verabscheute, und Sasha hätte sich lieber die Haut abziehen lassen, als zuzugeben, dass sie sich vor etwas fürchtete.

„Es scheint, wann immer es nur ich und die Mädchen sind und wir außerhalb der üblichen Abläufe Zeit miteinander verbringen, also wenn es etwas Besonderes sein soll, dann versuche ich, Dinge zu tun, von denen ich weiß, dass sie ihnen Spaß machen werden."

Tamara sprach leise. „Manchmal weiß man doch gar nicht, was man mag, bis man es ausprobiert hat."

Er nickte, noch während er versucht war, zu sagen, dass sie teilweise falschlag. Es gab viele Dinge, die er niemals ausprobiert hatte, und von denen er überzeugt war, dass er sie absolut lieben würde. Sie wandte das Gesicht wieder ab, um den See zu bewundern, darum war es leicht, so zu tun, als würde er zur Scheune schauen, um sie stattdessen aus dem Augenwinkel zu mustern.

Sie hatte sich die Haare zu einem Pferdeschwanz zusammengebunden, und ihre Lippen waren zu einem sanften Lächeln gekrümmt. Er war ziemlich sicher, dass es ihm gefallen würde, seinen Mund auf ihren zu drücken. Er war auch durchaus sicher, dass er es so richtig genießen würde, wenn er die Gelegenheit bekommen würde, jeden Quadratzentimeter ihres Körpers zu schmecken. Und obwohl er nicht zulassen sollte, dass seine Gedanken auch nur in diese Richtung zu wandern begannen, war er verdammt noch mal davon überzeugt, falls er sie jemals nackt unter sich bekam, würde ihm auch das so richtig gefallen.

Er streckte die Beine langsam aus, verschaffte sich mehr Platz, während er seine Gedanken anderen Angelegenheiten zuwandte und hoffte, dass die Zeit es seinem Körper erlauben würde, sich zu beruhigen.

Was er eigentlich machen sollte, anstatt hier mit ihr zu sitzen, waren Fortschritte in der Unordnung seines Büros, aber ein Teil von ihm schaffte es nicht, zu gehen. „Was hast du für heute geplant? Ich bin da, falls du mich brauchst. Ich versuche, ein paar Tage jede Woche freizunehmen, oder zumindest den Vormittag oder Nachmittag. Ich und die Jungs wechseln uns ab. Ich habe Sonntag und Mittwoch, wenn alles funktioniert – die Mädchen haben an den meisten Mittwochen frei."

„Heute Vormittag brauche ich die Mädchen, wenn es dir nichts ausmacht. Wenn du dich heute Nachmittag um sie kümmern könntest, wüsste ich es zu schätzen. Meine Schwestern kommen zu Besuch, und das heißt, wir könnten in die Stadt gehen. Aber keine Sorge. Ich werde trotzdem um sechs Uhr ein Abendessen auf dem Tisch haben."

Er würde mehr vom Coleman-Clan zu Gesicht bekommen? „Sie sind eingeladen, bei uns zu bleiben, um mit uns zu essen", bot er an, bevor er schnaubte. „Was irgendwie ein Witz ist, denn du bist diejenige, die kochst."

Tamara grinste, dann schaute sie auf die Uhr. „Ich werde die Einladung weiterleiten. Jetzt gehe ich besser. Ich muss noch ein paar Dinge vor dem Frühstück erledigen."

Sie erhob sich und verschwand.

Caleb setzte sich wieder, ignorierte erfolgreich seine Aufgaben im Büro, während er eine weitere halbe Stunde damit verbrachte, darüber nachzudenken, wie schön es war, eine vernünftige Unterhaltung mit einer Frau zu führen.

Die letzten Tage seiner Ehe mit Wendy waren ein reines Drama gewesen. Aber es war seltsam. Tamara hatte ihn gestern lauter angeschrien, als es Wendy jemals getan hatte. Die Beschwerden seiner Ex-Frau waren mit einem leisen, zurückhaltenden Unterton geäußert worden, vermischt mit lautloser Abschätzigkeit.

Trotz Tamaras Temperament schien sie nicht nachtragend zu sein.

Später am Vormittag sah er nach dem Lagerbestand, als Kelli mit Höchstgeschwindigkeit vorbeikam. „Besuch, Boss."

Caleb legte sein Klemmbrett weg und ging hinter ihr her, beobachtete neugierig, wie ein Truck mit einem kleinen Anhänger neben die Scheune fuhr. Der Anhänger glitt direkt neben einen der Reitplätze, und Caleb sah bewundernd zu, wie der Fahrer ihn ganz sachte einparkte, bevor er direkt neben der Umfriedung zum Stillstand kam.

Die Türen öffneten sich, und zwei Leute stiegen aus. Er ging vor, um sie zu begrüßen, als ihm schon die familiäre Ähnlichkeit auffiel. Dunkle Haare, dunkle Augen, eine ähnliche Figur wie Tamara, die über den Hof gelaufen kam, während Sasha und Emma ihr ein wenig langsamer folgten.

Im nächsten Augenblick fand sich Tamara in einer dreifachen Umarmung wieder. Die Whiskey-Creek-Mädchen mochten einander.

Caleb begab sich in Hörweite, während Tamara zurücktrat, um die Mädchen vorzustellen. „Das sind Sasha und Emma. Mädchen, das ist meine große Schwester Karen, und meine kleine Schwester Lisa. Obwohl ich finde, dass wir heutzutage alle so ziemlich gleich groß sind."

Karen winkte den Mädchen zu.

Lisa nahm den Hut ab, dann ging sie in die Hocke, um sich Sasha und Emma genauer anzuschauen. „Nö", sagte sie. „Ihr beiden könnt gar nicht Sasha und Emma sein, denn ihr seid sehr viel größer, als ich vermutet habe. Ich bin mir sicher, dass Tamara nicht die Nanny für jemanden geben darf, der alt genug ist, um Auto zu fahren."

Emma kicherte.

Sasha hob eine Augenbraue, und Caleb kam ruckartig zum

Stillstand, weil er seinen eigenen Gesichtsausdruck auf dem Gesicht seiner Tochter erkannte.

Da bemerkte Tamara ihn, wies ihre Schwestern in seine Richtung. „Leute, dass es mein Boss, Caleb Stone."

Karen schüttelte ihm die Hand, Lisa erhob sich grinsend und streifte sich die Hände an den Oberschenkeln ab, ehe sie zu einem weiteren festen Händeschütteln nach vorn trat. „Schön haben Sie's hier", sagte sie.

„Danke."

Karen musterte die Ranch mit Kennerblick. „Sie haben unterschiedliche Scheunen für die Pferde und die anderen Tiere?"

Caleb warf einen Blick auf Tamara und stellte fest, dass sie die Augen verdrehte. Er war verführt, ihr aus irgendeinem seltsamen, unbekannten Grund zuzuzwinkern. „Jetzt schon. Im Augenblick haben wir nicht viele andere Tiere als Pferde. Das Vieh ist draußen und hat dort Unterstände, falls nötig."

Karen nickte, ehe sie einen Blick zurück auf Tamara warf. „Ich hoffe, du weißt, was du tust."

„Still. Ich weiß genug." Sie drehte sich zu Sasha und Emma. „Wisst ihr noch, diese zusätzlichen Pflichten, von denen ich euch erzählt habe?"

Sashas stoischer Gesichtsausdruck wandelte sich zu Misstrauen. „Noch mehr Pflichten?" Sie warf einen Blick hinüber zu Caleb. „Daddy?"

Ups. „Ich habe mein Okay gegeben."

Gerade da schlenderte Dustin heran und lächelte die drei Frauen freundlich an. Caleb zog in Erwägung, sich vorzubeugen und ihm einen Schlag auf den Hinterkopf zu verpassen.

„Ladys." Dustin tippte sich an den Hut, bevor er sich zu Tamara umdrehte. „Ashton sagt, er hat die Nebenscheune für dich vorbereitet. Neben dem alten Hühnerstall."

„Zeig mir die Richtung, und ich bringe den Anhänger. Das ist vermutlich die sicherste Art, um sie in den Hof zu lassen", sagte Karen.

Tamara winkte den Mädchen zu. „Geht voraus."

Sie mussten alle warten, weil Emma den Ärmel ihrer Schwester gepackt hatte und fester zog, wobei sie den Kopf schüttelte.

Sasha wandte sich eilig zurück. „Emma mag keine Hühner."

Das war Caleb neu. Verdammt – er hatte die Hühner entfernt, weil seine Ex sich beschwert hatte, aber sie hatte nie ein Wort über Emmas Ängste gesagt. Er zögerte. Vielleicht sollte er diese Idee von Tamara im Keim ersticken, bevor es zu spät war.

Aber Tamara nahm diese Eröffnung hin, ohne mit der Wimper zu zucken. „Keine Sorge. Wir bekommen keine Hühner."

Das langsame Lächeln, das sich über Emmas Gesicht ausbreitete, war beruhigend, und doch wieder nicht. Sie wies glücklich mit dem Kopf nach vorne, dann nahm sie Sasha bei der Hand und ging voraus über den Hof, mit höchster Geschwindigkeit auf den Hühnerstall zu.

In der Zwischenzeit beäugte Caleb Tamara und fragte sich, wie es ihr in nur vierundzwanzig Stunden gelungen war, so einen Unfug auf die Beine zu stellen, wozu sie unter anderem seinen Vorarbeiter und, wie es schien, seinen Bruder rekrutiert hatte.

Der Rest der Gruppe folgte, bis auf Karen, die zu ihrem Truck zurückkehrte, zur Rückseite des Anhängers.

Weiter vorne brauchte der kleine Schuppen immer noch etwas Zuwendung, doch der Zaun stand wieder, und es gab einen zusätzlichen Unterstand auf einer Seite. Er hätte geschworen, dass er am Tag zuvor noch nicht da gewesen war.

Caleb und Dustin kamen als letzte. Lisa und Tamara plauderten fröhlich vor sich hin, fielen einander ins Wort, wie Frauen es eben machten, ohne genervt zu sein. Sie trugen beide eng anliegende Jeans, und er wollte nicht unbedingt zugeben, dass sein Blick viel zu lang an Tamaras Hüften hängen blieb, die vor ihm von einer Seite auf die andere schwangen.

Dann warf er einen Blick auf Dustin und stieß ihn fest mit dem Ellbogen in die Rippen, als ihm auffiel, dass der Junge auch die Hintern der Frauen beäugte.

„Hör auf damit", befahl er.

„Häh?", sagte Dustin schockiert, ehe er grinste. „Ach, komm schon. Du hast es doch auch getan."

Caleb würde nichts zugeben.

Sie versammelten sich alle am Tor vor dem Verschlag und warteten, während Karen den Anhänger in Stellung brachte.

Tamara wandte sich zu ihm. „Ashton sagte, ihr hattet früher Fleischhühner. Wenn es Frühling wird, und falls ihr damit wieder anfangen wollt, können wir entscheiden, ob das immer noch der beste Ort für Ene, Mene und Miste ist."

Caleb war inzwischen gespannt wie ein Flitzebogen. „Was? Keine Muh?", fragte er.

„Sie ist trächtig, darum habe ich sie auf unserer Ranch gelassen. Ich dachte mir, diese Art Ärger braucht ihr nicht gleich am Anfang", erklärte ihm Karen, die zu den anderen an die Türen des Anhängers kam.

Dustin schob sich vor Caleb, so gespannt wie die kleinen Mädchen, zu sehen, was als nächstes passieren würde. „Was habt ihr dabei?"

Er beugte sich um Tamara herum, als Karen gerade die Türen öffnete, und sie alle von einem Chor aus *Määähs* begrüßt wurden.

Ziegen.

Drei an der Zahl, wenn man nach den Namen ging, und sie hatten es wohl satt, im Anhänger zu stehen, denn sie rannten mit Höchstgeschwindigkeit vor, krachten in Dustin und warfen ihn zu Boden.

Was danach folgte, war schwer zu beschreiben. Der ganze Hof war voller schreiender kleiner Mädchen, junger Damen, die riefen, und seinem Bruder, der ein halbes Dutzend Mal zum Fluchen ansetzte, bis er sich erinnerte, dass seine Nichten anwesend waren.

Die Ziegen liefen im Kreis, setzten übereinander hinweg, und über alles in ihrem Weg. Wenn sie auf geradem Wege weggelaufen wären, wäre es weniger chaotisch gewesen, aber aus irgendeinem Grund blieben die Tiere nahe an dem vertrauten Anhänger. Obwohl sie nicht wieder hinein oder in den Verschlag wollten, der ihnen nun offenstand, nachdem Caleb sich seinen Weg durch die wuselnde Horde erkämpft und das Tor aufgezogen hatte.

Wenn man bedachte, was für ein völliges Chaos das war, konnte Caleb trotzdem nicht verhindern, dass er glücklich war, denn der meiste Lärm kam zwar von Sasha, die aus voller Lautstärke brüllte, ein breites Grinsen auf dem Gesicht, doch sie war nicht die Einzige.

Emma brüllte nicht, aber sie stieß hin und wieder ein plötzliches Gellen aus, wenn eine der Ziegen knapp an ihr vorbeilief und sie aus dem Gleichgewicht brachte. Sie fiel um auf Dustin, der sich gerade erst aufgerappelt hatte.

Lisa ging in die eine Richtung, und Karen in die andere, und schließlich waren die grau-weißen Tiere gewissermaßen in dem Viereck zwischen dem Anhänger, den Mädchen und dem Verschlag zusammengetrieben.

Über das Brüllen und Meckern hinweg erklang das sanfte Geräusch von Gelächter, und er warf einen Blick nach rechts, um festzustellen, dass Tamara sich den Bauch hielt, ihr ganzer Körper wackelte, ihr Blick war auf Dustin gerichtet, der auf die Beine rollte, die Arme weit ausgebreitet, während er dem kleinsten und dunkelsten der Tiere hinterherstapfte.

„Dusty, um Himmelswillen, jag ihnen nicht mehr nach", befahl Caleb.

Sein jüngster Bruder richtete sich so ruckartig auf, dass er wieder umfiel, und als es gerade aussah, als würde er sein Gleichgewicht wieder finden, senkte die größte Ziege den Kopf und zielte auf seinen Hintern. Sie traf ihn fest genug, dass Dustin mit dem Gesicht voraus auf den Boden fiel.

Tamara legte sich eine Hand über den Mund, aber es war zu spät. Sie konnte nicht aufhören, und nun lachte er zusammen mit ihr vor sich hin.

Es war beinahe enttäuschend, als Tamara sich einen Eimer neben dem Zaun schnappte und ihn schüttelte.

Das Geräusch von Getreide an Metall war alles, was die drei Ziegen brauchten, um sich in ihre Richtung zu wenden. Sie machte ein paar Schnalzgeräusche mit der Zunge, und die Ziegen kamen vor, als würde sie ein Gourmetmahl auftischen.

Sie ging rückwärts, schnalzte noch einmal, ehe sie Caleb einen Blick zuwarf, zusammen mit einer leise gesprochenen Botschaft: „Um Gottes willen, mach bloß nichts, wie zum Beispiel mit den Armen zu wedeln. Ich dachte ganz kurz mal, Dustin würde wegfliegen wollen."

Caleb machte keine Regung, außer ihr ein Zwinkern zuzuwerfen.

Ihre Augen wurden ganz kurz groß, ehe sie sich wieder auf die Ziegen konzentrierte, stetig im Rückwärtsgang, während sie ihr in den Verschlag folgten.

Sobald es möglich war, schlossen Karen und Lisa die Tore, sodass sie alle drinnen festsaßen, während Tamara den Eimer in den Futtertrog ausleerte und dann zur Seite trat, damit die

Ziegen ihre erste Mahlzeit in ihrem neuen Heim genießen konnten.

Sie warf einen Blick zurück auf Sasha und Emma. „Solange ihr nicht Onkel Dustin um Hilfe bittet, werdet ihr nicht annähernd so viel Aufregung haben, wenn ihr euch um sie kümmert."

Dustin stand wieder auf wie ein Jo-Jo, klopfte sich ab und lächelte wohlmeinend über seinen eigenen Fall. „Wenn ich gewusst hätte, was ihr vorhabt, wäre ich nicht so mit runtergelassenen Hosen losgezogen."

Lisa musterte ihn, ehe sie die Lippen zusammenkniff, als würde sie sich weigern, auf seine Kosten zu grinsen.

Es schien, als hätten es alle Coleman-Mädchen faustdick hinter den Ohren. Caleb warf einen Blick auf Karen. „Ich bin überrascht, dass Sie keine Mundharmonika rausgezogen und sie wie der Rattenfänger in den Verschlag gelockt haben."

Karen streifte sich die Hände am Oberschenkel ab. „Ich bin eine Pferdeflüsterin, keine Ziegenflüsterin", neckte sie ihn zurück.

Die nächste halbe Stunde wurde damit verbracht, Sasha und Emma beizubringen, was sie tun mussten, um sich um die Ziegen zu kümmern.

Caleb ging zurück und überließ Tamara und ihren Schwestern diese Aufgabe. Letztlich endete er auf der anderen Seite des Zaunes bei Dustin. Ashton gesellte sich ebenfalls zu ihnen, musterte die Vorgänge mit großer Neugier.

„Gefallen dir meine Zaunreparaturen?", fragte Ashton mit leichtem Stolz.

„Du hättest mich warnen können, dass wir Ziegen bekommen", tadelte er Ashton.

Der silberhaarige Vorarbeiter zuckte nur träge die Schultern. „Tamara hat gesagt, es läge ganz in ihrer Verantwortung, wenn die Mädchen Pflichten mit Tieren wollten. Ich dachte mir, das hättest du dir selbst zuzuschreiben."

Hmm. Caleb musste zustimmen. „Du hast recht, das habe ich."

Dustin stützte die Arme auf das Geländer und beobachtete die Mädchen und die Ziegen fasziniert. „Wie kommt's, dass ich niemals Ziegen hatte?", fragte er.

„Weil du alles andere hattest, schätze ich."

Oh, zum Teufel. Tamara hatte recht.

In Sashas Alter und noch früher war Dustin bereits mit ihrem Vater in den Scheunen gewesen. Vielleicht war die Lage ein wenig anders gewesen, weil sehr viel mehr Erwachsene da gewesen waren, aber trotzdem.

Caleb warf einen Blick auf die Mädchen, die aufgeregt mit den Tieren arbeiteten, und als Emma die Hände an die Wangen legte und laut lachte, spürte er das Gefühl hoffnungsloser Verwunderung, dass ihn erneut traf.

Es war unmöglich, das zu tun, ohne es zu vermasseln. Aber zumindest hatte er jetzt jemanden, der ihm half, vor lauter Bäumen den Wald zu sehen.

Tamara glitt auf die Bank im Café, stellte ihr Tablett ab und teilte das Essen zwischen ihnen auf.

„Ich kann immer noch nicht glauben, dass du mich um Ziegen gebeten hast", sagte Karen. „Diese Viecher werden dir das Leben zur Hölle machen."

Tamara zuckte mit den Schultern. „Ich will, dass die Mädchen Pflichten haben. Caleb will sie nicht in der Hauptscheune, und du hast gesagt, Ziegen wären besser als Schweine."

„Ich habe gesagt, die Mädchen würden Ziegen vermutlich

lieber mögen als Schweine, aber es wäre einfacher gewesen, sich um Schweine zu kümmern", verbesserte Karen sie.

„Süße Kinder", ließ Lisa sich vernehmen. „Ich weiß, dass du am Telefon damit wegkommen wolltest, keine weiteren Einzelheiten rauszurücken, aber jetzt hast du keine Wahl mehr, sonst nehme ich deinen Kaffee in Geiselhaft." Sie hielt ihn außer Reichweite, während Tamara geduldig wartete. „Sag schon. Wie gefällt es dir denn, eine Nanny/Haushälterin/Köchin zu sein?"

Tamara schaute zu ihren Schwestern. Sie warteten beide, aufrichtiges Interesse lag in ihren Gesichtern. Sie hatte Glück, sie in ihrem Leben zu haben. „Es ist gar nicht so anders, als eine Krankenschwester zu sein. Ich meine, im Krankenhaus musste ich nicht kochen, aber ich musste auch immer sauber machen. Das Kochen macht mir nichts aus, und die Mädchen sind ... wir kommen klar."

„Ist es seltsam, im Haus eines anderen zu wohnen?", fragte Karen.

„Ja, ist es, aber hast du diesen *See* gesehen? Von dieser Aussicht bekomme ich gar nicht genug."

Lisa hatte das Café bewundert und deutete nun auf die Öffnung zwischen dem Bereich, wo kleine Tische und gemütliche Stühle aufgestellt waren, und dem Raum neben der Tür, der voller Kinkerlitzchen, Kerzen und wunderbaren Blumen war. „Na, ich finde es nett, dass du neue Läden ausprobieren kannst. *Buns and Roses* ist ein süßer Name für einen Laden."

Karen gab ein zufriedenes Geräusch von sich, während sie einen großen Bissen von der riesigen Zimtschnecke vor ihr nahm. „Und lecker. Ja, ich verstehe, dass es dir Spaß macht, die Flügel ein wenig auszubreiten."

„Alles läuft gut", versicherte ihnen Tamara. „Ich muss immer noch ein paar Dinge mit den Mädchen rausfinden.

Caleb ist manchmal ein wenig unbeweglich, aber das wusste ich, als ich mich für den Job gemeldet habe. Es ist in Ordnung, für ihn zu arbeiten. Ich bin froh, dass ich hier bin." Sie holte tief Luft und stellte die brennende Frage: „Ist es schlimm zu Hause? Ich meine, die Gerüchte über mich?"

Karen und Lisa wechselten Blicke, ehe Karen etwas sagte. „Es ist nicht *schrecklich*, aber es ist gut, dass du nicht da bist."

Lisa nickte zustimmend. „Ich glaube, es wird rascher Gras drüber wachsen, wenn du nicht da bist, aber die Gerüchte überschlagen sich geradezu. Es heißt, du hättest einen Patienten verführt, oder du wärst mit dem Spendengeld des Krankenhauses abgehauen. Solche Sachen eben."

Tamara lehnte den Kopf an die Wand neben ihr. Gewissermaßen war sie überrascht, dass ihr Geheimnis so lange verborgen geblieben war, aber als sie es getan hatte, hatte sie gewusst, dass sie ihre Karriere aufs Spiel setzte.

Vor Jahren hatte sie herausgefunden, dass die Mutter einer guten Freundin an Krebs starb. Das war hart gewesen, doch als Allisons Mutter es nicht schaffte, ihren Kindern die Wahrheit zu sagen, war das der letzte Tropfen gewesen, der das Fass zum Überlaufen gebracht hatte.

Allison hatte bereits ihren Vater an die Krankheit verloren, und der Schmerz, nicht für ihre Mutter da sein zu können, wäre herzzerreißend gewesen.

Also hatte Tamara die Schweigepflicht gebrochen, und anstatt die Informationen der Patientin vertraulich zu behandeln, hatte sie es bei Allison durchsickern lassen, die dann rechtzeitig nach Rocky hatte zurückkehren können.

Tamaras Handeln war falsch gewesen, und man hatte sie gefeuert, als die Sache schließlich ans Licht gekommen war. Es spielte keine Rolle, dass es schon Jahre her war – sie hatte es vermasselt.

Und auf einen Schlag waren die jahrelange Ausbildung und ihre Laufbahn Geschichte gewesen.

Sie seufzte. „Du weißt, wenn ich die Wahrheit rausgelassen hätte, dann hätte es das nicht besser gemacht, denn irgendwie, auf irgendeine Weise hätten die Leute sie trotzdem noch verdreht."

„Noch schlimmer, es hätte Allison und ihrer Familie geschadet. Wir wissen es." Karen legte eine Hand über ihre. „Liebes, wir glauben nicht, dass du was falsch gemacht hast. Allison konnte während ihrer letzten Monate zu Hause bei ihrer Mutter sein. Ich wäre versucht gewesen, es genauso zu machen."

Lisa nickte. „Wir werden niemandem erzählen, was du uns mitgeteilt hast, aber ich bin froh, dass du es uns verraten hast. Das macht es uns leichter, mit dem ganzen Schwachsinn fertig zu werden." Ihre Schwestern und Calebs Schwester Dare waren die Einzigen, denen Tamara die Wahrheit erzählt hatte.

„Na ja, ich weiß ja, dass ihr etwas unter Verschluss halten könnt."

Sie alle drei schauten einander an. Sie hatten sich niemals öffentlich beschwert, wie nervig ihre besondere ... *Situation* war.

„Ich finde es einfach besser, wenn es niemand weiß."

„Sehen wir auch so."

Aber sie dachten trotzdem alle daran. „Dad macht eine harte Zeit durch, oder nicht?"

Lisa nickte zögerlich. „Die Leute im Café stochern bei ihm immer nach Einzelheiten, was immer du also tust, halt vor ihm den Mund. Ihm zu sagen, was passiert ist, steht nicht zur Debatte, denn das würde nur in einem riesigen Schlamassel enden."

„Du wirkst abgelenkt." Tamara stieß ihre älteste Schwester an. „Schwierigkeiten mit Dad?"

Karen schüttelte sich. „Was? Nein. Er war in letzter Zeit grummelig, hat sich gefragt, weshalb du weggegangen bist, aber er war nicht schlimmer als sonst, wenn es um die Ranch geht. Die Arbeit mit den Cousins hat das Leben sehr viel besser gemacht, und die übrigen Rancher nehmen meinen Rat nur zu gerne an. Da Jesse zurück ist, glaube ich, wir können so einiges mit dem Vieh anfangen. Tatsächlich habe ich darüber nachgedacht, die Zuchtlinien ein wenig mehr zu kreuzen ...“

Lisa schob den Teller mit Süßigkeiten zu ihr und unterbrach sie laut. „Iss. Keine Zuggespräche bei Tisch.“

Ein überraschtes Husten kam von den beiden Männern am Tisch neben ihnen. Der mit den dunklen Haaren lächelte, bevor er wegschaute, doch der blonde suchte Blickkontakt, ein breites Lächeln auf dem hübschen Gesicht. Lisa wurde rot, dann wackelte sie zum Gruß mit den Fingern.

Tamara klopfte ihrer Schwester auf die Hände. „Hör auf damit. Ich wohne jetzt hier in der Nachbarschaft.“

Lisa beugte sich um sie herum, um sich die Jungs noch mal anzusehen. „Was der Grund ist, weshalb ich die Speisekarte studiere.“

Du lieber Himmel. „Karen wollte uns gerade erzählen, warum sie so niedergeschlagen ist“, erinnerte Tamara Lisa.

Lisa wedelte mit der Hand, neigte den Stuhl nach hinten, damit sie einen besseren Blick auf den Nachbartisch hatte. „Ach, *das*. Sie zieht so eine Schnute, weil der alte Freddy Wilson aus diesem uralten Wohnwagen herausgestiegen ist, in den er sich eine halbe Ewigkeit eingeschlossen hat, und sie gebeten hat, mit ihm auf eine Halloweenparty zu gehen.“

„Lisa“, fuhr Karen sie an.

„Offen gesagt finde ich, sie sollte gehen, denn während sie da ist, kann sie ihn loswerden und jemand Jüngeres finden.“

„Ich werde dich irgendwo auf der Fahrt nach Hause los“, drohte Karen.

Ohne den Blick von dem heißen Typen am Nebentisch zu nehmen, vor denen sie mit den Wimpern klimperte, griff Lisa in ihre Tasche. Sie schwang einen Schlüsselbund um ihren Finger. „Wird schon schwer, mich rausschmeißen, wenn ich fahre."

Karen schlug sich auf die Tasche, ehe sie Lisa böse anschaute. „Diebin."

„Wir alle brauchen ein Hobby."

Tamara lehnte sich zurück, war überzeugt, dass ihr Lächeln bis über beide Ohren ging. „Ich liebe euch beide", sagte sie impulsiv. „Ich bin froh, dass ihr meine Schwestern seid."

Sie reagierten beide sofort, ihre Hände glitten nach vorne, um sich mitten auf dem Tisch zu treffen. Finger packten zu, umgeben von leeren Tellern und Kaffeebechern. „Wir sind die drei Whiskeytiere, für immer", verkündete Lisa.

„Dieser Spitzname bringt mich auf den Gedanken, dass du uns Mäuse nennst", gab Tamara zu.

Karen schnaubte. „Ich dachte immer, wir machen einen Herrensalon auf."

Lisa stieß ein Johlen aus. „Gott, ihr beiden. Es ist unser Familienkampfschrei. Nehmt euch mal nicht zu ernst."

Tamara drückte ihr die Finger. „Auf die drei Whiskeytie... Nein, das kriege ich nicht hin, ohne das Gesicht zu verziehen."

Lisa verdrehte die Augen, und Karen kicherte, und sie lachten alle so fest, dass sie danach nichts mehr sagen konnten.

Tamara riss sich schließlich genug zusammen, um zu reden. Sie hob den letzten Schluck ihres Kaffees hoch in die Luft, um anzustoßen. „Auf die Familie."

„Auf die Familie."

Sie schickten Lisa zum Tresen, um noch mehr Zeug zu holen, damit sie nicht in Schwierigkeiten geriet. Karen scheuchte sie weg. „Wir brauchen Nachtisch."

Lisa hob eine Augenbraue. „Kuchen nach unseren Zimtschnecken?"

„Hast du dagegen was einzuwenden?"

„Teufel, nein. Ich wollte das nur klarstellen. Ich will nicht für meine Taten zur Verantwortung gezogen werden, wenn mich der Zuckerschock trifft." Lisa wandte ihr Lächeln dem Blonden am Nebentisch zu, während sie aufstand. Sie musterte ihn von oben bis unten, dann begab sie sich zum Tresen, ihre Hüften wackelten völlig übertrieben.

Karen und Tamara schauten einander an, dann den armen Mann, der neben ihnen saß. Er hatte gerade tief Luft geholt und die Beine ausgestreckt, den Blick fest auf Lisas Hintern gerichtet.

Es war unmöglich, zu verhindern, dass sie wieder zu lachen anfing. Ein warmes Glücksgefühl, vertraut und perfekt, füllte Tamara völlig aus. Obwohl sie sich meilenweit von dem entfernt hatten, was ihre Heimat gewesen war, war alles in Ordnung.

Sie waren zusammen als eine Familie. Das machte es zur Heimat.

9

Caleb war nicht sicher, wie sie klargekommen waren, bevor Tamara da gewesen war.

Sie war allgegenwärtig. Dreimal am Tag kam leckeres Essen auf den Tisch, das Haus funkelte – na ja, vielleicht nicht gerade das, aber es war sehr viel sauberer als vorher.

Die Mädchen nahmen sie ganz ordentlich hin. Emma hatte sich angewöhnt, Tamara zu folgen wie ein zögerlicher Welpe. Das kleine Mädchen ließ sich irgendwo nieder und spielte nahe genug, um ein Auge auf das zu haben, was Tamara gerade machte. Sasha blieb auch in der Nähe, aber sie schien nicht so bezaubert – als würde sie darauf warten, ihre Schwester zu verteidigen, falls Tamara ihr wahres Wesen zeigte.

Bisher hatte er es geschafft, zu verhindern, dass er es ihnen gleichtat. Sein Problem war, dass er nicht in die Nähe dieser Frau gehen konnte, ohne sie an sich ziehen und sich in ihrer Weichheit verlieren zu wollen. Sie sah gut aus, sie roch sogar noch besser, doch er weigerte sich, seinen Höhlenmenschentrieben nachzugeben, die ihn mitten in der Nacht weckten.

Ihn am Morgen mit einem Ständer weckten, der nicht vergehen wollte.

Ablenkung. Jetzt.

Anstatt sich Tamara auf der Veranda anzuschließen, zwang er sich dazu, in sein Büro zu gehen, wo ihn sein eigener Schlamassel herausforderte. Er konnte mit beinahe allem anderen auf der Ranch auf vernünftige Weise fertig werden, aber das war ein Bereich, mit dem er niemals ganz klargekommen war.

Es war der Bereich der Ranch, über den seine Mom geherrscht hatte, und einen Augenblick lang verlor er sich in der Vergangenheit. Bilder kehrten in seine Gedanken zurück, wie er in das Büro ging, und auf seine Mom und seinen Dad stieß, die einander küssten. Sein Dad dankte ihr für die Arbeit, die sie getan hatte, und sie zwinkerte ihm zu.

Sie hatten eine echte Verbindung gehabt – so vereint in allem.

Die Anspannung uralter Schmerzen, die er fest unter Verschluss hielt, tief in seinem Innersten, drang in einem plötzlichen Stich durch, bevor er sie rücksichtslos wegschob. Was seine Eltern geteilt hatten, gab es vielleicht einmal unter einer Million, denn es war ganz gewiss nicht bei seiner Frau der Fall gewesen. Diese Einigkeit und völlige Verbindung.

Oh, er hatte sich alle möglichen Hoffnungen gemacht, als er Wendy gebeten hatte, ihn zu heiraten. Obwohl sie auch unbeabsichtigt schwanger gewesen war, als er sie gefragt hatte, hatte er das aufrichtige Gefühl gehabt, dass sie eine Chance auf die Liebe hatten. Was immer zum Teufel das bedeutete, denn es war ziemlich rasch klar geworden, dass ihre Vorstellung davon, die Frau eines Ranchers zu sein, und die Wirklichkeit zwei sehr unterschiedliche Dinge waren.

Er starrte das Blatt Papier vor sich an, um festzustellen,

dass er Heuballen oder irgend so einen Unsinn hingekritzelt hatte. Er riss die Seite heraus und warf sie hinter sich.

Es war besser, wenn er nicht an diese Frau dachte. Es war besser, wenn er nicht an seine Eltern dachte, oder irgendetwas anderes, das er nicht haben konnte.

Stattdessen würde er sich auf das konzentrieren, was er hatte. Wendy hatte ihm die beiden wichtigsten Dinge auf der ganzen Welt geschenkt. Er war nicht sicher, ob er ihnen das immer sagte, aber er versuchte es. Sasha und Emma waren die Gründe, weshalb er jeden Morgen aufstand und sich aufmachte, um Dinge zu erledigen. Sie waren der Grund, dass er, obwohl er die Aufgabe mit feuriger Leidenschaft hasste, nach den Rechnungen und dem Scheckbuch griff, und sich dazu zwang, Zahlen auf die Seiten zu schreiben, damit er *irgendetwas* erreichen konnte, ehe sie aufstanden.

Erschreckenderweise ließ er sich so gut ablenken, dass das nächste, was er wahrnahm, jemand war, der an seinem Ärmel zupfte.

Er rollte den Bürostuhl zurück und hob Emma in seine Arme. „Hey, Krümel. Hast du gut geschlafen, oder muss ich irgendwelche fiesen Erbsen unter deiner Matratze herausholen?"

Ein Kichern kam von ihr, während sie ihr Gesicht an ihn lehnte und sich ankuschelte. „Keine Erbsen."

„Aber es ist Morgen? Wow. Die Sonne geht immer früher auf."

Emma legte den Kopf an seine Brust und hielt sich fest, und Caleb spürte, wie seine Sorgen und sein Frust verflogen. Für die Seele gab es nichts Besseres als die unschuldige Liebe eines Kindes.

Er ignorierte die Arbeit und wiegte sie fröhlich, bis die Uhr an der Wand ihn warnte, dass ihm die Zeit davonlief.

Caleb drückte sie kurz. „Okay, wir machen besser los. Du

hast einen vollen Tag vor dir. Wir sollten mal nachsehen, ob Tamara verschlafen hat."

Emma schnaubte und schüttelte den Kopf.

„Oh, du hast recht. Ich glaube, sie ist wach. Riechst du Muffins?"

Emmas Nase ging nach oben, als wäre sie ein kleiner Jagdhund.

Er lachte, stellte sie auf die Füße, bevor er sich zu ihr gesellte. Vom Papierkram war genug erledigt, dass er den Schlamassel noch einen Tag länger ignorieren konnte. „Sehen wir mal in der Küche nach, ob Sasha uns etwas zum Frühstück übrig gelassen hat."

Sasha saß an der Kücheninsel und sah aus, als würde nicht mal Butter in ihrem Mund schmelzen, während sie Tamara tadelte. „Wir essen keine Muffins zum Frühstück", sagte Sasha herrschaftlich.

„Es gibt auch Muffins mit Schinken und Ei, aber wenn du keins davon magst, schätze ich, musst du heute Vormittag selber kochen", erwiderte Tamara leichtfertig. „Denn das habe ich gemacht. Wenn du was anderes willst, nur zu."

Emma kletterte auf den Stuhl neben ihrer Schwester und griff begierig nach den frischen Backwaren.

Sasha warf einen schuldbewussten Blick auf Caleb, ehe sie nett lächelte und so tat, als wäre sie nicht gerade unhöflich zu Tamara gewesen. „Guten Morgen, Daddy."

Der Himmel möge ihm gnädig sein. Sie würde als Teenager eine ganz schöne Aufgabe werden. Er sprach leise, aber streng. „Entschuldige dich bei Tamara. Du kannst deine Meinung so offen sagen, wie du möchtest, aber das machst du höflich. Ja?"

Ihr aufgesetzter Mut verflog, und sie war wieder sein süßes, besorgtes kleines Mädchen mit Beschützerinstinkt. „Ja,

Daddy." Sasha hob den Blick, um kurz in Tamaras Gesicht zu schauen. „Tut mir leid, dass ich unhöflich war."

„Entschuldigung angenommen." Tamara hob die Kaffeekanne. „Caleb?"

Er nickte Tamara zu, während er dicht genug kam, um Sasha die Schulter zu drücken. „Ja, bitte. Hey, Emma. Hast du vor, mir von diesen Muffins welche übrig zu lassen? Sie sehen toll aus."

Tamara gab ein Geräusch von sich, doch als sie in ihre Richtung schauten, wischte sie sich unschuldig den Mund ab. „Tut mir leid. Ich habe mich verschluckt."

„Du bringst uns am Halloweenabend raus, richtig, Daddy?" Wie hartnäckiges Unkraut war Sasha zu ihrem Lieblingsthema zurückgekehrt.

„Dieses Gespräch hatten wir doch schon gestern Abend."

„Aber du bringst uns immer noch hin."

Er kniff sie in die Nase. „In den letzten acht Stunden hat sich nichts geändert."

Sie nickte fest, dann warf sie einen Blick hinüber, um nachzusehen, ob Tamara herschaute. Als die Luft rein war, schnappte sie sich einen Muffin und verschlang ihn.

Nun war es an ihm, darum zu kämpfen, nicht erheitert zu schnauben.

Caleb war schon ein gutes Stück mit seiner Nachmittagsarbeit weiter, als er in Josiah Ryder hineinlief, den Mitbesitzer der örtlichen Tierklinik. Der Mann war genau zu der Zeit an den Ort gezogen, als Calebs und Wendys Ehe sich aufgelöst hatte, und als der Staub sich einmal gelegt hatte, war Josiah Calebs bester Freund geworden. Es war das Beste, das aus dieser Zeit erwachsen war.

Josiah war in den letzten paar Wochen im Urlaub gewesen und erst am Sonntag zurückgekehrt, was bedeutete, dass Caleb und er sich noch nicht auf den neuesten Stand gebracht hatten.

Insbesondere, was die Vollzeit-Nanny-Situation betraf. Josiah wusste, dass Tamara hier war, doch sie hatten nicht darüber gesprochen, wie es funktionierte.

Caleb schüttelte den Kopf – waren es wirklich erst zwei Wochen, seit er zugestimmt hatte, dass Tamara zu ihnen kam? Alles hatte sich in einem Wimpernschlag verändert.

Aus irgendeinem Grund lag Josiah in einer der Pferdeboxen flach auf dem Rücken. Zum Glück einer leeren.

Caleb hob eine Augenbraue. „Gut, dass du nicht noch hässlicher bist, oder ich hätte mich gefragt, warum mitten in einer sonst sauberen Box ein Scheißhaufen liegt."

Josiah lachte, während er sich aufrappelte. „Du Esel. Einer deiner Hunde hat eine Bleivergiftung. Ashton hat erwähnt, dass ein paar Boxen kürzlich renoviert wurden, darum habe ich sie überprüft."

„Das ist nicht die Ursache des Problems." Caleb runzelte die Stirn. „Ich hatte etwas Zeit, darum habe ich es selbst gemacht – alles neues Holz, keine alte Farbe oder Giftstoffe."

Josiah stieß einen Pfiff aus. „Du hattest Zeit? Hast du einen Sechsunddreißig-Stunden-Tag erfunden, seit ich weg war? Denn mir ist noch nie aufgefallen, dass du mit den vierundzwanzig Stunden, die wir Normalsterblichen bekommen, jemals langsamer machst, und du hattest vorher noch nie Zeit."

„Es ist die neue Nanny", gab er widerstrebend zu. „Es ist erstaunlich, wie viel ich erledigt kriegen kann, wenn ich nicht immer wieder mitten in einem Projekt unterbrechen muss."

„Freut mich." Josiah klopfte ihm auf die Schulter. „Du hast mal eine Pause verdient, darum bin ich froh zu hören, dass es funktioniert. Vielleicht kann ich dich überzeugen, dass du losziehst und die Flügel ausbreitest und das Leben wieder ein wenig mehr genießt."

„Ich genieße das Leben durchaus", beharrte Caleb.

„Lass es mich anders formulieren. Ich würde dich gerne mal außerhalb der Arbeit treffen, oder hast du vergessen, wie man mal Fünfe grade sein lässt?"

Caleb war nicht sicher, ob er es vergessen hatte oder ob es ihm ausgetrieben worden war. „Ich bin immer für ein Kartenspiel zu haben. Luke würde mitmachen, und Walker, er ist zu Hause."

„Das ist alles schön und gut, und ich mag deine Brüder, aber ich unternehme auch gerne was, wenn es nur wir beide sind, weißt du noch?"

Erheiterung kam auf, und Caleb spitzte die Lippen, um ein grobes Kuss-Geräusch von sich zu geben. „Ja, Schatz. Ich liebe dich auch."

Josiah würgte übertrieben. Sie grinsten einander an, dann schoben sie die Scherze beiseite und arbeiteten sich durch die Tiere, die Caleb anschauen lassen wollte. Sie unterhielten sich locker, und manchmal gar nicht, doch sie arbeiteten die ganze Zeit.

Die beiden waren gut genug befreundet, dass die stillen Augenblicke genauso behaglich waren wie die Unterhaltung. Männer, die auf dem Land arbeiteten, mit ihren Händen, und sich mit einer Bemerkung aushalfen, wenn es nötig war. Caleb konnte mit Luke oder Walker auf einen sehr ähnlichen Rhythmus verfallen. Sogar mit Ashton, aber es war etwas Besonderes, einen Freund zu haben, mit dem man nicht aufgewachsen war, und der in ihm dasselbe Gefühl der Behaglichkeit auslöste.

Sie waren beinahe mit dem Tag fertig, als Josiah das Thema wieder zur Sprache brachte.

„Ich muss zugeben. Jedes Mal, wenn du das Wort Nanny sagst, kommt es mir komisch vor. Ich stelle mir immer jemanden vor, der ein bisschen verrückt ist, du weißt schon, wie Mary Poppins, mit seltsamer Kleidung ..."

„... einer magischen Reisetasche voller Tricks?"

Eine Stimme, die bereits vertraut war, erklang, als Tamara in Sicht kam.

Sie wackelte mit den Fingern in Josiahs Richtung, ehe sie eine Hand ausstreckte. „Tut mir leid, aber diese Nanny hier hat noch nicht herausgefunden, wie man mit einem Regenschirm von A nach B kommt."

Etwas in Josiahs Blick leuchtete auf, als er Tamaras Hand nur zu gerne nahm. Ein Grinsen ging über sein Gesicht, und einen fieberhaften Augenblick lang stellte Caleb sich vor, wie es sein würde, seinen besten Freund von oben bis unten auszuweiden.

Denn Caleb sah es schon kommen. Der verdammte Bastard hatte vor zu flirten, so, wie er mit jedem weiblichen Wesen flirtete, ob es nun zwei Jahre alt war oder zweihundert, darum hätte diese Vorstellung nicht so schmerzhaft sein sollen, wie sie war.

Aber das war ein logischer Gedanke, und die Logik konnte sich vom Acker machen.

Und so war es dann auch, Josiah zog das Händeschütteln in die Länge. „Ich erkenne Sie aus dem Kaffee von gestern wieder. Sie sehen nicht aus wie Mary Poppins, aber ich wette, mit Ihnen schmeckt die Medizin gleich doppelt so gut."

Caleb verdrehte die Augen.

Ein Lächeln glitt über ihr Gesicht. „Ich weiß das eine oder andere darüber, wie man Leuten das Leben versüßt. Genau wie meine Schwester."

Schwester?

Josiah wirkte richtiggehend fröhlich. „Ja, was Ihre Schwester angeht. Zieht sie auch nach Heart Falls? Denn ich kenne jemanden, der ziemlich interessiert wäre ..."

Caleb hustete abrupt. „Das musst du dir anschauen, Josiah."

Sein Freund hatte die Tiere im Verschlag hinter ihm vergessen, darum schob Caleb den Tierarzt in die Box und schloss das Tor hinter ihm, als wäre er besorgt, das Fohlen drin zu halten.

Dann drehte er sich um, um sich zwischen Tamara und Josiah zu stellen. „Brauchst du was?"

Tamara schüttelte den Kopf. „Nicht wirklich, obwohl ich überprüfen wollte, ob es mit deinem Terminplan zusammenpasst, wenn ich morgen Abend ausgehe. Kelli hat es vorgeschlagen. Ich glaube, die Dinge laufen mit den Mädchen toll, aber es wäre wahrscheinlich gut, ein wenig Zeit für einen Abend zu haben. Ich wollte nicht zusagen, ehe ich mit dir gesprochen habe."

Caleb nickte, als Josiah, der eben ein Bastard war, wieder etwas hören ließ, die Arme oben auf das Tor gelegt, sein umwerfendes Lächeln gezückt. „Klingt nach einem tollen Plan. Caleb hat gesagt, dass die Mädchen sich gut daran gewöhnt haben, dass Sie da sind, aber ich wette, sie wüssten ein wenig Freizeit nur mit der Familie sicher zu schätzen." Er richtete seine ganzen Flirt-Künste direkt auf Tamara. „Wie es der Zufall so will, habe ich morgen frei. Ich würde Sie und Kelli gerne ins *Rough Cut* begleiten."

Einen Augenblick lang wirkte Tamara verwirrt. „Ist das irgendwas, wo wir hingehen wollen?"

„Eine Bar im Ort. Weil es in der Gegend Kohle gibt, und die Stadt Black Diamond in der Nähe ist, aber ja, es ist ein toller Ort, um ein bisschen herumzuhängen. Trinken und tanzen. Ich mache alles."

Er würde einen Tritt in den Hintern bekommen, wenn er noch ein Weilchen so weiter machte, dachte Caleb düster.

Er hatte genug gehört. „Keine Einwände, aber wenn du vorhast, mit Kelli auszugehen, macht vielleicht einen Mädelsabend. Lukes Verlobte ist auch da." Er ignorierte das plötzliche Husten aus dem Verschlag, wo Josiah stand. „Oder ich wette, Kelli könnte dich einigen ihrer anderen Freundinnen vorstellen. Es wäre gut für dich, wenn du weitere Frauen im Ort kennenlernst. Hier auf Silver Stone verbringst du die meiste Zeit mit Kerlen."

Tamara stützte sich mit einer Hand an den nächstbesten Pfosten, schaute Josiah einen langen, entschiedenen Augenblick von oben bis unten an, als ob sie Caleb gern einen zusätzlichen Tritt mitgeben wollte, ehe sie beide anlächelte. „Das klingt genau nach dem, was ich brauche. Mädelsabend und so. Josiah, das mit dem Tanzen verschieben wir auf ein andermal, wenn es Ihnen nichts ausmacht."

„Kein Problem. Ich gebe Ihnen meine Nummer. Die sollte ich Ihnen sowieso geben, falls Sie mich jemals erreichen müssen. Ich höre, dass Sie auf dem Grundstück Ziegen halten."

„Ich rufe an, wenn es nötig wird", bot Caleb an.

„Ich bin der Tierarzt", erklärte Josiah trocken. „Und ich habe ein Telefon, und zufällig mag ich Ziegen ganz besonders."

Caleb würde seinen Freund später ermorden. „Oh, schaut, da ist Penny."

Er legte so viel Begeisterung wie möglich in seine Stimme, doch das benötigte eine Menge Energie, und er glaubte nicht, dass er sich sonderlich gut anstellte, denn sowohl Tamara als auch Josiah starrten ihn an, als wäre er besessen.

Ja, sein Tonfall war aus mehr als einem Grund gezwungen. Penny war ein ganz nettes Mädchen, nahm er an, aber er war nicht ganz sicher, was Luke in ihr sah. Und die Tatsache, dass sie zwar vorhatten, irgendwann zu heiraten, aber es nie schafften, weiter zu gehen als das, bescherte Caleb ein unbehagliches Gefühl.

Luke beharrte darauf, dass es daran lag, dass sie noch an ihrem Haus arbeiteten, was auch stimmte. Das Ganze war nicht viel mehr als ein Gerüst mit einem Dach, aber es hatte so viele Planänderungen gegeben ...

Genug davon. Penny hatte nichts *Konkretes* getan, auf das Caleb mit dem Finger zeigen konnte, aber sie schien ihn irgendwie immer auf dem falschen Fuß zu erwischen.

Nicht dass es schwierig war, ihn, wenn es um die Ehe ging, auf dem falschen Fuß zu erwischen.

Sie trug Kleidung, die perfekt in eine Scheune passte, doch irgendwie trotzdem nach Geld roch. Ihre Stiefel waren ein kleines bisschen glänzender, der Schnitt ihrer Bluse ein bisschen mehr als irgendwas von der Stange bei Walmart.

Caleb riss sich am Riemen. Er wollte sie nicht aus Prinzip nicht mögen, denn es war ja nichts Schlimmes daran, schöne Sachen zu tragen, und ihre Familie hatte das Geld.

Es war einfach irgendetwas daran, wie sie wirkte. Selbst jetzt, während sie vortraten, hielten sie und Luke sich nicht an den Händen wie ein verliebtes Pärchen. Sie hatte die Hand auf seinen Arm gelegt, als würde er sie eine große Treppe hinabgeleiten.

Luke schien das nicht aufzufallen, er plapperte fröhlich. Seine Augen leuchteten, als er Caleb und Tamara sah.

„Hey, Caleb. Wir haben nach dir gesucht." Er wandte seine Aufmerksamkeit Tamara zu. „Und dass du hier bist, ist ein Bonus. Ich würde dich gerne meiner Verlobten vorstellen, Penny Talisman. Penny, das ist Tamara Coleman. Sie ist Calebs neue Nanny."

„Sashas und Emmas neue Nanny", berichtigte Josiah. „Wenn sie allerdings auch für Erwachsene verfügbar ist, wäre ich gern auf der Warteliste."

Tamaras Wangen wurden bei Josiahs Anmerkung rot, aber sie hielt Penny eine Hand hin. „Schön, dich kennenzulernen."

„Dich auch." Penny ließ die andere Hand weiter um Lukes Arm gleiten, als würde sie einen Claim abstecken. „Ist das etwas, für das man eine tatsächliche Ausbildung bekommen kann? Nanny-Schule?"

„Vielleicht. Ich bin mir nicht sicher. Ich bin eine ausgebildete Krank..." Tamara brach abrupt ab, ehe sie sich mit den Händen über die Hüfte strich und ihre Kleider richtete. Sie setzte mit einem breiten Lächeln neu an. „Na ja, ich habe im Krankenhaus gearbeitet, und das passt ganz gut für einiges von dem, was man als Nanny tut. Aber vermutlich noch wichtiger, ich bin auf einer Ranch aufgewachsen. Hatte dort eine Menge Möglichkeiten, Dinge zu üben, die sich auf die Arbeit mit den Mädchen beziehen lassen."

„Welche Ranch?", fragte Penny mit etwas mehr Interesse.

„Whiskey Creek, in der Nähe von Rocky Mountain House."

Penny runzelte die Stirn. „Den Namen kenne ich nicht. Was züchtet ihr?"

Tamara lachte. „Ein bisschen was von allem. Wir sind mit dem größeren Coleman-Clan verbunden, aber die ganzen Familienbestände sind bunt gemischt. Obwohl meine Schwester Karen gut mit Pferden umgehen kann. Sie arbeitet viel mit Tieren aus der Tierrettung, und sie will nebenher einen Stall für Pferdetherapie auf die Beine stellen."

„Sie könnte mehr Geld damit verdienen, wenn sie mit reinrassigen Pferden oder Show-Pferden arbeitet", erklärte Penny. „Wenn sie so viel Talent hat."

„Oh, das Talent hat sie, aber sie hilft gern Leuten. Es ist halt nichts für jeden, ein Menschenfreund zu sein", sagte Tamara trocken.

Die Frau blinzelte kurz, ehe sie freundlich antwortete: „Ich schätze nicht. Schön für sie. Das klingt ... wunderbar."

Die lockere Unterhaltung wurde fortgeführt, während Luke und Penny etwas mit Josiah besprachen. Tamara richtete sich ganz nebensächlich neu aus, bis sie sich an Calebs Seite beugte. Er zwang seinen Körper dazu, nicht darauf zu reagieren, besonders, als sie sich noch näher an ihn drängte und den Kopf drehte, sodass ihre Lippen sein Ohr streiften. „Wenn du den Mädelsabend vor dieser Frau erwähnst, werde ich herausfinden, welches Essen du am wenigsten magst, und es dir eine Woche lang jeden Tag auftischen."

Caleb hustete, um sein Schnauben zu verbergen.

Penny drückte Luke den Arm. „Ich sollte vermutlich los. Bringst du mich zu meinem Auto?"

„Fährst du nach Hause?" Luke lachte. „Okay, dann schätze ich, müssen wir nicht mit Caleb reden."

„Es war schön, dich kennenzulernen", warf Penny über die Schulter, während sie bereits wegging.

„War klasse", knurrte Tamara.

Josiah blinzelte überrascht, dann schnaubte er, während er wieder an die Arbeit zurückkehrte.

Caleb weigerte sich zu lachen, doch er wollte es. „Also. Keine Pennys auf dem Mädelsabend?"

Tamara grinste. „Das passt doch gut, Pennys sind nicht mal mehr eine offizielle Währung in Kanada."

Verflixt, da hatte sie recht. Wieder machte sich Erheiterung breit, und ein Hauch Bewunderung für ihren raschen Geist und ihre Schlagfertigkeit, denn sie war so lebendig und …

Caleb wuchtete seinen Körper zur Seite, beschäftigte sich rasch mit einer Aufgabe. Wenn er vielleicht etwas Abstand zwischen sie brachte, könnte er diesen ungebetenen Ansturm der Emotionen aufhalten, der auf seinen Organismus eindrang. Es war schlimm genug, dass er sie körperlich wollte, er musste die Dinge nicht noch weiter verkomplizieren.

„Nimm einen Schlüssel mit. Ich werde nicht lange aufbleiben", befahl er ruppig.

Als er ein paar Augenblicke später einen Blick über die Schulter wagte, war sie weg.

10

———

Vor dem *Rough Cut* blieben sie im Auto sitzen, und Tamara klappte den Spiegel herunter, damit sie eine letzte Schicht Kriegsbemalung auf ihre Lippen auftragen konnte.

Kelli beäugte sie interessiert. „Ich bin immer wieder überrascht, wie Make-up einen Menschen verändert. Ich meine, du hast vorher schon gut ausgesehen, aber irgendwie bist du jetzt noch hübscher."

Tamara warf einen Blick auf die Frau. Auf Kellis Baby-Gesicht leuchteten Begeisterung und jugendliche Schönheit. „Bei dir wäre Make-up Verschwendung. Du bist ohne schon hübsch genug."

Kelli zuckte mit den Schultern. „Mir ist nur klar, wenn ich mich schminke, dann passt es nicht richtig. Ich fühle mich ohne wohler. Ich habe kein Problem damit, dass es anderen Leuten ein besseres Gefühl gibt. Ich fühle mich am Ende nur wie der Joker, nicht wie in einer Kosmetikwerbung." Sie schob die Tür auf, dann drehte sie sich, um aus der hohen Kabine zu springen, und wirbelte im Kreis, während sie sich mit den

135

Händen über den Oberkörper strich. „Wie du schon sagtest, was ich habe, ist nicht so schlecht, also mache ich mir keine Sorgen."

Tamara kam auf der anderen Seite des Trucks zu ihr. „Keine falsche Bescheidenheit hier", neckte sie.

Die Frau schürzte die Lippen, ehe sie sie dreist anlächelte. „Bevor wir reingehen und taub werden, lass mich wissen, wenn wir nach Hause müssen. Ich kann die ganze Nacht durchmachen, aber wenn ich in die Arbeit komme und aussehe, als hätte ich es mir zu gut gehen lassen, geben mir die Jungs die ganzen blöden Aufgaben, nur damit ich bluten muss."

Tamara verstand das gut. Sie war absichtlich mit ihrem eigenen Auto gekommen, damit sie gehen konnte, wenn sie so weit war, aber sie glaubte nicht, dass das Timing zum Problem werden würde. „Ich habe nicht vor, die ganze Nacht zu bleiben. Cinderella-Zeitlimit?"

Kelli grinste. „Ich mag dich."

Die Bar war ein altmodischer Laden am Rande der Stadt, mit einer falschen Fassade und einem echten hölzernen Vorbau. Auf einer Seite stand ein alter Sessel, der in der Sonne ausgeblichen und verwittert worden war.

Während sie sich durch die schwere Tür aus einer Steinplatte schoben, betraten sie ein völlig neues Gelände. Immer noch wie aus einem Western, doch alles glänzte. Dunkel leuchtendes Holz und schwarzes Gusseisen-Inventar.

Wandlampen glühten, als wären sie Kerzenleuchter mit echten Kerzen, und Tamara wurde nach vorne in die Hitze und das Licht gezogen, fasziniert davon, wie bezaubernd die Wirkung war. Die Hauptbereiche waren gut beleuchtet, wenn auch nicht mit voller Helligkeit. Die Tanzfläche, die die Hälfte des Raumes einnahm, war dunkler, und von Paaren bevölkert, die wild tanzten.

Kelli stieß sie an die Schulter und rief über die Musik hinweg: „Hier entlang."

Tamara folgte ihr zur Seite der Tanzfläche, wo lange Holzbretter Tische bildeten, auf denen man Getränke abstellen konnte. An den Stützpfosten waren Haken angebracht, doch sie tätschelte die Geldbörse in ihrer Gesäßtasche, zufrieden damit, alles in der Nähe zu behalten, wo sie es nicht vergessen würde.

Zwei Frauen an einem hohen Tisch winkten, und Kelli führte sie hin, zog Tamara am Ärmel mit sich, als sie von den neuen Anblicken und Geräuschen abgelenkt wurde.

Es war anstrengend, aber schließlich konzentrierte sie sich auf die Leute, zu denen sie unterwegs waren. Sie würde noch viel Zeit haben, um zurückzukehren und das *Rough Cut* genauer unter die Lupe zu nehmen.

Die beiden Frauen, die auf sie warteten, waren völlig gegensätzlich. Klein und hochgewachsen, blond und dunkel, helle Haut und eine sonnenverwöhnte Bräune. Sie begrüßten Kelli mit breitem Lächeln, ehe ihre Blicke auf Tamara fielen und ihr eine Menge Neugier entgegenschlug.

„Mädels, das ist Tamara. Tamara, das sind meine Mädels. Tansy und Rose sind Schwestern, und sie machen den verdammt noch mal besten Kaffee am Ort."

„Merkst du, dass sie den Blumenladen gar nicht erwähnt hat?", neckte die Blonde ihre Schwester, ehe sie die Hand hinhielt. „Ich bin Tansy Fields, und das ist Rose."

Tamara schaute noch einmal hin. „Ich weiß, wer ihr seid. Ihr wart im Café."

„Ich habe hinter dem Tresen gestanden", stimmte Tansy zu. Sie wies mit dem Daumen auf ihre Schwester. „Rose wollte Josiah und die Jungs überzeugen, dass sie zum Verkauf steht."

Rose hatte den Bierkrug schon halb zum Mund gehoben.

Sie blinzelte nicht einmal, während sie mit dem Handrücken auf den Arm ihrer Schwester schlug.

„Autsch."

Rose blinzelte erfreut und lächelte Tamara an. „Dann ist das deine offizielle Begrüßung in der Stadt. Und danke, dass du bei uns zu Gast warst."

Tamara lachte. „*Buns and Roses* ist der beste Name überhaupt für ein Café mit Blumenladen. Ich bin mir nicht sicher, wie ihr auf diese Kombination gekommen seid, aber es ist genial."

„Übriger Kaffeesatz ist ein tolles Düngemittel", setzte sie Rose in Kenntnis.

„Und Rose ist zu faul, um rüber zu mir zu kommen, um ihn abzuholen, darum hat sie die Mauer zwischen den beiden Läden eingerissen. Außerdem ertrug sie es nicht, von mir getrennt zu sein."

Kelli drängte sich zwischen die beiden Schwestern und verdrehte die Augen in Tamaras Richtung. „Sie sind unzertrennlich. Zwillinge."

Tamara beäugte die beiden genauer. Nein. Das glaubte sie nicht. „Tut mir leid, aber ihr werdet erklären müssen, wie das funktioniert."

Tansy lächelte. „Wir sind beide adoptiert, aber wir haben den gleichen Geburtstag. Schwestern, die am selben Tag geboren wurden? Wir müssen Zwillinge sein."

„Verstanden." Tamara gefiel, wie sie damit umgingen. Sie wirkten, als würden sie einander nahestehen – nicht jeder kam mit den eigenen Schwestern so gut klar, wie sie mit Karen und Lisa. Tamara drehte sich um, um sich im Raum umzuschauen. „Toller Laden."

„Ist immer viel los", sagte Rose. „Viele Ranchen in der Gegend, auf denen die Kerle Schicht arbeiten, darum gibt es hier keine Partys am Freitag oder Samstagabend. Eigentlich ist jeder Abend ein guter Abend, wenn man Ablenkung braucht.“

„Seltsam.“ Tansy beäugte ihre Schwester genauer. „Ich hätte gesagt, jeder Abend ist ein guter Abend, um tanzen zu kommen. Von was musst du denn bitteschön abgelenkt werden, liebe Schwester?“

Roses Handrücken traf wieder ihren Oberarm, und Tamara sagte zur gleichen Zeit *Autsch* wie Tansy. Die beiden grinsten einander an.

„Meine Schwester ist einsam und traurig darüber, allein zu sein“, erklärte ihr Tansy. „Und mit allein meine ich ohne Mann.“

„Also ziehst du sie deswegen auf?“ Tamara tat so, als würde sie eine Sekunde darüber nachdenken. „Ja, auf jeden Fall Schwestern.“

Kelli beäugte die Menge, ihre Füße bewegten sich, und ihre Schultern wackelten. „Okay, ich habe euch vorgestellt, und ihr werdet euch alle toll verstehen. Ich muss doch nicht hierbleiben und sicherstellen, dass ihr euch benehmt? Natürlich nicht. Gut, denn ich gehe tanzen.“

Sie schluckte den letzten Rest ihres Bieres und stellte das leere Glas auf dem Tisch ab, ehe sie sich mit dem Handrücken über den Mund wischte. Sie begab sich zur Tanzfläche, als wäre sie auf einer Mission.

„Das musst du dir ansehen.“ Tansy zog Tamara neben sich, und sie drehten sich alle, um Kelli in Aktion zu sehen. „Es ist wunderbar, wenn sie etwas ins Auge fasst, das sie will.“

Was Kelli wollte, betraf einen Tisch junger Männer, alle mit breiten Schultern und ausgelassen. Bierkrüge stapelten sich auf dem Tisch, und Gelächter übertönte laut und klar die Musik.

Kelli schlenderte heran und legte den Arm um einen der Jungen, setzte sich ganz nebenbei auf seine Stuhlkante.

Kurz darauf war er aufgesprungen, nahm sie an der Hand, und unter dem Johlen des Tisches zerrte er sie auf die Tanzfläche. Es folgte ein schneller Two-Step, Körper neigten sich und wirbelten mit unglaublichem Talent herum.

Rose beugte sich näher heran, um gehört zu werden. „Was du hier bemerken musst, ist, dass Kelli in den letzten fünf Minuten irgendwie ganz genau herausgefunden hat, welcher Kerl die richtigen Moves drauf hat, damit es sich lohnt, ihn zum Tanzen abzuschleppen."

„Ich habe keine Ahnung, wie sie es macht, aber Rose hat recht. Sie sollte eine Fifty-fifty-Chance haben, bei jemandem zu landen, der Krakenarme und drei linke Füße hat, aber nein. Jedes einzelne Mal sucht sich Kelli aus der ganzen Menge den Leichtfüßigsten aus." Tansy beugte sich vor und lächelte zu Tamara auf. „Was uns gefällt, denn wir tanzen den ganzen Abend lang mit ihren Übriggebliebenen, und das erspart unseren Knöcheln und Schienbeinen eine ganze Welt aus Schmerz."

Tamara grinste. Es war zu witzig, dass Kelli das konnte. „Aber was, wenn es mir gefällt, dass man ein wenig auf mich tritt?" Roses Augen wurden groß. Tansy legte sich eine Hand über den Mund und lachte.

Dann winkten sie beide, und Tamara drehte sich um, um festzustellen, dass eine hochgewachsene Braunhaarige auf sie zukam. Tansy stellte sie vor. „Brooke. Die Mechanikerin am Ort, und ein richtig gutes Mädchen. Tamara ist die neue Nanny der Stones, oder sollte ich sagen, die erste Nanny der Stones, denn vor dir hatten sie noch keine."

Brooke begrüßte sie, dann genehmigte sie sich ein Glas Bier aus dem Krug. „Ich sehe, dass Kelli bereits voll in Aktion ist. Wer von euch beansprucht ihn denn als nächstes?"

Die Mädchen deuteten aufeinander, ehe sie auf Tamara zeigten.

„Ich habe keine Einwände. Ich tanze gern."

„Perfekt. Machen wir." Brooke nahm sie an der Hand und wirbelte sie zur Tanzfläche. Hinter ihnen wurde Tansys und Roses Gelächter laut, vermutlich über das offensichtlich sehr schockierte Gesicht, das Tamara aufgesetzt hatte.

Sie riss sich zusammen und nahm Brooke fester, ließ sich von der Frau über die Tanzfläche führen, mit raschen Drehungen und allem anderen.

Tatsächlich war es gar nicht so schlecht, mit Brooke zu tanzen.

„Das macht Spaß, aber ich bin nicht in deinen Gefilden unterwegs", sagte Tamara, die immer noch lächelte, denn es stimmte. Beides.

„Ich bin nicht in irgendwelchen bestimmten Gefilden unterwegs. Ich werde es nur schnell leid, darauf zu warten, dass die Jungs genug Mut zusammenkratzen, um herzukommen und mich zu einem Tanz aufzufordern. Außerdem dachte ich mir, das wäre die einfachste Möglichkeit, um mit dir sprechen zu können. Gefällt dir Heart Falls?"

Tamara achtete nicht auf die fragenden Blicke, die sie sich einfingen. „So weit, so gut. Bist du gerne Mechanikerin?"

„Ich liebe es. Eines Tages will ich gern die Werkstatt meines Daddys übernehmen."

„Wow. Schön für dich." Tamara war nicht sicher, ob sie eher beeindruckt oder neidisch war. Offensichtlich hatte Brookes Daddy kein Problem mit einer Frau in einer weniger traditionellen Rolle. „Passt das den Einwohnern hier in den Kram?"

Die Frau grinste. „Manchmal nicht, aber es gibt mehr als genug Arbeit von den Leuten, die eine Aufgabe beim ersten Mal gleich anständig erledigt haben wollen. Und die, die langsamer lernen, nun, mir macht es Spaß, ihnen den Weg zum

Licht zu zeigen, wenn sie mir den Fehler eines anderen zum Reparieren vorbeibringen müssen."

„Ich hoffe, dafür verlangst du doppelt so viel."

„Ja."

Sie lachten beide.

Dann tippte jemand großes, breitschultriges und ziemlich sicher männliches Brooke auf die Schulter. Er hatte einen Kumpel dabei, und als nächstes wurde Tamara schon in den Armen eines gut aussehenden Fremden durch den Raum gewirbelt.

Es war witzig und locker, und selbst als er ihr zum zweiten Mal auf die Zehen trat, verhinderte sie irgendwie, dass sie lachte.

Die nächsten paar Stunden verflogen mit Tanzen und Plaudern, und als es Mitternacht war, war Tamara bereit, den Abend ausklingen zu lassen. Kelli kam recht gerne mit, stellte sich auf die Zehenspitzen, um ihrem liebsten Tanzpartner einen Kuss auf die Wange zu drücken, ehe sie sich klug seinem Griff entzog.

Sie schlüpften nach draußen und verabschiedeten sich von Tansy und Rose.

„Schau jederzeit im Laden vorbei", sagte Rose.

„Ich bringe dieses Ding, das ich versprochen habe, später in der Woche raus", rief ihr Tansy in Erinnerung. Sie machten sich auf den Weg, spazierten zurück zu ihrer gemeinsamen Wohnung über den Läden.

Brooke ging mit ihr und Kelli dorthin, wo sie alle dicht beieinander parkten.

Kelli kurbelte das Fenster herab. „Komm morgen raus auf die Ranch", sagte sie. „Ich kann dir zeigen, wie ..."

Sie zuckten alle zusammen, als Tamara den Motor startete und ein schreckliches, mahlendes Geräusch erklang.

Brooke hob die Augenbrauen. „Herrlich."

Tamara fluchte. „Damit habe ich nicht gerechnet."

„Mach mal die Motorhaube auf", befahl Brooke. Es dauerte nicht lang, und sie schnalzte auf diese nervige Weise mit der Zunge, wie es Mechaniker machten, wenn das Problem etwas Komplizierteres war, als nur ein paar Schrauben anzuziehen. Sie schloss die Motorhaube und kam vor, rieb die Hände aneinander. „Kommt schon. Schließ ab, und ich fahre euch heute nach Hause. Morgen schaue ich es mir an."

Tamara und Kelli stiegen in Brookes Fahrzeug. „Soll ich die Jungs dazu holen, um es für dich rüber zu schleppen?"

Brooke schüttelte den Kopf. „Das kriege ich am Vormittag völlig problemlos in die Werkstatt. Ich rufe dich an und lass dich wissen, was los ist, und was es kostet, bevor ich etwas daran mache."

Die Fahrt nach Hause ging schnell, mit weiterer Unterhaltung und Gelächter, und als Brooke sie raus ließ, war es nur zu leicht, zuzustimmen, sich bald wieder zu treffen.

Tamara bekam eine Umarmung von Kelli, und die junge Frau drückte sie, ehe sie mit einem Grinsen zurücktrat. „Du bist eine gute Begleitung."

„Danke, Kelli. Ich hatte viel Spaß. Du hast tolle Freundinnen."

„Sie sind jetzt auch deine Freundinnen", erklärte Kelli. Sie winkte zum Abschied, dann sprang sie davon zu den Schlafbaracken.

Tamara schlich sich ins Haus und hoffte, sie würde niemanden stören. Sie warf einen Blick ins Wohnzimmer, aber es gab keine Spur von Caleb, darum ging sie durch den Gang und blieb stehen, um einen kurzen Blick in die Zimmer der Mädchen zu werfen.

Emma lag flach auf dem Rücken, einen alten, abgekuschelten Plüschaffen mit auf dem Kissen. Ihre Augen waren leicht geschlossen, doch die Bettdecke war verrutscht, darum deckte sie Tamara sorgsam wieder zu.

Sie lächelte, als sie die Tür schloss, und schlüpfte weiter durch den Gang. Ein rascher Blick ins nächste Zimmer, und sie fand heraus, dass Sasha aufrecht im Bett saß, die Taschenlampe in der Hand, während sie durch das Zimmer auf den Schrank starrte.

Tamara wollte sie nicht erschrecken, darum machte sie etwas zusätzlichen Lärm, ehe sie die Tür weiter aufstieß.

„Alles in Ordnung?"

Sasha schaute auf, ihr Kinn hob sich. „Ich habe ein Geräusch gehört", beschwerte sie sich.

„Ich hasse es, wenn das passiert", sagte Tamara. „Habe ich dich geweckt?"

Sasha nickte.

Tamara öffnete die Tür ein wenig weiter. „Darf ich reinkommen?"

Sashas Blick huschte zum Schrank.

Tamara verstand das als Ja. „Ich kann mal nachsehen."

Als Sasha zustimmte, ging Tamara durch das Zimmer, schaute zweimal nach, um sicherzustellen, dass sich nirgendwo etwas versteckte, ehe sie zurück an Sashas Seite trat. „Ich glaube, alles ist gut. Vielleicht ist irgendwas draußen umgefallen. Willst du, dass ich ein Licht anlasse?"

Sasha schüttelte den Kopf.

Es war, als müsse man das letzte bisschen Zahnpasta aus der Tube quetschen. „Willst du, dass ich ein bisschen bei dir sitzen bleibe?", fragte Tamara und war sich nicht sicher, ob sie es nicht übertrieb.

Nur dass zu ihrer Überraschung die Antwort ein definitives Ja war, darum trat sie zur Seite des Zimmers und ließ sich auf dem Sessel nieder, der in der Nähe des Kopfendes am Bett stand. „Hattest du einen schönen Abend mit deinem Daddy und Emma?"

Sasha nickte, antwortete aber nicht. Es war merkwürdig, dass sie so still war wie sonst nur Emma.

„Ich habe heute Abend ein paar nette Leute kennengelernt", erklärte ihr Tamara, die es mit Ablenkung versuchte. „Du kennst sie vermutlich. Tansy und Rose Fields und Brooke, die Automechanikerin."

„Ich mag Tansy." Endlich eine belastbare Aussage, die nach Sasha klang. „Wir haben mal einen Ausflug zu *Buns and Roses* gemacht, und sie hat uns beigebracht, wie man Zimtschnecken backt."

„Na, du wirst mir mit diesem Rezept mal helfen müssen, denn ich mag Zimtschnecken."

„Daddy mag Zimtschnecken, aber wir dürfen sie nie haben, weil *sie* sagte, dass da zu viele leere Kalorien drin sind."

Tamara zögerte. Sie hatte eine ziemlich gute Vorstellung davon, von wem Sasha redete, aber sie wollte nicht irgendwelche voreiligen Schlüsse ziehen.

„Dann frage ich, und wir sorgen dafür, dass wir das richtige Rezept haben. Ich weiß, dass Tansy es uns gerne gibt."

Sasha beäugte sie ziemlich intensiv.

„Was?"

„Wann gehst du weg?"

Die Frage klang nicht annähernd so streitsüchtig wie noch vor einer Woche. Weniger wie ein Befehl, und eher ... besorgt. „Ich habe keine Pläne, in nächster Zeit wegzugehen", sagte Tamara. „Ich weiß nicht, ob ich euch versprechen kann, dass ich für immer hier arbeiten werde, aber mir gefällt Heart Falls, und ich kümmere mich gerne um euch."

„*Sie* ist weggegangen", erklärte Sasha.

Diesmal musste Tamara nicht fragen, wer diese ruchlose *sie* war. „Das tut mir leid."

Das war so in etwa alles, was sie sagen konnte.

Für ein kleines Mädchen war Sasha zu ziemlich erwachsenen Gesichtsausdrücken fähig. „Sie war nicht sonderlich nett", erklärte sie. „Und sie hat uns nicht gemocht."

Mein Gott, dachte Tamara entsetzt, dass irgendein Kind so über die eigene Mutter reden konnte, obwohl sie wusste, dass es manchmal gerechtfertigt war.

„Das tut mir leid", wiederholte sie, weil sie nicht in eine Diskussion über die abwesende Wendy verwickelt werden wollte.

„Ich bin froh, dass sie weg ist. Sie war gemein zu Emma. Emma ist auch froh, dass sie weg ist, und das sage ich nicht einfach nur. Ich weiß es, weil Emma es mir erzählt hat."

Tamara ertrug es nicht mehr. „Sasha, es tut mir sehr leid, dass eure Mom nicht nett war, aber ich will nicht mit dir über sie sprechen."

„Weil du findest, dass ich zu klein dafür bin."

Der wütende Ansturm traf Tamara so fest, dass sie beinahe bebte, und ihr Zorn war vermutlich in ihrer Stimme zu hören. „Ja. Denn Erwachsene sollen keine schlimmen Wörter verwenden, wenn Kinder da sind, und der Gedanke, dass jemand gemein zu dir und Emma war, bringt mich dazu, *sie* aufspüren und in den Boden rammen zu wollen, bis sie lernt, netter zu sein. Mir gefällt sehr vieles an dem nicht, was ich über eure Mutter gehört habe, aber ich habe kein Recht, schlimme Dinge über sie zu sagen, besonders nicht zu dir."

Sasha blinzelte.

Tamara hielt den Mund. Schade auch, dass ihr das vor dreißig Sekunden noch nicht gelungen war.

Sie saßen eine Zeit lang schweigend da, dann legte sich Sasha wieder auf ihr Kissen. Ihre Augenlider schlossen sich kurz, ehe sie aufgingen, gezwungen von der puren

Entschlossenheit des kleinen Mädchens. „Emma geht nicht in dein Zimmer, weil es *ihr* gehört hat."

„Na, jetzt gehört es mir. Ihr dürft mich jederzeit besuchen, auch wenn ich es zu schätzen wüsste, wenn ihr erst anklopft. Wenn du mich besuchst, tut es Emma vielleicht auch."

Ein entschieden nicht-kindliches Schnauben entwich ihr. „Das bezweifle ich."

Sie klang so sehr nach Caleb, dass Tamara blinzelte.

Stille senkte sich herab. Sashas Augen blieben länger geschlossen, und jedes Mal länger, bis Tamara es für sicher hielt. Sie wollte aufstehen ...

„Geh nicht." Eine kindische, leise Bitte. Mehr Sehnsucht als Forderung schwang mit.

Tamara lächelte, als sie nachgab. „Ich bleibe, aber ich bin müde. Ich lege mich neben dich. Ist das für dich in Ordnung?"

Sasha nickte und rutschte ein wenig, um Platz zu schaffen.

Tamara nahm sich einen Augenblick, um ihre Schuhe auszuziehen, ehe sie sich hinlegte. Sie fragte sich, ob sie es wagen würde, Sasha den Rücken zu streicheln, dann entschied sie stattdessen, ihren eigenen Atem zu verlangsamen und die Augen fast ganz zu schließen.

Das erschöpfte kleine Mädchen schlief in weniger als dreißig Sekunden ein. Tamara blieb allerdings bei ihr, ganz angezogen auf der Bettdecke. Ihre Gedanken wirbelten, bis der Schlaf kam um, um sie mitzunehmen.

11

Caleb stolperte die Stufen in der abendlichen Dunkelheit empor, fluchte herzhaft, als sein Oberschenkel mit einem heftigen Aufprall auf den Rand des Handlaufs traf.

Er fror, er war müde, und jeder Quadratzentimeter seiner Kleidung war klatschnass. Als endgültiges *Scheiß-doch-auf-alles* war er immer noch höllisch wütend ... wegen etwas, für das er letztlich überhaupt gar keinen Grund gehabt hatte.

Ja, er gab es zu. Gerade jetzt war er so richtig übel gelaunt.

Nach einem Tag in der Hölle lag es ja nahe, dass er nicht gerade vor Freude sprudelte, doch er hatte schon mit mieser Laune angefangen, und von da an war es nur noch weiter bergab gegangen.

Das Warten gestern Abend auf Tamaras Rückkehr von ihrem Mädelsabend, während er so getan hatte, als würde er *nicht* warten, war die reinste Qual gewesen. Schließlich hatte er sich in den Hintern getreten und war ins Bett gegangen.

Sie war eine Erwachsene. Sie war alt genug, um zu wissen, was sie wollte, und mit wem sie es wollte ...

... und alle Plattitüden der Welt halfen nicht, den Zorn in seinen Eingeweiden zu beruhigen, als er um vier Uhr früh hinausmarschiert war und ihren Truck nicht auf Hof gesehen hatte.

Leise Flüche hatten blaue Wolken in der Luft um ihn herum erzeugt, und die Hunde der Ranch gingen ihm umsichtig aus dem Weg. Er hatte vorgehabt, Tamara zu suchen und Pech und Schwefel auf sie hinabregnen zu lassen, so heiß und leidenschaftlich wie ein alter Prediger, als er zwei Stunden später zurück ins Haus stapfte und feststellte ...

Dass es in der Küche nach Kaffee und Gebäck roch, wie immer.

Tamara hatte sich auf einer der Liegen draußen zusammengerollt, wie immer, und blickte zufrieden über den See hinweg. Sie hatte ihn fröhlich begrüßt und dann von ihrem kaputten Truck erzählt.

Er hatte eindeutig keinen Grund, sich aufzuregen, aber es war nicht leicht, den Schmerz abzuschalten, der sich in seinem Inneren festzusetzen begonnen hatte.

Gefolgt von besagtem Tag aus der Hölle, der nur wenige Augenblicke begonnen hatte, nachdem er seinen Kaffee ausgetrunken hatte, noch bevor er seinen Mädchen einen guten Morgen hatte wünschen können. Er war wegen eines Notfalls von einem seiner Arbeiter aus der Tür geeilt, der nicht weit von zu Hause entfernt einen Unfall gehabt hatte.

Und nun zog sich Caleb zu inzwischen bestimmt teuflisch später Stunde nicht mal zwei Schritte von der Küche entfernt aus. Er warf seine schmutzige Wäsche in der Waschküche auf den Boden, bevor er sich ein Handtuch vom Regal schnappte und es sich um die Hüfte wickelte. Ein rascher Blick auf die Wanduhr verriet ihm, dass es zwei Uhr nachts war, und er marschierte zu seinem Bad und hatte vor, die Hitze so weit aufzudrehen wie möglich, um die Eiseskälte aus seinen

Knochen zu verjagen, und vielleicht gleichzeitig ein wenig von dieser schrecklich üblen Laune wegzubrennen.

Er bog um die Ecke, erhaschte einen Blick auf eine Bewegung in den Schatten, kurz bevor ein fester Körper in seinen prallte. Adrenalin drang auf ihn ein, und er griff zu, damit er nicht stolperte, riss die Gestalt an sich, einen Arm oben, den anderen unten.

„Oh mein Gott, Caleb, Stopp. Ich bin's. Tamara."

Scheiße.

„Tut mir leid."

Er wollte sie loslassen, dann erstarrte er. Das Handtuch, das er sich um die Hüfte geschlungen hatte, war nicht sonderlich gut befestigt gewesen, und da er so rasch zur Tat gesprungen war, hatte sich wohl der Knoten gelöst.

Der Stoff rutschte über seine Oberschenkel hinab und landete lautlos auf dem Boden, sodass er nackt dastand.

Tamara packte seinen Unterarm und schüttelte ihn. „Caleb. Lass los."

Es war süßer Himmel und Hölle zugleich, ihr weicher Körper, der vor ihm eingezwängt war, ihr sauberer, frischer Geruch in seiner Nase wie ein Liebestrank. Nicht, dass er irgendetwas gebraucht hätte, um den Motor anzuwerfen. Das Wissen, dass sie im Haus war, reichte schon, um ihn sogar nach seinem beschissenen Tag in Fahrt zu bringen.

„Beweg dich nicht", befahl er.

„Du machst mir Angst. Wo zum Teufel warst du? Und warum schleichst du um diese Uhrzeit herein ...?"

Verdammt noch mal. Er hob eine Hand, um sie ihr über den Mund zu legen, die andere lag immer noch um ihren Oberkörper. „Leise. Weck nicht die Mädchen."

Sie versteifte sich, doch ihre Lippen schlossen sich unter seinen Fingern, darum lockerte er seinen Griff.

Sie redete leiser, aber der Zorn in ihrem Tonfall war

beißend scharf, wie ein Geruch, der in der Luft hing. „Sie haben recht. Ich will sie nicht wecken, besonders, da sie die letzte Stunde, bevor sie ins Bett gegangen sind, mit Weinen verbracht haben."

Caleb riss sie beinahe herum, um ihr gegenüber zu stehen, bevor ihm wieder einfiel, dass er nackt war. „Was zum Teufel redest du da? Was war denn los? Sind sie verletzt?"

Tamara stieß ein dramatisches Seufzen aus. „Nein, körperlich geht es ihnen gut, aber wollen wir dieses Gespräch wirklich führen, während du mich hältst, als würdest du eine Ausbildung zum Ninja machen? Was ist nur los mit dir? Lass mich los."

Er hatte zwar den Griff um ihren Mund gelockert, und sie sprach beinahe geflüstert, doch die ganze Zeit hatte sie sich weiter gewunden, was genau das war, was er nicht gebrauchen konnte. Sein Körper reagierte auf die Wärme und Weichheit, die an ihm rieb. Vor lauter Frust über sich selbst, und immer noch von ihr angepisst, fiel seine Antwort schärfer aus, als sie hätte sein sollen.

„Ich habe in den letzten zwölf Stunden entlaufene Tiere gesucht, und alles, was ich habe, ist nass oder schlammig, ich auch, aber wenn du gerne diese Unterhaltung weiterführen willst, bitteschön. Ich bin nackt, also mach schon und zieh dich auch aus, und wir können uns zusammen unter die Dusche stellen."

Grabesstille.

Ha. Das also war nötig, damit es ihr die Sprache verschlug.

Tamara richtete sich gerade auf. „Oh."

Er wollte trotzdem antworten. „Setz den Teekessel auf", befahl er. „Ich brauche eine Dusche, bevor wir reden können."

Caleb ließ sie los, dann drehte er sich um und ging schweigend zum Bad, fragte sich, ob sie reglos da stehen würde, bis sie hörte, wie sich die Tür sicher schloss.

Nur dass es hier um *Tamara* ging. Ein rascher Blick über die Schulter bewies, dass sie sich auch umgedreht hatte, und selbst in der schattigen Düsternis des Ganges erkannte er, dass ihr Blick ihn von oben bis unten musterte. Irgendein kleiner Teufel redete ihm ein, dass er stehen bleiben und sie schauen lassen sollte. Sehen, ob sie ihre neutrale Miene aufrechterhalten konnte oder rot werden würde, bevor sie fertig waren.

Denn so kalt ihm auch war, es war erstaunlich, wie schnell sein Körper hart geworden war. Diese Reaktion ließ sich nicht übersehen.

Von ihr kam ein leises Geräusch, ehe sie ins Wohnzimmer davoneilte.

Er beließ es bei einer kurzen Dusche, und ein paar Minuten später traf er in der Küche auf Tamara. Eine dampfende heiße Schokolade erwartete ihn, und er nahm sie dankbar entgegen und trank einen großen Schluck, ehe er die Tasse wieder auf den Tisch stellte.

Sie wollte ihm nicht in die Augen schauen, was ein leises, zufriedenes Gefühl in seinem Bauch verursachte. Vielleicht war die unerschütterliche Ms. Coleman doch nicht so unerschütterlich.

„Hast du die Pferde gefunden?", fragte sie leise.

„Nicht alle. Ein paar Bäume sind umgestürzt und haben einen Teil des Zauns niedergerissen. Wir haben es erst herausgefunden, als es schon zu spät war. Ich denke, die Pferde sind unterwegs zur Nachbarranch." Er warf einen Blick auf sie. „Ich war verdammt dankbar, dass ich wusste, dass du für die Mädchen da sein würdest. Es tut mir leid, dass ich nicht angerufen habe – wir haben immer wieder die Bereiche mit gutem Empfang verlassen – aber ich habe daran gedacht."

Tamara nickte, sagte aber nichts.

Auf einmal war er es, der zu kämpfen hatte, um die Stille

zu füllen. Er konnte anscheinend gar nicht aufhören, selbst wenn ihm vor Erschöpfung ganz schwindlig wurde. In Wahrheit wollte irgendetwas in ihm, dass sie begriff, dass er nicht ohne guten Grund so viele Stunden draußen gewesen war.

„Hoffentlich finden wir sie im Lauf der nächsten paar Tage, denn das Wetter soll sich zum Schlechteren wenden, und ein paar von ihnen haben Fohlen." Er nahm einen großen Schluck, ehe er fortfuhr. „Natürlich ist das nach dem Anruf am Vormittag passiert, nachdem ich mich um den Transport-Anhänger kümmern musste, der nicht mal fünfzehn Minuten, nachdem er von der Ranch aufgebrochen ist, von der Straße abgekommen ist."

„Kelli hat gesagt, dem Fahrer ging es gut, aber sie wusste nicht viel mehr als das", erklärte ihm Tamara.

„Zum Glück wurde er nur durchgerüttelt. Es war ein steiler Abschnitt der Straße, und es hätte schlimmer enden können." Caleb hielt inne. „Ich musste eines der Pferde erlösen."

Sein Versuch, das Bedauern aus seiner Stimme fernzuhalten, scheiterte, denn sie hatte diese allzu wissende Miene auf. „Das tut mir leid."

Er zuckte mit den Schultern. „Gehört zum Job. Also, was ist jetzt mit den Mädchen gewesen?"

Tamara legte den Kopf schief. „Dir ist entgangen, was für einen Tag wir haben?"

Mit seinem Frust von gestern Abend und diesem ganzen Scheißtag schlief Caleb schon halb auf den Beinen. „Ich bin zu müde, um Spielchen zu spielen. Sag es mir einfach."

„Den 31. Oktober." Sie warf einen Blick auf die Uhr an der Wand. „Ach, Entschuldigung. Es ist schon nach Mitternacht, also sind wir nun offiziell im November, aber vor ein paar Stunden waren wir das *noch* nicht."

Ein ungutes Gefühl stahl sich durch seine Erschöpfung. Halloween. Die Mädchen. „Ach, *Scheiße.*"

„Sie sind trotzdem noch rausgegangen und haben Süßigkeiten gesammelt, aber es war nicht ganz dasselbe ohne dich. Sie waren so aufgeregt, dass ihnen nicht klar war, wie enttäuscht sie waren, bis sie ins Bett mussten. Daher die Tränen."

Er konnte nichts tun, um die Vergangenheit zu ändern. „Ich werde mich am Vormittag entschuldigen."

Tamara schüttelte den Kopf. „Guter Anfang, aber das reicht nicht."

Wäre er nicht müde bis auf die Knochen gewesen, hätte er über den Tisch gegriffen und sie geschüttelt. „Weißt du noch, dass ich zu müde bin, *um Spielchen zu spielen?*"

„Sie waren wirklich aufgelöst ..."

„Ja, das habe ich kapiert. Danke, dass du mir im Übermaß klarmachst, was für ein beschissener Vater ich bin. Jetzt reicht's mit den Schuldgefühlen. Ich gehe ins Bett."

Tamara hatte sich aus dem Stuhl erhoben, ließ eine Hand auf seine Schulter fallen, ehe er aufstehen konnte. „Für einen Mann, der mich um Hilfe gebeten hat, wirst du verdammt schnell patzig. Ich sage das nicht, weil ich dir Schuldgefühle einreden will. Ich versuche, dir zu sagen, dass du mehr als nur eine Entschuldigung planen solltest."

Er packte sie am Handgelenk, die Worte kamen schnell. Leiser, doch die Intensität nahm zu. „Ist das deine finstere Vorstellung von Unterhaltung, dass du das so in die Länge ziehst? Denn ich schwöre, ich lege dich übers Knie und versohle dir den Hintern. Komm endlich zum Punkt."

Plötzliche Stille füllte den Raum. Ein heißes Pulsieren lag in der Luft, erfüllt von sexueller Anspannung. Unter seinen Fingerspitzen raste ihr Puls, und sein Mund wurde ganz trocken.

Verbotene Bilder. Köstliche schmutzige Gedanken.

Gott sei es gedankt, dass Tamara seine Anmerkung nicht beachtete, und anstatt ihm die Leviten zu lesen, teilte sie ihm in allen Einzelheiten mit, was sie glaubte, dass er tun müsse, um sich zu entschuldigen. Selbst am Rande des Zusammenbruchs vor Erschöpfung war ihm klar, wie klug ihr Plan war.

Er hatte immer noch ihr Handgelenk fest in der Hand, darum drückte er es dankbar. „Ich helfe, die…"

„Auf gar keinen Fall. Du bist erschöpft", tadelte ihn Tamara. „Geh ins Bett. Ich kümmere mich am Morgen um alles. Ich habe bereits alles vorbereitet."

Natürlich hatte sie das. Weitere Schuldgefühle hätten sich breitgemacht, hätte er noch Energie übrig gehabt, um Widerspruch einzulegen. „Vielen Dank", sagte er aufrichtig, dankbarer, als er ausdrücken konnte. Dass er seinen dummen Fehler bei den Mädchen wieder gut machte, war so wichtig.

Tamara tätschelte ihm die Hand, dann wandte sie sich ab und entschuldigte sich irgendwie, dass sie ins Bett gehen würde, obwohl sie keine Entschuldigung brauchte, wenn man die Uhrzeit bedachte.

Sie verschwand durch den Gang, als würde sie gejagt, und selbst mit einem so betäubten Hirn, wie er es hatte, fragte sich Caleb, was er tun konnte, damit Tamara seine unangemessenen Anmerkungen vergaß.

Aber noch wichtiger, wie er die glühende Hitze vergessen konnte, die bei seinen Worten in ihre Augen getreten war. Wie konnte er nicht daran denken, die ganze Zeit, während er versuchte, seinen Körper davon überzeugen, dass es genug war. Es war Zeit zum Schlafen.

Er wachte spät auf, schloss sich den Mädchen beim Frühstück an. Er gab ihnen zusätzlich einen Kuss, ehe er sich dafür entschuldigte, dass er den vorigen Abend versäumt hatte.

„Schon okay." Sasha warf einen Blick auf ihre Schwester,

ehe sie antwortete. „Wir sind froh, dass du deine Pferde gefunden hast, Daddy."

„Hattet ihr Spaß an Halloween?", fragte er. „Habt ihr viele von euren Lieblingssüßigkeiten bekommen?"

Tamara stellte ihre Kaffeetasse ab. „Sie haben sich ihre Beutel noch nicht angesehen. Ich habe vorgeschlagen, dass sie warten, um das heute mit dir zu tun."

Caleb keuchte. „Was? Ihr meint, ihr habt noch volle Beutel mit Süßigkeiten, und ihr habt nicht mal nachgesehen, was ihr bekommen habt?" Sasha und Emma beäugten ihn beide neugierig, während er so tat, als hätte er eine tolle Idee. „Das heißt ja, dass Halloween noch gar nicht vorbei ist."

Seine älteste Tochter meldete sich zu Wort. „Daddy. Halloween war gestern Abend."

Caleb schüttelte den Kopf. „Nein. Wenn ihr eure Tüten noch nicht durchgesehen habt, ist Halloween noch nicht offiziell vorbei, und das heißt, wir sollten losziehen und sehen, ob wir uns noch mehr Zeug besorgen können."

Er zwinkerte, warf einen Blick über ihre Schultern, um zu sehen, dass Tamara ihm zunickte.

Emma zog ihn nach unten, um ihm ins Ohr zu flüstern: „Wo?"

Er wandte sich an Tamara. „Emma würde gern wissen, wo es möglich sein könnte, dass Halloween noch immer stattfindet. Ich fürchte, sie glauben mir nicht."

Tamara schaffte es, dramatisch schockiert zu wirken. „Was? Sie haben von dieser Regel noch nie gehört? Was die Frage angeht, wohin man gehen sollte, na ja, es muss irgendwo sein, wo sie noch nicht waren. Ich weiß, dass sie in der Stadt waren, denn da habe ich sie hingebracht. Und sie sind in die Schlafbaracken gegangen."

„Weil Onkel Dusty und Kelli uns hingebracht haben. Daddy, Kelli hat mir zwei ganze Schokoriegel gegeben. Und

Kelli sagt, jeder, der nur kleine Schokoriegel verschenkt, ist einfach nur schäbig." Zu Emma sagte sie: „Das heißt geizig. Ich hab es nachgeschlagen."

Caleb fragte nicht, weshalb Tamara kicherte. „Sehe ich auch so", sagte er zu seiner Tochter. „Aber wenn ihr schon in der Stadt wart und ihr schon zur Schlafbaracke gegangen seid, was gibt's da noch?"

Tamara tippte sich an die Lippen und tat so, als würde sie nachdenken. „Ich schätze, wir könnten mal bei den Ziegen nachsehen."

Emma schnaubte. Ein klares, scharfes Kleinmädchengeräusch, das die ganze Aufmerksamkeit auf sich lenkte. Sie legte sich eine Hand über den Mund, ihre Augen wurden groß.

Tamara zeigte auf sie und lächelte breit. „Ha. Ich verstehe schon, dass du nicht glaubst, dass Ziegen Halloween mögen, aber ich bin mir ziemlich sicher, sie mögen es. Beinahe genauso sehr wie Pferde."

Sashas Augen waren inzwischen so groß wie Untertassen. „Echt? Wir haben noch niemals Süßigkeiten von den Pferden bekommen. Wir hatten nie Ziegen, darum ist ja klar, dass wir noch nie Süßigkeiten von ihnen bekommen haben, aber ich würde meinen, dass die Pferde wohl ..."

Ihre Worte wurden abgeschnitten, als ihre kleine Schwester ihr eine Hand über den Mund legte, ehe sie sie dorthin drängte, wo Tüten und Beutel oben auf dem Esstisch lagen.

„Hey, ihr vergesst da was", unterbrach sie Tamara.

Sie erstarrten.

Tamara musterte sie von oben bis unten. „Ihr glaubt doch nicht, dass jemand euch Süßigkeiten zu Halloween schenkt, wenn ihr kein Kostüm tragt?"

Die Tüten blieben auf dem Boden zurück, und die Mädchen rasten in ihre Zimmer.

Caleb konnte nicht verhindern, dass sich ein Lächeln auf seinen Lippen ausbreitete. „Die Pferde und Ziegen kooperieren, oder?"

Tamara nickte. „Nur dass die Ziegen ein wenig zu sehr daran interessiert waren, mitzumachen, und Miste wollte alles für sich haben. Er hatte bereits eine der Tüten gefunden, die ich heute Vormittag verstaut habe, darum habe ich die neue an eine Stelle gelegt, wo nicht mal er rankommt. Wenn die drei nicht zusammenarbeiten und auf den Schultern des anderen stehen."

„Bring sie bloß nicht auf Ideen", erwiderte Caleb. „Diese Ziegen sind viel zu schlau."

Tamara murmelte tonlos. „Viel schlauer als ich um fünf Uhr früh."

Er warf einen Blick auf Tamara. „Wo ist dein Kostüm?" Sie lachte, schnappte sich ihren Hut aus dem Wäscheraum und setzte ihn sich auf. „Da. Ich gehe als Cowgirl."

Es fühlte sich gut an, zu grinsen. „Da sieh mal einer an, ich erkenne dich kaum wieder."

Sie kicherte. „Ach, Moment. Ich sollte als *Cowboy* gehen." Sie stellte sich anders hin, machte die Beine breit. Dann verzog sie das Gesicht zu einem merkwürdigen Stirnrunzeln.

Er musterte sie rasch, versuchte nicht zu lange an ihren Kurven unter der gut geschnittenen Jeans hängen zu bleiben, oder dem weichen Flanellhemd, das sich über ihren Brüsten spannte.

„Was soll denn das sein?" Er deutete mit dem Finger auf ihre Miene. „Cowboys ziehen nicht rum und schneiden Grimassen. Da würden die Pferde Angst bekommen."

Sie erhob sich mit einem Lachen. „Ich wollte mich an

einem *Ich bin wichtig, mach mich bloß nicht an*-Macho-Cowboy-Gesichtsausdruck versuchen."

Er schüttelte den Kopf. „Bleib beim süßen Cowgirl."

Sie zog eine Augenbraue hoch. „Jetzt mal zu *deinem* Kostüm." Sie wandte sich zur Küche und zog eine Schublade auf. „Ich habe zufällig genau das Richtige hier."

Sie kam mit einem Haufen leuchtend roten Stoffes näher.

Caleb ging rückwärts, bevor ihm wieder einfiel, dass starke, männliche Cowboys vor nichts zurückwichen. „Ich weiß nicht, ob ich dafür geschaffen bin, als Rotkäppchen zu gehen."

Sie schüttelte den Stoff ruckartig, richtete ihn, während sie näherkam.

„Wir tauschen an diesem Vormittag die Jobs." Sie nahm seinen Hut ab, legte einen Strang des Stoffes um seinen Kopf. Sie trat hinter ihn, während er mit verzogenem Gesicht nach unten schaute.

„Ich muss das irgendwo aufnehmen, damit die Mädchen, wenn sie Teenager sind, einen Beweis haben, wie viel Schmerz und Leid ich für sie in Kauf genommen habe."

Tamara stand hinter ihm, ganz nah an seinem Rücken, während sie die Schnallen eng um seine Taille schloss. „Hey, es ist nur ein Kostüm, ich erwarte nicht, dass du wirklich kochst."

„Ich kann kochen", widersprach er.

„Und ich kann Cowboy sein."

Sie schlug ihm rasch auf den Hintern, und er sprang vor Überraschung beinahe im Stand hoch. Er drehte sich auf der Stelle, nur um festzustellen, dass ihr Gesicht rot geworden war.

„Ups?" Sie trat rasch zurück. „Tut mir leid. Ich bin zu sehr daran gewöhnt, mit meinen Cousins herumzualbern."

Fast beugte er sich vor, um sie in die Arme zu nehmen. Doch was danach geschehen würde, wusste er nicht sicher. Oh, er wusste, was er gern getan hätte, aber die genaue Reihenfolge stand noch nicht fest.

Etwas von seinen Gedanken musste sich auf seinem Gesicht gezeigt haben, denn ihr Atem geriet ein wenig ins Stocken, dann atmete sie unregelmäßig ein. Ihre Kehle bewegte sich, und sie blinzelte fest, und wenn die Mädchen sich nicht diesen Augenblick ausgesucht hätten, um sich direkt in die zehn Zentimeter Platz zu drängen, die sie trennte, war Caleb verdammt sicher, dass er etwas getan hätte, was er später bedauert hätte.

Die Mädchen schnappten sich ihre Beutel vom Tisch und rannten durch die Tür.

Die ganze Zeit, während sie zu den Scheunen gingen, tadelte sich Caleb heftig.

Sie war seine Angestellte, um Himmels willen. Selbst wenn sie etwas miteinander anfangen wollten, konnten sie das nicht, denn es gab verflixt noch mal nichts, das ihn dazu bringen würde, etwas zu tun, was die Herzen der Mädchen noch weiter aufs Spiel setzte.

Das hieß nicht, dass er verhindern konnte, dass seine Augen immer wieder zurück zu Tamara gezogen wurden.

Sie gingen am Ziegenstall vorbei und retteten zwei Tüten, die fünf Meter über dem Boden an einen Lichtpfosten gebunden waren.

„Wie kam es denn dazu?", murmelte Caleb Tamara zu, während die Mädchen den Fund in ihre Beutel stopften und dann wieder anfingen zu laufen.

„Das willst du gar nicht wissen."

Er lachte leise.

Emma hüpfte mehr oder weniger auf und ab, als sie in der Scheune den ersten Beutel mit Süßigkeiten fand, der draußen vor Moonlights Box hing. Sie drehte sich um und schüttelte eine Ziploc-Tasche, in der ein großer Schokoriegel zusammen mit weiteren Süßigkeiten war.

„Daddy, schau mal", rief sie laut, in ihren Augen stand

Freude.

Tamara machte kein großes Gewese darüber, dass Emma gesprochen hatte, sie trat einfach lächelnd vor und zeigte den Mädchen zwei weitere Richtungen. Weitere fünf Minuten lang herrschte Chaos, bis alle Beutel gefunden waren, und seine Kinder bis über beide Ohren grinsten.

Und der Vormittag war noch nicht vorbei. Tamara rief die Mädchen an ihre Seite und hielt eine Tasche mit aufgeschnitten Apfelstücken hin. „Ich bin mir ziemlich sicher, dass die Pferde nichts Saures wollen, aber was Süßes könntet ihr ihnen schon geben."

Die Mädchen kamen zurückgelaufen, und ihre mit Süßkram gefüllten Kissenhüllen wurden auf einem Regal in der Nähe abgelegt, während sie entlang der Boxen gingen und mit seiner und Tamaras Hilfe auf ausgestreckten Handflächen Apfelstückchen darboten.

Tamara tätschelte den Hals ihres Pferdes, während Emma ihre Gabe nach oben hielt. „Stormy sagt Dankeschön."

Emma hielt ihre Hand mit dem Apfel felsenfest, bis der Leckerbissen ganz zart weggeknabbert war, dann streichelte sie glücklich Stormys Nase.

„Willst du ihn noch etwas mehr streicheln?", fragte Tamara. Als Emma zustimmend nickte, führte sie sie zur Seite herum, sodass Emma mit der Hand am Hals des Pferdes entlang streichen konnte.

Stormy wandte den Kopf, um Tamara anzustoßen, und Emma kicherte, ließ die Finger in die von Tamara gleiten.

Caleb war nicht ganz sicher, was er mit dem Gefühl anfangen sollte, das in seinen Eingeweiden rumorte. Es war in Ordnung, diese Frau zu wollen. Jeder Mann würde jemanden wollen, der so schön und offen gwar wie Tamara. Aber das fühlte sich nach mehr an als sexuellem Verlangen, während er sie mit seinen Kindern beobachtete.

Ein Pulsieren von etwas, das auf keinen Fall Verlangen war, stellte sich ein, eisig kalt an seinem Rückgrat.

Er räusperte sich, schob die Gefühle beiseite. „Es ist Zeit, zurück zum Haus zu gehen und Tamara mit ihrem Tag weitermachen zu lassen. Irgendwann muss Halloween auch enden."

Zwei kleine Mädchen machten enttäuschte Geräusche, doch Tamara winkte sie weiter. „Geht schon. Ihr müsst eure Süßigkeiten sortieren, und ihr könnt euren Daddy nicht ewig von seinem Tag abhalten."

Der Marsch zurück von den Scheunen war viel weniger spannend und angenehm als der aufgeregte Ausflug dorthin. Unbehaglich und ungemütlich, zumindest, was Caleb anging. Den Mädchen und Tamara schien nichts aufzufallen, sie marschierten in behäbigen Schritten dahin, während Sasha dramatisch alles aufzählte, was sie gerade getan hatten, obwohl Tamara auch dabei gewesen war.

Emma hielt Tamara nicht mehr an der Hand, doch sie ging so nahe, dass sie bei jedem zweiten Schritt an sie stieß.

Als sie ins Haus kamen, war er sehr viel brüsker zu Tamara, als nötig war, wenn man genau darüber nachdachte. „Warum machst du nicht eine Pause? Du bist schon sehr lange wach. Ich sortiere die Süßigkeiten mit den Mädchen und lasse sie an ihre Pflichten gehen." Er wandte ihr den Rücken zu, entließ sie.

Sasha und Emma waren damit beschäftigt, ihre Kissenhüllen auf dem Tisch auszuschütten, und machten erfreute Geräusche über ihren Berg aus Schätzen. Er sah ihnen ein paar Augenblicke lang zu, ehe er einen Blick über die Schulter warf und feststellte, dass Tamara verschwunden war.

Aber dieses merkwürdige, unbehagliche Gefühl in seinen Eingeweiden weigerte sich, zu verschwinden.

12

—————

Nach der ersten Novemberwoche lag der Schnee wie ein wunderschönes, frisches Blatt Papier über dem Land, und obwohl es vielleicht nicht das Normalste war, packte Tamara sich ein und trank ihren Kaffee jeden Morgen auf der Veranda.

Sie waren auf eine Routine verfallen. Jeder Tag war ein wenig anders, und Tamara stellte fest, dass ihr das Hin und Her des täglichen Lebens auf Silver Stone gefiel. Sie stand auf, fing mit ihren Aufgaben an, kümmerte sich im Lauf des Tages um etliche Dinge. Verbrachte Zeit mit den Mädchen, dann entspannte sie sich jeden Abend im Wohnzimmer, während ein Feuer im Kamin loderte.

An den meisten Abenden war Caleb da. Dustin kam sehr viel öfter und regelmäßiger vorbei, als sie es von einem Jungen in den letzten Teenagerjahren erwartet hätte. Luke und Walker kamen auch häufig ein paar Augenblicke lang herein, als wäre es entscheidend, den Tag damit abzuschließen, dass sie sich kurz mit ihrem älteren Bruder absprachen. Luke lachte und scherzte mit ihr. Walker – er neigte dazu, sie zu beäugen, als wäre sie ein Fisch, der ein wenig zu lange in der Sonne gelegen hatte.

Sie dachte, sie hätte im Krankenhaus hart gearbeitet, aber die Stunden auf der Ranch schienen sich ewig aufzutürmen. Sie war allerdings nicht die Einzige, die lange arbeitete. Caleb war an den meisten Tagen um vier Uhr früh aus dem Haus.

Sie war nicht einmal sicher, weshalb sie das wusste, bis ihr auffiel, dass er, nachdem er das Haus durch die Küchentür verließ, eine Runde auf der überdachten Veranda ging. Als würde er sein Revier überprüfen, bevor er sich zu den Scheunen aufmachte.

Der feste Tritt seiner Stiefelabsätze auf der Holzplattform hallte in einem stetigen Rhythmus, bis zu dem Augenblick, in dem er die Stufen nahm, *Klick, Klick, Klick,* dann Stille.

Am ersten Tag, an dem sie aufgewacht war, war es vermutlich die Stille gewesen, die ihre Aufmerksamkeit auf sich gezogen hatte. Sie war darin geübt, auf nächtliche Geräusche zu achten, und sie hatte bereits gelernt, dass beim Dasein als Nanny die stillen Augenblicke gefährlicher waren als die lauten.

Wenn es nach dem dritten Weltkrieg klang, der in Sashas Zimmer stattfand, konnte Tamara mit ihren Aufgaben fortfahren. Wenn es im Haus tödlich still wurde, dann musste sie sich Sorgen machen.

Sie lächelte, als sie an ihrem Kaffee nippte, eingepackt in eine Decke, während sie auf das Wasser schaute. Ein dünner Hauch von Eis hatte sich an den Rändern des Sees gebildet, doch der Fluss, der am entgegengesetzten Ende hineinlief, verhinderte, dass der Großteil der Oberfläche zufror.

Es war so spät im Jahr, dass zu dieser frühen Uhrzeit kaum der Hauch eines Sonnenstrahls über dem Rand des östlichen Horizonts sichtbar war. Frisch, eisig. Atemberaubend schön.

Das Betrachten des Sees war zu ihrem entscheidenden Morgenritual geworden.

Andere Veränderungen fanden noch statt, doch ihre Verbindung zur Familie zu Hause in Rocky blieb stark. Lisa rief regelmäßig an, und Karen auch, um sich zu vergewissern, wie es ihr ging. Es gefiel ihr, dass sie interessiert waren, und dass es ihnen wichtig war.

Manchmal fragte sie sich, ob sie sich den Hauch Eifersucht in Lisas Stimme nur einbildete, wenn ihre Schwester nach all den neuen Orten und Menschen fragte, denen sie begegnete.

„Du bist jederzeit willkommen, mich zu besuchen", versicherte ihr Tamara.

„Ich weiß. Aber ich will mich nicht in deinem neuen Abenteuer breitmachen."

Ein Schnauben entwich ihr. „Ach, bitte. Es ist nur ein Job."

Ihre kleine Schwester sagte nichts, aber durch das Telefon hallten einige Hustgeräusche, die ziemlich nach dem Wort *Schwachsinn* klangen, dass mehrfach wiederholt wurde.

Tamara lachte über die Erinnerung.

Ein quietschendes Geräusch hallte durch die lautlose Stille, gefolgt von einem weiteren scharfen Knarzen, diesmal direkt über ihr.

Seltsam. Es sollte noch nicht genug geschneit haben, um die Giebel zu beeindrucken.

Sie stellte die Kaffeetasse ab und trat an den Rand der Veranda, lehnte sich an das Geländer, um gen Himmel zu schauen …

„O mein Gott."

Die Worte platzten heraus, als ein Paar Stiefel vom Dach und an ihr vorbei schwangen. Walker Stone machte eine wahnsinnig akrobatische Bewegung, ließ die Dachrinne los und drehte sich mitten in der Luft, um mit beiden Füßen auf der Veranda zu landen.

Er richtete sich auf und zeigte ihr eine ruhige, ausdruckslose Miene, als wäre es ein völlig normales Verhalten, fünfzehn Minuten nach fünf Uhr früh von Dächern zu springen. „Morgen."

Sie entschied sich auch für lässig. „Morgen. Magst du einen Kaffee?"

„Sehr gerne. Aber steh nicht auf, ich kann ihn mir holen. Willst du deinen nachgefüllt?"

„Klar."

Einen Augenblick später war er wieder da, Dampf wirbelte nach oben aus dem Becher, den er ihr zurückreichte, ehe er sich auf die zweite Liege setzte.

Sie sahen gemeinsam schweigend ein wenig über das Land hinaus. Der Frieden stellte sich wieder ein.

Nur dass Tamara nicht widerstehen konnte. „Deine Brüder haben gesagt, du wärst Rodeo geritten. Wissen sie, dass du eigentlich ein Rodeoclown bist?"

Ein heftiges, erheitertes Schnauben erklang. „Ich hab nicht den Mumm, um ein Clown zu sein. Das sind diejenigen, die den Bullen ablenken, wenn alle anderen wie der Teufel in die andere Richtung rennen."

„Sie sind unfassbar, nicht?", stimmte Tamara zu. „Gefährliche Arbeit, aber ich habe gesehen, dass es wirkt. Sie retten Leben."

„Tun sie."

Tamara schaute sich Walker genauer an, sie tat nicht mal so, als würde sie ihn nicht mustern. Und als er ihr sein Gesicht zuwandte, als würde er sie ebenfalls studieren, achtete sie nicht auf ihn und fuhr mit ihrer Musterung fort.

Im Lauf der Jahre hatte sie eine Menge Zeit damit verbracht, in seltsame Umstände zu geraten. Sie hatte ihre Talente Leuten angeboten, die verprügelt worden waren, gebrochen oder anderweitig missbraucht. Und manchmal hatte sie mit Leuten gearbeitet, die *gerne* verprügelt wurden und sich in gefährliche Situationen begaben.

Manche Leute sehnten sich nach diesem Adrenalinrausch – eine Menge Typen beim Rodeo blühten dabei auf.

Walker passte in ihren Gedanken irgendwie nicht ganz dazu. Etwas war seltsam.

„Habe ich Schlamm im Gesicht?", fragte er, seine dunkelbraunen Augen schauten sie dreist an. Eine Herausforderung.

„Nein. Du siehst aber aus wie ein Stone."

Seine Lippen zuckten. „Das klang nicht nach einem Kompliment."

„Hast du je gehört, was passiert ist, als ich deinem Bruder zum ersten Mal begegnet bin?", fragte Tamara.

Jetzt hatte sie seine Aufmerksamkeit. „Wann war das? Ich nehme an, im letzten Sommer."

„Er ist vorbeigekommen, um nach eurer Pflegeschwester zu sehen. Sie war im Krankenhaus, und ich war ihre Krankenschwester."

„Ein liebender Engel. Das verstehe ich jetzt", sagte er trocken.

„Ein *rächender* Engel – Caleb hat überreagiert und einen Scheinangriff auf meinen Cousin ausgeführt. Ich bin dazwischen gegangen und habe ihn geworfen. Er ist schwer zu Boden gegangen. Das hat ihm lang genug den Wind aus den Segeln genommen, dass er sein Gehirn wieder auf Vordermann gebracht hat."

Walker kicherte. „Ich schätze, du weißt, dass ich diese Information benutzen werde, um ihn so richtig aufzuziehen. Du hast ihn geworfen? Das hat seinem Ego bestimmt geschadet."

„Zieh ihn auf, wenn du magst, aber ich habe dir das erzählt, damit du weißt – ich kann mich um mich selbst kümmern. Und ich werde mich um deine Nichten kümmern. Ich bin nicht hier, um irgendjemanden auf den Arm zu nehmen."

Er hob eine Augenbraue. „Habe ich das etwa gesagt?"

„Nicht wörtlich, aber ja." Sie saßen wieder schweigend da, und Tamara weigerte sich, die erste zu sein, die wegschaute.

Schließlich wandte er den Kopf und nahm einen großen Schluck, summte zufrieden. „Das ist guter Kaffee."

Was, wie Tamara schloss, wohl bedeutete, dass zwischen ihnen alles geklärt war. „Und ich habe ihn nicht mal vergiftet."

Walker hielt mitten im Schluck inne, nahm die Tasse weg, um ihr das erste echte Lächeln zuzuwerfen. „Diesmal."

Sie lachte. „Wenn ich jemals beschließe, dich zu vergiften, warne ich dich vor, wie wär's damit? Ich gebe dir eine Chance."

„Abgemacht. Das sind bessere Chancen als beim Bullenreiten."

Ein Auto fuhr auf den Hof, und Tamara stand auf. „Und das ist wohl Tansy."

Walker war auch aufgestanden, die Tasse in der Hand. „Tansy Fields?"

„Ja. Sie sagte, das wäre die beste Zeit, um vorbeizukommen. Sie muss um sechs Uhr früh wieder im Laden sein, um aufzuschließen." Sie fragte sich, was für eine Miene er da aufhatte. „Geht es dir gut?"

Er schüttelte den Kopf, als wolle er Watte vertreiben, bevor er sie träge anlächelte, sehr viel höflicher, als er bisher gewesen war. „Natürlich. Lass mich für dich zur Tür gehen."

Wodurch sie beide an der Küchentür standen, als Tansy gerade näherkam. Walker hielt ihr die Tür auf, als sie vorbeiging, eine riesige, von einem Küchentuch bedeckte Metallschüssel in den Armen.

„Walker. Ich wusste nicht, dass du in der Stadt bist."

„Immer mal wieder. Wie üblich. Wie geht's der Familie?"

Tansys Miene wurde undurchsichtig. „Oh, denen geht es gut."

„Das ist gut. Echt gut."

Er stand im Eingang, spielte mit der Tasse in seinen Fingern, bis ihm klar wurde, dass Tamara ihn beobachtete. Er stellte sie auf der Arbeitsfläche ab, dann trat er zurück, griff nach hinten zur Tür.

Misstrauen machte sich breit. Er benahm sich so ziemlich wie ein nervöser Verehrer. Hatte Walker ein Auge auf Tansy geworfen?

„Du kannst gerne bleiben", sagte Tamara. „Wir machen Zimtschnecken. Du könntest noch eine Tasse Kaffee ..."

„Nein, schon gut. Ich sollte los. Danke für den Kaffee. Tschüss, Tansy."

Und damit war er weg, die Küchentür fiel hinter ihm mit einem Klicken zu. Tamara trat vor, um aus dem Fenster zu schauen, erheitert darüber, dass der Mann fast rannte. Er war schon auf der anderen Seite der Straße, bevor er sich zu einem Cowboy-Schlenderschritt verlangsamte.

„Na, das war unterhaltsam."

Tamara drehte sich um, um zu sehen, dass Tansy ein zufriedenes Grinsen zeigte. „Da gibt's wohl eine Vorgeschichte, von der ich nichts weiß. Bist du mit Walker ...?"

Tansys Augen wurden groß, und ihr Mund klappte auf. „O nein. Nicht ich, meine große Schwester. Ivy und Walker hatten was in der Highschool, ehe sie an die Universität ging."

Ha ha. Es wurde klarer. „Also war *wie geht's der Familie* der Geheimcode für *wie geht es Ivy, aber ich will eigentlich nicht direkt fragen?*"

„Ja."

Tamara deutete auf die seitliche Arbeitsfläche.

„Komm schon. Wir fangen mit dem nächsten Schritt an, während wir reden. Ich kann nur eine halbe Stunde bleiben."

Eine halbe Stunde reichte aus, um die Zimtschnecken in den Ofen zu bekommen und sich ein wenig auszutauschen, wobei es letztlich nicht um Walker und sein früheres Liebesleben ging. Stattdessen redeten sie ein wenig über ihre Ausbildung – Tamaras Zeit als Krankenschwester und Tansys Back-Abenteuer.

Das war viel zu kurz, doch als Tansy zum Abschied winkte, stieg der süße Geruch nach Zimt und frischem Brot in die Luft auf, und Tamara fühlte sich, als wäre sie sehr viel näher daran, Wurzeln geschlagen zu haben.

Ein festes Klopfen auf der Holzwand rechts von ihm richtete seine Aufmerksamkeit weg von dem, Ort, an dem er Boxen sauber machte. Tamara stand geduldig da, bis er ihr in die Augen schaute.

„Alles in Ordnung?", fragte er.

„Ja, ich wollte mich nur vergewissern, dass es in Ordnung ist, wenn ich die Mädchen von der Schule abhole. Wir müssen zum Einkaufen, und ich kann ihnen gleich die Busfahrt nach Hause sparen."

Mit dieser einen Anmerkung fühlte er sich schon ein wenig außen vor gelassen. „Brauchen sie neue Kleider? Ich dachte ..."

„Nein. Sie haben genug. Aber es gibt eine Geburtstagsfeier, und wir sind schon knapp dran. Ich habe keine Ahnung, was Achtjährige wollen."

„Laut Sasha den Großteil des Ladens."

Tamara lächelte, und etwas in ihm verzog sich. Seit er sie heute Vormittag gesehen hatte, hatte sie sich die Haare geöffnet, und die Spitzen ringelten sich um ihr Gesicht wie ein Bilderrahmen. Ein Hauch von irgendetwas Glänzendem lag auf ihren Lippen, und er musste wegschauen, bevor allzu klar wurde, dass er darüber nachdachte, wie viel Ärger es verursachen würde, wenn er seine Lippen auf ihre drückte, nur um zu sehen, ob es zusammen mit dem Glanz auch einen Geschmack gab.

Zum Teufel, der Gedanke ans Küssen sorgte dafür, dass ein gewisser Teil seiner Anatomie reagierte, und er trat verlegen zurück in die Box, um sich zur Selbstverteidigung einen Rechen zu schnappen.

„Wir sind vor vier Uhr zurück", schloss Tamara, die zu seinem Rücken redete, als wäre er nicht unhöflich.

Nur dass er sich nicht umdrehen konnte, denn wenn sie zufällig nach unten schaute, würde sie sich fragen, was an diesen Pferdeboxen war, das ihm unanständige Ständer verpasste.

Dann fiel es ihm wieder ein. „Moment."

Hölle. Auf. Erden. Er griff in seine Gesäßtasche und zog seine Geldbörse hervor, biss die Zähne zusammen, da die Bewegung die Jeans noch enger um seine Erektion werden ließ.

Caleb hielt die Geldbörse hoch, während er sie öffnete und etwas Bares heraussuchte. „Hier. Ich weiß, dass wir für dich Haushaltsgeld haben, aber so Zeug ist etwas, das obendrauf kommt."

„Wenn du mit Geld um dich wirfst ..." Luke trat direkt neben Tamara. „Dafür habe ich immer eine offene Hand."

„Das willst du vielleicht nicht allzu laut bekannt geben", zog ihn Kelli auf, die sich außer Reichweite duckte, als Luke so tat, als würde er in ihre Richtung schlagen. „Du klingst, als wärst du ..."

„Und Hallo auch, ihr beiden", unterbrach Tamara, die das Geld nahm und Caleb zunickte. „Danke. Ich setze es auf die Liste in der Küche, aber ich dachte mir, es gibt ein Limit von fünfundzwanzig Mäusen als Geschenk?"

Er hielt inne. „Für jede, oder zusammen?"

„Zusammen."

Kelli hob eine Augenbraue. „Wow, ihr beiden geht mit dem Geld genauso verbissen um wie miteinander. Das gefällt mir."

„Zumindest bis du nach einer Lohnerhöhung fragst", erwiderte Luke.

„Sie nehmen die Lohnerhöhung sicher aus deinen Einkünften. Da ich diejenige bin, die heute deine Arbeit erledigt hat."

Caleb schaute zwischen ihnen hin und her. „Luke?"

Sein Bruder seufzte, als hätte man ihm übel mitgespielt. „Sie war mit dem Seil besser als ich."

„Sag ihm, wie oft", bat Kelli hochnäsig. Sie prahlte. Auf jeden Fall prahlte sie.

Luke achtete nicht auf die Frage, wandte Kelli den Rücken zu, vermutlich, damit er nicht ihr Grinsen sehen musste. „Ich stimme dafür, dass wir herausfinden, was bei Tamara los ist. Was hast du morgen geplant?", fragte Luke.

Caleb dachte darüber nach, weiter zu kehren, aber das war zu interessant.

„Geburtstagsfeier mit den Mädchen für jemanden in Sashas Klasse. Natürlich heißt das, es sind vierundzwanzig Mädchen und ein Dutzend Aufpasserinnen, darum werde ich wohl alle Mütter der Stadt kennenlernen."

„Macht bestimmt Spaß." Luke nickte zustimmend.

Kelli lachte. „Pass bloß auf. Diese Gruppe ist nur zur Hälfte süßer, heimeliger Sonnenschein."

„Was ist mit der anderen Hälfte?"

„Giftige Unkräuter. Die wird man nie los, außer man brennt sie ab."

„Kelli", tadelte Luke. „Du weißt doch nicht mal, wer dort sein wird."

„Ich kenne diesen Typ", beharrte sie. „Gefährlich, auch wenn sie alle aussehen wie Pfirsiche mit Sahne."

„Bilde dir doch nicht so schnell ein Urteil. Vielleicht baut Tamara ein paar gute Verbindungen in der Gruppe aus. Es wäre schön für sie, Freundinnen in der Nähe zu haben, anstatt hier draußen auf der Ranch festzusitzen, ohne dass sie mit Frauen reden kann."

Tamara öffnete den Mund, um zu widersprechen, doch Kellis Rückgrat war völlig starr geworden, ihre Wangen rot, während sie den Mann anstarrte, der sein herannahendes Verhängnis nicht kommen sah.

„Ach ja, stimmt. Denn ich bin gehackte Leber." Sie winkte Tamara rasch zum Abschied zu. „Hab Spaß, pass gut auf. Wir sehen uns."

Sie marschierte an Luke vorbei, stapfte im richtigen Moment besonders fest auf.

„*Auuuu.* Was zum Teufel?" Luke hob den Fuß und schüttelte ihn aus, während er ihr nachstarrte. „Was ist nur los mit dir? Pass nächstes Mal auf, wohin du läufst."

„Oh, ich glaube, sie hat dort getroffen, wohin sie gezielt hat", erwiderte Tamara kühl und hob eine Augenbraue.

„Sie ist derzeit ziemlich schlecht gelaunt."

Caleb trat rasch heraus. Sein Bruder war nur einen Schritt davon entfernt, gehäutet und ausgestopft zu werden. „Luke, hole mal Ashton für mich."

Luke blinzelte wegen des raschen Themenwechsels. „Warum holst du ihn denn ..."

„Jetzt", fuhr Caleb ihn an.

Die Alarmglocken waren wohl schließlich durch seinen dicken Schädel gedrungen, denn dieses eine Mal machte sein Bruder sich auf den Weg, ohne eine neunmalkluge letzte Bemerkung anzubringen.

Caleb und Tamara blieben allein in der relativen Stille der Scheune zurück. Er warf ihr einen Blick zu.

Ihre Lippen zuckten.

„Ich wollte nicht, dass du ihn umbringst", erklärte Caleb.

„Gutes Timing mit der Unterbrechung, denn ich hatte das Gefühl, dass er gleich einen Witz darüber machen würde, dass Kelli ihre Tage bekommt."

Er verkniff sich seine Erheiterung. „Du weißt, wie man einen Bagger benutzt, oder?"

Gelächter brach aus ihr heraus. „Bietest du mir vierzig Morgen unbestelltes Land, um die Leiche zu verbuddeln?"

„Womöglich."

Sie schlug ihm gut gelaunt mit der Hand auf die Schulter. „Also gut. Du hast ihn noch einen Tag lang gerettet. Ich verstehe nicht, wie dein Bruder neunundneunzig Prozent der Zeit über so klug sein kann, und dann so völlig blöd."

„Verlängerte Pubertät." Er zwinkerte und beobachtete, wie Überraschung über ihr Gesicht hinwegging.

Und diese Blase aus irgendwas anderem stieg wieder in seinen Eingeweiden auf, und er wusste nicht, was er damit anfangen sollte.

Darum drehte er ihr den Rücken zu und schnappte sich den Rechen, arbeitete sehr viel heftiger, als nötig war.

Bis sich der Staub gelegt hatte und er aus der Box herausschaute, war er allein.

13

Tamara fuhr ihren geliehenen Truck auf den Parkplatz vor dem Gemeindezentrum, wo sie tief Luft holte, ehe sie die Mädchen anlächelte. „Okay, wer ist bereit für eine Geburtstagsfeier?"

„Wir, wir, wir", erklärte Sasha laut genug für ein Dutzend kleine Mädchen, während sie heraussprangen, taumelnd wie Clowns aus einem verunglückten Auto im Zirkus.

Mit bunt verpackten Geschenken in der Hand gingen sie mit so viel Begeisterung voraus, dass Tamara sich beim Grinsen erwischte. Oh, diese jugendliche Widerstandsfähigkeit. Jegliche Tränen von früheren Enttäuschungen waren weg, und ihre Nervosität und ihr Misstrauen ließ Tag um Tag nach.

Oder zumindest Augenblick um Augenblick. Sasha war immer noch misstrauisch, aber sie war zu aufgeregt, um allzeit hundert Prozent wachsam zu bleiben. Emma war ... Emma. Sie beobachtete und beurteilte still, und bisher schien sie sich zugunsten von Tamara starkzumachen.

Tamara andererseits war beinahe so verwirrt und hin- und hergerissen, wie sie es in der ersten Woche gewesen war, und keine einfache Lösung würde dieses besondere Problem verschwinden lassen.

Caleb Stone trieb sie in den Wahnsinn.

Er machte sie auch wütend, aus völlig anderen Gründen. Er war wie ein kaputter Ofen. Verdammt interessant – glutheiß, so attraktiv, dass man sich verbrannte, und sie hatte sich streng gewarnt, dass jegliche animalische Anziehung, die sie sich zwischen ihnen ausmalte, ganz ihrer Vorstellungskraft entsprang, denn wenn sie echt wäre, könnte das Haus spontan in Flammen aufgehen.

Doch jedes Mal, wenn sie dachte, sie würde ihn dabei erwischen, wie er sie mit Blicken auszog, wurde er so eiskalt wie ein Kälteeinbruch im Januar.

Es war, als würde sie mit einer Verkörperung des Chinook-Windes leben. Ungewöhnlich warm für die Jahreszeit, gefolgt von Eisstürmen.

Aber das Schlimmste an ihm? Er war wirklich schlecht im Streiten. Ernsthaft – sie liebte eine gute Debatte, und um Einzelheiten zu ringen, um herauszufinden, was wichtig war, gehörte für sie zum Spaß dazu. Es spielte keine Rolle, ob es etwas Großes war, wie die Tier-Pflichten, oder etwas Kleines wie ein Lieblingsessen, sie wollte es ausdiskutieren.

Jedes Mal, wenn sie in einer Sache aneinandergerieten, zeigte Caleb jedoch dieselbe Reaktion. Er ging weg und ließ sie zurück, um mit einem leeren Zimmer zu sprechen.

„Verdammt nervig", murmelte sie.

Er hatte vermutlich herausgefunden, wie sehr sie das verabscheute, und machte es jetzt absichtlich. Ein Streit, den sie gewann, weil das Gegenüber sich weigerte ... nun ja, zu *streiten* ... war ein hohler Sieg.

Genug gegrübelt. Heute ging es nicht um diesen nervigen Mann, obwohl sie zugeben musste, dass er ihr ein sehr hübsches temporäres Fahrzeug besorgt hatte, in dem sie herumfahren konnte, während Brooke an ihrem Truck arbeitete. Die zur Reparatur benötigten Teile hatten länger gebraucht, als erwartet – ein typisches Problem in einer Kleinstadt –, und Tamara hätte es gehasst, die ganze Zeit ohne Fahrzeug festzusitzen.

Tamara holte die Mädchen rechtzeitig ein, um sie zu dem Tisch zu lotsen, wo die anderen Geschenke abgestellt worden waren. Kinder rannten wild herum und über die Spielsachen, die im offenen Raum der Turnhalle verteilt lagen.

Mit dieser Art Geburtstagsfeier kam sie klar. Nichts Übertriebenes – keine gemietete Hüpfburg oder Versuche, es besser als alle anderen zu machen. Sie ging mit etwas optimistischerer Laune weiter, obwohl Kellis Warnung noch nachhallte.

Einige der Mütter, die sich in der Nähe des Tisches mit den Snacks versammelt hatten, lächelten breiter, ein Gesicht war vertrauter als die übrigen. An dem Tag, als sie in Emmas Klasse gekommen war, um zu helfen, war Hanna auch dort gewesen. Tamara hatte es genossen, mit der stillen Frau zusammenzuarbeiten.

Hanna winkte fröhlich. „Schön, dich wieder zu sehen."

Tamara erwiderte ihre Begrüßung mit einem begeisterten Lächeln und glitt auf den leeren Stuhl neben ihr. Eine rasche Runde von Begrüßungen und Vorstellungen folgte, ehe die Unterhaltungen wieder zurückgingen dazu, wie man mit Kindern fertig wurde, und die Partygäste für kleine Spiele zusammenzutrommeln.

Im Lauf der nächsten Stunde behielt Tamara Sasha und Emma genau im Auge, sorgte dafür, dass sie sich benahmen, aber Spaß hatten. Sasha blieb in der Nähe ihrer Schwester, was Tamara nicht überraschte.

Sobald der Geburtstagskuchen und die Geschenke erledigt waren, hatten die Kinder wieder unorganisiert Spaß, bis die

Party vorbei war. Tamara erwischte Sasha dabei, wie sie ziemlich fasziniert von einem der Spiele war, die die größeren Mädchen allein angefangen hatten. Sie ging leise hinüber, fasste Sasha kurz an der Schulter, während sie sich hinkniete, um sich privat mit ihnen zu unterhalten.

„Ich dachte, ich bringe Emma mal rüber zum Ausmaltisch. Wenn es für dich in Ordnung ist, dass du ein wenig allein unterwegs bist."

Sasha warf einen Blick auf ihre Schwester, ehe sie den Kopf schüttelte. „Mir macht es nichts aus, bei Emma zu bleiben."

Diesmal war es Emma, die klarmachte, dass sie eine andere Vorstellung hatte. Sie beugte sich vor und flüsterte Sasha etwas zu.

Sasha runzelte die Stirn. „Bist du sicher?"

Das kleine Mädchen nickte, ließ dann ihre Finger in die von Tamara gleiten.

Trotzdem zögerte Sasha noch, warf mit einem warnenden Ausdruck einen Blick auf Tamara. Sie wartete, als wäre sie bereit, von einem Augenblick auf den anderen zu ihrem Platz als Wachhund zurückzukehren.

Emma verdrehte die Augen, dann stemmte sie die freie Hand in die Hüfte.

Das war der letzte Anstoß, den Sasha brauchte. Sie nickte, schloss sich der Menge aus springenden und schubsenden älteren Mädchen an.

Tamara drückte Emmas Finger. „Das ist mein großes Mädchen. Deine Schwester ist bald zurück. Sie wird Spaß haben, und wir auch. Ich habe mir vorhin mal die Malbücher angeschaut, und ich habe gesehen, dass es eins mit dem Bild einer Ziege gibt. Ist das denn zu glauben? Willst du danach suchen?"

Emmas Lächeln wurde größer.

Als zusätzlicher Bonus war Hanna noch mit ihrer Tochter am Tisch, und die beiden Mädchen setzten sich nebeneinander wie kleine Welpen, zufrieden damit, die Buntstifte zu benutzen und Seite an Seite schweigend zu arbeiten.

„Crissy redet die ganze Zeit von Emma", gab Hanna leise zu. „Ich glaube, einige der lauteren Mädchen in der Klasse machen ihr Angst, darum tun Emma und sie sich ziemlich oft zusammen."

„Sie sehen aus, als würden sie sich gut verstehen", stimmte Tamara zu. „Wollt ihr beiden vielleicht mal zu einem Treffen raus auf die Ranch kommen?"

„Crissy wäre begeistert." Hanna lächelte freundlich. „Ehrlich, das wäre ich auch. Es ist lange her, seit ich mal auf einer Ranch herumstreifen durfte."

Nachdem sie sich noch einmal versichert hatte, dass Hanna beide Mädchen im Auge behalten würde, schlich sich Tamara weg zur Toilette.

Sie hielt kurz inne, als sie zurückkam, um sich in Ruhe die Versammlung anzusehen. Stimmen klangen in ihrem Ohr, laut genug, dass sie zusammenzuckte, und sie drehte sich überrascht, als niemand irgendwo in der Nähe stand.

Sie brauchte einen Augenblick, um zu erkennen, dass der Platz, an dem sie stand, einen perfekten Klangkanal bildete. Da die Gymnastik-Ausrüstung entlang einer Wand aufbewahrt wurde, kam die äußerst intensive Diskussion, die einen halben Turnraum entfernt stattfand, auf magische Weise bis ganz an Tamaras Ohren, als würde sie mittendrin sitzen.

Je länger sie zuhörte, desto angespannter fühlte sich ihr Bauch an. Denn drei der Mütter, die Tamara gerade kurz kennengelernt hatte, redeten von Caleb.

Von Caleb und den Mädchen.

Ihre Füße waren wie festgewurzelt, während sie dastand und zuhörte.

„Vielleicht kommt dieser tolle Mann jetzt mehr raus", bemerkte Carrie, die Mutter des Geburtstagskindes.

„Raus kommt er genug. Er muss öfter mal *rein*." Natalie zwinkerte doppeldeutig.

Die dritte Frau, Joleen, beugte sich vor und schlug sie aufs Bein. „Du bist so schlimm."

„Aber ich wette, er ist gut, wenn ihr wisst, was ich meine. Er weiß, was er will – das finde ich an einem Mann sexy." Die drei Frauen wechselten einen Blick. „Wendy hat sich immer beschwert. Ich glaube nicht, dass irgendetwas, bei dem sie zickig war, der Wahrheit entsprach."

„Besonders, wenn man bedenkt, was sie da angedeutet hat. *Ich* hätte kein Problem damit, wenn dieser Mann im Bett mal was fordert."

„Du wünschst dir doch nur, dass dein Mann mal was anderes als Missionarsstellung macht", zog ihre Freundin sie auf.

„Ich beschwere mich nicht über meine Lage. Ich denke nur über diesen wenig wertgeschätzten Ausbund an Männlichkeit nach. Jetzt, da er eine Nanny hat, kommt er vielleicht wieder auf den Markt. Der Himmel weiß, dass meine Schwester einen starken, sexy Rancher brauchen könnte."

„Falls die Nanny gut genug ist, um sich zu halten. Die armen Kleinen, besonders die jüngere."

„Sie ist nicht ganz richtig im Kopf, oder?"

Tamaras Rücken richtete sich mit einem brutalen Krachen auf. Was zum Teufel? Mit Emma war alles in Ordnung.

„Sie brauchen jemanden, der sich um sie kümmert."

„Meine Schwester liebt Kinder."

Die beiden anderen Frauen lachten gleichzeitig. „Deine Schwester liebt Geld *und* sexy Männer", erklärte Joleen. „Deine Schwester würde die Nanny behalten, wenn sie könnte, und sich darauf konzentrieren, Zeit mit einem gewissen sexy Rancher zu verbringen."

„Würden wir das nicht alle?"

„Würdet ihr nicht einfach alles tun, um diesem Mann ein Lächeln aufs Gesicht zu zaubern? Ich stelle mir vor, wenn der mal loslegt, verbringt man die restliche Nacht damit, dass jeder Muskel im Körper nach mehr brüllt."

„Sag deiner Schwester, sie soll mal am Abend an der Silver Stone Ranch vorbeischauen. Ich wette, Caleb würde sich freuen, ein freundliches Frauengesicht zu sehen", beharrte Joleen. „Es ist lange her, seit er eine angenehme Zeit mit einer Frau verbracht hat."

„Außer, er treibt sich irgendwo rum, wo er nichts verloren hat", sagte Natalie.

Carrie schüttelte den Kopf. „Das bezweifle ich. Außerdem ist er jemand, der nur selten die Ranch verlässt. Wisst ihr, er ist wie so eine Art preisgekrönter Zuchtbulle. Man gibt ihm einen gemütlichen, gut abgesteckten Bereich. Füttert ihn und macht ihn glücklich, damit er seine Leistung hinlegen kann, wann immer er gebraucht wird."

„Amen. Das ist genau, was meine Schwester braucht ..."

Es kam noch mehr, denn die Frauen lachten immer noch, doch Tamara hörte sie nicht, weil sie durch den Raum lief, die Schritte getrieben von Zorn.

Oh, sie hatte ihre Probleme mit dem Mann, aber zur Hölle mit anderen Leuten, die über ihn redeten, als wäre er ein Zuchthengst, den man mieten konnte. Und Emma ...

Tamara holte tief Luft und wurde langsamer, begab sich ganz nebenbei dort hinüber, wo die Damen wild plauderten. Sie tat so, als wäre ihr Ziel die Limonade, und lächelte die Gruppe so freundlich an, wie sie konnte.

Als sie näherkam, war das Lachen verklungen, und alle drei schauten sie übertrieben freundlich an.

„Hast du Spaß auf der Silver Stone Ranch?", fragte Joleen.

Es war verlockend, schnippisch und unhöflich zu antworten, doch Tamara hielt sich in Schach. Sie musste in dieser Stadt leben, und obwohl das einige der giftigen Unkräuter waren, mit denen sie fertig werden musste, war es nicht sinnvoll, gleich beim ersten Mal, wenn sie sich gegenüberstanden, alles niederzubrennen. „Es ist schön dort."

„Es ist ziemlich groß, wenn man sich darum kümmern muss." Carrie beugte sich vor, die Hände auf die Knie gestützt. „Du bist bestimmt erschöpft."

Okay, das hatte sie nicht erwartet. „Warum?"

Die Frau blinzelte. „Es ist eine Menge Arbeit, zwei kleine Mädchen zu übernehmen, wenn man das noch nicht gemacht hat. Und das Haus und sich um Caleb zu kümmern."

Tamara lachte. „Ach, na ja, da machst du schon einen Fehler. Um Caleb muss man sich nicht kümmern."

„Aber es ist bestimmt schwer, mit Emma fertig zu werden."

Ihr zurückgehaltener Zorn bäumte sich etwas auf, doch sie fand zu einer vernünftigen Lautstärke und Haltung zurück. „Emma? Das süße kleine Ding? Na ja, gewissermaßen hast du schon recht, denn mit ihr und ihrer Schwester muss ich schon auf Trab bleiben. Sie sind zu schlau, und ich muss Überstunden machen, um dafür zu sorgen, dass sie immer wieder eine Herausforderung haben. Dieses ganze Potenzial kann man nicht verschwenden."

Die Münder der Frauen öffneten sich und schlossen sich in einer wunderbaren Fisch-Imitation, als hätte sie *sie* auf dem falschen Fuß erwischt.

Tamara drängte weiter. „Und was Caleb angeht, schlage ich vor, dass ihr euch um ihn keine Sorgen macht. Der Mann kann mehr als nur auf sich selbst und seine ... *Bedürfnisse* aufpassen. Ich bezweifle, dass es irgendwo eine Frau gibt, die ihm widerstehen könnte."

Sie schenkte ein paar weitere Limonadengläser voll, balancierte sie alle vier gefährlich, während sie zurück zum Ausmaltisch kam.

Hanna beäugte sie, während sie zwei der Gläser annahm. „Was war denn das?", fragte sie mit leiser Stimme.

„Einfach nur Leute, die kratzbürstig sind."

Ihre neue Freundin ließ die Lippen zucken. „Darum sehen sie auch so aus, als hättest du sie mit der Sprühflasche vertrieben."

Tamara kicherte, wandte sich an Emma, die ihr eine Hand auf die Schulter gelegt hatte, während Crissy auf den Schoß ihrer Mutter kroch.

„Ja, Liebling?"

Emma hielt stolz ihr fertiges Werk hoch. Die Ziege war in edlen Grau-und Weißtönen ausgemalt, mit einer leuchtend roten Schleife, die extra auf das Blatt gezeichnet war – die gleiche, die Emma am Tag zuvor um den Hals des kleinen Tieres angebracht hatte.

„Wunderschön. Das sieht aus wie Ene."

Das begeisterte Nicken des kleinen Mädchens war an sich schon eine Belohnung.

Einen Augenblick später stellte Tamara fest, dass sie sogar noch mehr lächelte. Emma warf einen Blick auf ihre Freundin auf dem Schoß ihrer Mutter und schaute dann über die Schulter nach, um zu sehen, wo Sasha war. Als sie feststellte, dass ihre Schwester immer noch begeistert mit den älteren Mädchen spielte, zerrte Emma Tamaras Arm aus dem Weg und begab sich auf ihren Schoß.

Emma griff zu ihrem Limo-Glas und trank, als wäre diese Sitzordnung das Natürlichste der Welt.

Mit diesem Kind sollte etwas nicht stimmen? Schwachsinn. Emma war schlau, genau wie Tamara behauptet hatte. Was immer der Grund war, dass sie nicht sprach, es war eine absichtliche Entscheidung und kein Entwicklungsproblem.

Es war nur allzu leicht, ihr einen Arm um die Schultern zu legen und sie ankuscheln zu lassen, und der süße Geruch des kleinen Mädchens ließ in Tamara alle möglichen Gefühle aufkommen, die sie nicht erwartet hatte.

Ihr waren die Mädchen wichtig, da bestand keine Frage. Aber etwas schien ...

Anders.

Die Feier war vorbei, und der Tag fand ein Ende. Glücklich gingen zwei kleine Mädchen ohne Schwierigkeiten ins Bett, doch Tamara war viel zu aufgedreht, um zu schlafen. Caleb war sofort nach dem Abendessen zurück hinaus zu den Scheunen gegangen, sodass Tamara ruhelos zurückblieb, ohne dass sie etwas hatte, das sie ablenkte.

Sie schlenderte eine Weile durch das Haus, ehe sie aufgab. Sie konnte auch gleich ein paar langfristige Pläne machen.

Sie schlüpfte in Calebs Büro, um sich ein wenig Papier zu holen ...

Einer der heikel aufgetürmten Stapel fiel um.

„Verdammt.“

Tamara bückte sich, um ihn aufzuheben, bewegte sich zu schnell, und ihr Hintern warf einen weiteren Stapel um. Nun hatte sie die doppelte Menge Papier auf dem Boden und war doppelt so verärgert.

Jetzt kam sie nicht mehr darum herum. Sie musste den Schlamassel aufräumen.

Letztlich setzte sich Tamara auf den Boden, sortierte die Papiere um sie herum in Stapel. Sie schaute nicht auf die Einzelheiten, warf nur einen raschen Blick darauf, um herauszufinden, ob es eine Rechnung oder eine Forderung war, während sie langsam neue Stapel schuf.

Die Aufgabe hatte allerdings etwas Friedliches.

Tatsächlich, als sie die eine Ecke des Raums aufgeräumt hatte, war es verlockend, weiterzumachen, doch sie entschied, dass sie es diesmal nur auf ein wenig Ärger ankommen lassen wollte.

Wenn sie jedoch die Gelegenheit bekam und es Caleb recht war, würde sie zurückkommen. Diese Aufgabe zu beenden, würde wie eine Meditation für ihr Gehirn sein.

Vorerst legte sie die fertigen Stapel ordentlich oben auf die Anrichte, die sie abgestaubt hatte, während sie leer gewesen war.

Sie nahm einen der neu entdeckten Haftnotizzettel und hinterließ ihm eine Nachricht.

Caleb.
Ich habe einige deiner Papiere umgeworfen, darum musste ich ein wenig aufräumen. Tut mir leid, wenn ich eine Grenze überschritten habe.
T.

Es war keine tolle Entschuldigung, aber vielleicht machte es ihm nichts aus.

Vielleicht doch ...

Eine weitere Woge aus Frust traf sie. Sie erreichte Gutes in ihrem Nanny-Job, aber es – es reichte nicht, und gleichzeitig war es viel, viel zu viel.

Nicht die Arbeit, aber all die anderen Gefühle, die sie aus dem Nichts trafen. Die süßen Augenblicke, wenn Sasha vergaß, aggressiv zu sein. Das herzzerreißende Gefühl, jedes Mal, wenn Emma sie behandelte, als würde sie dazugehören.

Die in jeglicher Hinsicht verwirrenden Augenblicke mit Caleb. Sinnliche Anspannung und Gelächter und körperlich schmerzendes Verlangen und die Gedanken verwirrender Frust.

Zu viele Sehnsüchte zerrten Tamara in neue Richtungen, und sie war nicht bereit, sich ihnen direkt zu stellen, und das war an sich schon die einschüchterndste Tatsache, die sie je vor sich gehabt hatte.

Mehr noch als ihren Job zu verlieren. Mehr noch, als das zu verlassen, was fast dreißig Jahre lang ihr Zuhause gewesen war.

Sie wollte es nicht zugeben, nicht einmal vor sich, wonach sie sich zu sehnen begonnen hatte ...

Tamara lief vor ihren eigenen Gedanken weg, floh in die Küche, um gedankenlos die bereits saubere Arbeitsfläche zu schrubben, bis es spät genug war, dass sie gehen und in einen ruhelosen Schlaf fallen konnte.

Caleb kämpfte mit dem Bolzen, den er entfernen wollte, und fluchte, als der Schraubendreher ihm zum zwanzigsten Mal aus den Fingern fiel. Dustin half, das Tor zu stützen, und das Werkzeug prallte von seinem Arm ab und wurde zurück auf Calebs Fingerknöchel geworfen, während es hinunterfiel.

Ein Ansturm aus Schmerz tadelte ihn dafür, dass er sich hatte ablenken lassen. Vielleicht war es die Strafe dafür, dass er eine Woche lang sein Büro ignoriert und sich stattdessen entschieden hatte, sich zu quälen, indem er sich jeden Morgen mit Tamara auf die Veranda setzte, in der stillen Zeit, ehe sie losmusste, um das Frühstück fertig vorzubereiten.

Es war friedlich und entspannend, aber verlockend, was in ihm Schuldgefühle aufkommen ließ und ihn jetzt ablenkte. Doch er konnte sich nicht davon abhalten, immer wieder denselben dummen Fehler zu machen. Er steckte in einer Wiederholungsschleife fest.

Als etwas ihn nicht einmal zwei Sekunden später seitlich

am Kopf traf, war Caleb sicher, dass die Welt ihm unbedingt etwas beweisen wollte. Was genau, wusste er jedoch nicht.

„Jetzt verstehe ich, warum du so griesgrämig bist." Josiah kam näher und klopfte Caleb auf den Rücken. „Warum hast du nicht einfach was gesagt?"

Caleb starrte ihn verwirrt an. „Wovon zum Teufel redest du denn?"

Josiah kicherte. „Glaub doch nicht, du könntest in einer kleinen Stadt wie dieser ein Geheimnis bewahren. Ich bin überrascht, dass es so lange unter Verschluss geblieben ist, und ja, das war ein Schuss vor den Bug für dich."

Dustin schaute zwischen Josiah und Caleb hin und her. „Wovon redet er denn?"

„Keine Ahnung."

„Ach, jetzt komm schon. Spiel nicht den Unschuldigen. Ich weiß von dir und Tamara."

Sein jüngster Bruder wirkte schockiert. „Bist du mit Tamara ...?"

„Nein."

„Ja."

Caleb und Josiah redeten gleichzeitig.

Caleb funkelte seinen Freund an, kniff die Augen zusammen. „Wer zum Teufel verkauft denn diesen Schwachsinn? Zwischen mir und Tamara ist nichts."

Zumindest verdammt noch mal sehr viel weniger, als er sich gewünscht hätte.

Josiah lehnte sich zurück und verschränkte die Arme vor der Brust. „Das ist nicht das, was ich gehört habe. Ich war bei Sinclairs, und es heißt, du wärst vergeben. Genau wie sie, und wenn man bedenkt, wie mürrisch du beim letzten Mal warst, klingt das schon alles sinnvoll."

„Ich glaube nicht, dass du und Tamara rummachen solltet", ließ sich Dustin vernehmen.

„Wir machen nicht rum", fuhr Caleb ihn an. „Das ist nur ein verdammtes Kleinstadtgerücht. Ich bin überrascht, Josiah. Du weißt es doch besser, als diesen Plaudertaschen zuzuhören und es als die biblische Wahrheit zu betrachten."

„Hey, sagen wir doch einfach, ich war hoffnungsfroh." Sein Grinsen wurde breiter. „Aber wenn es nur ein Gerücht ist, dann ist sie nicht vergeben, und das heißt, ich kann sie fragen, ob sie mit mir ausgeht, oder?"

Caleb würde seinen besten Freund nicht gleich in Stücke reißen, aber der Drang war schon da.

Der Drang war verdammt stark.

Stattdessen zuckte er mit den Schultern. „Ich glaube eher nicht, dass sie gerade viel Zeit hat, um sich herumzutreiben, also könntest du das vielleicht eine Weile zurückstellen."

Josiahs wissender Blick reichte aus, um Caleb schnell nach etwas suchen zu lassen, das sie tun konnten, um Ablenkung zu haben.

Sie fanden eine Aufgabe, und durch diese zum Glück knifflige Arbeit und die Tatsache, dass Ashton sich ihnen anschloss, gab es genug zu tun, um das Gespräch in sicherere Regionen zu führen, doch die Nachricht von den Gerüchten nagte an ihm.

Kleinstadtgerüchte waren so eine Sache, aber selbst die fingen normalerweise irgendwo an. Er kaute immer noch darauf herum, als Josiah sich zum Gehen fertigmachte.

Caleb lief zu ihm und klopfte an die Tür seines Trucks.

Das Fenster wurde herabgerollt, und Josiah stützte einen Ellbogen auf den Rahmen. „Ich werde einen meiner Mitarbeiter rausschicken, um die Impfungen fertigzumachen, wenn das für dich in Ordnung ist. Ich habe ein paar Dinge, um die ich mich noch kümmern muss, bevor das Büro schließt."

Caleb winkte ab. „Kein Problem." Er beäugte seinen Freund. „Macht es dir was, mir zu erzählen, wer genau etwas über mich und Tamara gesagt hat? Das ist so eine Sache, von der ich nicht will, dass sie zu den Mädchen durchdringt, ohne dass ich eine Ahnung habe, was ich ihnen sagen soll."

Josiahs Lippen zuckten, doch er hielt seine Miene unter Kontrolle. „Vor ein paar Tagen war Tamara bei irgendeinem Event mit den Mädchen und hat behauptet, dass du äußerst *befriedigt* seist, wenn du weißt, was ich meine. Und nein, ich rede nicht von ihren Talenten als Nanny. Die Leute denken sich, dass dein Bett nachts ganz gut gewärmt wird."

Ihm entschlüpfte ein Fluch.

Das war das Letzte, was er brauchte – eine tatsächliche Ermutigung direkt aus erster Hand. Und es *war* eine Ermutigung, und zwar von der unverblümtesten Art.

Die Bilder, die seinen Verstand heimsuchten, waren so schmutzig wie nur was. Tamara sein Bett wärmen? Das waren genau die Träume, die ihn mitten in der Nacht wach werden ließen. Diejenigen, bei denen er feststellte, dass er seine Decke von sich gestoßen hatte, sein Körper schweißbedeckt. Die Finger schon an seinem Schwanz, ehe ihm klar wurde, was er da machte.

Er senkte den Kopf. „Das weiß ich zu schätzen."

Josiah machte eine Pause. „Vorhin habe ich dich aufgezogen, aber weißt du, vielleicht wäre es nicht so schlecht, wenn ihr beiden was miteinander anfangt."

Caleb konnte seinen Ohren nicht trauen. „Sie arbeitet für mich. Welchen Teil davon hältst du für eine gute Idee?"

Sein Freund wankte, drängte aber trotzdem weiter. „Stimmt, das macht die Dinge etwas schwierig, und doch habe ich nicht über diese Tatsache nachgedacht, dass sie für dich arbeitet. Du bist schon eine Weile allein."

„Und dafür gibt es einen Grund."

„Nicht alle Frauen sind wie Wendy."

„Gott sei es gedankt, sonst wäre die menschliche Art schon vor Jahren ausgestorben."

Ein Schnauben kam von Josiah. „Okay, sehen wir uns das mal aus einem anderen Winkel an. Dir ist klar, dass Tamara auf einer Ranch aufgewachsen ist? Sie weiß, wie viel Arbeit es ist, und hey, schau mal. Sie ist noch nicht schreiend weggelaufen."

„Sie ist hier, um sich um die Mädchen zu kümmern."

Sein Freund nickte. „Nach allem, was du mir erzählt hast, macht sie das ganz toll." Josiah schaute ihn von oben bis unten an. „Also warum ist es dann nichts Gutes, wenn du mal darauf reagierst, wie heiß sie dich macht?"

„Sie macht mich nicht ..." Caleb brachte es nicht über sich, zu lügen. Nicht seinem besten Freund ins Gesicht.

„Danke, dass du mit diesem Schwachsinn nicht weitermachst. Aber ernsthaft, ich weiß, dass es nicht die einfachste Situation ist, aber du hast hier eine Gelegenheit vor dir ..."

„Danke, dass du heute Vormittag vorbei gekommen bist. Wir reden später."

Er drehte sich um und ging.

Dass Josiah auffiel, wie attraktiv er Tamara fand, war nichts Gutes. Besonders nicht im Angesicht der Tatsache, dass die Gerüchteküche nun durchdrehen würde.

Mein Gott, was, wenn es die Mädchen hörten? Was, wenn sie dachten, ihre Welt würde erneut auf den Kopf gestellt? Ihre Erinnerungen an Wendy waren bitter und schmerzhaft.

Das war seine verdammte Schuld, weil er nicht stärker war. Es hätte vom ersten Augenblick an sonnenklar sein sollen, dass er an Tamara nicht interessiert war, außer auf einer geschäftlichen Ebene.

Aber es war auch *Tamaras* Schuld, weil sie ungefragt geredet hatte, und im Augenblick war er wütend genug, um in die Küche zu laufen und sie anzubrüllen. Natürlich würde das für alle möglichen anderen Probleme sorgen.

Nein, darum musste man sich auf eine Art kümmern, die so umfassend war, dass sie auch bei dieser starrköpfigen Frau einen Eindruck hinterließ. Irgendetwas, das nur unter vier Augen stattfand, sodass er ihr klarmachen konnte, was genau sie getan hatte.

Es war seltsam. Jedes Mal, wenn er und Wendy gestritten hatten, hatte ihn das hohl und wütend zurückgelassen, aber niemals erhitzt wie jetzt. Diese Kämpfe waren eisig kalt, höflich und aseptisch gewesen.

Was jetzt in seinem Bauch brodelte, war glühend heiß, von sexueller Anspannung durchzogen.

Es war vielleicht nicht das Richtige, aber dieses eine Mal in seinem Leben war es ihm egal, ob er das Richtige tat. Die Art, wie er seinen Standpunkt klarmachen würde, ohne dass auch nur der Hauch eines Zweifels blieb, war simpel und perfekt. Schrecklich, aber doch wunderbar gerechtfertigt.

Er konnte es nicht erwarten. Sie würde niemals ahnen, was da auf sie zukam.

14

———

Tamara schlug die Decke zurück und stieg in ihr extra großes Bett, lehnte sich an einen riesigen Stapel Kissen und ließ sich zum Lesen nieder. Sie war kaum mit dem ersten Kapitel fertig, als die Dielen vor ihrem Zimmer ihr typisches Knarzen von sich gaben.

Sie schaute auf, um zu sehen, wie sich der Türgriff drehte, und fragte sich, welches der Mädchen sie brauchte. Sie war nicht schockiert, als sich die Tür öffnete …

Nicht, bis Caleb hereinmarschierte.

Hereinmarschierte und sich umdrehte, um die Tür hinter sich zu schließen.

Tamara starrte, war sich sicher, dass ihr der Mund offenstand. „Brauchst du was?"

„Nein." Er marschierte an die Seite des Bettes, den Blick auf die Wand hinter ihr gerichtet.

Tamara schob den Impuls beiseite, sich ein Kissen zu schnappen, um sich etwas zu bedecken. „Was … was machst du?"

„Ich mache mich zum Schlafen fertig."

Diese völlig unmögliche Aussage, zusammen mit den schmutzigen Tagträumen, die sie von ihrem Boss gehabt hatte, vermischte sich in einem riesigen Kessel, und Tamara stellte fest, dass sie zum ersten Mal seit langer Zeit sprachlos war.

Ihr Schweigen gründete auf völliger Verwirrung, und die Tatsache, dass er tödlich still war, während er sein Hemd aufknöpfte, half nicht weiter.

Irgendwie zwang sie sich dazu, die Worte zu bilden. „Caleb, das ist nicht witzig. Du solltest nicht hier sein."

Er schlüpfte aus dem Flanellhemd, sodass nur noch ein einfaches weißes Unterhemd blieb, die breiten Muskeln seiner Schultern und der riesige Bizeps waren ihr viel zu nah. „Ich weiß nicht, wovon du redest, Liebling. Wo sollte ich denn sonst sein, wenn es Zeit ist, sich bettfertig zu machen?"

„In deinem eigenen Zimmer. *Caleb* ..."

Tamaras Mund wurde trocken, als sich die letzte Stoffschicht von seinem Oberkörper hob. Viel, viel zu viel nackte, herrliche Haut war gleich dort neben ihr. Ein leichter Flaum aus Haaren bedeckte seine Brust, ein weiterer wurde dunkler und schmaler, während er nach unten verlief und unter der Gürtellinie verschwand und ...

Du liebe Zeit, er legte die Hände an seinen Gürtel und öffnete die Schnalle, und ... das passierte doch nicht wirklich.

Tamara legte ihr Buch weg und schlüpfte aus dem Bett. Sie hatte vage vor, sich im Bad zu verstecken, bevor er wieder zur Vernunft kam, doch er trat vor sie und verstellte ihr den Weg.

Vielleicht hätte sie sich fürchten sollen. Vielleicht hätte sie schreien sollen, aber er machte ihr keine Angst, nicht wirklich. Er ließ nur jeden Nerv in ihrem Körper prickeln und schickte ihren Puls hinauf in den Orbit.

Sein Blick glitt nach unten, dann nach oben, bis er ihr wieder in die Augen schaute. Als er etwas sagte, war seine Stimme leise geworden. „Ich glaube, das ist mein

Lieblingsnachthemd. Auch wenn ich nicht weiß, warum du dir die Mühe machst, es anzuziehen, da ich es dir nicht sonderlich lang lassen werde."

Vielleicht war sie eingeschlafen und hatte einen köstlich schmutzigen Traum. Tamara griff nach oben und zwickte sich in den Unterarm. „Autsch."

Wach. Sie war auf jeden Fall wach.

„Was zum Teufel hast du getan?" Argwohn kam in ihr auf. „Hast du dich betrunken, Caleb Stone?"

Er kam näher, sein Blick senkte sich von ihren Augen, um an ihren Brüsten hängen zu bleiben. Die verräterischen Dinger reagierten, die Nippel gingen in Habachtstellung, um sich an den kühlen Stoff ihres Nachthemds zu pressen.

„Nein. Keinen Tropfen. Nur höre ich nämlich, dass du und ich was miteinander haben. Ich höre, dass du mir nachts das Bett wärmst, und ich würde es verabscheuen, dich als Lügnerin zu sehen. Darum sollten wir es doch klarstellen, wo wir stehen. Oder sollte ich sagen, wo wir liegen?"

Einen Augenblick lang stotterte Tamara. „J...j...jemand sagt, dass wir miteinander schlafen? Oh mein Gott, wer? Moment, *was?*"

Seine Antwort war ohne Worte. Seine Hand war nicht länger zwischen ihnen. Stattdessen berührte er sie, folgte dem dünnen Riemen ihres Nachthemds die Schulter nach unten, weiter zur Wölbung ihrer Brust. Seine Fingerspitze glitt über den harten Nippel, und ein Beben ging durch ihren ganzen Körper.

Ihr Gehirn arbeitete nicht, so viel war offensichtlich. Sie zwang sich zum Sprechen. „Ich habe keine Ahnung, wovon du da redest."

„Es scheint, dass jemand bei der Geburtstagsfeier, bei der ihr wart, auf den Gedanken kam, dass ich mit meiner Nanny schlafe. Ich dachte mir, da du diejenige warst, die dieses

Gerücht in Umlauf gesetzt hat, würde es dir nichts ausmachen, wenn ..."

Die Geburtstagsfeier? „Ich hasse Kleinstädte."

Tamara zog sich ruckartig zwei Schritte zurück, sofort wurde ihr Blut vor Zorn zum Brodeln gebracht. Jetzt wusste sie, wovon er redete, die Erinnerung war klar und scharf umrissen.

Sie war wütend auf sich, dass sie ungefragt etwas gesagt hatte, aber sie war sogar noch wütender auf Caleb für das, was er da tat. „Sieh mal, da gab es an diesem Tag eine Schar kratzbürstiger Kreaturen, die nicht sonderlich nett waren, die alles Mögliche kommentiert haben, was sie nicht hätten kommentieren sollen. Also ja, ich bin vor ihnen ein wenig schnippisch geworden, aber ich habe nicht gesagt, dass wir miteinander schlafen. Ich habe gesagt, dass es keinen Grund gibt, dass sie deine Dienste anpreisen, als wärst du ein Zuchtbulle, den man mieten kann."

„Na, *Baby*, deine klugen Anmerkungen haben zu Schwierigkeiten geführt."

Ernsthaft? Er kam hier herein und benahm sich vor ihr wie ein Arschloch? Sie hatte ja vielleicht Schwierigkeiten damit, richtig zu denken, wenn er ohne Hemd dastand und so weiter, aber das stand hier nicht zur Debatte.

Er hatte recht ... und doch lag er völlig falsch.

Schön und gut, wenn er wollte, dass sie bestraft wurde, weil sie es vermasselt hatte. Aber nicht *so*. Das war eine derartige Grenzüberschreitung in die andere Richtung, dass sie tatsächlich schockiert war, dass er das durchgezogen hatte. Wäre sie nicht wütend gewesen wie eine Katze, die im Gewitter draußen bleiben musste, wäre sie vielleicht beeindruckt gewesen, auf welchem Level er spielte. Dann wurde ihr klar ...

Calebs Miene war vielleicht nicht zu deuten, doch seine Augen ...

Er konnte das Feuer nicht verbergen, das in seinen Eingeweiden brannte. Lust, keine Wut.

Es schien, als wäre seine kleine Lektion nach hinten losgegangen.

Sie bekam eine Idee – eine schlimme, fiese Idee, die furchtbar falsch war. So absolut falsch, aber nun, da sie sie zu Ende gedacht hatte, war es verdammt noch mal so gut wie unmöglich, sich aufzuhalten.

Sie musste sich abwenden.

Musste zugreifen und mal abbeißen.

Bei Gott, sie musste mal ein Stück von Caleb Stone abbeißen.

Mach es. Los, beides.

Gut, es war eine schlimme Idee, aber sie würde die Schuld an dieser Dummheit der Hitze in ihren Adern zuschieben, in der inzwischen genauso viel sexueller Frust brodelte wie Zorn.

Sie hob das Kinn und schaute ihm in die Augen, während sie sich wieder bewegte. Näher. Näher, bis sie mit den Fingerspitzen über seine unmöglich harte Brust streichen konnte. Kreisen und Necken, über den leichten Haarflaum und der angespannten Haut seiner Nippel.

„Tut mir leid, *Baby*. Du hast recht. Ich habe das falsch ausgedrückt. Dir geht's ohne Frau einfach gut. Dein Bett ist nicht kalt und einsam." Während sie redete, ließ sie die Hand nach unten gleiten. Langsam, tiefer, bis ihr Daumen an den breiten Wulst stieß, der dort auf sie wartete, sich an die Vorderseite seiner Jeans presste. „Du verbringst bestimmt nicht die ganze Nacht mit deinem Schwanz in der Faust."

Caleb schluckte schwer. Sein Puls raste an seinem Halsansatz.

„*Tamara* ..." Das Wort war ein unwirsches Knurren.

Aber er bewegte sich nicht weg.

„Oder vielleicht doch. Du kümmerst dich um dich – ich bin mir sicher, *du kümmerst dich* völlig problemlos um dich." Tamara öffnete den Knopf seiner Jeans. Er packte ihr Handgelenk. „Nicht, dass ich dir das übel nehmen würde. Ich mache es genauso."

Das Geräusch, wie sein Reißverschluss geöffnet wurde, vermischte sich mit dem gefährlichen Grollen tief in seiner Brust. Er ließ ihre Hände los, und dann, oh mein Gott, er berührte sie. Streifte mit den Händen ihre Taille hinauf, wurde langsamer, als er an ihren Brüsten ankam.

Sie sehnte sich danach. Sie wartete, nicht mehr wütend, aber brennend vor Verlangen.

Caleb schnappte nach Luft, seine Brust hob sich, während er rang ... um Kontrolle? Um Kraft? Er ließ die Finger in ihre Haare gleiten und griff zu, hob ihr Gesicht nach oben.

Dann prallten seine Lippen in ihre, und er küsste sie besinnungslos. Sein steinharter Körper krachte in ihren, während seine andere Hand sich auf ihren unteren Rücken legte und sie fest an ihn zog. Es war unfassbar, wie kühler Wein nach einem heißen Tag, eine köstliche Süße und ein prickelndes Vergnügen.

Tamara stieß die Hände in seine Haare, während er den Kuss vertiefte. Zungen kämpften um die Vorherrschaft, Körper schlangen sich enger umeinander.

Sie war nichts, nur ein ziehendes Bedürfnis im Inneren. Ein hohles, ziehendes Bedürfnis, das darauf wartete, erfüllt zu werden. Tamara war versucht, auf ihn zu klettern wie auf einen Baum, sich festzuklammern, bis sie beide zufrieden wären. Ein Beben lief ihr Rückgrat hinauf, während er sie hochhob, und sie schlang die Arme um ihn, wünschte sich, die Stoffschichten zwischen ihnen wären weg.

Sein Kuss war wild und besitzergreifend, eine Hand legte

sich um ihre Brust, und sie war nicht sicher, wie es dazu gekommen war, aber sie war auf dem Bett, und ein heißer Mann lag über ihr wie eine *sexy, sexy* Decke.

Er erwischte den Saum ihres Nachthemdes, schob den Stoff nach oben, als wäre er bereit, es ihr auszuziehen. Darauf konnte sie eingehen. Sie konnte seine Jeans nach unten schieben und sie herabzerren, bis ...

Caleb zuckte zurück, gerade weit genug, um sie zu trennen. Sie berührten sich an der Brust, während sie um Luft rangen.

Ihr ganzer Körper prickelte, als er sich von ihr löste. Er bewegte sich weiter, bis er auf den Beinen war, neben dem Bett stand.

Er fuhr sich mit der Hand durch die Haare, die Strähnen standen wild ab.

„Tut mir leid." Die Worte rauschten herab wie eine Lawine. Zermalmend, unerwartet.

Sie schnappte sich ein Kissen, hielt es vor sich, fest wie einen Schild. Ihr Gehirn funktionierte nicht richtig, Verwirrung und sexueller Frust wirbelten vorbei.

Er entschuldigte sich? Mein Gott, sie wusste nicht, ob sie das wütender oder frustrierter machte.

Es machte sie auf jeden Fall verwirrter.

Einen weiteren Augenblick starrte er auf sie herab, sein Körper angespannt vor Verlangen, seine Erektion deutlich sichtbar. Frust und Begehren drangen auf sie ein, und sie öffnete den Mund, um etwas zu sagen, doch er schnappte sich sein Hemd vom Boden und floh.

Tamara saß da, völlig verblüfft, ihr Herz hämmerte in der Stille, die auf das Klicken der Tür folgte.

Nichts davon hatte sie erwartet, und sie brach auf ihrem Kissen zusammen und stieß ein langes, frustriertes Seufzen aus.

Frustriert, verwirrt und völlig verblüfft.

Wie um Himmelswillen sollte sie ihm morgen gegenübertreten?

~

Caleb stolperte in den Gang, schloss irgendwie Tamaras Tür und machte ein Dutzend Schritte, ehe seine bebenden Beine ihn dazu zwangen, die Schultern an die Wand zu stützen. Tiefe Atemzüge schüttelten ihn durch, während er gegen sein Verlangen ankämpfte.

Noch drei Sekunden, und er wäre an einem Punkt gewesen, von dem es kein Zurück mehr gegeben hätte. Obwohl er ein Mann war, der sich seiner Selbstbeherrschung rühmte, gab es im Augenblick nichts, was er mehr wollte, als zurückzugehen, die Tür aufzureißen und dort weiterzumachen, wo er aufgehört hatte ...

Das Feuer, das in ihren Augen gebrannt hatte, sagte, dass sie ihn nicht aufhalten würde. Die Art, wie sie leidenschaftlich seine Schultern gepackt hatte, während sie sich geküsst hatten ...

Er fuhr sich mit der Hand über die Haut, spürte die Abdrücke, die ihre Nägel hinterlassen hatten.

Calebs Kopf knallte wieder gegen die Wand, bevor er sich hochschob, weiter durch den Gang torkelte. Er musste etwas tun. Er musste irgendetwas tun, das ihn von dieser Verführung wegbrachte, denn es war eindeutig, dass sie beide eine Menge Feuerholz aufgestapelt hatten, und es war nicht mehr sicher für sie, allein in einem Zimmer zu sein. Nicht, wenn er nicht diese ganze Beziehung in die Hölle schießen wollte, indem er sie auszog und in sie hineinstieß wie ein Besessener.

Bei Gott, was hätte er nicht getan, um sie nehmen zu können.

Er ging fünf Schritte weiter durch den Gang, dann drei

Schritte zurück, versuchte zu entscheiden, wohin er sich wenden sollte. Er würde nicht in sein eigenes Bett gehen, oder sich unter die Dusche stellen – in beiden Fällen würde er mit seinem unbändigen Ständer auf die traurigste und elendste Art fertig werden, wenn man bedachte, dass eine heißblütige Frau ein paar Türen weiter war, die eindeutig Interesse hatte. Er würde sich auf gar keinen Fall einen runterholen, während er an sie dachte.

Darum schlug er den Weg zum einzigen garantierten Ständer-Killer ein und schob die Tür zu seinem Büro auf. Er schaltete das Licht an, bereit, vom Chaos in dem wenig beachteten Zimmer das Feuer abkühlen zu lassen, während er wieder einmal darüber nachdachte, was für eine armselige Ausrede für einen ...

Es war aufgeräumt.

Ein Schock, der beinahe so stark war wie die Leidenschaft, die er gerade erlebt hatte, traf ihn, und er ging langsam vor, fragte sich, ob er eine Zeitmaschine betreten hatte.

Beim letzten Mal, als das Büro so aufgeräumt gewesen war, waren seine Eltern noch am Leben gewesen.

Bittere Trauer strömte auf ihn ein, und er packte die Stuhllehne, um nicht zu wanken. Er war so überdreht, dass Gefühle durch ihn hindurchwogten, während sein Gehirn nicht richtig arbeitete.

Die Frau, die er mehr wollte als seinen nächsten Atemzug, war interessiert, doch stand sie absolut nicht zur Verfügung.

Er schloss die Augen, konzentrierte sich auf die geistigen Abbilder seiner Kinder. Ihr süßes Lächeln war der Mittelpunkt seines Universums. Ein Ort des Ausgleichs.

Er brauchte einen Augenblick, doch als er sich wieder umschaute, hatte sich nichts verändert – das Zimmer war immer noch seltsam ordentlich, und er bewegte sich vorsichtig weiter.

Auf der Anrichte an der Seite lagen Papiere, gestapelt und geordnet. Ein rascher Blick hindurch zeigte, dass sie nicht nur in Rechnungen und Forderungen unterteilt waren, sie waren auch nach Monaten sortiert, und alle, auf die er seinen Namen geschrieben hatte, um zu versuchen, sich irgendwie daran zu erinnern, was er schon bezahlt hatte, hatten einen roten Strich unter der Summe.

Am äußeren Rand des Zimmers waren weitere Stapel, ordentlich in Ordner gelegt, und auf dem Schreibtisch selbst waren seine Bücher. Diejenigen, die er noch handschriftlich füllte, weil es seine Mutter so gemacht hatte. Zu lernen, wie man alles auf einen Computer übertrug, hatte nach mehr Arbeit ausgesehen, als es bei der begrenzten Zeit, die ihm zur Verfügung stand, wert war.

Ein zornbebender Augenblick überkam ihn. Einer seiner Brüder hätte sich in das Zimmer schleichen und alles aufräumen können, doch das bezweifelte er. Es gab keinen Grund, das jetzt zu tun, wo sie es doch zu keinem Zeitpunkt in den letzten zehn Jahren getan hatten.

Das musste Tamaras Werk sein.

Er war nicht sicher, was er davon halten sollte, dass sie sich die Finanzen der Familie angeschaut hatte. Dass sie wusste, wie ihr Gewinn aussah, war ihm auf eine Art unangenehm, die er nicht richtig ausdrücken konnte.

Er sollte wütend sein. Es war ein Eindringen in seine Privatsphäre. Es war nicht ihre Aufgabe, hier hereinzukommen und so etwas zu tun, besonders nicht, ohne um Erlaubnis zu bitten.

Doch als er die Bücher aufklappte, stellte er fest, dass es keine zusätzlichen Einträge gab. Die letzten waren in seiner halbwegs leserlichen Handschrift verfasst.

Zwischen den Seiten jedoch steckte ein Ausdruck mit Zahlen aus den Abrechnungen auf der seitlichen Anrichte.

Laufende Posten, keine Summen, aber ein Ort, an dem man überprüfen konnte, ob alles eingetragen war. Diesen Teil hatte sie leer gelassen, was bedeutete, dass ihre Eingriffe nur bis zu einem bestimmten Punkt gegangen waren.

Immer noch weit hergeholt, aber nicht so übergriffig, wie es hätte sein können.

Caleb setzte sich auf seinen Stuhl und dachte angestrengt nach. Ein Aufruhr aus Gefühlen wogte durch ihn hindurch. Die wilde Leidenschaft, die er gespürt hatte, gab es immer noch, aber sie war durch etwas gedämpft.

Als er sich im Zimmer umschaute, wurde ihm klar, dass sie ihm ein Geschenk gemacht hatte, mit dem er nicht gerechnet hatte.

Wenn er bloß klug genug gewesen wäre, um zu wissen, was er damit anstellen sollte.

15

Es hatte lange gedauert, einzuschlafen. Lange genug, dass sie, als Calebs Schritte sie weckten, sich einfach hätte zusammenrollen und wieder einschlafen sollen.

Als ob sie das gekonnt hätte.

Zu hören, wie er aus dem Haus verschwand, brachte all die Gefühle zurück, die sie geschluckt hatte, als er am Abend zuvor verschwunden war.

Sie war nicht sicher, wie sie es durch diesen Tag schaffen würde. Himmel, nicht einmal, wie sie ihm zum ersten Mal wieder in die Augen schauen sollte.

Sie hatte ihn genauso gewollt wie er sie. Sie konnte ihm nicht einmal die dumme Situation übel nehmen, in der sie gelandet waren, denn es war ihre törichte Einstellung, die den Ärger überhaupt erst losgetreten hatte.

Vielleicht hätte er nicht einfach von irgendetwas ausgehen sollen, aber sie war genauso gut darin, zu voreiligen Schlüssen zu springen – wie üblich.

Da gab es keine Überraschungen.

Tamara starrte an die Decke, versuchte, sich Möglichkeiten

auszudenken, wie das alles nicht irgendwie in einem Shitstorm endete, doch in Gedanken sah sie nichts als zwei kleine Mädchen, die enttäuscht waren, dass noch eine weitere Erwachsene sie im Stich ließ.

Sie und Caleb mussten über ihre unmögliche Anziehungskraft hinwegkommen und tun, was für die Mädchen das Richtige war.

Das war die Lösung. Sie würde ihm klarmachen, dass sie die Verantwortung für das Debakel letzte Nacht übernahm, doch sie würden weiterhin besonders hart arbeiten müssen. Sie würden sich dazu verpflichten müssten, über die Dinge zu reden und nicht die Gerüchte vor Ort Probleme verursachen zu lassen. Das war das Letzte, was die Mädchen brauchten, und gerade sie wusste das am besten.

Tamara tadelte sich immer noch, als Caleb um sechs Uhr früh nicht in der Küche erschien, und sie fragte sich, ob er sich den ganzen Tag lang verstecken und ihr aus dem Weg gehen würde. Gewissermaßen wäre das gut, doch sie konnte nicht verhindern, dass sie aus dem Fenster spähte, während sie weiter arbeitete, Mahlzeiten vorbereitete und Pläne für die Mädchen machte.

Sie füllte ihren Kaffee nach und ging zur Tür. Sie konnte sich auch gleich hinaus auf die Veranda setzen. Es könnte eine ihrer letzten Gelegenheiten sein ...

O mein Gott. Es war absolut möglich, dass Caleb sie feuern würde.

Schock und Realität prallten zusammen, schmerzhaft und erschreckend. Falls das geschah, würde sie sich nicht beschweren. Es war unwürdig gewesen, aus ihrem letzten Job gefeuert zu werden, denn sie hatte es gut gemeint, doch dass sie auf dieser Geburtstagsfeier den Mund aufgerissen hatte, war nichts als persönlicher Frust gewesen, und nicht wirklich hilfreich.

Sie schob die Tür auf und unterdrückte ein Kreischen. Ene und Mene standen Schulter an Schulter da, die Nasen vorgestreckt, als hätten sie vor, sich der Familie beim Frühstück anzuschließen.

„Los, los zurück mit euch", befahl sie, schubste sie an und schob sie nach draußen, während sie die Tür schloss, die Kaffeetasse ließ sie auf der Arbeitsfläche stehen.

Sie packte die Ziegen an ihren Halsbändern, warf bedauernd einen Blick auf ihre Hausschuhe hinab. Es war besser, als barfuß zu gehen. Tamara trat langsam von der Veranda in den Schnee, zerrte und zog, um sie in die richtige Richtung zu bugsieren.

Nur um in der Patsche zu sitzen, als sie am Verschlag ankam. Wie sollte sie denn das Tor öffnen, ohne dass Miste entkam?

„Du bist keine Ziege, du bist eine Nervensäge", erklärte sie dem Alten durch den Zaun hindurch. „Du hast diesen beiden beigebracht, wie man zum Ausbruchskünstler wird, dann hast du sie überzeugt, völlig durchzudrehen, während du zurückbleibst und ganz unschuldig tust. Ich kenne solche Typen."

„Brauchst du Hilfe?"

Tamara ließ den Kopf herumfahren, um zu sehen, dass Caleb näherkam. „Ich brauche mehr als nur Hilfe, also ja, bitte."

Zu zweit bekamen sie die Tiere wieder in den Verschlag. Caleb beobachtete genau, wie die Ziegen fröhlich in der Umfriedung herumtollten. „Ich lasse Ashton noch mal nachsehen, wie sie rauskonnten."

„Miste ist in letzter Zeit nicht ausgebrochen, also ist es vielleicht etwas, das für die beiden klein genug ist, für ihn aber nicht."

Sie hielt inne. Sie schauten einander an, der leichtfertige

Augenblick verflog, während ihre Wangen warm wurden. „Es tut mir leid …“

„Gestern Abend …“

Tamara dachte sich, dass er schon aufhören würde zu reden, darum machte sie weiter. „… ich habe mich völlig daneben benommen. Es war auch meine Schuld, dass ich mich auf der Geburtstagsparty falsch ausgedrückt habe, und ich verspreche, das wird nicht wieder passieren. Und ich werde dafür sorgen, dass alle Gerüchte im Keim erstickt werden.“

Er starrte ihre Füße an, während sie redete.

Eiseskälte kam durch ihre tropfnassen Sohlen, doch jetzt, wo sie schon mal angefangen hatte, würde sie nicht aufhören. „Ich hoffe, du vergibst mir. Ich würde es verabscheuen, zu gehen, und dass die Mädchen sich an eine andere Nanny gewöhnen müssen, und ich mag es wirklich …“

Er hob eine Hand, und diesmal schwieg sie mit enger Kehle.

„Ich führe diese Unterhaltung nicht mit dir, während du mit den Schuhen in einer Schneewehe stehst.“

O Gott, sie war auf jeden Fall gefeuert.

„Caleb.“ In ihrer Stimme war das reine Elend. „Bitte lass mich bleiben.“

„Du bist nicht gefeuert. Jetzt ins Haus mit dir“, befahl er grob. „*Sofort.*“

Es war nicht richtig, dass ein Prickeln über sie hinwegging, wenn ihr Job auf der Kippe stand und er einen auf Boss machte.

Sie ließ ihre Hausschuhe stehen, bevor sie auf die Veranda trat. Ihre Socken waren auch durchnässt, darum zog sie sie aus und folgte ihm gehorsam ins Haus.

Er deutete zum Kamin, warf ihr eine Decke hin. „Wickel dich ein.“

Sonst sagte er nichts, ließ sich nur ihr gegenüber auf dem

Sessel nieder. Sie setzte sich hin, wickelte sich in die Decke, die neben ihr gelandet war, die Hände auf dem Schoß, während sie auf den Urteilsspruch wartete.

Caleb holte tief Luft. „Ich habe eine Frage. Nein, zwei."

„Alles."

„Ich habe mich gefragt, ob du in Erwägung ziehen würdest ..." Sein Blick richtete sich fest auf ihren. „Hast du irgendwie Erfahrung mit Buchhaltung?"

Das war nicht die Richtung, die sie von dieser Unterhaltung erwartet hatte. Es war so überraschend, dass Tamara die Frage einfach beantwortete. „Nicht viel mehr als Buchhaltung in der Schule, und ein paar wirtschaftliche Kurse an der Uni. Verwaltungsmathematik. Ich habe Karen geholfen, auf der Ranch die Dinge durchzugehen, aber Lisa ist das Mädchen in Whiskey Creek mit dem Kopf für Zahlen."

Ein leises Geräusch kam von ihm, nicht sein übliches sexy Grollen, sondern eher ein frustriertes Seufzen. „Ich habe mich mit Mathe damals in der Schule nicht sonderlich klug angestellt, und die Buchhaltung macht mich immer noch nicht gerade glücklich."

„Warum heuerst du keinen Geschäftsführer an?"

Seine Lippen zuckten. „Ich würde ihn vermutlich anheuern, um alles auf Vordermann zu bringen, nur damit er mir dann sagt, dass ich ihn feuern muss, weil ich es mir nicht leisten kann, seinen Lohn zu zahlen."

Ein leiser Hauch Sorge traf sie. „Stehen die Dinge so schlimm? Ich meine, ich habe die laufenden Posten geführt, und es tut mir leid, dass ich in deine Privatsphäre eingedrungen bin, obwohl ich mir die Zahlen auch nicht so genau angesehen habe, ich habe sie nur für dich aufgeschrieben." Sie plapperte, und das wusste sie auch. Sie fing sich wieder. „Mein Dad macht es genauso. Tatsächlich glaube ich, jeder, der ein Geschäft hat, das er anfängt, weil er alles andere daran liebt, hat ein Büro wie deines. Der Wollladen meiner Cousine ist eine Katastrophe."

„Würdest du es übernehmen?" Die Worte platzten aus ihm heraus, als wäre ein Stöpsel aus einem Brunnen gezogen worden, strömten über sie hinweg, ernst und aufrichtig. „Ich brauche jemanden, der mir hilft, und wenn du Interesse daran hast, das alles gerade zu rücken, wüsste ich es auf jeden Fall zu schätzen. Ich stelle jemanden an, der herkommt und putzt, wenn du dann mehr Zeit hast. Genau wie vorher – die Mädchen sind deine wichtigste Verantwortung, aber wenn du das als zweites auf deine Liste setzt ... Na ja, vielleicht als drittes, denn ich habe auch gerne was zu essen auf dem Tisch."

Das war gar nicht, was sie erwartet hatte. Sie hatte sich gedacht, sie würde an diesem Vormittag rausfliegen, doch stattdessen bekam sie weitere Aufgaben?

„Mir macht das nichts aus", erklärte sie ihm ehrlich. „Solange dir klar ist, dass ich keine Buchhalterin bin."

Er entspannte sich sichtlich, lehnte sich in seinem Sessel zurück, als könne er wieder atmen.

Nur dass sie noch nicht fertig waren. Nicht wirklich. Sie mussten immer noch das unausgesprochene Riesenthema anfassen.

Wie sollte sie anfangen?

Dann, Wunder, o Wunder, machte er es.

Er hob den Blick zu ihr und sprach so höflich, als stünde er vor einem sehr anspruchsvollen Prüfungsausschuss. „Ich lag gestern Abend völlig falsch. Du bist eine Frau, die in meinem Haus wohnt und es verdient, beschützt und anständig behandelt zu werden. Was ich getan habe, war jenseits von respektlos. Du solltest nicht das Gefühl haben müssen, dich vor mir verteidigen zu müssen, verbal oder körperlich", er hielt eine Hand hoch, um ihren Widerspruch abzuwehren, „was genau das war, was du getan hast, als du den Spieß umgedreht hast. Es tut mir leid."

Also gut. Tamara musste darüber einen Augenblick lang nachdenken. Es war seltsam, dass er sich mehr oder weniger für einen Kuss entschuldigte, der ihre Welt auf den Kopf gestellt hatte, aber ... schön, dass er die Verantwortung für sein Handeln übernommen hatte.

Nur dass es nicht alles an ihm gelegen hatte.

Wenn sie irgendwo in der Nähe war, dann war es niemals ganz die Schuld eines anderen.

„Ich lag auch falsch." Sie holte tief Luft. „Du bist ein gut aussehender Mann, und zwischen uns besteht eine gewisse Anziehungskraft. Aber ..."

„Es wird nicht wieder passieren." Er stand auf. „Ich will, dass du an dem Bürokram arbeitest, lass mich dann einfach nur wissen, was du brauchst. Ich rufe heute Vormittag die Bank an, um sicherzustellen, dass du Zugang zu allen Daten hast."

„Aber ..."

„Ich bin dann weg bis zum Abendessen."

Er war weg.

Von etwas, das wie eine tiefe Verbindung gewirkt hatte, dazu, nicht mal mehr dieselbe Luft zu atmen, in weniger als fünfzehn Sekunden. Tamara lehnte sich zurück und spürte, wie das Zimmer sich um sie drehte.

Er war wirklich der allernervigste Mann, aber sie musste zugeben, dass sie ihn bewunderte, weil er sich an seine Prioritäten hielt. Außerdem war jeder Vormittag, der mit der Erwartung anfing, gefeuert zu werden, und dann nicht so ausging, für sie in Ordnung.

~

Ein lockerer Waffenstillstand stellte sich wieder ein. Zwischen ihnen blieb weiterhin eine gewisse sexuelle Anspannung bestehen, aber sie taten beide ihr Bestes, um sie fest unter Verschluss zu halten. Ihre Abende am Feuer, nachdem die Mädchen ins Bett gegangen waren, wurden zu einer Zeit des tiefen Friedens. Manchmal plauderten sie, manchmal saßen sie nur da.

Caleb redete nicht viel, aber sie mussten das Zimmer nicht mit Unterhaltungen füllen, damit es sich gemütlich anfühlte.

Zum ersten Mal in ihrem Leben lernte Tamara, dass die Stille einen Rhythmus und einen Geschmack hatte. Es war bequem und schön, und anstatt jeden Tag wie verrückt rudernd zu beenden, kroch sie zufrieden ins Bett und war froh über ihre Arbeit.

Zufrieden, bis auf das, worüber *nicht geredet oder auch nur zu sehr nachgedacht wurde*, dieses Verlangen, das sie nach dem großen, ruppigen Rancher verspürte.

Und ihre Tage ...

Erfüllt von Aktivität und Energie, und zwei kleinen Mädchen, die ihr immer mehr Spaß machten, je länger es dauerte.

Tamara ging um eine Ecke, blieb nur wenige Zentimeter stehen, ehe sie in Caleb hineinrannte.

Ihr schneller Halt wurde zu einer Katastrophe, als Sasha und Emma von hinten in sie prallten und sie die letzten paar Zentimeter nach vorne schoben, sodass sie von oben bis unten an Caleb taumelte.

Er war gerade dabei gewesen, einen Schritt zurückzutreten, sodass der kombinierte Schwung der drei ins Nichts führte, und seine Beine einbrachen, und er auf den Boden fiel, während Tamara verzweifelt versuchte, sich abzustützen.

Sie landeten auf einem Haufen. Ein heftiges Knurren kam von Caleb, während Tamara wie die Cremefüllung in einem

Keks endete, Sasha von Herzen lachte und Emma ein Kichern zum Besten gab.

Unter ihr waren hundert Prozent harter, männlicher Körper.

Tamara zwang sich zu einem leichtfertigen Lächeln, während sie versuchte, sich wegzurollen. „Ups. Tut mir leid."

„Wir haben dich erwischt", prahlte Sasha, die sich herauswand und Emma auf die Beine zog.

Caleb fasste Tamara fest an der Hüfte und hob sie hoch.

War das nur ihre Vorstellungskraft, oder war seine Berührung irgendwie zärtlich, ehe sie beide auf die Beine kamen?

„Wird im Haus gerannt?", grollte er.

Tamara hob eine Augenbraue. „Nur Beschleunigung auf hoher Geschwindigkeit für ganz kurze Zeit. Wir haben nicht erwartet, dich so bald zu Hause zu sehen."

„Offensichtlich."

Also gut. Jemand war heute Nachmittag besonders gut gelaunt. „Macht schon, Mädchen. Holt Karotten und Rosinen."

Sie flitzten vorbei, wühlten in der Speisekammer und im Kühlschrank, während Tamara Caleb ihren besten Nanny-Gesichtsausdruck zukommen ließ. „Womit kann ich dir helfen?"

Er wandte sich zur Seite, um unter vier Augen mit ihr zu sprechen. „Ich werde heute zum Abendessen nicht da sein und komme vielleicht erst später zurück. Bringst du die Mädchen heute Abend für mich ins Bett?"

Tamara zögerte.

Caleb seufzte. „Ich weiß, dass das dein freier Abend ist, doch Penny hat gerade angerufen, und ihre Familie hat ein paar Tiere, die sie vielleicht verkaufen wollen. Talisman gibt uns die erste Wahl, aber morgen werden sie weggebracht, darum müssen wir nach Calgary fahren, um sie uns anzuschauen."

Mit Lukes Freundin wurde sie nicht wärmer, außer vielleicht im Sinne einer Dürreperiode. Reiner Frust an Calebs Stelle überkam sie. „Wie nett von ihnen, dass sie euch so viel Vorlaufzeit geben."

Erheiterung kam auf, bevor er sie unterdrückte. „Ja. Ich schätze, Penny hat es vergessen."

Sie hatte nicht die Kraft, ihr wütendes Knurren zu verstecken. „Knalltüte."

Caleb warf einen Blick über die Schulter, wo die Mädchen das Rezept betrachteten, das sie an den Kühlschrank gehängt hatten, und in die Speisekammer flitzten, um die Zutaten ohne Hilfe zu holen. „Ich bin überrascht, dass du dieses Wort gewählt hast."

„Du weißt doch bereits, was ich von dieser Frau halte. Sie muss ja ganz toll im Bett sein. Entweder das, oder Luke steht unter Drogen."

„Tamara", tadelte er, doch seine Lippen zuckten.

„Was? Ich wette auf die Drogen. Sie sieht aus, als würde in ihrem Mund nicht mal Eis schmelzen." Sie hob die Hände und ging einen Schritt zurück. „Aber die Familie züchtet schon edle Pferde. Keine Sorge. Ich kümmere mich um die Mädchen."

„Du kannst deinen freien Tag verschieben ..."

„Genug. Ist schon gut. Nur ... sie hat doch keine ältere Schwester, oder?"

Caleb wirkte verwirrt.

Tamara erzwang ein Lächeln, das ganz und gar falsch war. „Ich glaube nicht, dass du, wenn du dort bist, irgendwas essen oder trinken solltest. Wer weiß, was sie dir ins Essen mischen."

Sie ließ ihn stehen, um wieder zu den Mädchen zu gehen, und leitete sie an, wie man einen gesunden Salat machte, ehe sie das Mini-Marshmallow und die Zutaten für Götterspeise herausräumte.

Es war ein stilles Abendessen mit nur ihnen dreien, zumindest, bis Dustin vorbeischaute, und dann gab es Chaos bis zur Schlafenszeit.

Die Mädchen waren weg und putzten sich die Zähne, als Dustin sich räusperte. „Kann ich dich was fragen?"

Tamara stapelte die Spiele, die sie gespielt hatten, und erhob sich, um sie wegzuräumen. „Was ist denn?"

„Es gibt jemanden, den ich mag, aber ich weiß nicht, ob sie mich mag, und es ist schwer, es herauszufinden, denn ich bin nicht bei vielen Sachen, bei denen sie auch ist."

Dating-Ratschläge mit einem neunzehnjährigen Typen. Das konnte allen möglichen Ärger bedeuten. „Red weiter."

Dustin scharrte mit den Füßen über den Boden. „Na, Caleb lässt nicht mehr so viel Geld springen, darum will ich ihn nicht noch zusätzlich um Geld bitten. Ich versuche, zu sparen, was ich kann, aber das bedeutet, dass ich kein Geld habe, um Leute die ganze Zeit zu schicken Dates auszuführen."

Warnglocken klingelten wie verrückt in Tamaras Kopf.

Als er weitermachte mit: „Sie gehört nicht zu den Leuten, mit denen ich früher in der Highschool abgehangen bin. Sie ist ein wenig" – ein Zögern – „reifer als das", spürte Tamara, wie ihr das Herz in die Hose rutschte.

„Dustin. Ich ...."

Das war auf so viele Arten unangenehm, dass sie nicht wusste, wo sie anfangen sollte. Sie weigerte sich, zu lügen. Sie konnte nicht unmittelbar sagen, dass sie kein Interesse an einer Beziehung hatte, denn die Wahrheit war, dass sie Caleb, wenn er sie gefragt hätte, die Tür weit geöffnet hätte, ganz gleich, was für eine schlechte Idee das war.

Sie war nicht einer Beziehung mit *Dustin* interessiert.

Etwas von ihrem Elend hatte sich wohl auf ihrem Gesicht

gezeigt, denn seine Augen wurden groß und er hob beide Hände, um zu widersprechen.

„Ach, Teufel, nein. Diesbezüglich habe ich meine Lektion gelernt. Du bist eine wirklich tolle Frau, aber du spielst nicht in meiner Liga. Und außerdem habe ich kein Interesse daran, mir die Haut abziehen zu lassen, damit man Lederschnüre daraus macht."

Sie war gerettet, aber immer noch so verwirrt wie eh und je. „Wovon redest du da?"

Dustin räusperte sich, die Mädchen kamen zurück ins Zimmer gelaufen, und das Gespräch war vorbei, zumindest vorerst.

Er nahm die Mädchen in die Arme und umarmte sie fest. „Da euer Daddy heute nicht da ist, wollt ihr, dass ich euch ins Bett bringe?"

Sasha und Emma stimmten begeistert zu.

„Krabbelt schon mal rein. Ich bin gleich bei euch." Sie rasten weg, winkten Tamara zu.

„Das ist nett von dir", sagte Tamara.

Dustin lächelte verlegen. „Mir macht es nichts. Sie sind eher meine kleinen Schwestern als meine Nichten, gewissermaßen, da Caleb uns alle aufgezogen hat." Er schaute sie von oben bis unten an, ein neugieriger Ausdruck auf dem Gesicht. „Du magst ihn, oder?"

Tamara blinzelte überrascht. „Wen?"

„Meinen Bruder."

O je. Nein – das würde sie nicht besprechen. „Natürlich. Caleb ist ein guter Mann und ein wunderbarer Vater."

Dustin legte den Kopf schief und warf ihr einen fiesen Blick zu. „Das habe ich nicht gemeint, und das weißt du auch."

Sie konnte nicht anders. Sie kicherte, ehe sie die Augenbrauen hob und ihm einen betonten Blick zuwarf. „Hast du nicht kleine Mädchen, die darauf warten, dass sie vom Dust-man ins Bett gebracht werden?"

Er hielt inne, seine Miene ähnelte der von Caleb sehr viel mehr als üblich, bevor er aufgab und sich zum Gang wandte.

Einen Augenblick, bevor er aus dem Zimmer trat, brachte seine abschließende Anmerkung sie jedoch erneut ins Taumeln. „Mir würde es nichts ausmachen, wenn du ihn magst."

16

Stille füllte die Winkel des Raumes wie rieselnder Schnee ohne Wind. Da beide Mädchen schliefen und Caleb noch nicht zurück war, setzte Tamara sich ganz gemütlich ins Wohnzimmer und hatte vor, einen entspannten Abend mit ihrem Buch zu verbringen.

Es war allerdings keine leere Stille. Es waren die Geräusche von Frieden und Heimat. Das Feuer knisterte. Irgendwo im Hintergrund sprang die Heizung an, sodass ein leises, wummerndes Geräusch dazukam. Der Geruch nach Schokolade von der letzten Tasse Kakao der Mädchen hing noch zusammen mit dem Holzrauch in der Luft.

Es hätte perfekt sein sollen, doch das war es nicht. Sie warf viel zu oft einen Blick auf Calebs leeren Sessel, Unzufriedenheit machte sich breit. Es fühlte sich merkwürdig an, ohne ihn im Zimmer zu sein, und zu wissen, dass er weg war und Geschäfte mit der Talisman-Familie abschloss, machte es nicht besser.

Sie war stolz darauf, andere Menschen unvoreingenommen einschätzen zu können, doch sie war immer noch nicht sicher, weshalb Luke mit dieser Frau zusammen war. Er hatte einen scharfen Verstand, war witzig, und er schlitterte direkt auf eine Katastrophe zu.

Es war an der Zeit, sich zu sagen, dass sie sich nicht mehr einmischen sollte. Luke war ein Erwachsener. Er konnte seine eigenen Fehler machen. Genau wie sie ihre.

Obwohl sie sich sehr bemühte, dem größten Fehler aller Zeiten aus dem Weg zu gehen ...

Ein Beben lief ihr Rückgrat hinab, als aus dem Gang ein schrecklicher Schrei ertönte, und sie sprang aus ihrem Sessel und raste in Emmas Zimmer. In dem Geräusch hatten Angst und Schrecken gelegen, und sie war nicht sicher, was sie finden würde, als sie das Zimmer betrat.

Was sie bekam, war ein Armvoll kleinem Mädchen, da Emma sich wie ein Geschoss auf sie stürzte und sich an Tamaras Hals klammerte.

Tamara setzte sich aufs Bett und tätschelte ihr den Rücken, beruhigte sie, so gut sie konnte. Emma klammerte sich fest wie eine Klette, weinte, als würde ihr das Herz brechen.

Tamara war nicht sicher, was sie tun sollte. Sie schaute nach Fieber, aber bis auf die Tatsache, dass ihr vom Weinen warm war, ging es dem Mädchen gut.

Doch die Tränen ...

Sashas gespieltes Weinen hatte man leicht ignorieren können, denn es war rein dramatisch und auf Aufmerksamkeit aus gewesen. Das hier war, als würde Emma nicht aufhören können, und als gäbe es nichts, was sie mehr wollte, als sich zu verstecken.

„Liebling. Es ist schon gut. Ich bin ja da, und du kannst weinen, so viel du willst."

Da lief es nur noch stärker als im Augenblick zuvor. Stille, heftige Tränen schüttelten Emmas Körper durch.

„Oh, Kleine, ich weiß nicht, was los ist, aber ich bin da. Ich bin da." Sie nahm Emma fester, eine Hand legte sie um die Hinterseite von Emmas Kopf, um ihr kleines Gesicht an Tamaras Hals zu bergen.

Es dauerte lange, ehe das Weinen in langen, schluchzenden Atemzügen nachließ.

Sie waren fest aneinandergeklammert, doch Tamara hörte Emmas Flüstern kaum. „Schlimmer Traum."

So eine süße Stimme, so voller Elend.

„Er ist vorbei", versicherte Tamara ihr. „Schlimme Träume können dir nicht wehtun."

„Innen tut es weh", beharrte Emma.

Na, da war was dran. „Du hast recht. Manchmal erinnern uns schlimme Träume an Dinge, die uns wehtun, oder an traurige Dinge." Tamara drückte die Lippen auf Emmas Wange und schob sie ein wenig zurück, um gemütlicher zu sitzen. „Willst du darüber reden?"

Es war ein Schuss ins Blaue. Die Tatsache, dass Emma überhaupt so viel gesagt hatte, war einer Wunder.

Und natürlich schüttelte Emma den Kopf, doch ihre Lippen bebten, und ihr Gesicht verzog sich wieder.

Wie war die Etikette, um sich mit schlimmen Träumen zu befassen? Tamara konnte nur einbringen, wie sie damit im Krankenhaus umgegangen wäre. Auf der Kinderstation zu arbeiten, war zu gleichen Teilen gebrochenes Herz und Belohnung gewesen. Ängste wurden oft dadurch verursacht, dass die Kinder nicht wussten, was passieren würde. Oder von Schmerzen durch die Behandlung – echte und vielfältige Schrecken, die kein Kind jemals durchmachen sollte. Sie zu beruhigen und zu trösten, wenn auch nur für kurze Zeit, war jede Minute von Tamaras Mühen wert gewesen.

Tamara legte die Finger unter Emmas Kinn und hob es an, bis sie sich in die Augen schauten. „War es ein grusliger Traum oder eine schlimme Erinnerung?"

„Sie ist nicht mehr meine Mami", keuchte Emma, ehe die Tränen von Neuem begannen.

O mein Gott. Tamara hielt sie ganz fest, wiegte sie sanft, bis das kleine Mädchen sich weit genug beruhigt hatte, um einen weiteren erschütterten Schluchzer zu tun. „Ist schon in Ordnung", wiederholte Tamara immer wieder, obwohl es eigentlich nicht so war.

Was immer Wendys Gründe gewesen waren, um zu gehen, Tamara mochte sie nicht. Kein bisschen.

Es schien ewig zu dauern, denn die geflüsterten Worte kamen zwischen heftigen Weinkrämpfen, doch am Ende erfuhr Tamara irgendwann, dass Emma von der Frau angebrüllt worden war. Gesagt bekommen hatte, dass sie keine Mami sein wollte, und sie sie nicht so nennen sollte, und dass Emma den *Mund halten* musste.

Die Tatsache, dass dieser verbale Angriff im Hühnerstall stattgefunden hatte, erklärte ein weiteres Rätsel, doch das Endergebnis blieb, dass Emma fest daran glaubte, dass Wendy ihretwegen weggegangen war.

„Sie hat gesagt, ich soll aufhören." Emma weigerte sich, den Blick zu Tamara zu heben. „Ich war laut, und sie ist gegangen."

Ein seltsames Gefühl völliger Beherrschung machte sich in Tamara breit, noch während eisige, heiße Flammen durch ihre Eingeweide wogten. Es gab keine Möglichkeit, etwas zu tun, ohne direkt zu sein, aber sie würde sicherstellen, dass Emma die Wahrheit verstand.

Tamara redete sanft. „Mamis gehen nicht, wenn ihre Babys laut sind. Hast du gehört, wie laut das Baby von Tante Dare war, als sie uns besucht haben? Glaubst du, Tante Dare oder Onkel Jesse würden Joey verlassen?"

„*Sie* ist gegangen."

„Nicht deinetwegen. Man trennt sich aus allen möglichen Gründen. Ein Grund ist, wenn jemand krank ist und nicht richtig denken kann. Dann geht derjenige, weil er innerlich zerbrochen ist. Aber du hast niemanden zerbrochen.“

Emma hatte die Finger in Tamaras Hemd vergraben, ihr Gesicht war von Tränen verschmiert. Erschöpfung machte sich allmählich bemerkbar, während sie den Kopf auf Tamaras Brust legte.

„Ich meine es ernst, Emma. Wendy war zerbrochen, und das war nicht deine Schuld oder die von Sasha, oder die von Daddy. Es tut mir leid, dass diese traurige Sache in eurem Leben ist, aber das liegt nicht an irgendwas, was du getan hast.“

Emma ließ mit einer Hand los und strich Tamaras Hemd glatt, als wäre es von höchster Wichtigkeit, alle Falten herauszubekommen.

Sie fing die Finger des kleinen Mädchens in ihren und hob ihre Hand, küsste Emma auf die Handknöchel, ganz sanft. „Du kannst diesen schlimmen Traum weiterziehen lassen. Er ist nicht echt. Echt bist du, und dass du einen Daddy hast, der dich sehr lieb hat, und die beste Schwester der Welt und Onkel und Tanten und Kelli und Ashton und mich, die alle furchtbar gern Zeit mit dir verbringen. Und soweit es uns alle angeht, kannst du so laut sein, wie du willst, obwohl ich bezweifle, dass du so laut sein kannst wie Ene und Mene, wenn sie sich beschweren, dass ihr Abendessen zu spät kommt.“

Ein leises Schnauben kam von Emma, aber sonst nichts, bis ihre Lider flatterten und ein Gähnen sich löste.

„Bist du bereit, zurück ins Bett zu gehen?“ Tamara lehnte sich zurück, als wolle sie sie auf die Matratze legen. Emma packte sie wieder mit eisernem Griff.

Vielleicht noch nicht.

Die einzige Lösung war natürlich, Emma mit sich ins Bett zu nehmen. Aber welches Bett? Das von Emma war viel zu klein, und das war vermutlich kein guter Abend, um zu versuchen, sie in Wendys altes Zimmer zu bringen.

Tamara war unterwegs zum Sofa, um sich zusammenzurollen, als Emma an ihrem Hemd zupfte. „Zu Daddy."

Also gingen sie dorthin.

Es war seltsam vertraut, Emma durch den Gang zu Calebs Schlafzimmer zu tragen. Das Zimmer war immer noch lupenrein sauber, doch Tamara verbrachte keine Zeit damit, sich umzuschauen. Sie zog nur die Decke zurück und legte Emma auf das Kissen.

Das kleine Mädchen hatte wohl sämtliche Worte aufgebraucht, denn sie sagte nichts mehr, klammerte sich nur an Tamaras Hemd.

„Ich bleibe bei dir", versprach Tamara. „Lass mich nur meine Jeans ausziehen."

Sie kroch ins Bett, und Emma rollte sich an ihr zusammen wie ein Kätzchen in einem Nest. Ihre Atmung verlangsamte sich, und der verbleibende Schluckauf rüttelte hin und wieder ihren Körper durch, während sie sich fest ankuschelte.

Tamaras vorherige Ruhelosigkeit war von Traurigkeit und Zorn und dem vor ihr liegenden Problem weggebrannt. Mit dem lieben Kind in ihren Armen ignorierte sie alle Gedanken, die sie überwältigen wollten. Sie konzentrierte sich stattdessen auf dieses Pulsieren der Wärme, das in ihrem Herzen aufkam und immer größer wurde.

Caleb stellte seinen Truck auf Parken, warf dann einen Blick hinüber zu seinem Bruder, der auf der ganzen Fahrt nach Hause merkwürdig schweigsam gewesen war. Dazu kam Calebs typisch spärliche Unterhaltung, und daraus war eine sehr lange, sehr stille Fahrt geworden.

Sollte er etwas sagen?

Ach, zum Teufel. „Du weißt, was du mit dieser Frau machst?"

Luke schaute auf, blinzelte sich aus seinem dumpfen Schweigen wach. „Es tut mir leid, dass Penny einen Fehler gemacht hat und die Verkäufe bereits über die Bühne gegangen sind."

„Sie hat mehr als einen Fehler gemacht, aber ich rede nicht von heute Abend und unserer sinnlosen Fahrerei. Ich rede davon, dass du mit ihr verlobt bist. Warum bist du mit ihr zusammen? Du bist nicht in sie verliebt."

Luke schaute zur Seite, starrte durch die Windschutzscheibe über den See.

„Ich glaube, du musst über ein paar harte Wahrheiten nachdenken." Caleb sprach behutsam. „Sie scheint auch nicht in dich verliebt zu sein. Ihr versteht euch, und vielleicht seid ihr befreundet, aber es wirkt nicht so, als könntet ihr es nicht ertragen, voneinander getrennt zu sein. Dass ihr nicht erwarten könnt, am Ende des Tages wieder zusammen zu sein."

„Und so sieht es aus, wenn man verliebt ist?", wollte Luke wissen. „Denn in diesem Fall, was hast du vor, wegen Tamara zu unternehmen?"

Was zum Teufel?

Luke stieß ein grobes Schnauben aus. „Ja, schau mich bloß nicht so unschuldig an. Du hast den ganzen Abend damit verbracht, auf die Uhr zu schauen, als könntest du es nicht erwarten, hierher zurückzukommen. Du bist ein völliger Stubenhocker geworden, und du solltest dein Gesicht sehen, jedes Mal, wenn du in ihrer Nähe bist."

„Ich weiß zu schätzen, was sie tut. Es ist eine Erleichterung, sie da ..."

„Ich hätte dir vorgeworfen, dass du sie ausziehen willst, aber es ist mehr dran als das. Und ich sage nicht, dass es etwas

Schlechtes ist, aber weißt du, bevor du anfängst, dich in mein Leben einzumischen, solltest du erst mal deines hinkriegen. Denn vielleicht musst du ein paar harte Entscheidungen treffen.“

Der Drang, seinem Bruder zu sagen, er solle aufhören und sich um seinen eigenen Kram kümmern, würde vermutlich nicht gut ankommen, wenn man bedachte, dass Caleb sich gerade erst selbst eingebracht hatte.

Die beiden stiegen aus dem Truck, die Türen wurden mit gut abgepasster Synchronität zugeknallt.

Er schaute im selben Moment hinüber, als Luke aufsah, sie beide runzelten die Stirn, beide stapften vor sich hin.

Beide grinsten sie plötzlich, denn es war zu witzig, um es nicht zu merken.

„Du Esel“, sagte Luke ganz leichthin.

„Du Ziegenbock.“ Es war die fieseste Beleidigung, die Caleb einfallen wollte.

Die Lippen seines Bruders zuckten, bevor er in Gelächter ausbrach. „Wir denken wohl beide zurzeit nicht sonderlich klar.“

„Vielleicht ist das etwas, was wir ändern müssen“, schlug Caleb vor.

„Vielleicht.“ Luke kam näher und legte Caleb eine Hand auf die Schulter. „Wir wollten sowieso keines von den Pferden. Wir sollten uns bedeckt halten mit neuen Ausgaben, bis die Finanzen im Frühling ein bisschen klarer werden. Gewissermaßen hat es sich zu unserem Vorteil ergeben, dass Penny die Verkaufsdaten durcheinandergebracht hat.“

„Wenn du weiter so rumdruckst, kommt dir dieser Silberstreifen am Horizont noch aus dem Arsch“, warnte ihn Caleb.

„Und ich werde darüber nachdenken. Meine Beziehung

mit Penny, obwohl ich nicht glaube, dass es so schlimm ist, wie du meinst. Wir sind beide ein bisschen abgelenkt, das ist alles."

Luke wartete, als wäre es an Caleb, irgendeine große Beichte abzulegen.

Teufel, nein. Dazu würde es nicht kommen. Stattdessen stieß Caleb Luke in die Schulter. „Gut."

Er drehte sich um und ging zurück zum Haus, Lukes Lachen trieb hinter ihm her.

Es war viel zu spät, um zu erwarten, dass Tamara noch wach sein würde, doch er stellte überrascht fest, dass sie nicht wie üblich die Küche aufgeräumt hatte, ihre Tasse und ihr E-Reader waren verlassen im Wohnzimmer. Im Kamin glühten immer noch Kohlen, die Luftklappe war offengelassen.

Er bewegte sich leise durch den Gang, warf einen raschen Blick auf Sasha. Als er die Tür öffnete und Emmas Bett leer vorfand, stand er einen Augenblick lang schockiert da. Sie war dort schlafen gegangen und hatte die Laken in einem Haufen zurückgelassen, aber jetzt war sie nicht da.

Und als er vorsichtig die Tür zu Tamaras Zimmer einen Spalt weit öffnete und auch das leer vorfand, war er noch überraschter. Ein erstes Flackern der Angst machte sich breit.

Er warf einen prüfenden Blick zum Fenster, doch Tamaras Truck stand auf dem Parkplatz, und er glaubte nicht, dass sie Sasha ohne Aufsicht zurückgelassen hätte, wenn sie schnell weggemusst hätte.

Als er die Vermissten in seinem Zimmer vorfand, schickte dass die Anspannung in seinem Herzen ein Stück weiter nach unten, ein Pulsieren in seinen Eingeweiden, als würde dort etwas ringen, während er die beiden schlafenden Gesichter anstarrte.

Tamaras Haare lagen auf dem Kissen ausgebreitet, und Emmas blonde Locken lugten unter den Decken hervor, wo sie sich unter Tamaras Kinn kuschelte.

Es war vielleicht falsch, eine solch urtümliche Reaktion zu haben, wenn er gar nicht wusste, was sie überhaupt hergebracht hatte. Er glaubte nicht, dass Tamara einfach ohne einen guten Grund in seinem Bett auftauchen würde.

Seinem Bett. Bei Gott, Tamara war in seinem Bett. Was würde er nicht darum geben, sie wirklich da zu haben. Er wollte, was am besten für seine Mädchen war, und er wusste, dass sie warten mussten, aber ...

Er *wollte* es einfach.

Er trat näher, wollte sich in aller Stille etwas zum Umziehen schnappen und wieder gehen, doch Tamara wachte auf, ihre großen braunen Augen glänzten im Licht vom Gang, das auf ihr Gesicht fiel. Sie schaute ihm in die Augen, und ihm schlug das Herz bis zum Hals, denn er war ziemlich sicher, dass er darin auch Verlangen sah.

Caleb kam nahe genug, dass er mit den Handknöcheln über ihre Wange streichen konnte, zärtlich. Langsam.

Verboten, und doch hätte er sich um nichts in der Welt aufhalten lassen.

Tamara musste sich bemühen, um sich aufzusetzen, Emma war wie ein Bleigewicht, das sie festgenagelte. Er setzte sich auf die Bettkante und legte ihr einen Arm um die Schultern, damit sie sich hinsetzen konnte.

„Lass mich sie nehmen", bot er leise an.

Sie drehte sich, und Caleb griff nach Emma, seine Hände streiften Tamaras Körper. Ein leises Geräusch kam von ihren Lippen, und sein Körper wurde so angespannt, als hätte sie ihn mit einem elektrischen Viehtreiber angestupst.

Irgendwie schaffte er es, aufzustehen. Er stand einen Augenblick lang da, die Arme voller Emma, während er die Frau auf seinem Bett ansah. Sie hatte die Decke über sich, doch jede Kurve war da. Weiche Schultern, die Haare offen. Warm vom Schlaf, verletzlich ...

So sexy, dass auch ein Heiliger ein wenig länger hätte hinschauen mögen.

Sie sahen sich wieder in die Augen, und er bildete sich die Hitze darin nicht nur ein. Das Verlangen – dasselbe drängende Begehren, das auch in seinen Eingeweiden wogte.

Sie leckte sich über die Lippen, und sie öffneten sich, als wollte sie etwas sagen, als Emma sich wand.

„Daddy?"

Seine ganze Aufmerksamkeit richtete sich auf sein kleines Mädchen. „Genau hier, Krümel. Ich hab dich."

„Ich hatte Angst und war traurig."

„Jetzt bist du in Sicherheit."

„Tamara hat mit mir gekuschelt."

„Das habe ich gesehen. Willst du in meinem Zimmer bei mir bleiben?"

Sie schüttelte den Kopf. „Professor G braucht mich."

Ah. Der Plüschaffe. „Er ist in deinem Zimmer. Willst du mit ihm kuscheln?"

Ein schläfriges Nicken antwortete ihm.

Sie schlief schon zu neun Zehnteln wieder, als er sie auf ihr Bett legte. Sobald er ihr das Plüschtier unter den Arm geschoben hatte, atmete sie lange und fest aus, und ihre Augen blieben geschlossen.

Er saß eine Weile mit ihr da, hörte zu, wie sie ruhig wurde. Dachte an die verstohlenen kleinen Augenblicke, in denen sie geredet hatte.

Die Tatsache, dass sie den Trost von Tamara angenommen hatte, überstieg sein Vorstellungsvermögen.

Als er sich vom Bett erhob und wieder in den Gang trat, war er nicht sicher, was er finden würde, doch er wusste, worauf er hoffte.

Allerdings schien es, dass Engel nur einmal in der Nacht in

seinem Bett erscheinen konnten. Das Bett war wieder gemacht, und Tamara weg.

Er war bereit, ihr zu folgen – machte sogar zwei Schritte auf ihr Zimmer zu, ehe ihm klar wurde, dass er das nicht tun konnte. Das änderte gar nichts.

Doch er wollte es. Er wollte so dringend zu ihr, dass sein ganzer Körper deswegen schmerzte.

Und als er unter die Laken kroch und feststellte, dass sie immer noch warm waren, dass ihr Geruch geblieben war, schubste das seinen Wahnsinn über den Abgrund.

Die Wahrheit ließ sich nicht mehr verleugnen. Er wollte Tamara. Sie war eine gute und kluge Frau. Stark und sexy und stur, und alles an ihr zog ihn an wie eine Flamme eine Motte ...

Er würde Manns genug sein, es zuzugeben, zumindest vor sich selbst. Er hatte eine Heidenangst, dass er sich wieder komplett die Finger verbrennen würde.

Luke hatte recht. Das war mehr als sexuelles Verlangen. Es war näher an dem, was er anfangs bei Wendy gespürt hatte, dieses hoffnungsvolle Durcheinander mit einer Sehnsucht nach einer wunderbaren Zukunft.

Aber wann wurde dieses Potenzial zu *mehr* als einem Traum? Beziehungen waren ein völliger Schuss ins Blaue, wenn es um ihre Dauer ging, und er wusste nicht, ob er stark genug war, um erneut zu scheitern.

Caleb wurde jedoch klar, dass er die Situation nicht ignorieren konnte. An irgendeinem Punkt in den kommenden Tagen mussten er und Tamara ihre Beziehung neu definieren. Er würde mutig genug sein müssen, um zu entscheiden, welchen Weg er einschlagen wollte.

Aber nicht heute Nacht. Nicht in diesem Augenblick. Vielleicht auch nicht, bevor die Feiertage um waren ...

Als würde das Festlegen eines Datums den Druck herausnehmen, konnte er plötzlich wieder atmen. Es war richtig, zu warten – es war so viel los, und alles vor den Feiertagen zu ändern, stand gar nicht zur Debatte.

Aber nun, da er gezwungen war, sich die Situation mit weit geöffneten Augen anzusehen, nahm Caleb zur Kenntnis, dass das ein großer Wendepunkt sein konnte.

Er wollte Tamara. Er traute ihr mit seinen Kindern.

Warum war es so schwer, ihr sein Herz anzuvertrauen?

17

„Sie schlafen endlich." Tamara sprach leise, während sie ins Wohnzimmer schlüpfte, hielt inne, als sie Calebs Gesicht sah. Er schaute den Baum an, ein Dutzend Teile Baumschmuck lagen neben ihm auf dem Tisch.

Reines Elend riss Tamara das Herz aus dem Körper, schnürte es zusammen und legte es dann sehr viel abgeschlagener zurück an seinen Platz. Sie ging zurück und machte extra Lärm, als würde sie gerade erst um die Ecke kommen.

„Ich bin bereit, das Christkind zu spielen", ließ sie sich fröhlich vernehmen, gab ihm Zeit, sich zusammenzureißen.

Es waren ein paar seltsame Wochen gewesen. Seit Emmas Albtraum hatte es sich immer mehr so angefühlt, als wäre im Haus langsam der Druck gestiegen. Sie hatte Caleb mitgeteilt, was Emma ihr erzählt hatte, und er war angemessen verärgert gewesen, und dann fast schon schmerzlich zärtlich mit seinem kleinen Mädchen umgegangen.

Emma hatte sich sehr viel schneller erholt als alle übrigen. Daran war zum Teil die Ablenkung durch die Weihnachtszeit schuld gewesen. Mit weihnachtlichen Veranstaltungen und Geschenke Basteln war immer etwas los gewesen, das sie und die Mädchen aus dem Haus geführt hatte.

Sie hatten allerdings nicht dekoriert, was für Tamara seltsam war. Aber die Tradition der Stones war, dass der Baum am ersten Weihnachtsfeiertag magisch auftauchte, und obwohl es etwas anderes war, überhaupt keinen Schmuck zu haben, verstand sie, weshalb Caleb es so machte. Wenn man wartete bis zum Heiligabend, um sich um den Baum zu kümmern, hieß das, dass es nur eine einzige Deadline gab. In einigen Jahren zuvor war es vermutlich genau auf diese Bemühungen in allerletzter Minute hinausgelaufen.

Die Mädchen waren erstaunlich geduldig gewesen. Geduldiger als Tamara, während sie begeistert an den geheimen Geschenken für jeden in der Familie gearbeitet hatten.

Nun waren sie da, am Heiligabend, und die Magie musste stattfinden.

Caleb schaute ihr in die Augen, und in diesem Moment, anstatt zu seinem reservierten und verschlossenen Selbst zurückzukehren, gestattete er, dass seine Traurigkeit sich zeigte. Dann nickte er rasch und packte mehr Baumschmuck auf dem Tisch aus. „Wenn du den Kessel aufsetzen möchtest, ich hätte gern was zu trinken."

So ein ruppiger, sturer Mann. Was immer ihn verletzt hatte, er würde weitermachen wie üblich und es ignorieren.

Gut. Sie würde alles tun, was sie konnte, um zu helfen. „Ist das eine weihnachtliche Tradition? Heißer Kakao, während du den Baum aufstellst?"

Er hielt inne, ehe ein winziges Lächeln sich hervorstahl. „Um die Wahrheit zu sagen, bist du diejenige, die mich dazu gebracht hat, abends heiße Getränke zu trinken. Ich habe mir früher eher ein Bier geschnappt."

„Also gut, ich schätze, damit bringen wir ein paar neue Traditionen in dein Leben." Sie ging weiter zur Küche, dann setzte sie einen Kessel auf, wie er sie gebeten hatte. „Dieses heiße Getränk wird aber ein wenig mit Schuss sein", warnte sie ihn.

Sie warf einen Blick auf ihn und wurde belohnt, als einen Sekundenbruchteil lang ein richtiges Grinsen auf sein Gesicht trat. Tamara wusste es zu schätzen, als hätte sie einen riesigen Blumenstrauß bekommen.

Sie mochte es, ihn zum Lächeln zu bringen ...

Eine Woge der Klarheit traf sie, und sie stolperte beinahe zurück an die Arbeitsfläche, während ein neues Bewusstsein sich tief in sie hineingrub. Sie wollte diesen Mann nicht einfach. Obwohl sie das tat – völlig und unmissverständlich.

Sie mochte ihn. Sie fand, dass sein aufopferungsvoller Hintern häufig ein paar strenge Worte nötig hatte, und doch konnte sie ihm nicht übel nehmen, welche Dinge ihm wichtig waren und wofür er seine Energie aufbrachte.

Ein selbstloser, aufopferungsvoller, *sturer* Mann.

Sie räumte ein wenig herum, während sie die Getränke vorbereitete, um die Gefühle zu überspielen, die in ihr hochkamen, brachte alles zum Beistelltisch, während er die letzten Lichterketten um den riesigen Baum legte.

Tamara nickte zustimmend. „Ist dieser Baum von deinem Grundstück?"

„Josiahs Wald. Er errichtet einen Wanderweg durch einen Bestand mit Blautannen, aber er hat es nicht eilig. Jedes Jahr fällen wir ein paar Bäume, um ihn ein wenig länger zu machen. In der Zwischenzeit dürfen wir davon profitieren."

Sie beäugte den Stapel mit Baumschmuck. Das meiste davon war selbst gemacht. „Ich sehe, dass die Mädchen fleißig gewesen sind."

„Tu doch bloß nicht so, als hättest du sie nicht ermutigt.

Dare und Ginny haben auch den Großteil des Dezembers damit verbracht, mit ihnen Baumschmuck zu basteln." Caleb grinste sie trocken an. „Und meine Mädchen sind nicht so gut darin, Geheimnisse zu wahren."

„Du hast recht. Morgen werden neue unter dem Baum liegen. Irgendeine besondere Ordnung, wie sie drankommen sollen?" Sie deutete auf die Sammlung.

Er schüttelte den Kopf. „Alles ist in Ordnung."

Die Dinge liefen gut, bis sie ein passendes Set aus silbernen Ovalen nahm. Darauf hielt eine junge Frau ein neugeborenes Baby in den Armen. Die Frau lächelte nicht gerade, obwohl sie sehr hübsch war, und es war klar, dass auf einem Ornament das Baby Emma war, und auf dem anderen Sasha.

Tamara hielt sie fest, starrte die ersten Bilder an, die sie von Wendy sah. Blondes, lockiges Haar, ein hübsch geschwungener Mund. Ihr erster Gedanke war *hübsch* gewesen, doch in den Augen der Frau stand etwas, das auch nicht nur annähernd wie etwas aussah, das Tamara bei einer frischgebackenen Mutter erwartet hätte.

Wendy sah aus, als wäre sie ... *verloren*, als würde sie es nur spielen.

Tamara ging in der Zeit zurück, zu einem Zeitpunkt, als sie diesen Ausdruck schon einmal auf dem Gesicht einer Frau gesehen hatte. Sie öffnete den Mund, um zu fragen, ob Wendy an Wochenbettdepressionen gelitten hatte, beschloss aber, dass das viel zu persönlich war, um es so herausplatzen zu lassen, selbst für sie.

„Mir war niemals klar, was ich mit diesem verdammten Baumschmuck anstellen soll." Die Worte kamen wie eine Beichte von Caleb, leise und langsam. „Es sind die ersten Bilder, die wir von den Mädchen haben, und Dustin hat Geld gespart, um sie uns zu schenken. Dare dachte, ich solle sie deswegen behalten, doch mir hat das niemals so richtig gepasst. Ich habe sie immer in der Schachtel versteckt, damit die Mädchen sie nicht jedes Jahr sehen und wieder an alles erinnert werden."

Caleb starrte den Baumschmuck auf ihrer Handfläche an. Tamara schluckte schwer, ihre Kehle wurde eng. Die Mädchen mochten ihn ja nicht sehen, aber ihn zu behalten bedeutete, dass *er* es tat.

Er starrte weiter nach unten, abgewandt von ihrem Blick. „Sie hat uns verlassen."

Das wusste sie aus der Nacht mit Emma, doch er schien über mehr als das zu reden. Tamara saß reglos auf der Couch, dort, wo er auf dem Boden kniete.

„Emma hatte recht. Wendy ist einfach so weggegangen. Ich wusste, dass sie nicht glücklich war. Zum Teufel, sie hat nur kurze Momente des Glücks erlebt, seit wir *ich will* zu Ende gesagt haben, und anstatt auf große Flitterwochen zu fahren, sind wir hierhergekommen."

„Caleb."

Er schüttelte den Kopf. „Nein, du musst das hören, denn wenn die Dinge morgen schlecht laufen, musst du es wissen."

Panik fuhr durch Tamara hindurch. „Wendy kommt nicht hierher, oder?"

Seine Augen wurden groß. „Teufel, nein." Absolut überzeugt. „Sie hat kein Recht an den Mädchen. Hat sie völlig aufgegeben, aber manchmal kommt es ihr in den Sinn, an Weihnachten anzurufen, oder an ihrem Geburtstag." Er wies auf die Ornamente in ihrer Handfläche. „Wie eine Erinnerung in einer Schachtel, dass alles in sich zusammen gefallen ist. Ich lasse sie nie mit ihnen reden. Sie verdient nicht, an ihrem Leben beteiligt zu sein."

Tamara holte tief Luft, schloss die Finger um das, was Schmerz in Form von Baumschmuck war. Sie legte die andere Hand auf seine Schulter. „Willst du mir davon erzählen?"

Sie erwartete, grob abgewiesen zu werden, vielleicht sogar, dass er aus dem Zimmer ging.

Zu ihrem Entsetzen nickte er. „Sie wollte, dass ich verkaufe. Ich glaube, sie hatte eine ganz andere Vorstellung davon, was es in Wirklichkeit bedeutet, die Frau eines Ranchers zu sein. Oder zumindest, was das für uns in Wirklichkeit bedeutet. Ich konnte sie nicht jedes hübsche Ding kaufen lassen, das sie wollte. Ich konnte es mir nicht leisten, das Haus schicker zu machen. Meine Schwestern versuchten zu helfen, aber sie machten auch die Schule fertig, und Dusty war noch ein Teenager, und ich musste auch für sie ein Vater sein, und ..." Er ließ den Kopf hängen. „Ich schwöre, ich habe es versucht, das habe ich wirklich ..."

Mein Gott. Er fühlte sich so schuldig an allem wie Emma, aus genauso wenig Grund. „Aber natürlich hast du das. Verdammt, Caleb, das ist das Letzte, wovon du mich überzeugen musst. Ich habe gesehen, wie du mit deiner Familie umgehst. Du arbeitest dich ins Grab, um zu versuchen, sie glücklich zu machen. Du hast so viel getan."

„Hat nicht gereicht", murmelte er.

Das unausgesprochene *ich habe nicht gereicht* hing in der Luft.

Mit einer energetischen Explosion schoss Caleb hoch. Er nahm die Verzierungen aus ihren Händen und marschierte in die Küche, und sie sah zu, wie er schweigend den Mülleimer öffnete und die Erinnerungen wegwarf, die Schultern angespannt, der Körper starr.

Tamara wartete, bis er zurückkehrte, sich neben ihr auf der Couch niederließ und ins Feuer starrte.

Sie sehnte sich nach einer Möglichkeit, ihn zu trösten, doch er wirkte nicht, als wäre es an ihr, zu sprechen.

Er war derjenige, der weiterredete. „Als wir zum letzten Mal Kontakt hatten, wohnte sie gerade in Edmonton mit ihrem neuen Mann. Einem Sechzigjährigen mit einem gut gefüllten Bankkonto."

Tamara dachte nicht gern schlecht von jemandem, dem sie noch nicht einmal begegnet war, doch diese Taten sprachen eine verdammt laute Sprache. Mit dem Schwachsinn, den Wendy mit Emma abgezogen hatte, und dass sie Caleb verlassen hatte, um sich einen reichen alten Mann zu suchen, war ziemlich klar, dass das nicht nur ein Missverständnis in der Beziehung war.

Manchmal waren Menschen schrecklich. Und das war hier so.

„Solange sie vollständig und rechtmäßig aus dem Leben der Mädchen verschwunden ist, und aus deinem, halte ich es für vollkommen gerechtfertigt, weiterzuziehen."

„Ich hätte dir all diese Dinge schon vor Monaten erzählen sollen", grollte er. „Ich weiß nicht, ob ich mich dumm angestellt oder versucht habe, dich nicht zu überwältigen, oder mein Ego schützen wollte."

Verwirrung strömte in sie hinein. „Weshalb sollte ich weniger von dir halten, nur weil deine Frau beschlossen hat, dass sie nicht verheiratet sein will? Meinst du wirklich, mir ist die Meinung einer Frau so wichtig, die ihre Töchter verlassen hat?"

„Ich war nicht genug, damit sie bleiben wollte, nicht einmal die Mädchen waren das. Sie wollte keine Mutter sein; sie wollte nicht einmal meine Frau sein." Er starrte den Baum mit leerem Blick an. „Zum Teufel, sie *wollte* mich nicht, Punkt."

Er drehte sich zu ihr um, als wäre er schockiert, dass er diese ganzen Worte ausgesprochen hatte. Sie strich mit der Hand über seine raue, stoppelige Wange, während sie ihn genau beobachtete. Eine kleine Falte hatte sich zwischen seinen Augenbrauen gebildet, die Muskeln unter ihrer Handfläche zuckten leicht, während er ihren Blick erwiderte.

„Vertraue mir, Caleb, bei jeder Frau, die dich nicht *will* – bist nicht du derjenige mit dem Problem. Es ist sie. Es ist hundertprozentig sie."

Sie strich mit dem Daumen über seine Unterlippe, zitterte, als er die Zunge herausschob, um über die Kuppe zu lecken.

Stille umgab sie, bis auf die Musik, die aus den Lautsprechern herantrieb, und das Knistern des Feuers.

Er würde nichts sagen, und sie hatte so ziemlich alles gesagt, was gesagt werden musste, darum beugte sich vor und ließ ihre Lippen einander berühren.

Eine süße, sanfte Zärtlichkeit, gleichzeitig ein Amen und ein Halleluja. Genug, um das Flattern im Herzen etwas schneller werden zu lassen, während sie sich ein kleines Stück vorwärtsschob. Sie würde nicht drängen, doch als sein Geschmack durch ihren Körper wogte, war sie nicht bereit, aufzuhören.

Seine Finger schlangen sich um ihren Nacken und glitten in ihre Haare, griffen fester zu, während er den Kuss vertiefte. Verfestigte. Mit Lippen und Zunge ihre Sinne verführte, und dieser pochende Herzschlag – war kein Pochen mehr. Es raste wie ein Kolben in einem altmodischen Dampfzug, Blut hämmerte durch ihren Körper, nur durch die Verbindung zwischen ihren beiden Händen und Lippen.

Caleb schloss die Finger, zog an ihren Haaren, während er sich drehte und zwischen ihren Beinen auf die Knie kam. Ihren Körper hochschob, sodass sie Brust an Brust waren, ihre Brüste streiften die steinharte Fläche seines Körpers.

Sie hatte davon geträumt, diesen Augenblick zu wiederholen, diesen Kuss – aber sie hatte falschgelegen. Völlig falsch, denn es war nicht nur genug, um alles in ihr auf Hochtouren anzutreiben, sie lief sogar völlig übersteuert. Voller

Sehnsucht und Verlangen, ihre Haut sehnte sich nach seiner Berührung.

Er küsste sie weiter, und ein leises, lustvolles Stöhnen entschlüpfte ihm, als eine zweite Hand um ihren Oberkörper und unter ihr Hemd glitt. Seine große Handfläche drückte sich auf ihren bloßen Rücken und drängte ihren Körper dichter an seinen.

Sie saß schon ganz am Rand des Sofakissens, die Knie weit geöffnet. Sein Körper war zwischen ihren Oberschenkeln, und die dicke Wölbung seines Schwanzes kam in Kontakt mit ihrem sehnenden Innersten.

Ihr völlig gesetzter und anständiger Schlafanzug war süß und dem Festtag angemessen, mit kleinen grünen und roten Schleifen, aber er war dünn, und der Wulst seiner Jeans drückte sich so fest an sie, dass sie verführt war, sich an ihm zu reiben. O Gott, sie wollte sich reiben.

Immer noch hatte sie eine Hand auf seinem Gesicht, und sie hob auch die zweite, damit sie die Hände über seine Schultern gleiten lassen konnte, strich über die starken Muskeln. Glitt mit den Händen vor und zurück, während sie sich wiegte.

Oder versuchte, sich zu wiegen. Er ließ nicht zu, dass sie sich bewegte. Er hielt sie fest aneinandergedrückt, was gut war, aber nicht gut genug. Sie wollte das Ganze ein paar Zimmer entfernt wieder aufnehmen.

In seinem Bett, *ihrem* Bett – es war ihr egal, welches, aber als seine Finger noch ein kleines Stückchen fester zugriffen und ihre Lippen voneinander lösten, atmeten sie, als hätten sie gerade einen Marathon beendet. Sie berührten sich an der Stirn, während er ihr ins Gesicht schaute.

„Das ist dann wohl bewiesen", sagte er leise.

In ihrem Kopf drehte sich alles so sehr, dass sie nicht sicher war, wovon er redete. „Caleb?"

„Ich weiß, dass du mich willst. Ich will dich auch." Er ließ die Hand unter ihrem Hemd hervorgleiten, und sie wimmerte verdammt noch mal beinahe vor Enttäuschung.

Er gab ein leises, beruhigendes Geräusch von sich. „Wir können das nicht. Das weißt du doch."

Sie nickte. „Die Mädchen."

Diesmal war es Caleb, der die Hand an ihre Wange legte. Er strich mit dem Finger über ihre Lippen.

„Ich kann ihnen nicht wehtun", hauchte Caleb. „Sie haben schon zu viel durch Erwachsene mitgemacht, und es ist nicht fair. Ich kann nicht, obwohl ich dich, bei Gott, will. Es ist zu früh. Wir können nicht zulassen, dass sie hoffen ..."

Sie konnten nicht, wenn es nichts Offizielles zwischen ihnen gab, nur diese verruchte Hitze und das Verlangen. Körperliches Begehren war nicht genug, um die beiden kleinen Menschen zu verletzen, die ihr so wichtig geworden waren.

Trotzdem tat es weh. „Ich weiß."

Sie legte eine Hand über seine, hielt seine Hand an ihrer Wange fest. „Du bist ein guter Mann, Caleb Stone. Du hast es auch verdient, glücklich zu sein. Nur für den Fall, dass dir das nie jemand gesagt hat."

Seine Mundwinkel krümmten sich ein winziges bisschen nach oben. „Das werde ich mir merken."

„Gut."

Sie sahen einander an, atmeten dieselbe Luft, und obwohl sie sich nach mehr sehnte ... reichte es. Sie waren zwei Erwachsene, die die erwachsene Entscheidung fällten, das Richtige zu tun.

Sie schmückten den Baum fertig, und die Weihnachtslieder spielten im Hintergrund entsetzlich fröhlich, wenn man den Stein bedachte, den sie im Bauch mit sich herumtrug.

Manchmal nervte es, das Richtige zu tun.

18

Caleb blieb stehen, bevor er hinaustrat, die blinkenden Lichter des Weihnachtsbaums zogen ihn so zuverlässig an wie damals, als er noch ein kleiner Bengel gewesen war.

Er stand schweigend da, das Wohnzimmer erfüllt vom leuchtenden Kerzenglanz einer weiteren Reihe aus Lichtern, die auf dem Kaminsims standen. Glitzernde Silberbänder ließen ihn erneut zum Baum blicken.

Und zwar ein drittes Mal – er war nicht ganz sicher, wie er sie überhaupt gesehen hatte, denn obwohl sie auffielen, waren sie nicht sonderlich groß.

Am Baum hing neuer Schmuck. Auf der Höhe eines kleinen Mädchens, wo Sasha und Emma es bestimmt sehen würden. Silberne Bänder in festen, präzisen Schleifen, die Tamaras Werk so laut kundtaten, als hätte sie es unterschrieben.

Er wusste nicht, wie zum Teufel sie es geschafft hatte, aber sie hatte es getan. In der Zeit zwischen ihrem von seelenraubenden Küssen erfüllten Abend und diesem Morgen hatte Tamara Babyfotos aufgetrieben und einen neuen Baumschmuck mit ihren Namen in Blockbuchstaben gebastelt, mit Sternen und Verzierungen und Glitzer und all dem funkelnden Kleinkram, den sich ein kleines Mädchen womöglich wünschen könnte. Es spielte keine Rolle, dass sie Babys waren, und kaum von jedem anderen Neugeborenen zu unterscheiden, denn es war klar, dass das hier Emma war, und das dort Sasha. Pink- und Violetttöne, Blau und Silber.

Caleb spürte wieder, wie ihm die Kehle eng wurde.

Er marschierte leicht benebelt weg, um seine Aufgaben zu erledigen, das vertraute Gefühl der Tiere, die ihn anstupsten, während er sie fütterte, war ein schöner, gedankenloser Zeitvertreib.

Der Wirbelwind aus Gefühlen in seinen Eingeweiden war viel zu heftig, um geradeaus zu denken. Er musste sich ihm irgendwie seitlich annähern. Sich vielleicht anschleichen.

Gestern Abend hatte er Tamara gesagt, dass sie nichts miteinander anfangen konnten. Und das stimmte – eine Affäre stand nicht zur Debatte, denn das letzte, was er brauchte, war, dass die Mädchen Tamara lieb gewannen, und sie dann ihre Herzen brach.

Deinem Herzen würde das auch nicht allzu gut tun, teilte ihm sein Gehirn mit.

Aber was, wenn sie mehr sein konnte? Was, wenn sie bereit war, für die Mädchen auf Dauer zur Mutter zu werden?

Was, wenn er bereit war, sein Herz aufs Spiel zu setzen?

Er tätschelte Stormy seitlich am Hals. „Was meinst du denn?"

Stormy neigte den Kopf und schnaubte laut.

Caleb lächelte. „Ja. Ich auch."

„Ich dachte, es wäre Josiahs Aufgabe, mit den Tieren zu reden", ließ Walker sich träge vernehmen, die Arme oben auf das Tor gestützt. „Aber ich schätze, solange du keine Antwort bekommst, mache ich mir keine allzu großen Sorgen."

Caleb warf einen Blick auf seinen Bruder. „Hast du nichts zu arbeiten?"

Walker schüttelte den Kopf. „Heute ist der erste Weihnachtsfeiertag, Bruder. Nur die normalen Aufgaben, und ich bin fast schon fertig. Ich habe Tamara versprochen, dass ich ins Haus komme und ihr helfe, das Essen zu kochen."

„Mach dir nicht die Mühe. Ich helfe ihr."

Walker trat zur Seite, als Caleb an ihm vorbeiging und die Eimer auf das Regal zurückstellte, wo sie aufbewahrt wurden.

„Weißt du was?", fragte Walker aus dem Nichts heraus.

Caleb drehte sich um. „Was soll ich denn wissen?"

Walkers Streitlust verflog ein wenig. „Du *weißt* doch. Warum du derzeit so ein Häufchen Elend bist."

Caleb überlegte sich, ob er seinem Bruder auftragen sollte, sich um seine eigenen Angelegenheiten zu kümmern. Mein Gott, seine Brüder waren wie die alten, verkrusteten Rancher, die vorne auf der Veranda des Handelshauses herumhingen – also die schlimmsten Klatschtanten. „Warum bist du nach Hause gekommen?"

Walker blinzelte überrascht. „Oh, fang bloß nicht damit an. Hier geht es nicht um mich ..."

„Warum denn nicht? Ich habe nicht erwartet, dich früher als ein paar Tage vor den Feiertagen zu sehen, wenn überhaupt, und dass du im erstmöglichen Moment wieder abhaust. Stattdessen habe ich gehört, du drückst dich vielleicht bis zum Frühling hier rum." Caleb beäugte Walker genauer. „Was ist passiert?"

Walker verschränkte die Arme und lehnte sich an die rauen Holzbretter des Schuppens. „Du hast nie viel zu sagen, außer du beschließt, dass es an der Zeit ist, jemanden von uns zu löchern. Ist wohl irgendwie was Besonderes, schätze ich. Wenn du mal was rauslässt und so.“

Caleb wartete.

„Du bist so ein Bastard“, beschwerte sich Walker.

Hm. Bis zu diesem Augenblick war er sich nicht sicher gewesen, aber nun war offensichtlich, dass *etwas* passiert war.

„Was ist los?“, fragte Caleb leiser. „Du hast hier immer eine Heimat. Und wenn es irgendwas gibt, mit dem ich dir helfen kann, dann bekommst du es auch.“

Walker senkte den Kopf. „Ich weiß. Und, hey, ich bin zurückgekommen, oder nicht? Ich weiß, dass dir das wichtig ist, obwohl du nicht gerade viel redest.“

„Aber du willst mir nichts weiter erzählen ...“

„Bist du bereit, deine Geheimnisse zu lüften, Bruder?“ Sie sahen einander dümmlich an. Patt. Es gab nichts zuzugeben, bis er den nächsten Schritt ausgetüftelt hatte, im besten Fall zusammen mit Tamara.

Stille umgab Caleb auf dem Marsch rund um das Haus, die eisige Winterluft fuhr ihm durch die Lunge, scharf und schmerzhaft. Zur selben Zeit glitzerte die Welt. Harsch und glänzend hatte der frisch gefallene Schnee die Landschaft rein gezaubert.

Der Schritt in die Küche war, als würde man in eine Umarmung treten, das Haus war von allen möglichen köstlichen Düften und dem leisen Murmeln von Stimmen erfüllt.

Ein begeistertes Quietschen begleitete Emma, die in seine Richtung rannte. Sie blieb einen Meter von ihm entfernt stehen, um vorsichtig zu schnüffeln, ehe sie die Arme um ihn warf. „Es ist Weihnachten.“

Er fing sie in den Armen und warf sie nach oben, Freude zuckte durch ihn hindurch, während ein Lachen von ihren Lippen strömte. „Ist das so? Ich hätte schwören können, es wäre Sommer. Was hat denn der Weihnachtsmann mitten im Sommer hier verloren?"

Sasha war da, klammerte sich an seine andere Seite und drückte fest. „Frohe Weihnachten, Daddy."

Er hob auch sie hoch, ihr erfreutes Kreischen verdrängte die Wärme des Zimmers, denn davon wurde ihm noch wärmer, innerlich wie äußerlich. „Frohe Weihnachten, Schatz. Sind da wirklich Geschenke unter dem Baum?"

Zwei Köpfe nickten. Sie wanden sich, um freizukommen, und er stellte sie ab und blieb stehen, um sich die Stiefel auszuziehen, während er in das Wohnzimmer spähte. „Der Baum sieht ja toll aus", sagte er zu Tamara, die unter einer Decke eingewickelt auf dem Sofa saß, eine Tasse in der Hand, und in ihren Augen stand Freude.

„Es ist unfassbar", erwiderte sie. „Einen Augenblick lang war er nicht da, dann *Puff*. Im nächsten schon."

Emma blieb ein paar Sekunden an Tamaras Knie stehen, ehe sie ihr auf den Schoß stieg, als würde sie dorthin gehören. Aber erst als sie eine Hand an Tamaras Ohr legte, wurde Calebs Kehle eng und drohte sich ganz zu verschließen.

Tamara schaute ihm in die Augen, während Emma etwas flüsterte, und warf ein freundliches Lächeln in seine Richtung, ehe sie ihre Aufmerksamkeit wieder seiner Tochter zuwandte und entschieden nickte. „Ich bin mir sicher, Santa hat die Sachen gefunden, die du gemacht hast. Du solltest dir die Päckchen anschauen und nachsehen, ob auf einem davon der Name deines Daddys steht."

Caleb stand noch einen Augenblick da, ehe seine Füße ihn durch den Gang trugen, wo er ohne ein Wort in seinem Zimmer verschwand.

Er stützte die Hände an die Tür und kämpfte um Beherrschung. So sollte es sein, wenn man eine Familie hatte. So sollte ein Weihnachtsmorgen aussehen – und die schiere

Tatsache, wie falsch er in der Vergangenheit gewesen war, drohte ihn zu ersticken.

Er holte ein paar Mal tief Luft, versuchte, das Alte zu verdrängen. Wendy gehörte nicht mehr zum Leben der Mädchen. Das war schon seit ein paar Jahren so, und sie konnte nicht herkommen und ihnen wehtun.

Tamara hatte ihm gezeigt, dass er dieses Recht hatte.

Er zog seine Arbeitskleidung aus, und eine echte Mischung aus Freude und Schmerz wirbelte durch seine Eingeweide. Für die Mädchen würde das das beste Weihnachtsfest aller Zeiten werden, aber trotzdem ...

Weshalb hatte er das Gefühl, dass in seinem Inneren ein schmerzendes, hohles Loch war?

Das gemäßigt laute Haus wurde viel lärmiger, während der Vormittag voranschritt und der Rest der Familie eintraf, die Hintertür sich immer wieder öffnete, als seine Brüder sich ihnen anschlossen.

Dustin trug eine Nikolausmütze, die Papiertüte mit Geschenken, die er in der Hand hielt, wurde begierig von Emma unter den Baum gestellt. Sasha zerrte ihn weg, um sich beim Tischdecken für das kommende Essen helfen zu lassen, und Geheimnisse in Form eines leisen Flüsterns gingen zwischen ihnen hin und her, während sie arbeiteten, der schlaksige junge Mann und seine lebhafte Nichte.

Walker hängte seinen Cowboyhut an einen der Haken an der Tür, bevor er mit kleinen, in Alufolie gewickelten Päckchen vortrat, die er vor jedem Platz am Tisch ablegte.

Luke marschierte herein, als sie sich gerade bereit machten, um sich zum Essen hinzusetzen, sein Arm voller Päckchen. Penny war nicht bei ihm.

Tamara beäugte ihn. „Wo ist deine Verlobte?"

Luke blinzelte und blickte auf, weil er gerade die Mädchen umarmt hatte. „Penny? Ach, sie sagte, ich soll sie entschuldigen, aber sie schafft es nicht. Sie versucht, heute Abend zu kommen, aber es gab irgendetwas, um das sie sich für ihren Dad kümmern musste, darum kann sie erst später los."

Er zuckte mit den Schultern.

Caleb fragte sich, ob es Luke wirklich nichts ausmachte, oder ob sein Bruder ihnen etwas vorspielte und seine Enttäuschung verbarg.

Tamara schob sich an Caleb vorbei, während sie tonlos murmelte. „Ich hasse diese Frau. Hackfresse. Miese, miese Hackfresse."

Calebs Lippen bebten, aber er schaffte es, sich davon abzuhalten, geradeheraus zu lachen. „Das ist kein besonders weihnachtliches Gefühl", murmelte er zurück.

„Sie löst bei mir nicht gerade viele wohlige Gedanken aus, aber mir war irgendwie klar, dass sie das machen würde." Sie drehte sich um, strich wie zufällig an ihm vorbei, kniff ihn in den Arm, ehe sie eine Nummer auf ihrem Handy drückte. Er wartete mit großer Neugier, bis sie jemandem einen Befehl zubrüllte. „Ich habe gewonnen. Schwing deinen Hintern hier rüber."

Er hob eine Augenbraue, doch Tamara steckte ihr Telefon weg und tätschelte sich mit einem zufriedenen Lächeln die Tasche. „Ich habe so gerne recht."

Caleb fragte sich, ob er den Raum irgendwie vorwarnen sollte, aber es war ja nicht er, den sie sich hier vorknöpfte, und er würde seinen Bruder nicht retten.

Als Kelli fünf Minuten später durch die Tür kam, während sie Tamara einen bösen Blick zuwarf, konnte Caleb nicht anders. Er grinste unverhohlen, besonders, als Luke mitten in dem innehielt, was er tat. Seine Augen wurden groß, ehe sein träger, halb geschlossener Blick wieder da war.

Es schien, als würde die freundliche Fehde zwischen den beiden fortgesetzt.

„Okay, alle zum Tisch", befahl Tamara, und die nächsten fünf Minuten waren vom Geräusch rückender Stühle und übervoller Teller erfüllt, die auf den Tisch gestellt wurden.

Eine erstaunliche Auswahl an Essen begrüßte sie. Caleb griff nach dem ersten Servierlöffel, und erst da fiel ihm auf, dass der halbe Stapel aus Tellern neben Tamara wartete. Sie arbeitete an seiner Seite, tischte die Hälfte von allem auf, bevor die Teller im Kreis herumgereicht wurden, und langsam bekam jeder etwas.

Wie es Tradition war, hatte sich Ashton ihnen angeschlossen, und er saß mit einem großen Grinsen auf dem Gesicht am Tisch, das im Verlauf der Mahlzeit nur noch größer wurde.

Sie aßen, bis Caleb sich gar nicht mehr vorstellen konnte, noch einen weiteren Löffel zu nehmen. Das war die Stelle, an der Sasha stolz einen Kuchen brachte, den *sie* gemacht hatte, und sie mussten alle noch etwas mehr essen.

Luke kochte den Kaffee, und während sie die letzten Leckereien verzehrten, präsentierte Ashton sein Geschenk, das darin bestand, dass er seinen Geigenkasten öffnete und ein paar Lieder für sie fiedelte.

Der darauffolgende große Applaus war Dustins Schlagwort, um sich in einen riesigen Elf zu verwandeln und anzufangen, die Geschenke von unter dem Baum zu verteilen. Die Lautstärke im Zimmer wurde größer, Geschenkpapier flog in alle Richtungen, und durch all das zwang Caleb sich, nicht dauernd Tamara anzuschauen, während er herausfand, was das aufgeregte Quietschen seiner Kinder ausgelöst hatte.

Sie beendeten alles mit den kleinen Alufolie-Päckchen, die Walker vor jeden Teller gestellt hatte.

Caleb hob ein kleines schwarzes Gerät heraus, das darin versteckt war. „Irgendwas für den Computer?"

Sasha verdrehte die Augen. „*Daddy*. Das ist ein USB-Stick.

Das heißt, Onkel Walker hat uns Bilder oder so was geschenkt. Man steckt ihn in den Computer, dann kann man sie downloaden."

Caleb nickte zu den ernsten Mienen auf Emmas und Sashas Gesichtern. „Gut, dass ich euch habe, um mir damit zu helfen." Er wandte sich an seinen Bruder. „Rodeobilder?"

Walker war damit beschäftigt, sein Besteck gerade hinzurichten. „So was in der Art."

Caleb schlang die Finger darum und nickte. „Dankeschön."

Emma glitt an Walkers Seite und umarmte ihn fest, und er hielt sie einen Augenblick lang, die Augen geschlossen, Zufriedenheit auf dem Gesicht.

Spiele wurden hervorgeholt, und weitere Musik aufgelegt. Der Nachmittag wurde zum Abend. Alle, die noch einmal etwas essen wollten, beluden ihren Teller mit den Resten und erhitzten sie in der Mikrowelle. Dustin holte sich eine dritte Portion.

Sie gingen abwechselnd nach draußen, um ihre Pflichten zu erledigen, und kehrten in die Wärme des Hauses zurück, als könnten sie es nicht ertragen, den Festtag verstreichen zu lassen.

Zwanzig Minuten nach der Schlafenszeit nickten zwei kleine Mädchen auf der Ecke des Sofas fast schon ein, doch ihre Augen leuchteten vor Glück, und Caleb wollte sie noch nicht in ihre Zimmer schicken. Also saßen sie zusammengekuschelt da und schauten die weihnachtlichen Lichter und die Familie an, die immer noch im Haus war.

Luke, Kelli und Ashton plauderten angeregt, der ältere Mann saß auf dem Absatz vor dem Feuer, während Kelli auf dem Boden saß, ihre Hände gestikulierten wild. Dustin spielte vorsichtig mit Ashtons Geige herum, während Walker ihn neckte.

Caleb ließ sich dorthin treiben, wo Tamara saß und mit dem Puzzle spielte, das Dustin ihr geschenkt hatte, und ließ sich auf der Armlehne ihres Sessels nieder.

„Danke." Er wollte so viel mehr sagen. Wie etwa, danke dafür, dass sie ihm einen Tritt in seinen dummen Arsch verpasst und ihn zu einem besseren Vater gemacht hatte. Danke dafür, dass sie sich um seine Familie kümmerte und dafür sorgte, dass es ihnen so gut ging und sie so glücklich waren wie möglich.

Doch er brachte die Worte nicht heraus.

Sie legte das Puzzle zur Seite, neigte den Kopf und schaute auf. „Das war ein schöner Tag."

„Morgen zu deiner Familie."

„Und deiner", stellte sie klar.

Sie und die Mädchen waren unterwegs in den Norden nach Rocky Mountain House zur jährlichen Versammlung des Coleman-Clans am zweiten Weihnachtsfeiertag, wozu die neue Familie seiner Schwester und Tamaras Familie gehörte.

Zu seinem Entsetzen freute er sich darauf, was ihm gar nicht ähnlich sah. Die Vorstellung einer Menschenmenge mit so vielen Fremden hätte ihn sonst rückwärtsgehen und seine Beschützerinstinkte übersteuern lassen. Seine kleinen Mädchen in diese Situation bringen? Niemals ... früher.

Denn obwohl es laut und trubelig und voller Menschen sein würde, war er ziemlich sicher, dass sie sich bemühen und seine Mädchen herzen und freundlich necken und allen ein gutes Gefühl geben würden.

Diese Sache mit dem Vertrauen machte irgendwie süchtig. Es schien, dass er jedes Mal, wenn er sich ein wenig geöffnet hatte, belohnt worden war ...

Er fragte sich, ob er sich darauf einstellen sollte, sich bald zu ducken, denn nichts ging jemals so lange so gut, ohne kehrtzumachen und ihn ins Gesicht zu schlagen.

Doch dieser hohle, leere Ort in ihm hatte sich in den letzten Stunden gefüllt, und er kannte den Grund dafür.

Genauer gesagt kannte er den Grund, *wer* das getan hatte, und sie beobachtete ihn genau. Ihr Gesicht war entspannt und zufrieden, doch in ihren Augen stand eine Frage.

Er brach den Blickkontakt ab und hoffte, seine Gefühle stünden ihm nicht zu eindeutig ins Gesicht geschrieben. Er nickte höflich, dann stand er auf und ging zu Walker und Dustin, die versuchten, Ashton zu überreden, noch etwas auf der Geige zu spielen.

Vielleicht ...

Vielleicht hatte Tamara mit noch etwas recht. Vielleicht war es an der Zeit, etwas zu tun, das *ihn* glücklich machen würde. Er musste nicht wissen, was in einem Jahr sein würde.

Morgen wäre schon ein guter Anfang.

19

Soweit Caleb sich erinnerte, war das das erste Mal, dass er am Tag nach Weihnachten mehr Geheimnisse hatte als am Tag davor.

„Gibt es da irgendwelche anderen kleinen Mädchen wie Emma und mich? Die Zwillinge sind nicht so alt wie wir, aber sie sind nett." Sasha schob sich nach vorne und lehnte sich an die Rückseite seines Sitzes. „Können wir in die Scheune? Ich will die Kätzchen sehen. Haben sie Ziegen?"

„Bist du angeschnallt?", unterbrach Tamara.

Sasha wurde nicht langsamer, aber sie glitt ein paar Zentimeter zurück. Caleb hörte das Klicken, als sie den Gurt wieder schloss. „Können wir Schlittenfahren? Haben wir Pflichten, während wir da sind? Falls ja, und falls es Hühner gibt, kann ich mit den Hühnern helfen, dann muss es Emma nicht machen. Stimmt's, Emma? Womit würdest du gern helfen, wenn wir Pflichten erledigen müssen?"

Caleb warf einen Blick in den Rückspiegel, damit er beobachten konnte, wie Emma leise zu Sasha sprach, ehe sie sich umdrehte und Tamara auf die Schulter tippte.

Tamara drehte sich im Sitz. „Ja, Liebling? Hast du eine Aufgabe, bei der du helfen möchtest? Obwohl ich glaube, du musst dir keine Sorgen machen, denn wir gehen zu einer Feier. Wir werden nicht lange genug dort sein, um bei den Pflichten zu helfen."

Caleb nahm den Blick kurz vor der Straße, als ein Flüstern von Emma herübertrieb, zu schwach, als dass er es hätte verstehen können.

„Nein, du musst mit niemandem reden, wenn du nicht möchtest. Manchmal sagt meine Schwester Karen tagelang kein einziges Wort, aber das liegt eher daran, dass sie sich manchmal arschig verhält."

„Tamara!" Entsetzen klang in Sashas neunjähriger Stimme an. „Das ist nicht nett."

Tamara lachte ehrlich überrascht. „Dass sie sich arschig verhält? Das Wort oder das Gefühl? Ich liebe meine Schwester, aber manchmal tut sie das einfach." Tamara wandte sich bittend an Caleb. „Bitte sag, dass ich arschig sagen kann."

„Ich schätze, ich habe das Wort in der letzten Minute dreimal gehört, darum glaube ich nicht, dass du Schwierigkeiten damit hast, es zu sagen."

Ein Kichern kam vom Rücksitz.

Tamara zwinkerte, ehe sie sich wieder umdrehte. „Denkt daran, Tante Dare wohnt jetzt bei meiner Familie, darum bin ich sicher, dass sie allen erzählt hat, was für tolle kleine Mädchen ihr beiden seid, aber falls irgendjemand seine Manieren vergisst, oder ihr eine Pause braucht, dann kommt zu mir oder Daddy oder Tante Dare. Und hey, ihr könnt euren neuen Cousin Joey wiedersehen. Er ist bestimmt sehr viel größer als beim letzten Mal."

„Er wird noch nicht laufen können", informierte sie Sasha, als wäre damit die Diskussion beendet. „Ich will mit den Zwillingen spielen."

Tamara wandte sich zurück, ein tiefzufriedenes Seufzen kam von ihr, ehe sie ihr Lächeln Caleb zuwandte. „Ich bin froh, dass du einverstanden warst, zu fahren. Für einen Tag ist es ziemlich lang, aber es wird guttun, alle zu sehen. Ich bin mir sicher, dass Dare das auch zu schätzen wissen wird."

Bevor er sich davon abhalten konnte, nahm er ihre Hand, die zwischen ihnen auf der Konsole lag. „Ich dachte mir, das wäre das beste Weihnachtsgeschenk, das ich dir machen kann. Die Jungs übernehmen meine Aufgaben, also haben wir es nicht eilig mit der Rückkehr."

Er drückte ihre Finger, dann zwang er sich dazu, loszulassen, klammerte sich ans Lenkrad und starrte nach vorne, als wäre es das erste Mal, dass er diesen Abschnitt der Straße sah, und nicht das millionste Mal.

Caleb spürte, wie sie ihn anschaute, aber es war zu früh, um sein Blatt zu zeigen. Er blieb konzentriert, bis Tamara aufgab, abgelenkt von etwas anderem.

„Hey, ich habe etwas mitgebracht." Sie schüttelte es in der Luft. „Wartet mal, bis ihr das hört."

Es war der USB-Stick, den Walker ihnen geschenkt hatte, und sie schob ihn ins Armaturenbrett des Trucks und spielte an den Knöpfen herum, während er amüsiert zusah. „Du nimmst mich auf den Arm. Ich wusste nicht, dass der Truck das kann."

„Ja, gut, ich wusste nicht, dass dein Bruder das kann." Sie drückte auf Play, dann drehte sie die Lautstärke hoch. Sie waren mitten in einem Country-Song, vertraute Worte, während eine einfache Gitarre im Hintergrund gespielt wurde, keine ganze Band, aber die Melodie war einprägsam, und der Vortrag solide. Er tippte mit den Fingern im Takt. „Nicht schlecht. Ich hoffe, das ist keine Raubkopie."

„*Daddy*. Das ist Onkel Walker", tadelte Sasha ihn.

Caleb lauschte schockiert, aber nach ein paar weiteren Takten war klar, dass seine Tochter die Wahrheit sagte. „Okay, das ist komisch. Ich wusste, dass er singen kann, aber das ist gar nicht mal so schlecht."

„Das ist besser als gar nicht mal so schlecht. Du hast mir nie erzählt, dass Walker ein Sänger ist."

„Ist er nicht. Ich meine ..." Er deutete auf das Radio und die Musik, die aus den Lautsprechern kam. „Okay, ist er, aber er hat nie irgendwas anderes gemacht als uns zu helfen, Happy Birthday zu singen, ohne dass den Leuten die Ohren bluten."

Tamara grinste. „Na dann, ich halte das für ein ausgesprochen großartiges Weihnachtsgeschenk."

„Ich auch", ließ sich Sasha vernehmen. „Vielleicht kann ich Onkel Walker und Ashton nächstes Jahr dazu bringen, zu meinem Geburtstag zu spielen."

Caleb warf einen Blick auf Tamara. „Da ist noch lange hin. Planst du bereits deine Party?"

„Kelli sagt, es ist wichtig, weit im Voraus zu planen, und nicht mit raushängendem Schwanz erwischt zu werden. Kelli sagt, fehlende Planung von anderen ist kein Grund, dass sie neben die Spur kommt." Ihre verwirrte Miene war im Rückspiegel deutlich zu sehen. „Daddy, was heißt neben die Spur kommen?"

Gott sei es gedankt, dass das der Ausdruck war, über den sie mehr wissen wollte. „Es bedeutet, dass Kelli bedenken sollte, dass kleine Leute gut hören."

Tamara kicherte und überspielte es mit einem Husten.

Er war so verführt, wieder hinüber zu greifen und ihre Hand zu nehmen, es war entsetzlich.

Er hatte immer noch keine Ahnung, was in den nächsten vierundzwanzig Stunden geschehen würde, aber wenn die Dinge so liefen, wie er hoffte, würden sie beide ein sehr nettes nachträgliches Weihnachtsgeschenk bekommen.

~

Es war gut, alle aus der Familie wieder zu sehen, die ganze Truppe versammelt bei den Moonshine-Colemans.

Ihre Tante und ihr Onkel hießen sie willkommen, aber wie bei jeder Versammlung am zweiten Weihnachtsfeiertag waren mehr Leute da als nur die Familie.

Nachdem sie sichergestellt hatten, dass die Mädchen den anderen Kindern in ihrem Alter vorgestellt worden waren, wurde Tamara von ihren Schwestern entführt und in einen Winkel gezerrt, wo sie die Mädchen sehen konnte, aber sie und Lisa und Karen offen miteinander reden konnten, ohne dass jemand mithörte.

„Du hast ja ein breites Lächeln auf", stellte Lisa fest. „Geht es dir immer noch gut in Heart Falls?"

Karen gab ein unflätiges Geräusch von sich. „Das ist eine unnötige Frage. Halten wir uns an das Wesentliche, worauf wir echte Antworten benötigen. Was ist los? Du siehst aus, als hättest du Geheimnisse, und das ist absolut nicht gestattet. Erzähl es uns sofort, oder wir entlocken es dir mit Folter."

Bei Gott, Tamara würde irgendwann einen Grund haben, sie zu erschießen.

Zum Glück konnte sie gewissermaßen ehrlich antworten, denn es war *nichts* los. Überhaupt nichts. „Nichts anderes, als dass ich eine hervorragende Nanny bin."

Karen und Lisa wechselten Blicke, ehe sie zurückschauten und sich dichter heranbeugten. „Definiere hervorragend."

„Nein, definiere erst *Nanny*", forderte Karen. „Gehört zu deiner Jobbeschreibung ausgiebige Zeit unter vier Augen mit jemandem, der über zehn Jahre alt ist?"

Tamara winkte ab. „Ihr seid doch schrecklich. Es ist nichts ... passiert."

In ihrer Beichte lag ein ausreichend großes Zögern, dass sie verloren war. Ihre Schwestern stürzten sich wie Raubvögel auf eine hilflose Feldmaus. Wollten wissen, wer und was und besonders wann.

Nur dass nach dem zweiten Ansetzen Karen plötzlich die Bremse anzog. „Wir ziehen dich auf, aber das liegt daran, dass wir dich lieben. Irgendwas ist nicht in Ordnung."

Tamara zögerte. Das waren ihre Schwestern. Wenn sie mit ihnen nicht über das Wichtigste reden konnte, das in ihrem Leben los war, dann war es furchtbar.

„Ich weiß nicht, was los ist", gab sie zu. „Moment, ich weiß es doch. Caleb und ich sind so richtig ernsthaft heiß aufeinander, aber es wäre in jeglicher Hinsicht falsch, damit etwas anzufangen. Die Mädchen brauchen nicht noch mehr Chaos in ihrem Leben, und darum, obwohl zwischen uns jede Menge Chemie abgeht, machen wir das Richtige und ignorieren es vorerst."

Sie sagte es ruhig und meinte jedes Wort ernst, aber je näher sie der letzten Aussage kam, desto schwerer fiel es ihr, zu sprechen, bis sie aufhörte, weil ihre Kehle ganz eng wurde, und Tränen kommen wollten.

Zu ihrem Entsetzen kam ein Schluchzen über ihre Lippen, und sie drehte sich im Stuhl, damit niemand sehen konnte, wie sie sich zum Narren machte.

Karen lehnte sich zurück, als würden sie über irgendetwas Unwichtiges reden. Lisa drehte auch ihren Stuhl, verstellte die Sicht von der anderen Seite, ein Arm lag ganz nebensächlich über ihren Schultern, als sie sie fest umarmte.

Tamara schnappte nach Luft, kämpfte darum, ruhig zu bleiben. „Tut mir leid. Ich weiß nicht, warum das passiert."

„Vielleicht weil diese heiße, chemisch eingeleitete Leidenschaft zwischen euch beiden etwas mehr ist?"

Tamara nahm ein Taschentuch aus ihrer Tasche und wischte sich die Augen ab. „Ich kenne den Mann doch erst seit

Oktober. Das ist kaum genug Zeit, dass sich irgendetwas anderes als Lust entwickelt.“

„Offiziell habt ihr euch im Juli kennengelernt“, erklärte Lisa, „was heißt, dass du schon seit über sechs Monaten von ihm Tagträume hast. Stell dich der Sache, Schwester, vielleicht ist das ein Fall von: Wenn es richtig ist, ist es richtig.“

„Liebe auf den ersten Blick? Das gibt es im echten Leben nicht.“

Karen beugte sich auf ihrem Stuhl vor und stieß ein tiefes Seufzen aus. „Ja, klar. Du hast recht, niemand hat sich je das Herz von jemandem brechen lassen, den sie nur ganz kurz kannte.“

Lisa und Tamara starrten sie schockiert an.

Karen lächelte sie schwach an. „Falls du dich damit irgendwie besser fühlst – und das ist der einzige Grund, weshalb ich eine so am Ego nagende, die Seele aussaugende Wahrheit rauslasse.“

Lisa schaute zwischen ihnen beiden hin und her. „Okay, wir müssen ein Treffen der Whiskeytiere abhalten, damit ich die Wahrheit aus euch beiden herausbekomme, aber“, sie hob einen Finger, „das wird warten müssen bis nach der Weihnachtssaison, denn im Augenblick hat Tamara Größeres vor, als unsere Neugier zu befriedigen. Und ich kann mir die Einzelheiten von Karen holen, wenn wir allein sind.“

„Das kannst du probieren“, schnaubte Karen.

Lisa legte die Hände auf Tamaras Schultern. „Wie wäre es, wenn ich dir etwas erzähle, mit dem du dich ein bisschen besser wegen deiner unerwiderten Liebe fühlst?“

Tamara zischte sie an, sie solle still sein. „Man möchte meinen, du hättest in deinem Alter inzwischen gelernt, wie man eine leise Stimme benutzt.“

Lisa winkte ihnen, damit sie sich näher zu ihr beugten. „Als dein Boss mich gestern Abend kontaktiert hat, um die

Einzelheiten für das Coleman-Treffen am zweiten Weihnachtsfeiertag zu besprechen, hat er es so eingerichtet, dass die Mädchen bleiben und uns ein paar Tage besuchen können.“

Die ganzen seltsamen Gespräche über Pflichten und Schlafmöglichkeiten ergaben plötzlich einen Sinn. „Oh. *Darüber* haben sie geredet. Das ist toll. Die Mädchen haben Dare vermisst, und wenn wir eine Weile dableiben ...“

„Nein.“ Lisa schüttelte den Kopf. „Hör *zu*. Die Mädchen bleiben ein paar Tage da, aber du und Caleb fahrt heute Abend zurück.“

Entsetzen fuhr durch sie hindurch. „Warum?“

Lisa streckte ihr die Zunge heraus. „Ach, weil er gerne seine Pflichten erledigt, und er hat in den zweieinhalb Monaten, seit du bei ihnen wohnst, vergessen, wie man selbst Kaffee macht. Ich weiß nicht, warum, er hat es mir nicht genau erklärt, aber er schien es so einzurichten, dass die Mädchen hierbleiben, und du und er fahren zurück nach Heart Falls, ohne zwei kleine Anstandsdamen.“

Nachdem sie sich sorgfältig über die Augen gewischt hatte, um sicherzugehen, dass sie nicht mehr verweint aussah, drehte sich Tamara, um in das Zimmer schauen zu können. Nur die Hälfte des Clans war da, die andere Hälfte war draußen vor dem Fenster sichtbar, wo sie in einem Winterwunderland spielten oder rund um das riesige Lagerfeuer saßen, das ihre Cousins aufgeschichtet hatten.

Caleb war drinnen und redete mit seiner Schwester Dare und ihrem Cousin Jesse.

Ihre Blicke begegneten sich quer durch das Zimmer ...

Nichts.

Es war nicht, als wäre das ein magischer Moment. In seinen Augen leuchteten keine leidenschaftlichen Flammen. Er zwinkerte nicht, er bot auch keinerlei Hinweis, warum er sich wohl so ins Zeug gelegt hatte, um die Pläne zu ändern, ohne ihr etwas zu sagen.

„Ich glaube tatsächlich, ihr könntet recht haben", murmelte sie. „Dass er mich da haben will, damit ich für ihn koche und aufräume. Wäre das nicht der Wahnsinn? Ich mache mir Hoffnungen, und dann darf ich ein leeres Haus genießen, in dem ich zwei Tage lang masturbieren kann."

Lisa kicherte.

Karen wirkte ein wenig schockiert. „Mein Gott, ich kann nicht glauben, dass du das gerade gesagt hast."

„Was, masturbieren?" Tamara schaute ihre ältere Schwester entsetzt an. „Du bist so prüde, aber ich vergebe dir, denn ein gebrochenes Herz nervt so richtig."

„Wie immer eloquent."

„Ganz gleich, wie sehr es schmerzt, die Wahrheit ist schön." Tamara schloss einen Augenblick die Augen, dachte über diese neue Wendung nach. Es war gleichermaßen wunderbar und entsetzlich.

Was *wollte* sie?

Sie warf noch einen Blick durch das Zimmer, musterte Caleb genau. Breite Schultern unter dem ordentlichen Jeanshemd, das er trug, die Arme vor der Brust verschränkt, während er zuhörte, wie Jesse und ihr Onkel Mike sich unterhielten.

Die drei Männer waren perfekte Beispiele für die Stärke und maskuline Schönheit, die man unter den Ranchern fand. Jesses gutes Aussehen mit dem kantigen Kinn und dem Schalk, der in seinen dunklen Augen glänzte. Onkel Mikes Haare waren von Silber durchwirkt, doch die Familienähnlichkeit war bei ihnen so stark ausgeprägt, als würde man sich jüngere und ältere Bilder desselben Mannes ansehen.

Und dort in der Mitte stand Caleb, nicht ganz so jung, nicht annähernd so alt, aber die Jahre der Verantwortung hatten ihm das Aussehen eines reifen Mannes verliehen, auf den man sich auf jeden Fall verlassen konnte, und das war etwas, das sie bewunderte.

Zuverlässig, aber teuflisch sexy. Das ließ sich nicht leugnen.

Aber wollte sie ihn für eine Affäre, oder für etwas sehr viel Langfristigeres?

Völlig egal – sie würde sich nichts vormachen. Sie wusste, was sie wollte.

Die Frage war, was wollte *er*? War das nur eine Gelegenheit, um die sexuelle Spannung abzubauen, die sie in den Wahnsinn trieb, wie Lisa nahegelegt hatte?

Oder wollte er mehr?

Sie öffnete die Augen und lächelte ihre Schwestern an. „Na, wie es auch ist, ich werde mich wohl in den nächsten Tagen ziemlich befriedigt fühlen. Ruft mich nicht an, schreibt mir nicht, und um Gottes willen, Lisa, such dir nicht diese Woche aus, um dir meine Anmerkung zunutze zu machen, dass dir meine Tür immer offensteht. Denn wenn du auftauchst, während ich gerade etwas Unterhaltsames mache, dann schläfst du bei den Ziegen.“

Lisa senkte den Kopf. „Ich bin einverstanden mit all deinen Bedingungen, nur mit einer nicht. Wir erwarten, dass du uns zumindest eine Nachricht schickst, denn wenn ich falschliege ...“ Sie verzog das Gesicht. „Okay, das ist unmöglich. Ich liege niemals falsch, darum vergiss, dass ich das gesagt habe. Schreib uns trotzdem.“

Karen schlug sie auf den Arm. „Du bist so eine verzogene Göre.“

„Du liebst mich, ganz bestimmt.“

Tamara liebte sie beide. „Warum ist dieses Zeug so schwer? Dieses Zeug mit Beziehungen, meine ich.“

Zwei glitzernde Augenpaare schauten sie an. „Damit wir wissen, dass es sich am Ende lohnt?", schlug Lisa vor.

„Damit wir einen Grund haben, Eis zu essen, selbst mitten im Winter", war Karens Vorschlag.

Tamara sah durch das Zimmer auf den Mann, von dem sie hoffte, dass sie ihn vor dem Ende dieses Abends in eine Situation bringen konnte, die mehr war als Boss und Nanny. Sie war bisher immer mit den Füßen voran in alles hineingesprungen.

Vielleicht würde das Wasser kalt sein, aber hoffentlich würden die Stromschnellen sich lohnen.

20

Lisa reichte ihr ein leuchtend buntes Päckchen, das etwa so groß war wie eine Flasche Whiskey, aber sehr viel leichter. „Öffne es erst, wenn ihr im Auto und auf dem Weg nach Hause seid", befahl sie, ließ die Arme um Tamara gleiten und umarmte sie. „Du hast es verdient, glücklich zu sein", erklärte sie ihr streng.

„Danke, kleine Schwester. Wenn du rausfindest, was Karen für eine Laus über die Leber gelaufen ist, lass es mich wissen, ja? Wir Mäuse vom Whiskey Creek müssen zusammenhalten."

Lisa verdrehte die Augen, ehe sie ihr einen Kuss gab und zurücktrat. Sie musterte das Zimmer, bis sie Emma fand, die sie hochhob und an sich zog. „Ich bin dran mit Kuscheln."

Sie verabschiedeten sich von Sasha und Emma, die vor Begeisterung ganz aufgeregt waren, dass sie bei der erweiterten Familie übernachten durften. Gutenachtküsse und Umarmungen und Winken folgten, dann waren sie wieder draußen. Es war neun Uhr abends, und eine lange Fahrt lag vor ihnen.

Eine große Frage stand im Raum.

Caleb hielt ihr die Tür auf, während sie einstieg und sich ein wenig unwirklich vorkam. Ausgerechnet jetzt von allen Gelegenheiten, in denen sie sich gewünscht hatte, den Mut zu haben, zu einem Schluss zu springen, konnte sie es einfach nicht.

Was, wenn er tatsächlich nach Hause fahren und ein wenig Zeit in Ruhe verbringen wollte, ohne die Mädchen?

Sie hatten kaum den Ort verlassen und waren nach Süden unterwegs, als Caleb sich verlegen räusperte. „Tut mir leid, dass ich dich nicht vorgewarnt habe."

„Ich bin überrascht, dass die Mädchen so lange still gehalten haben. Jetzt verstehe ich die ganzen Fragen über Pflichten besser."

Sie musterte sein Profil, und ihr Blut kam in Wallung, während er schluckte, seine Kehle hüpfte auf und ab.

„Ich habe nachgedacht. Ich habe fest nachgedacht, und ich will keinen Druck auf dich ausüben, aber du weißt, was für ein Problem wir am Heiligabend hatten?"

Problem? „Kannst du klarstellen, was du meinst? Denn ich erinnere mich an eine Menge Sachen, die am Heiligabend los waren."

Er räusperte sich wieder. „Ich glaube, dass du und ich dasselbe wollen, wenn es um den Schutz der Mädchen geht." Er griff herüber und nahm ihre Finger, und diesmal verdreifachte sich ihr Puls. „Aber du und ich haben noch etwas anderes, was wir dringend wollen. Ich dachte, wir könnten einige dieser Bedürfnisse stillen, ohne die Sachen für die Mädchen komplizierter zu machen."

Du liebe Zeit. „Du willst rummachen?"

Er drückte ihr fest die Finger. „Rummachen. Das klingt wie etwas, das wir damals in der Highschool getan haben, und ich habe nicht die Absicht, dass wir beim Küssen aufhören, oder beim Streicheln."

Du liebe, liebe Zeit.

Es war schon sinnvoll, denn diese Sache zwischen ihnen war so riesig und leicht entflammbar, dass sie sich nicht vorstellen konnte, damit fertig zu werden, indem sie sich verstohlen um eine Ecke schlichen und auf das Beste hofften. Aber sie wollte nicht nur ein wenig Aufregung wegrubbeln. „Caleb, ich habe es ernst gemeint. Ich will den Mädchen nicht wehtun, sie sind mir inzwischen wichtig, und wenn du und ich uns auf dieses ...“

„Heftige Bedürfnis, zu ficken?“, warf er ein.

Eine Hitzewoge traf sie direkt zwischen den Beinen. „Ja, so könnte man es auch ausdrücken. Ich will nichts machen, das dazu führt, dass du mich feuern willst. Die Mädchen haben das nicht verdient.“

Sie hatte das nicht verdient, aber für den Augenblick würde sie bei den Mädchen bleiben.

Caleb strich ihr mit dem Daumen über den Handrücken. „Ich habe nicht vor, dich zu feuern. Aber wir sind noch nicht bereit, von dem Punkt, an dem wir sind, dort hinzugehen, wo wir eines Tages sein wollen, und ich kann mich nicht mehr länger davon abhalten, dir zu zeigen, wie sehr ich dich wirklich will.“

Ein herrlicher Ansturm von Endorphinen strömte durch ihren Körper. Tamara dachte, es wäre besser als jedes high, das sie je erlebt hatte. „Also fahren wir nach Hause und lassen die Dinge zwischen uns zu ihrem natürlichen Finale kommen?“

Er warf einen Blick herüber, und was sie vorhin zu sehen gehofft hatte, das ganze Feuer und Verlangen und die Leidenschaft versengten sie, als wäre sie Feuerholz, und mit einem *wusch* ging sie in Flammen auf.

„Ist mir recht“, erwiderte Tamara.

Und dann saßen sie unglaublicherweise da. Hielten Händchen im Auto, während er über den Highway fuhr.

Tamara rutschte auf ihrem Platz herum, während sie eine angemessene Erwiderung im Kopf durchging. Denn, ja, es wäre ein wenig heftig, einfach den Truck anzuhalten, an die Seite der Straße zu fahren und loszulegen.

Auf der anderen Seite war das nicht die schlechteste Idee, die sie je gehabt hatte.

Ablenkung. Sie brauchte eine Ablenkung.

Ihr Blick fiel auf das bunt verpackte Geschenk, das Lisa ihr gegeben hatte, und sie riss das Papier auf, wodurch, wie sie erwartet hatte, eine Kiste zum Vorschein kam, in der normalerweise eine Flasche Jameson Whiskey gewesen wäre.

Als sie die den Deckel anhob und das Packpapier mit festlichem Aufdruck aufriss, fielen Dutzende Päckchen mit Kondomen auf ihren Schoß. Bunt gefärbte, mit Geschmack, mit Textur – extra groß.

Sie schob die Päckchen zurück in die Kiste, so schnell sie konnte, unter ihren Fingern knisterte der Kunststoff.

Es schien, als hätte sie jetzt nicht nur das Motiv, sondern auch die Mittel.

„Caleb?"

Er knurrte eine Antwort. Wenn sie es nicht besser gewusst hätte, hätte sie angenommen, er würde etwas Langweiliges machen, wie sich zum Beispiel eine Zeitschrift mit Traktoren anzusehen oder zu planen, wie viel Heu man auf dem Feld im Süden aufschichten sollte.

Aber ein rascher Blick nach rechts zeigte ihr die Wahrheit. Seine Finger auf dem Lenkrad waren weiß, sein Griff so fest, dass sie mehr oder weniger hören konnte, wie das Leder widerstrebend aufschrie. Vielleicht war seine legendäre Selbstbeherrschung doch nicht ganz so unerschütterlich, wie er sich das gewünscht hätte.

Oh, sie hoffte definitiv, dass sie das nicht war.

„Könntest du mal ranfahren, bitte?"

Er runzelte die Stirn. „Brauchst du schon einen Halt?"

Sie schüttelte fröhlich den Kopf. Dann wackelte sie mit einem von Lisas Weihnachtsgeschenken vor ihm, wo er es sehen konnte. „Ich glaube, wir sollten dieses kleine Abenteuer lieber früher anfangen, als zu warten, bis wir nach Hause kommen."

Caleb fluchte, riss den Kopf nach vorne und konzentrierte sich auf die Straße, als hätte sie ihm eine Pistole an den Kopf gehalten. „Tamara. Ich nehme dich nicht im gottverdammten Truck."

Sie ließ eine Hand seinen Arm hinaufgleiten, legte die Finger fest um seine Schulter, ehe sie wieder nach unten strich und seinen Bizeps streichelte. „Warum nicht? Ich habe kein Problem damit, mich dir in einem Truck hinzugeben. Oder, falls du dich damit besser fühlst, könnte ich *dich* nehmen."

Der Motor brüllte kurz auf, als er besonders fest aufs Gas trat, bevor er sie anknurrte: „Wir können warten."

Aber der unerschütterliche Caleb zappelte.

Tamara schob die Hüfte auf dem Sitz nach vorne und öffnete ihre Hose.

Sein Blick huschte zur Seite. „Mach das nicht."

Tamara zog ihr T-Shirt hoch, um ihren Bauch zu zeigen, dann hob sie eine Hand an den Mund und leckte über die Finger, ehe sie sie in ihre Hose gleiten ließ. Sie spannte die Fingerknöchel an, damit sie durch den Stoff ihrer Jeans sichtbar waren. „Ich glühe nur vor."

Er war hin und her gerissen, das konnte sie erkennen. Die Augen auf der Straße, mit gerade ausreichend Seitenblicken, um zu bemerken, dass sie ihn wahnsinnig machte. Teufel, sie machte sich selbst wahnsinnig, strich stetig mit den Fingern über ihre Klitoris, bis ein leises, lustvolles Geräusch ungebeten über ihre Lippen kam.

Caleb bog mit dem Truck vom Highway ab, holperte über eine dunkle Seitenstraße auf ein paar Bäume zu.

Tamara ließ ein Lächeln durchschimmern, hob ihre Hand zu ihm hinüber und bot ihm ihre Finger an. „Willst du mal schmecken?"

Er stieg auf die Bremse, brachte den Truck schlitternd zum Stillstand. Er rutschte um neunzig Grad gedreht herum, um quer in einer Sackgasse geparkt zu enden. Dann war er schon um das Fahrzeug herum, riss ihre Tür auf und löste ihren Sicherheitsgurt, während er sie an sich zog. Er nahm ihre Lippen für sich ein, küsste sie hart und besitzergreifend und schnell, bis ihr ganz schwindlig wurde.

Caleb griff nach unten und zog ihr die Hose aus, riss sie herab bis zum oberen Rand ihrer Stiefel, bevor er auch ihre Unterwäsche wegzerrte. Er schubste sie zurück auf den Sitz, holte ihre Hüfte nach vorne und bedeckte sie mit dem Mund.

Von null auf hundert – das bisschen Aufwärmen, das sie sich gegönnt hatte, war nichts im Vergleich mit der Berührung seiner Zunge auf ihrem Geschlecht. Er bediente sich wie ein Verhungernder, die Stoppeln auf seinen Wangen rieben über ihre Oberschenkelinnenseiten. Ein sinnliches Schleifpapier, das ihre Lust hochschnellen ließ, während er rasch die Zunge an ihr bewegte. Starke Finger bohrten sich in ihren Hintern, während er sie zu seinem Mund hob.

Im Nu hatte er ihr einen Orgasmus abgerungen, ihr Körper bebte, während er nach der Kiste auf dem Fahrzeugboden tastete. Caleb riss den Deckel ab, und bunte Rechtecke flogen in alle Richtungen. Er hatte ein Kondom offen, zog es über seinen Schwanz. Er trat auf das Trittbrett, richtete sich aus und glitt hinein.

Langsam. Die Augen auf ihr Gesicht gerichtet, während er sich in sie schob. Hart und heiß und dick und o ja, es fühlte sich gut an.

Tamara fluchte, hob die Knie. Sie hatte vor, ihre Fußgelenke zu packen, damit er mehr Platz hatte, doch ihre Jeans hing an ihren Stiefelrändern, und sie endete in einer seltsamen schiefen Schmetterlingsposition, während er ihre Körper vereinte, sodass er sie weiter anfüllte, als sie es je zuvor gewesen war.

Er schloss die Augen, ein Schauer erfasste seinen ganzen Körper, während er sie an den Hüften packte und sie aneinanderpresste.

Vertraut und mehr als perfekt. Obwohl sie sich nur kurz geküsst hatten, obwohl sie alle ihre Kleider noch trugen und einen seltsamen Ort für ihr erstes Stelldichein gewählt hatten, war es perfekt.

Die Wirkung von zweieinhalb Monaten Vorspiel ließ sich nicht leugnen.

Und als Caleb die Hüfte zurückzog, ging die Perfektion einfach weiter. Tamara griff nach unten und packte ihn an den Handgelenken, damit sie auch etwas beitragen konnte. Spannte sich an, als er nach vorne stieß, bog den Rücken durch und seufzte vor Vergnügen, während er sich hinein und heraus arbeitete.

Immer und immer wieder.

Kalte Luft strömte durch die Tür herein und wirbelte um sie herum, als der Dezemberwind über den Rocky Mountains drehte. Eine vom Gletscher berührte, nach Eis riechende Brise, die normalerweise dafür gesorgt hätte, dass sie zum Haus rannte, doch ihr war heiß. Glühend, brennend heiß, während er auf sie herabsah, sein eiserner Griff hielt ihre Hüfte.

Wieder baute sich Lust auf, die nach ihrem ersten Orgasmus niemals ganz nachgelassen hatte, und sie ließ seine Hand los, um mit den Fingern über ihre Klitoris zu streichen und die Dinge zu beschleunigen. Stärker, fester ... aber noch nicht ganz im Ziel, bevor er sich von Kopf bis Fuß anspannte, sich an sie presste und hilflos pulsierte, während er kam. Die Erlösung packte ihn und schüttelte ihn, und sie konnte nicht einmal enttäuscht sein, dass sie nicht ein zweites Mal dran gewesen war.

Es fühlte sich trotzdem so verdammt gut an, und wenn sie sich nicht irrte, war das nur die erste Runde.

Sein Kopf senkte sich, seine Brust bebte, während er unstet atmete. „Verdammt."

Tamara seufzte glücklich. „Das fasst es so ziemlich zusammen."

Er schaute sie unter seinen Augenbrauen hervor an, ein schwaches, zufriedenes Lächeln spielte um seine Lippen. Sonst sagte er nichts, beugte sich nur vor und drückte den Mund in einem sanften, zärtlichen Kuss auf ihren. Kalte Luft wirbelte um sie herum, sein Schwanz war so hart, dass sie ihn inmitten des Prickelns spürte, und sie konnte sich gar nichts Besseres vorstellen.

Außer zu wissen, dass das erst der Anfang war.

Er würde sich nicht entschuldigen.

Wäre es irgendeine andere Frau gewesen, zu einer anderen Zeit, wäre Caleb entsetzt von seinem Mangel an Selbstbeherrschung gewesen. Aber als er sie zurück auf den Highway und den Weg nach Hause fuhr, grinste Tamara auf dem Platz neben ihm so verdammt dreist.

Wenn man bedachte, wie gut er sich fühlte, war das kein Zeitpunkt, um sich zu entschuldigen.

Er fragte sich allerdings beinahe, ob er träumte, denn sie hatte seinem Vorschlag sehr viel schneller zugestimmt, als er erwartet hatte. Es war nicht so, als würde er das nur für heute wollen – nur für jetzt. Er musste immer noch diesen letzten

Schritt gehen und ihre Beziehung offizieller machen. Bis man dorthin kam, sah die Entfernung zwischen zwei Orten sehr viel größer aus, als sie sein sollte.

Es war wie die Stelle draußen auf Silver Stone, wo der Fluss im Weg war, und selbst wenn die Pferdeunterstände, die er sich ansehen sollte, weniger als fünf Minuten voneinander entfernt waren, war es wegen des Flusses eine Stunde, außer, er wollte nass werden.

Außer, er wollte sich den Stromschnellen stellen, die um ihn herumwirbeln und vielleicht sogar die Kontrolle verlieren lassen konnten.

Tamara ist nicht Wendy.

Tamara war direkt, ganz Energie und Dreistigkeit, während sie nach seiner Hand griff, ihre Finger ineinander verschränkte, und ihm ein völlig befriedigendes Lächeln zuwarf. Er spürte, wie er zur Erwiderung lächelte.

„Ich kann das besser", erklärte er ihr. „Ich fühle mich wie ein Anfänger, der versucht, dich irgendwo in einer Gasse hinter einem Nachtklub zu verführen."

„Caleb Stone. Ist das etwas, das du oft gemacht hast? Unschuldige junge Dinger hinter Kneipen verführen?"

Er schüttelte den Kopf. „Ganz ehrlich? Ich war niemals so sehr daran interessiert, in die Bar zu gehen. Luke, Walker und ich gingen gelegentlich schon, und nachdem Josiah in die Gegend gezogen war, gingen er und ich. Aber zum Großteil habe ich damit aufgehört, nachdem ..."

Sie streichelte die Finger, die sie festhielt, zärtlich. „Sag mir, ich soll zur Hölle fahren, wenn du möchtest, hast du irgendjemanden, mit dem du über Wendy reden kannst?"

Seine gute Laune verflog leicht. „Ich versuche, nicht an sie zu denken."

„Was auch sinnvoll klingt, und ich verstehe das. Ich bin sehr viel glücklicher, wenn ich nicht an alles denke, das dazu geführt hat, dass ich gefeuert wurde, aber es gibt Zeiten und Situationen, da wäre es sehr viel leichter – ich weiß nicht. Ich schätze, ich will einfach, dass du weißt, dass du mit mir über sie reden kannst. Ich werde dich nicht für Fehler verurteilen, die du gemacht hast, falls du überhaupt einen gemacht hast, und ich sage nicht, dass es so war." Sie drückte seine Hand und richtete sich neu aus. Stieg aus ihren Stiefeln und nahm die Füße hoch auf den Sitz neben sich, während sie sich ihm zuwandte.

„Weshalb wurdest du gefeuert?" Es war nicht das Thema, und ja, eine Möglichkeit, sich zu schützen. Aber er wollte wissen, wie sie reagieren würde.

Wie es sich erwies, mit völliger Aufrichtigkeit. „Auf dem Papier ist der Grund, dass ich die Schweigepflicht zwischen Patient und Arzt missachtet habe, als ich meiner Freundin erzählt habe, dass ihre Mutter Krebs im Endstadium hatte. Der echte Grund ist, dass ich einen Mann in einer Machtposition angepisst habe, indem ich mich geweigert habe, seinem Schwanz zu huldigen."

Caleb riss die Wasserflasche von seinem Mund weg und hustete, während er versuchte, den Schluck loszuwerden, den er gerade getrunken hatte. Gott sei es gedankt, dass er es nicht alles auf die Innenseite der Windschutzscheibe gespuckt hatte.

„War das ein wenig zu offen? Ich bin ein paar Mal mit einem der Ärzte ausgegangen, aber letztlich war er nicht so witzig, wie ich mir gedacht hatte. Und ich konnte nicht widerstehen, ihm eine Antwort hinzupfeffern, als klar wurde, dass er dachte, er hätte das Recht, mich herumzuschubsen."

Caleb wischte sich die Lippen trocken, bevor er sie anschaute. „Du? Antworten hinpfeffern?"

„Ein Schock, oder?"

Einen Augenblick lang war er still. Das war was ziemlich Heftiges, das sie falschgemacht hatte. „War es das wert? Nicht der Teil, Antworten hinzupfeffern, sondern dass du es deiner Freundin erzählt hast."

Tamara nickte. „Sie hatte bereits ihren Vater an den Krebs verloren. Es war so eine lange, sich hinziehende Krankheit, die für die ganze Familie die Hölle war, was der Grund war, weshalb ihre Mutter ihre Diagnose geheim gehalten hat. Aber ich kenne Allison. Ich weiß, dass sie noch verzweifelter gewesen wäre, nur wenige Stunden entfernt gelebt zu haben, anstatt diese letzten Tage mit jemandem verbracht zu haben, den sie liebte."

Ein paar Augenblicke war es in der Kabine still, bis auf die Räder auf dem Straßenbelag und die Luft, die vorbeirauschte, während sie durch die Dunkelheit fuhren.

„Selbst in dem Wissen, dass ich gefeuert werden würde, würde ich es wieder so machen." Tamara redete leise, starrte vorne durch die Windschutzscheibe. Es gab da draußen nicht viel bis auf weiße Linien an der Seite der Straße und eine gepunktete gelbe Überholspur, die in einem Herzschlag vorbeiflackerte. Schwach rote Heckleuchten blinzelten in weiter Ferne.

So still es war, wirkte die Kabine, als wäre sie von Leben und Energie und starken Gefühlen erfüllt. Es lag alles an *ihr* – Tamara.

Vielleicht war das der Grund, weshalb Caleb feststellte, dass er ihr Dinge erzählte, die er gar nicht erwartet hätte. „Wendy ging nicht gerne in die Bar. Ich glaube, dass ihr dort vielleicht zu viele Leute waren, was bedeutete, dass sie in einer Menge nicht auffallen würde. Mir war es nicht so wichtig, dass sie es gern hatte, wenn ich sie zum Mittagessen ausführte, während wir zusammen ausgingen. Ginny, Dare und Dustin waren damals in der Schule, darum musste ich keine Babysitter bestellen und jemanden organisieren, der zu Hause was zu essen kocht. Wendy und ich sind drei Monate ausgegangen, bevor wir geheiratet haben."

Tamara pfiff leise. „Das ist stürmisch."

Er seufzte schwer. „Sie wurde schwanger."

„Oh."

Vielleicht war dieses Beichten etwas Gutes für die Seele. „Das war zum Teil der Grund, weshalb ich nicht zu begeistert war, als meine Schwester schwanger wurde. Ich wusste, dass es schlecht ausgehen könnte."

Tamara schüttelte den Kopf. „Ich glaube nicht, dass du dir um deine Schwester Sorgen machen musst. Jesse und Dare sind beide zu hundert Prozent bei dieser Beziehung dabei. Wolltest du, dass deine Ehe funktioniert?"

„Natürlich. Ich bin überhaupt erst mit ihr ausgegangen, weil ich dachte, wir würden gut zusammenpassen." Was für ein Narr er gewesen war.

„Und so, wie ich dich kenne, hast du dich bemüht, damit es auch so kommt. Ich glaube nicht, dass ihre Schwangerschaft der Todeskuss für eure Beziehung hätte sein müssen, wenn sie gewollt hätte, dass es funktioniert. Das hat zwischen dir und Wendy gefehlt, zumindest von meinem Standpunkt aus. Du hast gegeben und gegeben, und sie nicht."

Hatte sie nicht. Caleb hatte kein Gegenargument.

Das war nicht, wo er erwartet hatte, dass ihr Gespräch hinlaufen würde, und trotzdem fühlte es sich richtig an. Dann, weil Tamara Tamara war, stürzte sie sich direkt wieder zurück in die Unterhaltung und brach auf die andere Seite durch. „Du hattest keinen Sex, seit sie gegangen ist, oder?"

Es hatte nicht viel Zweck, zu lügen. „Das erklärt, warum ich so rasch unterwegs war."

Tamara kicherte. „Jedes Techtelmechtel, das damit endet, dass ich zumindest einmal komme, ist ein Gewinn. Verkauf dich nicht unter Wert. Ich hatte Spaß."

„Ich auch."

Und verdammt, sie machte natürlich weiter. „Wie viel Sex hattest du denn vorher?"

„Tamara."

„Was? Ich versuche, mich auf die nächsten achtundvierzig Stunden vorzubereiten."

Er musste sich bemühen, um nicht zu lächeln. Er dachte über ihre Frage nach, und es war einfach. „Nicht viel."

„Definiere nicht viel."

„Was zum Teufel willst du? Was spielt das denn für eine Rolle?" Das hatte er nicht einmal Josiah erzählt. „Emma wurde im April sieben. Füge neun Monate hinzu. Du bist diejenige, die für mich Sachen ausrechnet."

Er musste zugeben, dass der Strom an Flüchen, die diese Beichte auslöste, befriedigend war.

Sie griff nach seiner Hand und hielt sie fest, verschränkte ihre Finger fest ineinander. „Na dann. Ist schon gut, dass ich meine Vitamine genommen habe."

Darauf gab es nicht wirklich eine Antwort.

Dann hörte sie auf mit den peinlich offenen Fragen. Er machte sich Sorgen, dass der Rest der dreistündigen Fahrt irgendwie unangenehm werden würde, oder schlimmer, eine stetige Versuchung, auf den Seitenstreifen zu fahren und sie noch einmal zu nehmen.

Stattdessen beschloss sie, sich seine Meinung zu einer ganzen Reihe von Haushaltsfragen zu holen, auf die sie aufholen mussten, zog ein kleines Notizbuch aus ihrer Tasche und ging eine genaue Liste durch. Aktivitäten für die Mädchen, Fragen über die Ranch und die finanzielle Seite der Dinge. Zum Teufel, sie hatte sogar Ashtons Geburtstagsfeier auf der Liste.

Die ganze Zeit über hielten sie sich an den Händen. Er

hatte nicht erwartet, dass sich dieser einfache Akt so riesig anfühlte. So vertraut.

Eine Stunde später schloss Tamara das Buch mit einem zufriedenen Geräusch. „Das nenne ich mal ein gut abgeschlossenes Geschäftstreffen. Und die Party ist geplant."

„Kelli wird sich freuen."

Tamara lachte, während sie seine Finger drückte und dann kurz losließ, damit sie ihr Notizbuch wegräumen konnte. „Was ist denn ihre Geschichte? Klingt, als würde sie schon sehr lange auf Silver Stone arbeiten."

Er nickte. „Sie ist irgendwann mal im Frühling aufgetaucht, als wir gerade unterbesetzt waren. Ich dachte, Luke hätte sie angeheuert, er dachte, es wäre Ashton gewesen, und Ashton dachte, ich hätte sie auf die Gehaltsliste gesetzt. Keiner von uns war es gewesen, aber sie war da, saß auf dem Pferd und erledigte Vollzeitarbeit, also ließen wir sie weitermachen."

„Das ist ein bisschen komisch, oder? Ich meine, es gibt nicht so viele Ranch-Helferinnen, aber ich meine eher die Tatsache, dass sie kaum aus der Highschool raus war."

Caleb warf einen Blick zu ihr, doch Tamara wirkte nicht besorgt, eher fasziniert und neugierig. „Erzähl es ihr nicht, aber ich habe mich bei der Polizei nach ihr erkundigt. Es kam nichts heraus. Ich dachte mir, dass sie ihre Gründe hätte, und Ashton beschloss, dass er für sie die Glucke spielen wollte, also ließen wir es zu. Wir hatten nie einen Grund, es zu bedauern."

„Ich mag sie", gab Tamara zu. „Erinnert mich an meine Schwester Lisa. Es gibt nicht viel, was sie nicht tun würden, wenn man sie anstachelt, aber man weiß auch, dass sie einem den Rücken stärken, und zwar so richtig."

„Sie ist genauso Teil von Silver Stone wie jeder andere von uns."

Stille senkte sich herab. Tamara beugte sich vor und

schaltete die Musik an, und Walkers Stimme erfüllte die Kabine.

Caleb war es ein wenig peinlich, dass er etwas so Großes und Wichtiges über seinen Bruder nicht gewusst hatte. Und trotzdem, wie ihm die Geschichte von Kellis Ankunft auf Silver Stone in Erinnerung rief, kam das häufig vor, dass ihm nicht ganz klar war, was los war.

Und er war viel zu unwissend gewesen, wenn es um den Schaden ging, den Wendy im Leben seiner kleinen Mädchen angerichtet hatte.

Tamara ist nicht Wendy. Er rief sich diese Tatsache in Erinnerung, aber es war schwer, die Zweifel zum Schweigen zu bringen. Was, wenn er noch einen Fehler machte? Wie viel Schaden würde diesmal angerichtet werden?

Aber als er einen Blick neben sich warf, traf ihn die Aufrichtigkeit in ihrem Blick. Direkte Worte, das Leben immer in vollen Zügen zu genießen, entscheiden, das zu tun, was am besten für eine Freundin war, trotz des schrecklichen Unheils, das es in ihrem eigenen Leben anrichten würde – das waren nicht die Handlungen einer Frau, die unlautere Motive hatte.

Er warf einen Blick auf seine Uhr. Fast Mitternacht. Es sollte spät genug sein, dass ihre Ankunft am Haus unbemerkt blieb. Denn was immer sonst noch entschieden werden musste, Caleb Stone hatte noch nicht genug von ihr.

Tamara schien da ganz bei ihm und seinen Gedanken zu sein, als er auf den Parkplatz gleich neben der Eingangstür fuhr. Er schaltete rasch das Licht ab und ließ sie im Dunkeln sitzen.

Purer Übermut leuchtete ihm entgegen, als er einen Blick zu ihr warf. „Verstecken wir uns?", fragte sie.

„Wir haben nur sehr begrenzt Zeit." Er war aus dem Truck ausgestiegen, zog sie hinter sich her. „Ich will sie nicht verschwenden."

Sie nahm ihn an der Hand und rannte den Weg entlang. Sie glitten durch die Eingangstür, und er packte sie an den Schultern, schob sie an die nächstbeste Wand, damit er ihr einen Finger auf die Lippen legen konnte.

Sie standen in der Dunkelheit und lauschten.

Wunderbare, unfassbare Stille begrüßte sie.

Zwei kühle Hände drückten sich an sein Gesicht, während Tamara seinen Blick in ihre Richtung wandte. „Wir haben nur sehr begrenzt Zeit", wiederholte sie seine Worte. „Und ich will keinen Augenblick davon verschwenden."

Er erwartete, dass sie sich auf die Zehenspitzen stellte und ihn küsste, darum kippte er beinahe um, als sie das Gegenteil tat. Sie glitt mit dem Rücken an der Wand hinab, die Hände auf seine Brust gestützt, dann tiefer, tiefer. Bis sie auf den Knien war und ihre Finger seinen Gürtel zu fassen bekamen. Ihre Augen blitzten durch ihre rotgerahmten Brillengläser zu ihm empor.

Er fluchte, das schwache Glühen vom Licht auf dem Hof draußen leuchtete durch das Eingangsfenster, um auf ihrem Gesicht zu landen, während sie zu ihm heraufgrinste und rasch seine Gürtelschnalle öffnete. Knöpfe und Reißverschluss aufzog, ehe sie mit zwei Händen und einem festen Griff auf seiner Jeans alles von seinen Hüften nach unten riss, sodass seine anschwellende Erektion voll sichtbar war.

Caleb stützte einen Ellbogen an die Wand. „Teufel, ja."

Sie antwortete nicht, ließ einfach die Finger um ihn gleiten und streichelte. Ein Necken in Zeitlupe, dem sich auch ihr Mund anschloss, in einem Kreis um die empfindliche Spitze leckte, ihn nass machte.

Nur dieses Gefühl. Auf gar keinen Fall denken. Über sein Rückgrat kroch Lust nach oben, während sie ihn tiefer gleiten ließ, bis zur Hälfte. Sie zog sich zurück, ihre Zunge kreiste um die Spitze. Schob sich vor, ihre Finger bohrten sich in seine

Arschbacken, während sie ihn ermutigte, jedes Mal ein wenig weiter nach vorne zu stoßen.

Er ließ die Finger durch ihre Haare gleiten, schlang sich die Strähnen um seine Faust. Gab Acht, sich damit zu beherrschen, wie tief und heftig er stieß, und war völlig von den Socken, wie unfassbar gut es sich anfühlte.

Sie verfestigte ihren Griff und schob ihn zurück, sodass er sich von ihr löste.

Sie neigte den Kopf. „Bereit für eine Herausforderung?"

Caleb lachte leise. Nur Tamara würde auf die Idee kommen, sich zum Sex noch ein Spiel auszudenken.

Dann überraschte sie ihn völlig, ließ seinen Hintern los und griff nach oben, um an seinem Handgelenk zu zerren. „Keine Hände", befahl sie.

Langsam zog er die Finger weg, die Strähnen ihrer Haare glitten wie Seide über seine Fingerknöchel. Er legte einen zweiten Ellbogen an die Wand, auf gleicher Höhe mit dem ersten, die Handflächen darüber, um ein Dreieck zu bilden, sodass er sich anlehnen konnte, während er nach unten schaute.

Tamara wandte sich wieder nach unten, und nachdem sie die Spitze seines Schwanzes auf ihre geöffnete Unterlippe gelegt hatte, stützte sie die Handflächen zu beiden Seiten seiner Hüfte an die Wand.

Wenn das überhaupt möglich war, wurde Caleb noch härter. Jetzt war es ganz an ihm, nach vorne zu stoßen und zu beobachten, wie sein Schwanz in ihren Mund glitt. Sie spannte die Lippen an, saugte fest, während er sich zurückzog, und dieses Gefühl einer bevorstehenden Explosion wurde zehnmal so stark.

Er versuchte, langsam zu machen. Versuchte, sich davon abzuhalten, sie wie ein unbeherrschter Sexbesessener zu ficken, aber sie hatte die Augen geschlossen und gab herrliche

Geräusche von sich. Ermutigte ihn, härter, fester zu stoßen. Der Druck erhöhte sich rapide, bis er nur Sekunden von der Katastrophe entfernt war.

„Tamara ...“

Sie hatte seine Frage wohl verstanden, denn sie öffnete die Augen, und selbst um seinen Schwanz herum war deutlich zu sehen, dass ihre Lippen sich zu einem Lächeln hoben. Als sie beim nächsten Stoß besonders fest saugte, ging es mit Caleb durch. Er erstarrte tief in ihrem Mund. Die rhythmischen Bewegungen, während sie schluckte, raubten ihm jedes letzte bisschen Selbstbeherrschung.

Es war gut, dass er beide Hände an der Wand hatte, sonst wäre er umgekippt. Seine Beine bebten so heftig, dass das Haus in einem ausgewachsenen Erdbeben hätte stehen können.

Schließlich fand er genug Gehirnzellen wieder, um die Hüfte zurückzuziehen, sein Schwanz kam mit einem ploppenden Geräusch heraus. Tamara lächelte, während sie aufstand, ihre Arme legten sich um seinen Nacken. Sie küsste ihn, erst zögerlich, als wäre sie nicht sicher, wie er diese Idee aufnehmen würde, aber zum Teufel damit.

Er drückte sie aneinander, nagelte sie an die Wand, während er sie hungrig küsste. Mit der Hose immer noch an den Knöcheln, bloßem Hintern und während Welle um Welle glückliche Endorphine in seinen Körper strömten.

Das Allerbeste? Er hatte nicht vor, sie eine gute Weile lang weiter als bis zu seinem Bett gehen zu lassen.

Hinter ihnen wurde ein Licht eingeschaltet, und die Bodendielen quietschten am Ende des Ganges.

21

———————

Tamara und Caleb rissen die Köpfe gerade rechtzeitig zur Seite, um Dustin um die Ecke kommen zu sehen, einen Baseballschläger drohend erhoben.

Der junge Mann erspähte sie, seine Augen wurden groß, und er wirbelte auf der Stelle herum, um ihnen den Rücken zuzuwenden. „Herrgott, was zum Geier?"

Caleb schnappte sich seine Hose und riss sie zurück nach oben. Tamaras Herz machte einen Satz, irgendwo zwischen Überraschung und Erheiterung.

„Was machst du denn hier?", wollte Caleb wissen.

„In der Schlafbaracke war es so laut, dass ich beschlossen habe, in meinem alten Zimmer unten zu übernachten. Ich habe diese merkwürdigen Geräusche gehört, und ich habe euch nicht vor morgen zurückerwartet." Er warf einen Blick über die Schulter. „Kann ich mich jetzt umdrehen?"

Tamara legte sich eine Hand über den Mund, damit sie nicht laut lachte. Armer Kleiner.

Caleb schien das Ganze nicht so unterhaltsam zu finden. „Gute Nacht, Dustin."

„Ich gehe zurück in die Schlafbaracke", sagte er.

„Mach das."

„Dustin", unterbrach ihn Tamara, bevor der Junge verschwinden konnte. Sie wartete, bis er durch den Gang blickte, und selbst im trüben Licht war das leuchtende Rot, das auf seinen Wangen lag, deutlich zu sehen. „Wir müssen dir nicht sagen, dass du davon nichts herumerzählst, oder?"

Er nickte rasch. Ein Hauch seiner üblichen jugendlichen Haltung kehrte mit einem dreisten Lächeln zurück. „Ich wusste doch, dass du ihn magst."

Diesmal war sie es, die in den Gang zeigte. „Geh."

„Bin schon weg." Dustin verschwand.

Tamara und Caleb standen dort im Gang, bis das Geräusch der zufallenden Küchentür durch das abermals stille Haus hallte.

Sie wandte sich an Caleb, der ein paar Zentimeter von ihr entfernt stand, seine Miene misstrauisch. „Na, das war unerwartet", sagte sie.

Er fuhr sich mit der Hand durch die Haare. „Macht die Dinge komplizierter."

Sie schüttelte den Kopf, schlang ihm die Hände um die Taille, damit sie ihre Körper zueinander ziehen konnte. „Nicht wirklich. Das ist immer noch Zeit, die wir für uns haben, und wir müssen uns immer noch nicht zu irgendetwas verpflichten, bei dem, was wir machen. Das ist mir recht so. In den nächsten paar Tagen machen wir einfach so weiter, wie wir angefangen haben."

„Das ist keine Affäre."

„Wir müssen jetzt noch nichts entscheiden", wiederholte Tamara.

Caleb holte tief Luft. „Glaubst du, Dustin wird etwas sagen?"

Wenn sie Dustin richtig einschätzte, hatte er vermutlich

eine Menge zu sagen, aber das würde er nicht vor irgendjemandem außer ihr und Caleb tun. „Sprich morgen mit ihm. Er ist alt genug, um zu wissen, wie man den Mund hält."

Ihr sexy Cowboy sah immer noch besorgt aus, doch er nahm ihr Gesicht in die Hände und beugte sich vor, um sie zu küssen, und der sanfte Druck seiner Lippen an ihren war genug, um jegliche Sorge wegzuspülen, dass ihre Eskapade sich allzu bald verbreiten würde.

Es war ein völlig anderes Gefühl, mitten an diesem vertrauten Ort zu stehen, an seinen warmen Körper gedrängt, und ihn so langsam und genüsslich zu küssen. Im Auto hatten sie den schnellen Fick erledigt, und der Blowjob vor ein paar Augenblicken war heiß und wild gewesen.

Das hier war auf eine Art und Weise intim, die ihr Herz anders berührte. Ihr Puls raste nicht, doch er war stark. Sie befand sich nicht in einem sexuellen Waldbrand, doch das Verlangen nach dem Mann, an den sie sich schmiegte, war nicht weniger intensiv, nur weil es gezähmter war. Still und langsam, und doch kamen ihre Sinne ins Trudeln.

Er zog sich von ihren Lippen zurück, drückte ihr Küsse auf die Schläfe, dann entlang ihres Kinns und hinter das Ohr. Als er sie in den Nacken biss, erschauerte ihr ganzer Körper, eine riesige Gänsehaut zeigte sich. Sie stöhnte wohlwollend.

„Ich will dich nackt sehen", flüsterte er.

Sie nahm seine Hände und ging rückwärts zu ihrem Schlafzimmer, brach den Kontakt zwischen den Körpern niemals ab, während sie langsam weitertorkelten. „Ich auch."

Er grinste. „Willst du mich nackt sehen, oder willst du, dass ich dich nackt sehe?"

„Beides. Gleich jetzt, unbedingt."

Sie griff nach hinten und schob die Tür auf, und etwas in seinen Augen leuchtete ganz kurz vor Schmerz auf.

Oje. Es schien, als wäre Emma wohl nicht die einzige, die mit diesem Zimmer noch Probleme hatte.

Sie legte die Finger um seinen Gürtel und zog ihre Körper aneinander. „Hier drin ist mehr Platz und eine sehr viel größere Matratze. Aber wenn es dich in den Wahnsinn treibt ..."

Caleb schüttelte den Kopf, beantwortete einen Teil ihrer Frage, indem er sich an sie drängte und sie ins Zimmer schob. Er schloss die Tür hinter ihnen.

Sie trat an die Seite des Bettes und schaltete das Licht ein.

Ein leises Lachen kam von ihm. „Ich weiß nicht, weshalb mich das überraschen sollte."

„Was? Dass ich mit dir im größtmöglichen Bett schlafen möchte?"

Er deutete hinter sich. „Dass du das Licht einschaltest, damit ich dich besser sehe."

Erheiterung blubberte in ihr hoch. „Ja, ich mache mich nicht sonderlich gut als scheue und zurückhaltende Jungfrau."

„Gut so." Er trat vor, bis sie einander gegenüberstanden, etwa eineinhalb Meter voneinander entfernt. Vorne im Gang hatten sie schon ihre Stiefel ausgezogen, und sie standen beide in Socken da.

Er fing unten an und nahm eine langsame, genaue Musterung vor, während sein Blick ihren Körper emporwanderte. Als er an ihrem Gesicht ankam, grollte tief aus seiner Brust ein Lachen empor. „Behältst du deine Brille auf?"

Instinktiv ging Tamaras Hand nach oben, um sie weiter hochzuschieben. Heute hatte sie eine mit zartem rotem Rahmen auf, die zu ihrer festlichen Bluse passte. „Ohne die sehe ich nichts, weißt du noch? Und ich habe nicht vor, irgendwas von der Show zu verpassen."

Caleb rückte näher, tippte ihr mit dem Finger kurz auf die

Nase. „Ich dachte, es wären nur Kerle, die visuell angetörnt werden."

„Mädchen schauen auch gerne."

Er strich mit dem Finger über die Knöpfe ihrer Bluse. „Schaust du dir sexy Sachen an, Tamara?"

„Meinst du Pornos? Die ganze Zeit." Sie lehnte sich an ihn. „Du wirkst entsetzt. Habe ich dich geschockt?"

Er öffnete ihre Bluse, den Blick auf seine Finger auf den Knöpfen gerichtet, die durch die Knopflöcher glitten, während der Stoff sich teilte. „Ein bisschen, aber es gefällt mir. Ich habe das Gefühl, ich sollte dir mal dabei zusehen. Vielleicht erfahre ich da das eine oder andere darüber, was dir gefällt."

„Das können wir schon machen. Oder du könntest mich fragen. Oder noch besser, wir probieren einfach alles aus und sehen, was passt."

Sie kannte bereits einiges, was gut passte, vielen Dank aber auch. Und so viel Spaß es auch machte, dass er ihr die Bluse von den Schultern zog, sie wollte vor allem zusehen.

Tamara drückte ihm eine Hand auf die Brust und schob ihn einen halben Schritt zurück.

Sie öffnete ihre Hose und ließ sie auf den Boden fallen, trat aus dem Haufen Stoff heraus, damit sie über eine Armlänge entfernt in Unterwäsche dastand.

Als er nach ihr greifen wollte, hob sie eine Hand. „Nicht so schnell. Du bist dran. Weg mit dem Hemd. Und dem Rest."

Caleb machte sich nicht die Mühe, irgendetwas aufzuknöpfen. Er zog sein Hemd aus seiner Jeans und hob es sich über den Kopf, die Arme überkreuzt, während er es auszog. Als er sich bewegte, spannten sich seine Bauchmuskeln an, ein fröhlicher Wegweiser, der verlockend unter seiner Gürtellinie verschwand.

Seine starken Unterarme waren mit einem leichten Flaum

bedeckt, sein Bizeps wölbte sich, als er die Arme vor der starken Brust verschränkte. „Das läuft doch abwechselnd."

„Du hast immer noch deine Hose an", protestierte Tamara.

„Nur zwei Kleidungsstücke übrig", erklärte er. „Oh, tut mir leid. Mit Socken drei."

„Die Socken dürfen wir nicht vergessen." Sie griff hinter sich und öffnete ihren BH, wackelte mit den Schultern, damit der Stoff in ihre Hände fiel, sodass sie ihn auf den nächstbesten Stuhl werfen konnte.

Calebs Blick richtete sich auf ihre Brust, und sie holte tief Luft, wölbte den Rücken, um das Feuer aufflammen zu sehen.

Er schaute nicht weg, während er seine Jeans loswurde, sie zur Seite kickte, sodass er in Boxershorts dastand, seine Erektion eine dicke Wölbung, die sich stark sichtbar als scharfer Kontrast auf dem engen Stoff abzeichnete.

Sie konnte nicht widerstehen, den Abstand zwischen ihnen zu überbrücken. Mit den Fingerspitzen strich sie über seine Hüftknochen, ehe sie eine Hand unter seinen elastischen Bund schob und seinen Schwanz packte.

Calebs Augenlider schlossen sich flatternd. „Ich dachte, wir würden erst schauen, dann anfassen?"

Er stellte sich breitbeinig hin, während sie ihn rieb, das Gewicht in ihrer Hand viel zu sehr genoss, um aufzuhören. „Ups?"

Sie bewegte sich noch etwas weiter, bevor er eine Hand um ihre Handgelenke legte und sich von ihr löste. Er hob sie hoch und legte sie auf das Bett, trat zurück, während sie sich aufrichtete.

Einen Augenblick später hatte auch er seine Unterhose ausgezogen, und sie schlang die Arme um die Beine und schaute sich bewundernd ihre lebende Adonis-Statue an. Schmale Hüfte mit deutlich sichtbaren Muskeln in V-Form, die sich von seinen Lenden nach oben zogen. Seine seitlichen Bauchmuskeln waren sichtbar, die festen Umrisse seiner Brustmuskeln etwas aus dem Gleichgewicht, als hätte er sich irgendwann die Rippen gebrochen. Jeder Schatten, jede Nische betonten das Kunstwerk, in das das Land seinen Körper verwandelt hatte. Harte körperliche Arbeit und pure Entschlossenheit hatten ihm kein einziges Gramm überschüssiges Fett gelassen.

Ein dunkler Schatten lag auf seinem Kinn und seinen Wangen, seine Augen beobachteten sie mit einer Heftigkeit, die ihr inneres Kontrolllicht angehen ließ.

Schließlich senkte sie den Blick. Ganz steif, und wunderbar gebaut. Sie hätte einen medizinischen Artikel darüber schreiben können, wie perfekt ausgestattet er war, aber da die Zeit vorüber war, in denen sie medizinische Berichte geschrieben hatte, würde sie es einfach als das wunderbare Geschenk zu schätzen wissen, das es war. Zumindest so, wie er es einsetzte.

„Hast du schon fertig geschaut?"

Er ließ ihr keine Zeit zum Antworten. Er kroch auf dem Bett nach vorne, richtete sich auf den Knien aus und sah bohrend nach unten.

Tamara griff nach ihrer Unterwäsche, wollte sich herauswinden, als er den Kopf schüttelte. „Das mache ich."

Der Abend war alles andere als vorbei. Sie lehnte sich zurück an die Kissen und wartete.

Caleb hatte nicht vor, schnell zu machen. Es hatte viel zu lange gedauert, bis zu diesem Punkt zu kommen, und obwohl es zu der Komplikation gekommen war, dass Dustin herausgefunden hatte, dass er und Tamara ein ...

Er wusste nicht, wie man das nennen sollte, außer über alle Maßen fantastisch.

Hier lag sie, nackt bis auf einen Hauch von Stoff über ihrem Geschlecht, und diese lächerlich dicken Socken, die sie so liebte, und er würde sich keine Sorgen darum machen, welchen Begriff man diesem Ereignis zuteilen sollte. Er würde sicherstellen, dass sie beide eine verdammt gute Zeit hatten.

Selbst nach dem Sex im Truck und dem teuflisch schmutzigen Blowjob hatten sie noch kaum angefangen. Das war das erste Mal, dass er die sanfte Wölbung ihre Brüste zu sehen bekam, auf denen ihre Nippel hart wurden, noch während er hinsah.

Caleb richtete sich neu aus, um sich neben sie zu legen, und einen Augenblick lang war er erstarrt, weil er sich nicht entscheiden konnte. Wo sollte er anfangen?

Sie legte ihm eine Hand auf die Wange, und das schien für den Anfang so gut wie alles andere, als er ihre Lippen zu einem weiteren Kuss zusammenbrachte. Sie hatten heftige, überraschende Küsse geteilt, und süße, langsame, aber das war das erste Mal, dass sie sich küssten, während ihre Körper Hüfte an Hüfte lagen, eng aneinandergedrückt, und fast nackt. Ihre weichen Brüste mit diesen festen Spitzen streiften seine Brust, während er sich an sie drückte. Zungen tauchten ein und zogen sich zurück, während sie einander immer wieder schmeckten.

Tamara schob langsam die Finger in seine Haare, die Hitze nahm mit moderater Geschwindigkeit zu.

Caleb ließ eine Hand über ihre Hüfte und nach oben gleiten, bis sie die Wölbung ihrer Brust bedeckte. Er drehte die Handfläche in einem langsamen, neckenden Kreis, sodass ihr Nippel sich an ihm rieb. Auf eine Seite, dann die andere, und als er es schließlich schaffte, die Lippen von ihren zu lösen, wölbte er die Hand und schob ihre Brust nach oben, sodass er, als er sich etwas verlagerte, ihren Nippel in den Mund nehmen und die Spitze mit der Zunge reizen konnte.

Tamaras Fingernägel kratzten über seine Kopfhaut, fester jetzt, als er intensiver saugte. Sie bebte, als er sanft die Zähne ansetzte.

Er hatte keine Ahnung, wie viel Zeit verging, während er sich von einer Seite zur anderen bewegte, sich an ihren Brüsten bediente, bevor er mit den Händen über ihre Rippen strich, mit der Zunge nachfolgte. Sich über ihren Körper hinabbewegte, einen Zentimeter nach dem anderen, leckend und saugend und beißend.

An ihrem Nabel hielt er inne, stieß die Zunge vor, hinein in die Vertiefung, bevor er zum Hüftknochen überging. Nun endlich schob er die Finger unter die Ränder ihrer Unterhose und zog sie so weit hinab, dass er die empfindliche Stelle lecken konnte, wo ihr Bein in den Körper überging.

Tamara wollte ein Knie anziehen, doch er schob es zur Seite, klappte ihre Beine zu einer V-Form auf, während er sich zwischen ihnen niederließ. Ihre Unterhose bedeckte immer noch ihr Geschlecht, und er nahm die Vorderseite zwischen Daumen und Zeigefinger, mit der anderen Hand griff er darunter, um einen Finger um den Mittelteil zu legen. Er zog den Stoff zu einem dünnen Streifen zusammen, den er über ihr Geschlecht vor und zurückschob.

Ein langsames, atemloses Stöhnen kam von ihr, als der Stoff über ihre Klitoris rieb, zwischen ihre Schamlippen glitt.

Sie war feucht, so verdammt feucht, und er konnte nicht widerstehen, den Stoff zur Seite zu schieben und einen Finger tief in sie hinein gleiten zu lassen.

„Caleb.“

„Ich schaue noch“, erklärte er.

Ihre leisen, aufgeregten Keuchlaute wurden von einem Tonfall der Beschwerde durchdrungen, während er einen zweiten Finger hinzufügte und sie langsam hinein und hinaus gleiten ließ.

„Caleb ..."

Er riss ihre Unterhose weg, warf sie auf den Boden. Hob ihre Knie und drückte ihre Beine zur Seite, bis sie weit geöffnet war, ihre Pussy glitzerte feucht.

„Halt sie so", befahl er.

Tamara umfasste ihre Knie und sah auf ihn hinab, die Brille saß auf der Nasenspitze, während sie ihn mit rosigen Wangen anlächelte. „Du siehst dir alles schon sehr genau an", neckte sie ihn.

Er antwortete nicht, richtete sich stattdessen nur auf, damit er ihr einen flauschigen Socken ausziehen und dann einen Kuss auf die gewölbte Unterseite ihres Fußes geben konnte.

Sie kicherte, das ganze Bett wackelte, als ihr Lachen stärker wurde. Er achtete nicht darauf, obwohl er ein Lächeln auf dem Gesicht hatte, während er eine Zehe nach der anderen in den Mund nahm. Als nächstes kamen Küsse, von ihrem Knöchel hinten am Bein hinauf, bis er die empfindliche Haut an der Rückseite ihres Knies mit der Zunge foltern konnte.

An dieser Stelle hielt das Kichern inne, verwandelte sich in ekstatisches Stöhnen.

Er wiederholte das alles auf der anderen Seite, und das Lachen war wieder da, als er ihr die zweite Socke auszog.

„Caleb Stone. Hast du einen Fußfetisch?", wollte sie wissen.

Er packte ihren Knöchel fest, dann schob er die Zunge zwischen ihre Zehen. Tamaras Augen wurden größer, Lust trat auf ihr Gesicht.

Er hatte viel zu viel Spaß, um aufzuhören. Dieses Mal zögerte er nicht länger als eine Sekunde an der Rückseite ihres Knies, bevor er den ganzen Weg ihre Oberschenkelinnenseite hinauf weiter machte, mit seiner stoppligen Wange an ihrer weichen Haut rieb. Ihre Knie weiter auseinanderschob, in Richtung ihres Kopfes, sodass ihre Hüfte vom Bett rutschte.

Offen und bereit, als er sich auf die Ellbogen niederließ und zart leckte.

„Oh ...“

Caleb nahm sich Zeit, schmeckte und reizte sie. Hörte sich die Geräusche an, die sie als Reaktion auf jede seiner Bewegungen machte, während er herausbrachte, was ihr gefiel, und was sie liebte.

Und jedes Mal, wenn er aufschaute, beobachtete sie ihn immer noch, den Blick auf seinen Mund gerichtet, oder er wanderte über seine Züge. Ihre Augen schlossen sich flatternd, als ihr Körper sich unter ihm anspannte, sie ihrem Höhepunkt näherkam.

Er zog sich zurück, bevor sie kommen konnte, schluckte ihren sanft gestöhnten Protest mit einem Kuss, bevor er sich wegrollte und in seiner Jeans nach einem der Kondome suchte, die er dort verstaut hatte.

Er war innerhalb von Sekunden zurück auf dem Bett, schob sie nach hinten, als sie sich aufsetzen wollte, um zu ihm zu kommen.

Als er jedoch die Verpackung an den Mund hob, um sie aufzureißen, stahl Tamara das Kondom aus seinen Fingern. „Nicht so. Keine Zähne in der Nähe von Kondomen, außer man macht es richtig.“

Ihre Worte waren verwirrend genug, dass er zögerte. Er stellte fest, dass er zum Bett gezogen wurde, ihr fester Griff rund um seinen Ständer funktionierte so gut wie ein Nasenring bei einem Bullen. „Richtig machen?“

Tamara nahm das Kondom heraus, dann legte sie es auf die Spitze seines Schwanzes, und in der nächsten Sekunde hatte sie sich schon vorgebeugt und nutzte ihre Lippen, um es über die ganze Länge abzurollen. Langsame, stetige Bewegungen, die drohten, ihn viel zu schnell über den Abgrund hinauszuschicken.

„Verdammt."

Sie zog sich zurück und wischte sich den Mund ab. „Erdbeere. Mein Favorit."

Caleb lachte, zog sie in seine Arme und griff nach ihrem Hintern. Er hob sie über sich, aber sie rollte sich zur Seite. Er bewegte sich neben sie, glitt tief hinein, ihr Bein lag über seine Hüfte, damit er den perfekten Winkel hatte, um von heiß glühender Lust umgeben zu sein.

Es gab so viel zu spüren. So viel zu genießen. Tamara kratzte über seinen Rücken, ließ eine Hand über seinen Hintern gleiten, während er in sie hineinpumpte. Er bekam eine Brust in die Finger, knetete die schwere Masse, bevor er die Spitze ihres Nippels zwischen Daumen und Zeigefinger nahm und rollte.

Ein weiterer Kuss, ein weiteres Streicheln. Und durch all das hindurch die Bewegung ihrer Körper, die sich aneinander wiegten, uralt und perfekt und viel zu urtümlich, um zu widerstehen.

Tamara bäumte sich an ihm auf, während ihr ein kehliger Schrei entwich. Ihre innere Muskulatur spannte sich an, und er fluchte, kämpfte gegen seine Erlösung, um noch einmal zu stoßen. Und noch einmal, lange genug, um ihr Vergnügen in die Länge zu ziehen, bis sie jedes Mal keuchte, als er nach vorne stieß.

Er verlor sämtliche Raffinesse, rollte sie auf den Rücken, klemmte den Ellbogen um ihr Knie, um sie noch weiter zu öffnen, damit er für seine letzten Stöße tief in sie kam.

Die Erlösung fing irgendwo in der Nähe seiner Zehen an und ging bis ganz nach oben, schoss durch seinen Körper, als bekäme er einen elektrischen Schlag. Die Energie stieg an, bis sein Oberkopf kurz vor dem Abheben stand, und Sterne sich vor seinen Augen bildeten.

Sie klammerten sich aneinander, atmeten schwer. Er wollte nicht weg, doch er kümmerte sich rasch um das Kondom, bevor er zurückkehrte und sie in seine Arme schloss.

Sie schmiegte sich an ihn, und ihm wurde klar, dass sie sich irgendwann in den letzten zehn Sekunden endlich die Brille abgenommen hatte. „Willst du mich nicht mehr sehen?", neckte er.

Tamara schüttelte den Kopf, eine sanfte Bewegung an seiner Brust. Ihre Arme lagen über ihm, ihre Beine ineinander verschränkt. „Muss schlafen."

Es war spät genug, dass das sinnvoll klang. Keine ernsthaften Diskussionen nach dem Geschlechtsverkehr, keine Fragen, wie sie von hier an weitermachten.

Er rollte sich weit genug weg, um das Licht abzuschalten, bevor er zurückkam, um sie zu umarmen. Durch das Zimmer zu schauen, das einst das seiner Frau gewesen war.

Nein. Vorher war es ihr gemeinsames Zimmer gewesen. Der Ort, an dem er und Wendy ihr Eheleben begonnen hatten, bevor alles zum Teufel gegangen war.

Vorher, in alten Zeiten, war es der Raum seiner Eltern gewesen. Ein Ort, an dem die Liebe geherrscht hatte.

Es war nur ein Zimmer. Es waren die Leute darin, auf die es ankam.

Ein leises Schnarchen kam von Tamara, und Caleb stellte fest, dass er lächelte. Der Schlaf der Unschuldigen, im besten Wortsinn. Tamara hatte keinen Plan. Keinen Grund, etwas zurückzuhalten oder über ihre Zuneigung zu verhandeln. Nur ehrliches Vergnügen und die Verbindung zwischen ihnen beiden.

Er schlief ein und fragte sich, ob es möglich war, den Reset-Knopf zu drücken und tatsächlich neu anzufangen.

Als er knapp vier Stunden nach seiner üblichen Zeit aufwachte, war er benommen genug, um sich zu fragen, was zum Teufel los war, bevor er sich wieder daran erinnerte, dass er mit Tamara im Bett war.

Irgendwann im Lauf der letzten Nacht hatte sie sich herumgerollt und lag nun mit ihrem Rücken an seinem Bauch. Tamaras Hintern schmiegte sich an seine Lende, seine Hand über ihrem Körper hielt ihre Brust.

Aufzustehen und sich um seine Pflichten zu kümmern war die reinste Form der Hölle, die er jemals erlebt hatte. Sich von der warmen, weichen Frau weg zu zwingen, hinaus in die Kälte, war einfach nur grausam.

Den Tieren war es völlig egal, wie gemein es war. Teufel, er hätte schwören können, dass sein Pferd boshaft lachte, als er losging und es sattelte.

Caleb hätte wissen sollen, dass er nicht den ganzen Vormittag durchstehen würde, ohne dass ihm sein Bruder auflauerte. Dustin, der üblicherweise die frühmorgendlichen Schichten überstand, indem er riesige Mengen Cola in sich hineinschüttete, wartete bei den Futtervorräten auf ihn. Er tat so, als wäre er ganz nebenbei da, aber etwas hatte er auf dem Herzen.

Vielleicht war der Kleine zu verlegen, um etwas zu sagen, wenn Caleb es nicht zuerst erwähnte. „Morgen."

„Was machen du und Tamara?"

So viel also dazu, der Sache aus dem Weg zu gehen.

Caleb schaute sich in der Scheune um, bevor er seinem Bruder bedeutete, sich ihm anzuschließen. Er lehnte sich an die solide Holzwand und überlegte sich, was er sagen sollte.

Er war verführt, im Grunde gar nichts zu sagen, aber auf Dustins Gesicht stand echte Sorge, und all diese alten Instinkte, sein Bestes zu tun, um seinen Brüdern beizubringen, was es zum Leben brauchte – Teufel, Caleb hatte dabei ziemlich versagt, wenn es darum ging, mit seiner ersten Ehe ein gutes Beispiel abzugeben. Es stand nicht zur Debatte, nichts zu sagen.

Also versuchte er es mit der Wahrheit. „Ich weiß es nicht."

Dustin hatte diese Antwort nicht erwartet. „Oh."

Sie starrten einander eine ganze Minute lang an, ehe Caleb fortfuhr. „Wir haben nicht erwartet, gestern in dich hineinzulaufen. Wir bringen immer noch heraus, was wir wollen, darum ist es wichtig, dass du niemandem etwas sagst."

Er schüttelte den Kopf. „Mache ich nicht, aber Caleb ..." Dustin hob den Blick, und anstatt eines neckenden Jungen stand darin etwas, das am Rande des Erwachsenendaseins war, Sorge verdüsterte seine Züge. „Ich mag Tamara. Und ich will, dass du glücklich bist, und wenn es irgendeinen Grund gibt, dass ihr getrennt bleibt, weil du glaubst, dass es keine gute Idee wäre, wieder zu heiraten, na, dann finde ich, dass du wissen solltest, das ist anders. Sie ist nicht Wendy."

„Ist sie nicht", stimmte Caleb zu.

„Du bist nicht derselbe, der du früher warst", fuhr Dustin rasch fort.

Okay, das war ein wenig verwirrender. „Was soll das heißen?"

„Ich meine damit, dass du in einer anderen Situation bist als damals, als Wendy und du zusammenkamt. Ich weiß, dass du Emma und Sasha hast, aber wir übrigen – wir sind jetzt erwachsen. Du musst dich nicht um uns kümmern."

„Ihr seid immer noch meine Familie. Und wir müssen immer noch Silver Stone gut führen, damit es uns durchfüttert."

„Stimmt, aber du hast uns alle, die wir mit allem helfen können. Wenn es dich also glücklich macht, mit Tamara zusammen zu sein, und wenn sie bei uns sein will ..." Die Wangen des Jungen wurden beinahe so glühend heiß, wie sie es am Abend zuvor gewesen waren, als er sie überrascht hatte. „Wenn sie bei *dir sein* will, dann hoffe ich, dass ihr beiden am Ende zusammenkommt."

Zum ersten Mal seit langer Zeit war Dustin derjenige, der aus einem Gespräch wegging, bevor Caleb es tun konnte.

Romantische Ratschläge von einem Neunzehnjährigen. Hmm. Caleb sah seinem kleinen Bruder nach, wie er um die Ecke verschwand.

Der Knaller daran war – es war kein schlechter Rat.

22

„Wie willst du das angehen?", fragte Tamara. Es war kurz nach Mittag, zwei Tage später, und sie lagen im Bett, zwischen ihnen nichts als anhaltende Hitze.

Caleb strich mit den Fingern über ihre Brüste, sein Blick folgte seiner Hand. „Ich habe dir gerade gezeigt, wie wir es angehen. Soll ich es dir noch einmal demonstrieren?"

Ihre Hand schoss nach unten, um ihr Geschlecht zu bedecken, bevor er zuerst dort ankam. „Hör auf, sonst kann ich nicht mehr laufen." Sie kam mit den Lippen vor, um ihm einen Kuss zu geben. „Obwohl ich mich über diese Möglichkeit nicht wirklich beschwere."

Die letzten paar Tage waren ein herrlicher Nebel sexueller Befriedigung gewesen. Sie hatten jeden Tag ineinander verstrickt begonnen, dann war er zur Mittagspause vorbeigekommen, die sich in einen raschen Ritt verwandelt hatte. Gefolgt vom Sex in der Dusche vor dem Abendessen.

Dann abendliches Sitzen am Feuer, während ihre Blicke immer länger wurden, bevor sie alles eine Stunde eher als üblich abschlossen, um in ihr Schlafzimmer zu schlüpfen und von neuem anzufangen.

Tamara schätzte, dass der Mann sieben Jahre Zölibat aufzuholen hatte. Sie würde ihm das nicht verwehren. So aufopferungsvoll war sie, dass sie willens war, zu jeder Gelegenheit Sex zu haben.

In ihrer Vorstellung verdrehten ihre Schwestern hörbar die Augen. *Aufopferungsvoll, ha!*

Es hatte sich gelohnt, weil Caleb das Gesicht eines äußerst befriedigten Mannes auf hatte. „Wie lautet deine Frage?"

„Was willst du den Mädchen sagen?" Sie hatten dieses Gespräch bis jetzt außer Acht gelassen, wie vereinbart, aber es konnte nicht länger verschoben werden. „In ein paar Stunden sind sie da."

Er zögerte nicht. „Wir sagen ihnen, dass wir heiraten, und dass du ..."

„Caleb Stone." Völliger Schock traf sie, und alle Instinkte meldeten sich. Sie schlug ihn mit einer Hand auf die Schulter. „Erstens einmal ist das nicht, was wir machen, und zweitens, hast du mich gar nicht gefragt."

Ein Stirnrunzeln machte sich auf seinem Gesicht breit. „Ich hätte schwören können, das habe ich."

Tamara dachte zurück. „Wenn nicht *o mein Gott, o mein Gott, Teufel, ja* heißt: *Tamara, willst du mich heiraten?* scheint dir diese Einzelheit entgangen zu sein."

Er zuckte mit den Schultern, eine leichte Bewegung, die seine breiten Schultern gegen die verknoteten Laken streifen ließ. „Heirate mich."

Okay, toll im Bett, sexy und zuverlässig, und kein Fünkchen Romantik im Körper. Tamara hob eine Augenbraue und ignorierte die kleine, vor Glück pumpende Faust, die sich in ihrem Inneren bemerkbar machte, weil er zumindest die Frage gestellt hatte.

Sobald man ihn mal angeschubst hatte. Hmmm.

Sie wich kein bisschen zurück. „Schöner Versuch, aber nein. Wenn man bedenkt, dass du schon mal auf die Knie gegangen bist, akzeptiere ich das nicht.“

Einen Augenblick lang verdüsterten sich seine Augen, aber sie weigerte sich, seine Frau zum Tabu-Thema zwischen ihnen werden zu lassen. „Mir ist schon klar, dass du schlimme Erinnerungen hast, aber du musst mal auf die großen Zusammenhänge schauen, mein Lieber.“

„Mir gefällt die Aussicht von unserem Standpunkt aus ganz gut“, grollte er.

Tamara richtete sich ruckartig auf, um ihn anzufunkeln. Obwohl sie bereit gewesen war, die letzten paar Tage nur ums Körperliche kreisen zu lassen, war das nicht genug, um eine Ehe darauf zu gründen. Und sie war ziemlich sicher, dass sie nicht die Einzige in der Beziehung war, der das tatsächlich wichtig war.

Es könnte vielleicht der größte Kampf sein, ihn dazu zu bringen, zuzugeben, dass er Gefühle für sie hegte.

Sie andererseits? Kein Problem damit, ihre Gefühle auszudrücken, zumindest was den Verdruss betraf, der auf sie einströmte. Ja, er hatte sie gebeten, ihn zu heiraten, und ernsthafte Aufregung lief durch ihren Körper, aber ...

Aber ...

Es war nicht genug, und es war für keinen von ihnen fair, nicht um *alles* zu kämpfen.

Daher schwoll ihr Verdruss an und entwischte ihr. „Dass du nicht so toll im Reden bist, ist vielleicht was Gutes, denn du stellst dich richtig großartig dabei an, in Fettnäpfchen zu treten.“

Auf seinem Gesicht zeigte sich Verwirrung. „Was? Willst du einen Ring? Denn morgen können wir einen kriegen. Vielleicht sogar heute noch.“

„Ein Ring würde dazugehören, aber das ist nicht die Hauptsache." Sie verschränkte die Arme vor der Brust. Entweder stellte er sich absichtlich dumm, oder der Mann hatte ehrlich keine Ahnung. Tamara musterte sein Gesicht, aber es war erneut nicht zu deuten. Er hatte sich verschlossen und zurückgezogen, und dazu konnte sie nur sagen: *Teufel, nein.*

Für sie war es etwas Großes, sich wie verrückt in den Mann verliebt zu haben, aber war es zu viel verlangt, dass er dasselbe für sie empfand? Nein, natürlich nicht.

Vermutlich hatte er sich in sie verliebt, war aber zu stur, um es schon zuzugeben.

Gut. Sie würde das Ganze zu einem Thema zurückführen, von dem sie wusste, dass sie hundertprozentig übereinstimmten. Die Mädchen.

„Ich halte es für keine gute Idee, so eine Bombe platzen zu lassen. Gerade jetzt mögen sie mich ziemlich gern, aber ich bin ihre Nanny. Wenn du einfach verkündest, dass wir zusammen sind, bekommen sie vielleicht Angst, dass Mütter irgendwas anderes sind als Nannys, und sie müssen wissen, dass ich noch ich bin, und nicht der Titel hinter meinem Namen. Dass die Dinge nicht wieder so werden, wie sie bei Wendy waren."

Er nickte, legte sich zurück aufs Bett. „Irgendwelche Ideen?"

„Wir machen langsam." Auch um seinetwillen. Vielleicht würde ihm etwas Zeit reichen, um herauszufinden, was ihm bei seinem lahmarschigen Versuch eines Antrags entgangen war. „Gib dem Ganzen noch einen Monat oder so. Ändern wir um den Valentinstag rum was."

Kleiner Hinweis.

Er nickte, doch sie erkannte, dass er mit der Vorstellung nicht glücklich war.

„Wir können uns manchmal um die Ecke schleichen, um zusammen zu sein", schlug sie vor.

„Ich dachte, du wolltest das bedeckt halten. So kommt es auf keinen Fall, wenn man uns erwischt, wie wir herumschleichen."

„Was anderes habe ich nicht", sagte sie.

Er küsste sie fest. Das verlangte eine Erwiderung, und bevor er aus ihrem Bett stieg, war sie abermals eine weichgekochte Nudel, zufrieden und glücklich.

Aber er verließ auch ihr Zimmer, nahm seine Kleider mit, und sie starrte die geschlossene Tür an und fragte sich, wie lange es dauern würde, durch diese letzten Barrieren zu brechen. Wendy hatte den Mädchen wehgetan, aber sie hatte auch Caleb übel mitgespielt. Sie brauchten vielleicht eine Weile, bis sie den Heilungsprozess abgeschlossen hatten.

Tamara machte den nächsten Schritt. Sie stand auf und buk Kekse. Drei Bleche, damit sie etwas hatte, das sie mit derjenigen heimschicken konnte, die die Mädchen absetzte. Dann zog sie sich ins Büro zurück, um die Bücher fertig auf den neuesten Stand zu bringen, indem sie die Informationen nutzte, die sie von Caleb auf der Fahrt nach Hause bekommen hatte.

Dass sie sich um die finanzielle Seite der Dinge kümmerte, war eine Ablenkung ganz anderer Art. Calebs Anmerkung, als er sie gebeten hatte, die Aufgabe zu übernehmen, kam ihr wieder – dass er vermutlich einen Buchhalter anstellen würde, nur um herauszufinden, dass es nicht genug Geld gab, um ihn zu behalten.

Nach einer Stunde mit den Papieren musste sie zustimmen. Silver Stone würde die Schotten dichtmachen müssen. Nichts ganz Dramatisches, zumindest noch nicht, aber wenn sie die Zahlen dieses Jahres mit denen des letzten verglich, waren die Ausgaben hochgegangen, und die

Einnahmen runter, und zwar so weit, dass es unbequem werden würde, in den schwarzen Zahlen zu bleiben.

Ein Klopfen an der Tür zum Büro ließ sie den Blick heben, um Walker anzusehen. Sie winkte ihn herein. „Was ist los?"

Er marschierte herein, schaute sich im Zimmer um. „Wow, du hast den Hurricane-Schaden beseitigt."

„Es war nicht ganz so schlimm, aber ja. Es gibt jetzt einen Boden. Wer hätte das gedacht?"

Er wandte ihr sein Grinsen zu. „Hey, Caleb hat sein Handy vergessen. Er wollte, dass du weißt, wann die Mädchen ankommen, und sie zu den Scheunen bringst. Er wird dort mit Josiah arbeiten."

„Klingt gut." Sie beäugte ihn. „Mir hat dein Weihnachtsgeschenk übrigens Spaß gemacht. Du bist gut."

Seine Wangen wurden rot. „Danke."

„Hast du vor, noch irgendwas mit deiner Musik anzufangen? Das war ein Demo-Tape, oder?"

Für einen ausgewachsenen Mann zappelte Walker plötzlich herum wie ein Kind. „Irgendwie so was. Nur eine anständige Aufnahme, die ein Freund gemacht hat. Ich weiß nicht – man braucht ziemlich viel Zeit, um in die Musikindustrie zu kommen, und fürs Rodeo auch. Es ist womöglich keine gute Idee, zu versuchen, alles zu machen. Ich habe ja auch Silver Stone, wo ich mithelfen muss."

„Das ist kein Grund, es nicht zu versuchen. Die Ranch wird bleiben. Du weißt, dass deine Brüder nicht wollen würden, dass du deinen Traum aufgibst, weil du dich verpflichtet fühlst, hier herumzuhängen."

Er neigte das Kinn. „Ich weiß nicht, ob es mein Traum ist, oder etwas, in das ich hineingerutscht bin. Diesen Teil bringe ich immer noch raus. Es ist wichtig, zu wissen, was einfach nur Spaß macht und was meine langfristigen Ziele sind. Du weißt schon, die harten Entscheidungen."

Ja, sie konnten mit diesen Schwierigkeiten wahrscheinlich mehr anfangen, als er erwartete. „Na, ich hoffe, du hast Spaß, während du dich entscheidest."

„Das ist kein Problem. Ich habe immer Spaß." Er tippte sich an den Hut, dann verließ er das Zimmer, und sie machte sich wieder an die Arbeit.

Aber sie wartete auf der vorderen Veranda, als einer der Trucks ihrer Familie auf den Hof fuhr. Tamara gab es zu – sie hatte die Mädchen vermisst. So sehr sie die Zeit allein mit ihrem Daddy genossen hatte, ein Glücksgefühl kam in ihrem Bauch auf, als Sasha und Emma aus dem Auto sprangen und auf sie zuliefen, und es war stark und süchtig machend.

Lisa trat vor, einen Korb in den Händen. „Hey, ist das der richtige Ort? Ich suche nach dem Zoo von Heart Falls. Ich soll zwei Äffchen liefern."

Sasha blieb stehen, kurz bevor sie sich in Tamaras Arme stürzte, und drehte sich um, um Lisa ihre *Ha-ha, sehr witzig*-Miene zu zeigen. „Ich bin kein Äffchen."

„Löwe? Tiger?" Lisa ließ ihre Augen ganz groß werden. „Habe ich etwa Dinosaurier transportiert, ohne eine Zulassung zu haben? Ich bin froh, dass uns niemand erwischt hat."

Tamara nahm eine Umarmung von Emma an, genoss ein kurzes Ankuscheln, während Sasha Klauenhände machte und Lisa anbrüllte.

„Ja. Pass bloß auf, Tamara, hier ist ein gefährlicher Stampfosaurus los", warnte Lisa sie.

„Wie schade. Ich habe Kekse gebacken, aber da Dinosaurier nicht ins Haus dürfen ..."

Sasha hielt mitten im Gebrüll inne.

Tamara streckte eine Hand nach Sashas Tasche aus. „Hattet ihr einen schönen Besuch bei Tante Dare?"

„Es war toll, nur hat Joey Schnupfen, darum wollte sie ihn nicht auf eine lange Fahrt mitnehmen, deshalb hat Tante Lisa gesagt – ich meine, *Lisa* hat gesagt, dass sie uns nach Hause fährt. Kriegen wird Kekse?“

Dass Sasha zu Hause war, hieß, dass das Haus nicht mehr still war. Tamara lächelte. „Ja. Lasst eure Taschen im Wäscheraum liegen, holt euch einen Keks, und wir gehen zur Scheune.“

„Ich wette, Ene, Mene und Miste haben uns vermisst“, erklärte Sasha Lisa. „Du solltest auch kommen und Hallo sagen.“

„Hast du Zeit?“, fragte Tamara.

„Oh, ich gehe nirgendwohin, bevor ich dir nicht geholfen habe, dein Telefon zu finden. Das hast du bestimmt verloren, seit du von Rocky losgefahren bist.“ Lisa warf ihr einen betonten Blick zu, bevor sie ihnen ins Haus folgte.

Ups. „Stimmt. Ich hätte euch schreiben sollen.“ Tamara grinste. „Ich war ... beschäftigt.“

Ein Lächeln ging über Lisas Gesicht, gefolgt von Sorge, doch sie hielt ihre Fragen zurück, bis sie alle vier über den Hof gingen, Sasha voraus, die Kekse in der Hand.

„Hattest du ein paar *vergnügliche* Tage?“, fragte Lisa außer Hörweite der kleinen Ohren.

„Ja.“

„Und ...?“

Tamara antwortete leise. „Er hat mich halbherzig gefragt, ob ich ihn heirate.“

„Ich wusste es.“ Lisa grinste. „Das mit dem Heiraten, nicht das Halbherzige. Lass mich raten, du hast ihm gesagt, ihr solltet warten, oder?“

Ernsthaft? „Wie zum Teufel? Wie kommt es, dass du das weißt?“

Lisa zuckte mit den Schultern. „Weil du du bist. Diese beiden Kinder sind toll, und obwohl ich weiß, dass du in den Typen verliebt bist, willst du alles. Dass er in dich verliebt ist, dass *sie* in dich verliebt sind – es kommt schon so."

Hoffnung machte sich breit. „Du glaubst nicht, dass ich mich geirrt habe und einfach annehmen und fertig sein sollte?"

„Teufel, nein. Ich bin stolz auf dich." Lisa blieb stehen und umarmte sie. „Du hast ein Herz so groß wie Alberta, meine Liebe, aber du setzt eine Menge davon ein, um andere glücklich zu machen. Du machst nicht immer das, was *dich* glücklich machen würde. Er kriegt das schon noch hin, du wirst sehen. Es wird für euch beide besser, wenn ihr wisst, dass das mehr ist als Lust oder Bequemlichkeit."

Tamara drückte sie. „Wie bist du denn so klug geworden?"

„Ich würde dir sagen, ich habe es von meinen großen Schwestern gelernt, aber tatsächlich habe ich mir eine Riesenschachtel Klugheit bei Amazon bestellt. Wird direkt an die Tür geliefert, sehr praktisch."

„Verzogene Göre", neckte sie Tamara.

„Immer." Lisa pfiff nach den Mädchen, die sich an den Verschlag der Ziegen anschlichen und schreckliche Geräusche von sich gaben. „Hey, keine Dinosaurier bei den Ziegen."

Gelächter stieg auf. Tamara fühlte sich ein wenig besser, weil ihre Schwester ihr versichert hatte, dass sie nicht einfach gerade ihre Zukunft weggeworfen hatte. Denn Lisa hatte recht.

Diese kleinen Mädchen waren so fest in ihrem Herzen verankert wie ihr Daddy. Sie wollte alles.

Wenn sich die Zukunft jetzt bitte nur beeilen und endlich ankommen würde.

Zum zigsten Mal an diesem Nachmittag erwischte Caleb sich dabei, wie er ins Leere starrte. Und wieder einmal zwang er sich dazu, zu der Aufgabe vor ihm zurückzukehren, bei der er

Josiah half, die Zähne der Pferde zu überprüfen und zu schleifen.

Von seinem Antrag war er genauso schockiert gewesen wie Tamara. War fast umgekippt, nachdem die Worte aus seinem Mund gekommen waren.

Vielleicht hatte er tief im Inneren gehofft, sie würde darüber hinwegsehen. Wenn sie zugestimmt hätte, hätte er das erledigt gehabt, und das Einzige, was sich in Zukunft ändern würde, war, wo sie ihre Nächte verbrachte.

Nur dass sie recht hatte – die Veränderung ihrer Beziehung würde nicht so einfach werden.

Er wollte sie körperlich. Er wollte sie für die Mädchen. Es war immer noch einschüchternd, zuzugeben, dass er sie für irgendetwas darüber hinaus wollte, aber nun, da er den Großteil des Nachmittags darauf herumgekaut hatte, hatte er es herausgebracht. Das war genau das, worauf sie angespielt hatte.

Sie wollte, dass er sagte: *Ich liebe dich.* Und er wusste nicht, ob er das schon konnte.

Warten war die einzige Lösung.

Josiahs Stimme schnitt durch seine Gedanken. „Natürlich könntest du Wassermelonen züchten."

Caleb blinzelte. Nein, beim zweiten Mal ergab es genauso wenig Sinn wie beim ersten Mal. „Was?"

Sein Freund schlug ihm mit der Hand auf die Schulter. „Ich hatte dreimal gesagt, dass wir bereit sind, zum nächsten Pferd weiterzuziehen, und du hast nicht mal gezuckt. Du bist völlig abwesend, und das macht mich argwöhnisch."

Auf keinen Fall würde er irgendwas zugeben. „Inwiefern?"

Josiah beäugte ihn. „Du vermisst die Mädchen."

„Ja." Das würde als Ablenkung gehen. Caleb würde im Augenblick alles andere beichten, um zu verhindern, eingestehen zu müssen, dass ihm Tamara wichtiger war, als er erwartet hatte.

Dass sie sich womöglich verliebten.

„Muss doch komisch gewesen sein, dass du sie zum ersten Mal überhaupt nicht hier hattest."

„Es war stiller."

„Ich bin überrascht, dass du mir nicht Bescheid gesagt hast. Ich wäre rübergekommen und hätte dir geholfen, die Zeit zu vertreiben. Für mich war es im Laden auch ruhig."

Einen Augenblick lang fühlte Caleb sich schlecht. Allerdings nur kurz, wenn man bedachte, was er getan hatte, anstatt sich mit Josiah zu treffen und Karten zu spielen. „Nächstes Mal."

„Hallo." Tamaras Ruf unterbrach sie. „Ich habe zwei kleine Leute hier, die eine Tonne Energie zu verbrennen haben, nachdem sie so lange in einem Truck saßen. Gibt es irgendjemanden hier drin, der sie will?"

Caleb musste überhaupt nichts vorspielen, als er aus der Umfriedung trat, um seine Töchter zu begrüßen.

Einen Augenblick später waren sie beide in seinen Armen, drückten ihn fest, während sie ihm Küsse auf die Wangen gaben. „Wir haben die Ziegen gefüttert, Daddy. Tamara hat gesagt, sie hat unsere Aufgaben erledigt, während wir weg waren. Hast du alle Zuckerstangen gegessen? Hi, Josiah."

Der Wirbelwind namens Sasha ließ sich zu Boden fallen und lief zurück an Tamara Seite, aber sie griff hinter sie nach der Hand einer anderen Frau.

Sie zog Tamaras Schwester nach vorne, bis sie vor ihr stand. „Lisa hat uns heimgefahren. Lisa, das ist Josiah. Er ist unser Pate. Kelli sagt, dass er zu hübsch ist, um seine Zeit damit verbringen, mit Tieren zu reden."

Josiah brach in schallendes Gelächter aus, das rasch zu

einem Husten wurde, als Caleb seiner Tochter einen strengen Blick zuwarf.

Nur Lisa grinste, als sie eine Hand ausstreckte. „Ich weiß nicht. Vielleicht machen leuchtend blaue Augen und ein mörderisches Lächeln die Pferde ja glücklich. Hallo, Mr. Café.“

„Hallo, Frau mit starken Meinungen zur Zucht-Etikette. Schön, dich offiziell kennenzulernen.“

Caleb schaute zu Tamara, die versuchte, ihre Miene ausdruckslos zu halten, und es nicht schaffte. „Weißt du, warum mein bester Freund den Verstand verloren hat?“

Sie blinzelte unschuldig. „Josiah? Ach, ihm geht's gut. Er hat vor einer Weile eine ungefilterte Dosis meiner Schwester abbekommen, und sie ist ein wenig heftig für einen nicht präparierten Gaumen.“

„Manche mögen ihr Essen eben scharf“, ließ Lisa sich vernehmen.

„Ich mag scharfe Dinge“, sagte Josiah zur gleichen Zeit, und die beiden lachten, als hätten sie gerade etwas unfassbar Witziges gesagt.

Caleb schaute für eine weitere Erklärung zu Tamara, die nur mit den Schultern zuckte.

Emma ließ die Finger in seine Hand gleiten und zog daran, um seine Aufmerksamkeit zu bekommen.

„Ja, Krümel?“, fragte er und beugte sich näher heran.

„Ich habe dich vermisst.“

Sein Herzschlag war wieder da. „Ich habe dich auch vermisst.“ Sie schlang den Arm um seine Hüfte und klammerte sich fest. Sie war zu groß, um am Daumen zu lutschen, aber er erkannte, dass sie etwas zusätzliche Kuschelzeit brauchte. Er hob sie hoch, nickte Josiah zu, der mit Lisa plauderte. „Ich mache für heute Schluss. Macht es dir was aus?“

„Kein Problem", versicherte ihm Josiah. „Zahnbehandlungen können bis morgen warten."

„Willst du Hilfe?", bot Lisa an.

Josiah blinzelte. „Du willst mir helfen, die schiefen Zähne von Calebs Pferden zu glätten?"

Sie zuckte mit den Schultern. „Warum nicht? Ich habe gerade drei Stunden am Steuer verbracht, und ich bleibe eine Weile hier. Da kann ich mir die Beine vertreten."

„Liegt bei dir, schätze ich. Und Caleb. Was meinst du?"

Emma hatte die Hand auf Calebs Schulter gelegt und summte leise vor sich hin, und er war auf sie konzentriert und darauf, sicherzustellen, dass er nichts unfassbar Dummes machte, wie etwa hinüber zu Tamara zu gehen und sie zu einem Kuss in seine Arme zu ziehen.

Zwei Tage des unbegrenzten körperlichen Kontakts waren eine Angewohnheit, die sich wohl nur schwer abstellen ließ.

Er schaute Lisa in die Augen. „Deine Entscheidung. Wenn es dir beim Entspannen hilft, nur zu."

Über seine Schulter fügte Tamara hinzu: „Warum kommt ihr nicht beide zu uns zum Abendessen, wenn ihr fertig seid?"

„Klingt gut", sagte Lisa erfreut.

Und so blieben nur er und Tamara und die Mädchen, die zurück zum Haus gingen. Sasha plauderte ohne Pause, und Emma gab hin und wieder einen fast lautlosen Kommentar dazu ab.

Tamara ging neben ihm her, sagte kein Wort. Sie öffnete die Tür zum Haus und ging rasch, um ein Abendessen zu kochen. Die Mädchen zogen ihn weg, und obwohl er nur zu gerne von ihrem Ausflug hörte, schien es seltsam, dass Tamara sich nicht dazu gesellte.

Als Josiah sich beim Abendessen auf den Platz neben ihm setzte, und Sasha sich auf seiner anderen Seite niederließ, schien es ein wenig, als würde sie ihn bestrafen. Eine körperliche Barriere schaffen, die zu der Gefühlsbarriere passte, die immer noch zwischen ihnen stand.

Boss und Nanny anstatt Liebende.

Es mochte ja notwendig sein, aber es gefiel ihm kein bisschen. Und das war an sich schon der Ansatz einer Antwort, schätzte er.

23

———

*D*as neue Jahr kam, und die Schule fing wieder an, dieses Mal mit einer ganz neuen Reihe von Aktivitäten, die die Mädchen und sie aus dem Haus führten.

Tamara packte sie an einem Samstagnachmittag ein, als Caleb auf der Veranda auftauchte und ruckartig zum Stillstand kam, als er überraschend drei völlig schneefesten Personen begegnete.

„Ich schätze, meine Idee, reinzukommen, um ein Spiel zu spielen, funktioniert nicht", sagte er.

„Wir gehen Schlitten fahren", verkündete Emma unerwartet, rannte zurück in den Windfang, um sich eine Mütze zu schnappen, und zog sie sich fest auf den Kopf.

„Komm mit uns, Daddy", bettelte Sasha.

Emma nickte, und zwei kleine Gesichter schauten flehend zu ihm auf.

Tamara war ebenfalls verloren. Nur dass sie es schaffte, ihm ein freundliches Lächeln zu schenken, anstatt eines, das nur zu deutlich sagte, wie sie empfand. „Wir haben letzte Woche den perfekten Ort gefunden, und nun, da der Bach gefroren ist, müssen wir uns keine Sorgen mehr machen, dass wir noch mal nass werden."

„Ich würde mich euch gerne anschließen, und danach kann ich vielleicht meine liebsten Mädchen zum Abendessen ausführen."

Emma und Sasha hüpften vor Begeisterung auf und ab, während sie von ganzem Herzen zustimmten. Wärme wie die Hitze eines Sommertages umfing Tamara von den Zehen aufwärts. Er hatte Blickkontakt mit ihr gehalten, als er gesagt hatte, sie wären seine liebsten Mädchen, und nun fiel sein Blick auf ihre Lippen, seine Pupillen weiteten sich, als sie darüber leckte, nicht, weil sie versuchte, ihn in den Wahnsinn zu treiben, sondern weil alles in ihr reagierte, wenn er in der Nähe war.

Aber dieser Augenblick hatte nichts Sexuelles, es war mehr. Während er sich eine andere Jacke anzog und sich dicke Handschuhe schnappte, bereitete sich Tamara auf einen Nachmittag voller herzzerreißender Freude vor.

Dann stiegen sie in seinen Truck, damit sie alle in einem Auto Platz hatten, und Caleb bestand darauf, dass sie fuhr. „Du kennst den Weg."

Eine Reihe von Fahrzeugen hatte sich an ihrem Ziel versammelt, und Caleb griff nach hinten, um die Schlitten zu holen, die er von ihrem Truck in seinen geladen hatte. Einer war altmodisch lang mit einer sanften Krümmung vorne. Der andere war ein Aufsitzer mit Steuerrad, wie ein winziges Allradfahrzeug ohne Motor.

Was der Augenblick war, in dem Tamara klar wurde, dass sie das nicht durchdacht hatte, denn als sie den Hügel hinaufmarschierten und Kinder um sie herum wuselten, war die Schlittenaufteilung für drei Leute perfekt. Für vier eher weniger.

Sasha sprang auf und ab, während sie dort hindeutete, wo

sie ihren Schlitten gerne abgestellt hätte. „Schieb mich an, Daddy", befahl sie, während sie sich darauf niederließ.

„Du brauchst einen Schubs? Es ist ein ziemlich steiler Hügel", warnte er sie.

Sasha verdrehte die Augen. „Ich fahre gern schnell."

Caleb warf auf einen Blick auf Tamara, seine Lippen zuckten. „Das hatte ich irgendwie befürchtet."

Tamara kicherte, richtete den anderen Schlitten aus und setzte sich hin, sodass Emma vor sie krabbeln konnte. Mit einem Kreischen fuhr Sasha ab, und Caleb schickte sie mit einem sanften Schubs los, bevor er sich hinstellte, um zuzusehen, wie sie den Hang hinabsteuerte.

Dann wandte er sich ihnen zu. „Seid ihr beide bereit, angeschoben zu werden?"

Emma schüttelte den Kopf, dann stellte sie eine freundliche Bitte: „Fahr mit uns."

Tamaras Herz schlug bis zum Hals. Seit Weihnachten hatte Emma in ihrem Beisein schon öfter laut gesprochen, und jedes Mal, wenn es dazu kam, fühlte sie sich, als wäre sie privilegiert, dass sie ihr vertraute.

Nur als Caleb näherkam, um der Bitte seiner Tochter zu entsprechen, fand sich Tamara gleich in seinen Armen wieder.

„Rutsch mal", sagte Caleb und klopfte ihr vertraut auf den Hintern.

Tamara schaute sich um, aber keine der Familien, die auf dem Hügel unterwegs waren, beobachteten sie mit mehr als nur kurzzeitigem Interesse. Sie rutschte nach vorne, stellte ihre Füße ab und nahm Emma in die Arme, sodass Caleb hinter ihnen Platz hatte. Er ließ sich nieder, seine Beine unter ihre Knie geklemmt.

Es mochten ja eine Million Stofflagen zwischen ihnen sein, doch Tamara war das egal. Caleb sorgte für etwas Antrieb, dann griff er um ihre Taille und hielt sich fest, drückte ihre Körper aneinander, um den Schlitten zu lenken.

Sie kamen sicher an Sashas Standort vorbei, die die Arme siegreich hochhob. Einen Sekundenbruchteil lang, nachdem sie zum Stillstand kamen, lehnte Tamara sich zurück an Caleb, drückte sich so fest an ihn, wie sie es wagte. Sein Kinn lag über ihrer Schulter, die Stoppel auf seiner Wange streiften ihre, während sein warmer Atem eine Wolke in der Winterluft bildete.

Ein kleiner Augenblick vertrauter Zuneigung mitten in einem unschuldigen Kinderausflug.

Emma sprang auf wie ein Springteufel, ein Kichern entwischte ihr, während sie versuchte, Tamara aufzuhelfen. Das kleine Mädchen zerrte sie nach vorne, aber es war Calebs Hand auf ihrem Po, die sie hochstemmte, und einen kurzen Augenblick blieb seine Hand dort liegen. Mit einem Lächeln in den Augen schnappte er sich den Schlitten und ging hinüber zu Sasha, um ihr zu helfen, auch ihren den Hügel hinaufzuziehen.

Andere Familien spielten, Kinderlachen und begeistertes Quietschen waren hörbar, und je länger es ging, desto mehr wusste Tamara, dass es das war, was sie von ganzem Herzen wollte.

Wenn jetzt nur dieser frustrierend sture Mann sich zusammenreißen und etwas sagen könnte, könnte sie weitermachen und das alles die ganze Zeit über als ihre Wirklichkeit haben.

Der perfekte Nachmittag des Schlittenfahrens wurde von einem raschen Abendessen im örtlichen Diner gekrönt – rasch, weil beide Mädchen schon am Tisch einschliefen.

Sie und Caleb arbeiteten weiter zusammen, teilten sich die Abende. Seine Brüder begannen allerdings sehr viel öfter vorbeizuschauen, und sie fragte sich, ob Caleb sie aktiv ermutigt hatte, als Anstandsdamen aufzutauchen. An den meisten Abenden war sie diejenige, die Gute Nacht sagte, bevor das Wohnzimmer leer war.

Sie versuchte, sich einzureden, dass es etwas Positives war, langsam zu machen, aber sie vermisste ihn in ihrem Bett.

Witzig – sie hatten nur zwei Tage für sich gehabt, aber sie wollte diesen Mann unbedingt. Sie konnte sich nur vorstellen, was es ihm antat, zu wissen, dass sie nur einen Gang weit entfernt war, und trotzdem außerhalb seiner Reichweite.

Aber während sie wartete, arbeitete sie.

Das Rätsel, wie man Silver Stone helfen könnte, wurde ihre neue verschwiegene Besessenheit. Sie sprach mit allen, die sie auftreiben konnte, passte auf, dass sie nicht enthüllte, weshalb sie fragte.

Ashton nickte langsam, als sie erwähnte, dass die Bestellungen des Futtermittels teurer wirkten als in der Vergangenheit. „Vor ein paar Jahren waren die Überschwemmungen heftig, aber wir kriegen das wieder hin. Man muss mit dem Land arbeiten, nicht dagegen. Es wird sich um uns kümmern. Das tut es immer."

Sie rief Josiah an, um sich Stormy mal anzusehen, was irgendwie übertrieben war, wenn man bedachte, wie gut die Pferde auf Silver Stone behandelt wurden, aber das wurde die Gelegenheit, ihn zu den Trends im Ranch-Geschäft zu befragen, und was er in jüngster Zeit mitbekommen hatte.

Zum Glück hatte Calebs bester Freund aufgehört, mit ihr zu flirten. Er war sehr viel gesprächiger als Caleb, und bevor Stormy von Kopf bis Fuß untersucht war, wusste Tamara genug, um in der Gegend eine eigene Ranch aufzumachen. Sie wusste auch genug über den derzeitigen Zustand der Wirtschaft, um zu wissen, dass es verrückt wäre, auch nur daran zu denken.

„Es wird überall eng", schloss er offen, tätschelte Stormy

den Widerrist, ehe er sich vor der Box Tamara anschloss. „Es braucht aber nur eine gute Wendung, und es kommt alles in Ordnung.“

Was er nicht sagte, war, dass eine *schlechte* Wendung auch durchaus das Ende sein konnte, und das war etwas, was Tamara unbedingt verhindern wollte. Silver Stone war Calebs Heimat. Es war die Heimat für Emma und Sasha, und all die anderen, die ihr so unfassbar wichtig geworden waren.

Karen gab ihr den letzten Schubs zur Grundlage einer Idee. Eines Morgens schrieben sie einander, Tamara in ihre wärmste Jacke gepackt, mit einer Mütze auf dem Kopf und einer Decke um sich, ihr Handy steckte unter dem riesigen Stapel, damit ihre Finger zwischen den Nachrichten nicht festfroren.

Karen: *Rate, was heute ankommt*

Tamara: *eine Herde Elefanten?*

Karen: *kleiner, und sehr viel felliger*

Es konnte nicht so etwas Einfaches sein wie Schafe, da sie bereits eine Reihe von Herden auf dem Land der Colemans hielten.

Tamara: *Angora-Kaninchen?*

Karen: *Du kriegst einen Keks, weil du nahe dran bist. Alpakas!*

Tamara: *Hör doch auf!*

Karen: *ernsthaft*

Tamara: *bitte nimm auf, wenn du zum ersten Mal eines reitest, und stell es auf YouTube*

Karen: *Ha! Fordere mich nicht heraus. Nein, das ist Hopes Schuld. Sie hat die Familie überzeugt, dass man mit Alpakawolle gut Geld verdienen kann, darum versuchen wir es*

Das klang sinnvoll. Die Colemans hatten genug Land und genug Arbeiter, um dieses Geschäft aufzuziehen.

Tamara: *vielleicht musst du eins nach Silver Stone schicken*

Karen: *Teufel, nein. Es war schon schlimm genug, dass wir die Ziegen auf das Grundstück gebracht haben. Die Pferde sind zu wertvoll, um sie durcheinanderzubringen, indem man weitere Tiere dazu holt. Das einzige zweite Standbein, an dem sich Silver Stone versuchen sollte, sind Abbaurechte*

Wusste Karen etwas, das sie nicht wusste?

Tamara: *Diamanten? Rubine?*

Karen: *schwarzes Gold*

Plötzliche Enttäuschung traf sie.

Tamara: *Ich glaube, sie wüssten es, wenn sie auf dem Land Öl hätten*

Karen: *Das haben sie nie überprüfen lassen. Ich habe Ashton gefragt, als ich da war, und er sagte, sie hatten niemals die Zeit oder das Bedürfnis, sich darum zu kümmern, nachdem Calebs Eltern gestorben sind*

Die Unterhaltung ging zu anderen Dingen weiter, aber Tamara war von dem Gedanken fasziniert.

Später am Tag führte sie eine kleine Google-Suche durch, wühlte hervor, was zu einer Inspektion gehörte, aber sie fand eine Menge Sackgassen und keine sonderlich eindeutigen Informationen.

Letztlich entschied sie, dass sie, bevor sie etwas zu Caleb sagen würde, mögliche Lösungen für ihn haben sollte. Sie schickte eine E-Mail an Karen und fragte sie, ob sie irgendwelche Kontakte zur Industrie hatte. Dann knallte die Küchentür, und das Geräusch von Sasha, die sich laut beschwerte, und Emma, die weinte, holten sie aus ihrem Sessel, um herauszufinden, worum die Mädchen stritten.

Zum Glück war es etwas, das sich leicht mit einer Reihe leiser Entschuldigungen lösen ließ, gefolgt von Milch und Keksen. Tamaras Suche danach, die Zukunft von Silver Stone zu verbessern, wurde in der täglichen Routine beiseitegeschoben, sich um die Mädchen zu kümmern und nicht unabsichtlich vor Caleb damit herauszuplatzen, dass sie ihn liebte.

~

Es gab wenige Dinge, die Caleb verabscheute. Grausamkeit, Faulheit – er hasste es, sich das als eine Liste vorzustellen, die die Charaktereigenschaften seiner Ex-Frau schlechtredete, aber das Einzige, mit dem er sich vorher in seinem Leben niemals hatte herumschlagen müssen, war Eifersucht.

Er arbeitete schwer, und was er tat, war gut. Wenn sie also draußen waren und sich um die Pferde kümmerten, und einer seiner Brüder es schaffte, das Seil besser zu werfen oder die Tiere besser zusammenzutreiben, konnte er recht gut sagen, dass er dabei auch einen gewissen Stolz empfand. Es war nicht er, der die Aufgabe erledigte, aber es war seine Familie, und das war genauso gut.

Darum war ihm diese seltsame Bestie in seinem Bauch, die zerfetzen und zerreißen wollte, ziemlich unangenehm.

Caleb warf einen Blick auf den Lieferwagen, der noch immer draußen vor dem Haus geparkt war, und schließlich konnte er es nicht mehr ertragen. Er ließ seine Pflichten sein und marschierte über den Hof, wurde langsamer, um auf der Veranda sanfter aufzutreten, damit er nicht wie ein Irrer wirkte, der ins Haus gerannt kam.

Beim Näherkommen hatte er einen eindeutigen Blick durch das Fenster auf Tamara erhascht, die lachte. Der blondhaarige junge Mann, der den Aktenschrank gebracht hatte, den sie bestellt hatte, lehnte sich an seine Sackkarre, während er ihr ein Lächeln zuwarf, Bewunderung stand in seinen Augen.

Calebs Füße brachten ihn nach vorne. Einen Augenblick später war er durch die Tür. Die beiden warfen ihm Blicke zu,

Tamara mit einem freundlichen Lächeln, der junge Mann packte seine Ausrüstung und entfernte sich unauffällig von Tamara.

Ja, in Calebs Miene stand vielleicht ein wenig mehr Hitze, als höflich war, aber verdammt noch mal …

„Brauchen Sie Hilfe?" Sein Tonfall war beinahe zivilisiert.

Okay, vielleicht nicht.

„Wir sind fertig." Der Junge begab sich zur Tür, aber noch wichtiger, weg von Tamara, die inzwischen Caleb mit einer gehobenen Augenbraue betrachtete.

Er öffnete die Tür, bevor der Junge auch nur seine Schuhe anziehen konnte, und nun hatte Tamara die Arme verschränkt und warf ihm einen bösen Blick zu.

Sie wandte sich um, um den Jungen mit einem freundlichen Wort wegzuschicken. „Vielen Dank für Ihre Hilfe. Ich schaue auf jeden Fall beim Laden vorbei, sobald ich mit den Mädchen über das Buchregal geredet habe."

Der junge Mann schenkte ihr nicht mehr als ein rasches Lächeln, ehe er aufbrach, und machte einen Bogen um Caleb, als wolle er sich aus seiner Reichweite halten.

Caleb schob die Tür mit einem festen Klicken zu, ehe er sich wieder an Tamara wandte.

Ihre Lippen zuckten.

„Was?"

Sie holte tief Luft und stieß sie wieder aus, ihre Erheiterung zeigte sich trotzdem. „Das war nur ein Junge. Und er war eine große Hilfe. Musst du dein Revier unbedingt so sehr markieren?"

Er drängte sich zu ihr. „Niemand weiß, dass du mir gehörst, darum entschuldige bitte, wenn ich das ein wenig frustrierend finde."

„Du glaubst doch nicht, dass ich mir Jungs anlache, die grade mal aus der Highschool raus sind, und zwar direkt hier im Haus, oder? Denn wenn du das glaubst, haben wir ein Problem.“

„Ich mach mir keine Sorgen um dich, aber ich weiß, wie es ist, in diesem Alter zu sein und eine Frau zu sehen, die sexy genug ist, dass man davon schmutzige Träume bekommt.“

Ihre Augen leuchteten. „Ach. Ich bin also die Art Frau, die schmutzige Träume auslöst? Das gefällt mir.“

Calebs Selbstbeherrschung wankte. „Du weißt doch verdammt gut, dass du mehr als nur schmutzige Träume auslöst. Während du da bist, bin ich die ganze verdammte Zeit über so hart, dass ich kaum gehen kann. Ich weiß, dass ich gesagt habe, wir machen nicht rum, aber es bringt mich verdammt noch mal um.“

Tamara sah sich im Zimmer um, ehe sie betont auf ihre Uhr und dann zurück zu ihm schaute.

„Die Mädchen sind erst in ein paar Stunden zurück.“ Sie trat näher, ließ die Hände vorne an seinem Körper emporwandern, um den ersten Knopf seine Jacke zu öffnen. „Ich verrate es niemandem.“

Bei Gott, er sollte das nicht tun, aber er hatte keine Möglichkeit, aufzuhören. Er drängte sich an sie, achtete nicht auf die schwache Stimme der Vernunft, die nahelegte, dass er sie zumindest in ihr Zimmer bringen sollte, bevor er sie auszog.

Scheiß auf die Vernunft. Er wollte sie hier. Jetzt. Wollte sie brandmarken und so gründlich markieren, dass sie sich jedes Mal daran erinnern würde, an sie beide, wenn sie sich in diesem Zimmer umschaute.

Er griff nach dem unteren Rand ihres T-Shirts und riss es ihr über den Kopf, seine Hände schon am Verschluss ihres BHs. Ganz kurz hatte er zu kämpfen, ehe seine Finger ihn öffnen konnten. Sie half ihm, schüttelte sich die Träger von der Schulter, der weiche Stoff fiel auf den Boden.

Ihre üppigen weiblichen Kurven lagen offen vor ihm, ein

schelmisches Funkeln stand in ihren Augen. Caleb hob sie an den Oberschenkeln hoch, und ein überraschtes Quietschen kam von ihr, während sie seine Schultern packte, um das Gleichgewicht zu halten, und ihn durch eine fröhliche Brille mit gelbem Rahmen anschaute.

Diese zusätzliche Höhe brachte ihre Brüste auf eine Ebene mit seinem Gesicht, und er leckte an einem Nippel, bevor er den anderen in den Mund nahm, und heftig pulsierend daran saugte, während er blind den restlichen Weg ins Wohnzimmer stolperte.

Ihre Fingernägel gruben sich fest in seine Haut, ein aufrichtiges Stöhnen kam über ihre Lippen. Sie ließ die Finger höher rutschen, vergrub sie in seinen Haaren, damit sie ihn noch fester an ihre Brüste pressen konnte.

Er wollte sie auf das Sofa werfen, sie ausziehen und in sie hinein stoßen. Er wollte sich Zeit lassen und jeden Quadratzentimeter ihrer Haut reizen. Irgendwie konnte er keines von beidem tun, da sie ihn fest packte, zog und zerrte, wohin sie ihn haben wollte, und plötzlich wusste er genau, was er brauchte.

Kontrolle. Über sie, da es schien, als hätte er kein verdammtes bisschen mehr über sich selbst.

Er setzte ihre Hüfte auf der Armlehne des Sofas ab, dann erwischte er ihre Handgelenke mit den Fingern, pflückte sie von sich ab und drückte langsam ihre Arme hinter den Rücken. Durch diese Bewegung kam ihre Brust nach vorne, und während sie sich in seinem Griff wand, wuchs sein Vergnügen.

„Sitz still", befahl er, richtete sie aus, bis er beide Handgelenke in einer Hand packen konnte, sodass er die andere Hand frei hatte, um eine volle Brust mit seiner Handfläche zu bedecken. Er drückte zu, dann noch einmal, massierte die schwere Wölbung, während er mit dem Daumen über ihren Nippel rieb; die Spitze verfestigte sich, schob sich an ihn.

Ihr begeistertes Stöhnen wurde lauter, und ihr Kopf fiel nach hinten, während sich sie fester an ihn presste.

Immer noch versuchte sie, die Kontrolle zu bekommen.

Caleb zerrte erneut an ihren Handgelenken. Er legte seine andere Hand unten an ihren Rücken und drückte ihn durch, sodass sie gerade so im Gleichgewicht blieb. Voll vor ihm entblößt war, während er sich dichter heranbeugte und ihr gerötetes Gesicht musterte. „*Sitz still* bedeutet, dass ich das Sagen habe. Beweg dich nicht.“

Ganz kurz wurden ihre Augen groß, und aufblitzende Hitze strahlte zu ihm zurück – kein Zorn, sondern Lust.

Das war alles, was er brauchte, um loszulegen. Er senkte den Kopf, um an einem Nippel zu arbeiten, dann am anderen, saugte und biss zu, bis ihre Brüste vom Reiben der Stoppeln auf seiner Wange und dem Druck seiner Lippen gerötet waren.

„O Gott, Caleb. *Mehr*“, bettelte sie.

Nur, weil er zustimmte, hieß das noch nicht, dass sie bekommen würde, worum sie bat. Nicht gleich.

Er lehnte sie weiter nach hinten, bis ihre Schultern auf dem Sitz lagen, ihre Hüfte immer noch höher auf der gepolsterten Armlehne. Er legte ihr eine Hand auf den Bauch, um sie festzuhalten, ihre Hände unter ihr. „Bleib so, und vielleicht lasse ich dich kommen.“

Als Antwort bekam er ein zu Kopf steigendes, wunderbares Knurren.

Er riss ihre Jeans auf, dann zog er sie aus. Mit den Händen unter ihrem Hintern rückte er sie nach vorne, bis ihr Hintern ganz leicht über den Rand der Armlehne ragte. Ein Fuß stand neben der Hüfte, das andere Bein legte er über die Rückenlehne des Sofas, sodass sie die Beine weit geöffnet hatte.

Sie war nun vor seinem Blick entblößt, Feuchtigkeit hing in ihren Schamlippen.

Langsam, ganz langsam schob er einen Finger durch die Hautfalten, um sie zu öffnen. „Ich werde hart, aber du wirst verdammt feucht, oder nicht, Liebling?"

„Ja." Sie keuchte, als er sich auf dem Boden niederließ, den Mund auf sie legte und die Zunge tief hinein stieß. „O ja."

Ihr Geschmack kühlte die Flammen keineswegs ab, doch die Geräusche, die sie von sich gab, reichten aus, dass er etwas langsamer werden konnte. Er musste hören, wie sie am Rand des Abgrunds zitterte, sich so sehr nach ihm verzehrte wie er nach ihr. Jetzt leckte er sie, ließ seine Zunge an ihre Klitoris schnalzen, immer und immer wieder im Kreis, bis sie sich wand, ihre Hüfte schob sich gegen den festen Griff, mit dem er sie an Ort und Stelle hielt. Als er ihre Klitoris in den Mund nahm, rasch mit der Zunge dagegen stieß, spannten sich ihre Arschbacken an, während sie am Rande eines Orgasmus trieb.

Er wurde langsamer, genoss das Geräusch, wie sie fluchte, während er sich ein wenig erhob, um in ihr gerötetes Gesicht zu schauen.

„Mach den Mund auf", befahl er. Mit glasigen Augen im Nebel der Leidenschaft gehorchte sie. Er schob seine Finger an ihren Lippen vorbei und über ihre Zunge, stieß sie hinein und hinaus, als würde er sie in den Mund ficken.

Ein weiteres Stöhnen kam von ihr, ihre Brust hob und senkte sich schnell. Der Puls an ihrem Halsansatz pochte, genau wie alles in ihm.

Er zog die Finger zurück und schnappte sich ihren Nippel, den er nass zurückließ, nachdem er kurz zugedrückt hatte.

Noch einmal an ihre Lippen, ihre Blicke ineinander versenkt, während er den anderen Nippel mit weiterer Feuchtigkeit überzog, die Spitzen ganz fest, begierig nach seiner Berührung.

Beim dritten Mal ließ er die Hand ihren Körper hinabgleiten, bis er zwischen ihren Beinen ankam, ihre feuchte Hitze lockte ihn weiter. Nur die Spitze, im Kreis, dann hinein. Noch einmal im Kreis, ein wenig tiefer. Noch einmal im Kreis und bis zum ersten Fingerknöchel.

Tamara bog sich ihm entgegen, versuchte, sich zu bewegen, aber er hielt sie festgenagelt, reizte sie immer weiter, bis seine Finger in ihr versenkt waren, die weichen Kuppen strichen über ihr Inneres.

Er erwischte die richtige Stelle, und ihre Augen wurden groß. „O mein ...“

Es war zu gut, um aufzuhören. Caleb beugte sich nach vorn und brachte seine Zunge ins Spiel, und Tamara bäumte sich auf, als wäre sie unterwegs zur vollen Punktzahl im Rodeo. Herrlich schmutzige Geräusche kamen von ihr, kurz bevor sich alles in ihr um ihn anspannte wie eine zuschnappende Falle, als ihr Orgasmus sie packte und gewaltsam mit sich riss.

Nur wenige Sekunden später hatte Caleb seine Hose auf dem Boden und seinen Schwanz im Gummi, ließ sich auf das Sofa fallen und zog sie auf seinen Schoß.

Tamara packte ihn an den Schultern, während er ihre Hüfte über ihn brachte, und sie griff nach unten und half ihm.

Er liebte Teamarbeit.

Er liebte sie sogar noch mehr, als sie sich aufrichtete und es keinen Grund mehr für ihn gab, langsam zu machen. Er zog sie ruckartig herab, tief und schnell, entlockte ihr noch ein paar weitere Wogen, ihr Geschlecht feucht und eng um ihn.

Und da hielt er sie fest und genoss das Spiel, ihr Körper zog sich fest um seinen Schwanz zusammen, während sie sich wand und stöhnte und noch einmal heftig kam. Ihr Oberkörper bebte wie wild, und jedes Mal, wenn sie sich auch nur ein bisschen beruhigte, drang er tiefer ein, löste ihre Leidenschaft erneut aus.

„Caleb. O mein Gott, hör auf, hör *auf* ...“

Er hielt inne, so schwierig es auch war, aber sie hatte seine Hände gepackt, ritt ihn nun. Trieb ihn noch tiefer in sich hinein.

„Tamara? Ja oder nein?“, wollte er wissen.

„*Jaaaaaa* ...“

Dem Himmel sei Dank. Er packte ihre Hüften fest mit der Faust, stieß in sie hinein wie ein Kolben. Der Druck ihres Körpers um ihn ließ ihn taumeln, während sie alles nahm, und genauso viel zurückgab. Verlangen und quälende Lust und den Wunsch nach mehr. Ihr Körper gehörte ihm, ihre Hände auf seinen Schultern packten ihn, als würde sie niemals loslassen wollen.

Niemals.

Er hielt nicht mehr länger durch, die weiche Berührung von Tamara, die mit den Fingern über sein Gesicht strich, war ein süßer, zärtlicher Kontrast zu dem extremen Ansturm der Leidenschaft, die sein Rückgrat hinaufglühte und aus ihm heraus explodierte.

Er bebte noch, und sie küsste ihn. Strich ihm mit den Fingern durch die Haare, berührte mit ihren Lippen seine, seine Schläfen. Streichelte ihn, als könne sie nicht genug bekommen.

Berührte ihn, als würde sie ihn lieben.

Von diesem Moment an wagte es Caleb, zu träumen. Vielleicht war er bereit dafür, *für immer* von Neuem anzufangen.

Der Kälteeinbruch war vorbei. Ein Chinook-Wind war aufgekommen und hatte Heart Falls einen vorgegaukelten Frühling beschert. Schmelzende Pfützen waren überall, trockenes Gras ragte durch Löcher im Schnee, und der schwere Geruch der wechselnden Jahreszeiten ließ Erinnerungen auf Caleb hereinbrechen wie ein umfallender Heuhaufen.

Seine Eltern waren im Februar gestorben, vor inzwischen fast elf Jahren, und doch, während er dorthin ging, wo sie begraben lagen, fühlte es sich ein wenig an, als wäre es gestern gewesen.

Es spielte keine Rolle, was alles in den folgenden Jahren passiert war – seine Ehe, seine Kinder, seine Brüder und Schwestern, die von der Jugend ins Erwachsenenleben übergingen – es war, als hätte es nichts davon gegeben und als wäre er immer noch dieser sture, doch unschuldige Mann, der eine Verantwortung zugeschustert bekommen hatte, die ihm so sehr über den Kopf gewachsen war, dass es Augenblicke gegeben hatte, in denen es ihm schwergefallen war, zu atmen.

Caleb glitt von Laceys Rücken, trat zu den einfachen Grabsteinen an der Hügelflanke. Er kniete sich hin, um die trockenen Reste der Blumen wegzunehmen, die eines seiner Geschwister hinterlassen hatte, als zum letzten Mal jemand da gewesen war.

Seine Familie zog ihn damit auf, dass er ein Mann weniger Worte war, aber an diesem Ort schien es, als könne er reden und reden und niemals zu einem Ende kommen. Teufel auch, manchmal war er heraus zur Grabstätte gekommen und hatte gebrüllt, völlig zerrissen im Inneren, wenn er sich gefühlt hatte, als wäre er mit allem gescheitert, was er tun musste.

Vielleicht war es leichter, weil sie niemals etwas erwiderten, und doch wusste er so sicher, als ob sie am Leben wären, dass seine Eltern ihn immer noch anleiteten.

„Ich liebe sie", gab er zu. „Ich glaube, ihr hättet sie auch geliebt. Tamara ist klug, und sie ist witzig, und diese Art, wie sie erkennt, was mit Sasha und Emma geschehen muss, dafür liebe ich sie sogar noch mehr."

Er lachte, sah über die Felder und Gebirgszüge hinweg. In der Mitte, wo das Wasser immer noch frei floss, glitzerte der Big Sky Lake, der Wind wehte über die Oberfläche und schickte Lichtpfeile auf ihn zu, als würde ein Feuerwerk in den Himmel hinaufschießen.

„Ziemlich dämlich, dass ich hier oben bin und es euch sage, anstatt zurück ins Haus zu marschieren und es ihr zu sagen. Vielleicht habe ich einfach ein bisschen üben müssen", erklärte er. „Ich erinnere mich, dass ihr einander ständig gesagt habt, dass ihr euch liebt. Luke, Walker und ich, wir haben immer diese unflätigen Geräusche gemacht, wenn wir euch dabei erwischt haben, aber insgeheim hielten wir das für ziemlich cool. Ich habe euch gern beobachtet. Ihr habt nicht einfach nur die Worte gesagt, ihr habt es gezeigt ..."

Und als ob seine Eltern ihm einen betonten Blick

zugeworfen hätten, fühlte Caleb sich so sehr getadelt, als hätten sie etwas gesagt.

„Ach, Teufel auch. Ihr habt recht. Ich sage es euch beiden nur ungern, aber euer ältester Sohn ist manchmal ein ziemlicher Idiot." Er stand auf, klopfte sich mit den Handschuhen ans Bein. „Aber er lernt noch. Hoffentlich reicht das."

Es war an der Zeit, es nicht weiter aufzuschieben. Er mochte ja ein Narr sein, aber er hatte in letzter Zeit gut aufgepasst, und die Mädchen waren inzwischen bestimmt halb in Tamara verliebt. Sie würden Zeit haben, sich zu Ende zu verlieben ...

Am Ende der Straße, die um den Little Sky Lake führte, parkte ein Truck, und ein Mann ging durch die Hügel. Es war nicht in einem Bereich, in dem sich jemand von der Mannschaft von Silver Stone aufhalten musste, und Caleb war so abgelenkt, dass er loszog und mehr herausfinden wollte.

Es dauerte eine Weile, bis er vom Hügel hinabgestiegen war. Er brachte Lacey zurück in die Scheune, dann fuhr er auf den kleinen Wegen hinaus, bis er schließlich am Ende mit seinem Truck neben dem Fremden stand.

Der Mann stieg herab, um ihm entgegenzukommen, eine schwere Segeltuchtasche hing über einer Schulter, ein Fernglas lag in seiner Hand.

„Kann ich Ihnen mit irgendwas helfen?", fragte Caleb.

Der Mann streckte ihm eine Hand entgegen. „Finn Marlette. Sind Sie einer der Helfer hier auf Silver Stone?"

„Besitzer. Caleb Stone."

Der Mann strahlte. „Schön, Sie kennenzulernen. Ich habe erwartet, Sie erst später zu treffen."

Caleb dachte einen Augenblick lang nach. Wenn Ashton nicht vergessen hatte, ihm etwas mitzuteilen, war das irgendeine Art Verwechslung. „Tut mir leid, warum sind Sie hier?"

„Ich führe einige vorläufige Vermessungen durch. Richtig prüfen können wir es erst im Frühling, aber ich war in der Gegend, darum dachte ich, ich könnte schon mal nachschauen."

Nein. Caleb hatte noch immer keine Ahnung. „Was prüfen Sie denn?"

Finns gebräuntes Gesicht legte sich vor Erheiterung in Falten. „Witzig, wie oft das so kommt. Der Besitzer ist immer der letzte, der es erfährt. Durchführbarkeit von Ölproduktion. Es ist sehr wahrscheinlich, dass sie angenehm überrascht werden. Ich weiß, dass Ihre direkten Nachbarn keine Ölbrunnen haben, aber Sie haben eine faszinierende ..."

„Sie wollen einen Ölbrunnen auf unser Land stellen?"

Finn schüttelte den Kopf. „*Sie* wollen uns die Rechte verpachten, damit meine Firma einen Ölbrunnen auf Ihr Land stellen kann, falls es etwas zu holen gibt. Ich bin der Mann, der herausfindet, ob eine Investition rentabel ist."

Auch wenn der Gedanke, irgendwo auf dem Land von Silver Stone auf Öl zu stoßen, womöglich Vorteile brachte – er war nicht dumm, er wusste, wie viel Geld da im Spiel sein konnte – Caleb musste die Unterhaltung ein gutes Stück zurückspulen. „Ich habe Sie nicht angeheuert."

„Niemand hat mich angeheuert, zumindest noch nicht. Ich habe versprochen, die vorläufigen Vermessungen als Gefallen für eine alte Freundin vorzunehmen."

Der einzige Mensch, von dem Caleb wusste, dass er auch nur entfernt mit Öl in Verbindung stand, war Penny Talismans Vater, aber der Gedanke, dass sie sich so etwas ausdachte, passte überhaupt nicht zu ihr. „Geben Sie mir einen Namen."

„Karen Coleman."

Die Wärme des Chinooks verzog sich im selben

Augenblick, und ein eiskalter Wind fegte durch ihn hindurch. Karen, das bedeutete Tamara. Das bedeutete, dass die Frau es in die Wege geleitet hatte, dass jemand auf ihr Land kam, ohne ihn davon in Kenntnis zu setzen.

Er traute sich im Augenblick nicht zu, etwas zu Finn zu sagen, darum neigte er einfach das Kinn, um ihm knapp Lebewohl zu sagen. „Machen Sie keine weiteren Schritte, außer ich trage es Ihnen auf."

Caleb kochte auf der ganzen Fahrt zurück zum Ranchhaus, Frust und Zorn breiteten sich sehr viel heißer aus, als er erwartet hatte. Als Tamara nicht im Haus war, sodass er sie fragen konnte, was zu Teufel los war, wurde er noch wütender.

„Hat irgendwer Tamara gesehen?", fragte er, nachdem er in die Scheune marschiert war.

Kelli und Walker schauten dort auf, wo sie einen Show-Sattel reparierten. „Sie ist ausgeritten", sagte Kelli.

„Wohin war sie unterwegs?" Caleb ging bereits los, um sein Pferd zu satteln.

„Weiß ich nicht, aber die meiste Zeit über reitet sie zu den Wasserfällen." Diesmal war es Walker.

„Woher zum Teufel weißt du das?", wollte Caleb wissen, seine Lautstärke überstieg alles, was er normalerweise zum Einsatz gebracht hätte. „Warum zum Teufel weiß jeder sonst, was los ist, und ich bin der Letzte, der es erfährt?"

Er achtete nicht auf ihre schockierten Mienen und sattelte sein Pferd fertig. Er stieg auf und begab sich zu den Wasserfällen, während seine Laune weiterhin kochte.

Als allererstes sah er ihr Pferd. Stormy wanderte träge dahin, während er auf den dünnsten Schneeflecken scharrte, um an das Gras darunter zu kommen.

Tamara lag auf den Felsen, wo sie sich zum ersten Mal richtig begegnet waren, die schwarze Oberfläche nahm die

Hitze der Sonne auf und hielt die Fläche schneefrei. Caleb ließ sein Pferd stehen und marschierte zu ihr.

Er hatte wohl Lärm gemacht, denn sie richtete sich auf, wo sie sich entspannt hatte, und lächelte ihn an, doch es verflog, je näher er kam. „Was ist los?"

„Wir züchten Pferde, verdammt. Wir betreiben ein verdammtes kommunal unterstütztes landwirtschaftliches Programm, und wir sind Bewahrer der Umwelt. Ich bin nicht gegen Fortschritt, aber ich erwarte, dass man mich fragt, bevor man irgendjemanden über ganz Silver Stone klettern lässt, der es vielleicht einfach aufbohrt und auseinanderreißt."

Ihre Miene wandelte sich von besorgt zu verwirrt. „Caleb. Ich habe keine Ahnung, wovon du da redest."

„Diesem Mann, der über mein Land streift. Es beäugt, um herauszufinden, wo er Löcher in den Boden bohren und es aussaugen kann. Glaubst du nicht, ich kann genug Geld verdienen, um mich um meine Familie zu kümmern? Glaubst du nicht, dass ich genug Geld verdienen kann, um mich um *dich* zu kümmern?"

Er wandte sich von ihr ab, fuhr sich mit der Hand durch die Haare, und wirbelte wieder herum, bevor sie auch nur ein Wort herausbrachte. „Okay, vielleicht ist es eine gute Idee, zu sehen, ob es Öl auf dem Land gibt, aber du hast nicht gefragt. So machen wir die Dinge hier nicht, und wenn du und ich zusammen sein wollen, dann darfst du mich nicht außen vor lassen."

Ihr stand der Mund nicht länger offen. Sie hatte ihn geschlossen und beäugte ihn, den Kopf zur Seite geneigt. War völlig still, während sie genau zuhörte.

Was gut war, denn er steigerte sich gerade immer weiter hinein. „Diese Beziehung wird *nicht* wie die sein, die ich mit Wendy geführt habe, wo wir einander nicht beachtet haben, und dann losgezogen sind und getan haben, was immer zum

Teufel wir wollten. Du und ich, wir werden über die Dinge *reden*, und zusammen werden wir Entscheidungen treffen. Zusammen werden wir beschließen, was wichtig für unsere Mädchen ist, und wie wir unsere zukünftigen Kinder aufziehen, diejenigen, die du und ich zusammen haben werden. Wir werden streiten, und diskutieren, und uns aussprechen, bis wir die verdammt noch mal beste Entscheidung treffen, und dann werden wir es alles *zusammen* durchziehen. Hörst du mich?"

Sie hätte taub sein müssen, um ihn nicht zu hören, denn an dieser Stelle brüllte er beinahe.

Tamara war immer noch still, doch ihre Mundwinkel hatten sich nach oben gekrümmt. Je länger er sie anbrüllte, desto breiter wurde ihr Grinsen, und nun wusste er nicht, ob er sie küssen oder hochnehmen und durchschütteln wollte.

„Was zum Teufel ist so gottverdammt witzig?"

Sie trat vor, legte ihm eine Hand auf die geballten Fäuste, dann stellte sie sich auf die Zehenspitzen.

Und küsste ihn.

Tamara war nicht sicher, wie er reagieren würde, aber es bestand keine Möglichkeit, dass sie weitermachen konnte, ohne in seinen Armen zu liegen.

Caleb schien das auch so zu sehen, denn er griff herab und fing sie auf, zog sie an sich, während sie sich küssten, und küssten, und küssten. Sanft und süß ging in leidenschaftlich und bedürftig über, bevor es wieder langsamer wurde und er sie zurück auf die Beine auf den Boden stellte, und sie sich voneinander lösten, die Stirn an ihre gedrückt, während er ihr in die Augen schaute.

Die Einzelheiten, worüber sie sich stritten, spielten keine

Rolle, sie war nur so verdammt froh, dass er mit ihr *stritt*, denn das bedeutete, dass er sich verändert hatte.

Als Wendy gegangen war, hatte er sich verschlossen. Oder vielleicht war es schon vorher gewesen, dass er gelernt hatte, aus jeder Situation wegzugehen, die wehtun oder eine emotionale Herausforderung für ihn darstellen könnte.

Inzwischen waren seine ganze Leidenschaft und sein Feuer durchgebrochen, und damit konnte sie arbeiten. Er hielt nichts mehr zurück, sodass sie endlich, *endlich* weiterziehen konnten.

„Willst du mir noch mal erzählen, von Anfang an, was dich so aufgebracht hat? Bitte?", fragte sie, so freundlich sie konnte.

Er hielt sie fest, ihre Körper dicht beieinander. Sprach leiser, als wäre er wegen seiner vorherigen Explosion verlegen. „Es ist ein Mann auf meinem Land, der sagt, dass Karen Coleman ihn geschickt hat, um es wegen Öl zu begutachten."

Aufblitzender Zorn huschte durch Tamara. „Na, das nervt jetzt. Wenn man bedenkt, dass ich sie nicht darum gebeten habe. Ich habe sie gefragt, ob sie jemanden *kennt*, ich habe ihr nicht die Erlaubnis gegeben, den Ball ins Rollen zu bringen." Sie legte eine Hand an Calebs Wange, strich mit den Fingern über sein Ohr. „Ich wollte mit einer Idee zu dir kommen, nicht mit einem Ultimatum."

Er wirkte entsetzt. „Ich habe dich ohne Grund angebrüllt?"

Rasch küsste sie ihn, zog sich mit einem aufrichtigen Lächeln zurück. „Oh, ich bin froh, dass du gebrüllt hast."

Er hielt inne, dann schüttelte er den Kopf. „Nein. Jetzt bin ich wieder so weit, dass ich keine Ahnung habe, was zum Teufel los ist."

Das mochte er zwar noch nicht haben, aber bald schon. Und Tamara war jenseits des Punktes, von dem es keine Wiederkehr gab. Sie hatte es satt, zu warten, und nun, da er aus der harten Schale gekrochen war, in die er sich zurückgezogen hatte, war sie ziemlich sicher, dass sie den Rest unterwegs hinbekommen würden. Sie wollte ihn.

Nein, sie wollte alles. Ihn, die Mädchen, weitere Kinder. „Du weißt, dass ich mich gern einmische?"

„Das hast du doch aufgegeben."

„Ja, das ist doch Mist." Sie verzog das Gesicht. „Das Gute ist, nachdem ich mich immer so leicht einmische und so, bedeutet das, dass ich *das* tun kann." Tamara schlang ihm die Hände um den Nacken, hielt ihn ganz fest.

„Du hast vor, mich zu erwürgen?"

„Vielleicht. Nicht heute, aber vielleicht morgen. Oder übermorgen. Denn weißt du, was du brauchst, Caleb Stone? Du brauchst mich. Du brauchst mich in deinem Leben, sodass ich dir Sorgen bereite und dich in den Wahnsinn treibe, und da ich so eine nette und ergebene Person bin, werde ich mich auf jeden Fall opfern und ja sagen."

Seine Lippen krümmten sich. „Ich erinnere mich gar nicht daran, dass ich dir in letzter Zeit irgendwelche Fragen gestellt hätte."

„Bis auf die, ob ich dich höre."

Er wurde tatsächlich rot.

„Vergiss das. Ja, ich habe dich gehört, und nun bin ich bei einem anderen Thema. Halt mit mir mit", neckte sie ihn.

Er legte ihr eine Hand ans Kinn. „Ich versuche es."

„Wir sind beide modern denkende Personen. Tatsächlich wirst du in Zukunft ein wenig prahlen können, Caleb Stone, denn weißt du was?"

Es war das Verrückteste, aber es war richtig. Sie ging vor ihm auf ein Knie, hielt seine Hand in ihrer.

Er hob eine Augenbraue, ein sanftes Grinsen zupfte an seinen Lippen, während sein Zorn verflog und Neugier wich. „Modern denkend ist ja schön und gut, aber hast du irgendeine

Vorstellung davon, was der erste Gedanke ist, den man als Mann hat, wenn eine Frau auf die Knie geht?"

Sie stieß ihn spielerisch in den Bauch, ehe sie die Finger um seine Gürtelschnalle legte. „Später. Ich bin jetzt romantisch. Still."

„Ahh. Ich mache mir Notizen."

Mein Gott, wie sie seinen trockenen Sinn für Humor liebte. Und seine herrschaftliche, fordernde Art. Sie liebte alles an ihm, und es war Zeit, dass er es erfuhr.

„Caleb, du bist der zweitsturste Esel, dem ich je begegnet bin." Sie verzog das Gesicht. „Den stursten sehe ich jedes Mal, wenn ich in den Spiegel schaue."

„Da werde ich keine Widerworte einlegen."

Am Ende würde sie alles bekommen, was sie wollte, selbst wenn der Weg dahin ein wenig verworren war. „Ich liebe dich. Ich weiß, dass du mich auch liebst, auch wenn du noch nicht bereit bist, es zu sagen. Ich bin bereit, zu warten, bis dir klar wird, dass du es tust, aber in der Zwischenzeit hast du recht. Wir werden zusammen sein, du und ich. Wir werden eine Familie sein, denn ich liebe deine kleinen Mädchen mit allem, was ich habe. Was echt praktisch ist, denn ich bin auch total in ihren Daddy verliebt."

Inzwischen lächelte er, sein Gesicht ein einziger Sonnenschein. All sein Frust und seine Wut waren weg. „Sehr praktisch."

Sie ließ all ihre Gefühle aus ihr herausleuchten, so gut sie konnte. „Willst du mich heiraten, Caleb Stone?"

Er seufzte, lange und von Herzen. Mit völligem Glücksgefühl. „Ja."

Tamara lachte. „Ich liebe dich. Direkt und auf den Punkt."

„Willst du es ein wenig schicker? *Teufel*, ja." Er riss sie auf die Beine und küsste sie auf die Nasenspitze. „Besser?"

„Perfekt."

Er legte ihr die Finger unters Kinn und hob ihr Gesicht, damit er über ihre Lippen streifen konnte. Eine kurze, sanfte Zärtlichkeit. Aus der langsam Leidenschaft wurde, bis ihr klar war, dass er am Knopf seiner Jeans herumspielte.

Sie packte sein Handgelenk. „Ernsthaft?"

„Ich habe mich gerade verlobt. Ich denke, man kann das ein wenig feiern."

Seiner Logik war kaum etwas entgegenzusetzen, aber es gab noch etwas anderes zu bedenken. „Hast du ein Kondom dabei?"

Das ließ ihn einen Augenblick innehalten, aber dann, zu ihrem äußersten Entsetzen, verzog sich sein Gesicht zu etwas, das sie nur ein dreistes Grinsen nennen konnte. „Weißt du noch meinen kleinen Vortrag vorhin, dass wir uns über alles aussprechen?"

Vortrag. Okay, da würde sie mitgehen, aber sie kicherte. „Ja?"

„Ich stelle ein neues Thema zur Diskussion." Er holte tief Luft. „Ich habe doch irgendwie Kinder erwähnt – und ich weiß nicht mal, ob du welche willst, bis auf die Mädchen."

Verflixt und zugenäht, der Mann ging von insgesamt wenigen Worten dazu über, riesige Themen in wenigen Worten anzusprechen. „Du fragst, ob ich Babys von dir will? Denn die Antwort lautet ja."

Er überbrückte die Entfernung zwischen ihnen erneut, seine Hand kam auf ihrer Hüfte zum Ruhen. „Macht es dir vielleicht was aus, eher früher als später damit anzufangen?"

Das war gar nicht, wie sie sich ihren freien Nachmittag vorgestellt hatte. „Warum nicht? Ich habe ein paar Stunden, in denen ich mir die Zeit vertreiben kann."

Caleb lachte, hob sie hoch und führte ihre Lippen wieder zueinander. Tamara schlang die Beine um seine Hüfte und hielt sich fest, während er sie auf die felsige Fläche hinunter ließ.

Die Wintersonne war kaum stark genug, um bloße Haut zu wärmen, aber die schwarzen Felsen hielten etwas Wärme fest. Der Chinook-Wind strich mit sanften, warmen Fingern über sie, und der scharfe Geruch nach Gras und Schnee erfüllte ihre Sinne, während Caleb einen ihrer Stiefel auszog und ihr aus einem Bein ihrer Jeans half. Er machte sich auch ausreichend frei und zog sie über ihn, schnell, aber perfekt.

Er berührte sie aufs vertrauteste, reizte und streichelte sie, während er sie küsste, hielt sie in der Sonne und schützte sie vor der harten Fläche unter ihren Knien, bis sie sich vor Verlangen wand.

Dann ließ er sie langsam herab, vereinte sie. Ungefiltert und leidenschaftlich und nicht besonders extravagant, nur sie und das Land. Silver Stone beobachtete sie wie ein Wächter, während sie sich liebten, das Dröhnen der Wasserfälle lag in ihren Ohren.

Oder war es das Hämmern ihres Herzens?

Sie wiegte sich auf ihm, während er sie küsste, mit der Zunge neckte, mit den Zähnen an ihrer Unterlippe zupfte. Ihr Küsse aufs Gesicht drückte, während er ihren Kopf hielt und sie fest an sich zog.

Sich festhielt, als würde er sie niemals loslassen.

Der wehende Wind strich um sie, warm wie die Berührung eines sanften Geliebten, und als sie kamen, schaute Tamara in die Augen des Mannes, den sie liebte.

Es spielte keine Rolle, dass er es noch nicht gesagt hatte, nicht mit Worten. Er hatte es immer und immer wieder gesagt, mit seinem Körper, mit seinen Taten. Und als er ihren Namen hauchte, küsste Tamara ihn heftig.

Das ferne Dröhnen der Wasserfälle war wie ein Segen für ihren Neuanfang.

———

Caleb führte sie zurück zu den Pferden, leicht schockiert, wie gut alles gelaufen war.

Sie hatte ihm einen Antrag gemacht? Zur Hölle mit ihm, wenn er sie das zurücknehmen ließ. Sie gehörte ihm, und von hier an ging es nirgendwohin als vorwärts.

Er hob sie auf Stormys Rücken und stieg auf sein eigenes Pferd, ritt Seite an Seite mit ihr auf dem Weg zurück zum Haus. Sie schien nicht reden zu wollen, und ihm machte es nicht aus, einen Moment der Stille zu haben.

Er dachte viel über das nach, was er in ein paar Minuten würde sagen müssen.

Er schickte Luke eine rasche Nachricht, bat ihn, da zu sein, wenn die Mädchen aus dem Bus stiegen. Die Welt war in einem Augenblick aus den Angeln gehoben worden, und die Veränderungen waren noch nicht abgeschlossen.

Caleb heckte Pläne aus und wog ab, während sie sich um ihre Pferde kümmerten, schweigend arbeiteten. Einander oft anschauten, bedeutungsvolle Blicke wechselten. Tamara hatte ein Lächeln auf, das so breit war wie seines.

Caleb hätte gesagt, dass Tamara das Beste war, was ihm jemals widerfahren war, aber das wäre eine Lüge gewesen. Er hatte zwei kleine Mädchen, die er jenseits aller Vernunft liebte, und eine Familie, die bis zu seinen Stiefelspitzen Teil von ihm war.

Sie war nicht besser als das, aber sie war das, was alles andere komplettierte. Sie war die Liebe, die seine Welt zu einem festen, stabilen Bündel zusammenschnürte, das Garn, das die zerbrochenen Teile seines Herzens befestigte.

Es schien, als solle er es sagen können, wenn er es schon denken konnte.

Er wartete, dass sie sich die Hände fertig säuberte, und packte sie dann, ging Hand in Hand mit ihr zurück zum Haus.

„Bist du bereit?", fragte sie, während sie auf die Veranda traten.

Er öffnete ihr die Tür, schaute sie von oben bis unten an, während er so gut wie möglich jedes kleine bisschen seiner Liebe zeigte. „Bist du es?"

Emma und Sasha saßen an der Kücheninsel. Luke stand an der Arbeitsfläche, die Hand im Keksglas, ein schuldbewusstes Lächeln auf dem Gesicht, während Caleb die Handvoll beäugte, die er bereits hielt.

„Ich wusste nicht, wann ihr zurück sein würdet", erklärte er, „und alle haben Hunger."

Alle?

Tamara beugte sich um ihn herum, um einen Blick ins Wohnzimmer zu werfen. Und tatsächlich, seine anderen beiden Brüder waren auch da, Walker entspannte sich auf dem Sessel, und Dustin hatte die Füße auf dem Beistelltisch.

Caleb zögerte einen Augenblick, ehe ihm klar wurde, dass es keine Rolle spielte. Es sah aus, als würde er ein Publikum haben, und er hatte es lange genug aufgeschoben.

Tamara würde es nichts ausmachen.

„Alle ins Wohnzimmer", befahl er.

Seine Familie bewegte sich, ihre Gesichter waren fragend. Dustins Blick hing dort, wo Caleb Tamaras Finger genommen hatte und sich weigerte, sie loszulassen.

Emma und Sasha saßen auf dem Rand des Beistelltischs, schauten sie verwirrt an.

Er wies mit dem Finger auf das Publikum und sagte streng zu ihnen: „Setzt euch kurz mal hin und hört einfach zu."

Dann wandte er sich an Tamara und nahm ihre beiden Hände in seine. Er schaute ihr in die Augen und ignorierte die Tatsache, dass er fünf zusätzliche glotzende Zeugen hatte.

„Ich weiß, du hast gesagt, du erwartest noch nicht, dass ich es schon sage, aber ich habe mich seit einer Weile dazu vorgearbeitet, darum sehe ich nicht, weshalb ich das noch länger aufschieben sollte. Ich habe nichts, was ich dir geben kann, außer mein Herz. Es ist ein wenig angeschlagen, aber ich glaube, es funktioniert immer noch gut. Ich bin bereit, es dir anzuvertrauen."

Tamara legte den Kopf schief, ihre Augen leuchteten feucht.

Er beeilte sich, weiterzumachen, ehe sie etwas sagen konnte.

„Ich habe mich vom allerersten Augenblick an in dich verliebt, als du vor mich getreten bist, so mutig und so dreist, und du hattest recht. Und dann bist du herausgefahren und in meine Familie gekommen", er wedelte mit der Hand zu allen im Wohnzimmer hin, den Blick aber die ganze Zeit auf sie gerichtet, „und du warst einfach weiterhin du. Überlegt und liebevoll und alles, was wir brauchten, aber hier geht es nicht um sie. Es geht um *uns*. Ich habe mich in dich verliebt, Tamara Coleman, und obwohl ich hoffe, dass alle anderen genauso empfinden, wenn du dich unserer Familie anschließt, will ich nicht mehr länger warten, dir etwas Wichtiges zu sagen: Ich liebe dich."

Ihre Augen funkelten, ihr Griff um seine Finger verfestigte sich. War es möglich, dass er sie tatsächlich sprachlos gemacht hatte?

„Daddy?" Sasha sprach leise.

Er riss den Blick von der Frau los, die er liebte, um seiner Tochter zu antworten. „Ja, Schatz?"

„Heiraten du und Tamara?"

Tamara antwortete, bevor er es tun konnte. „Ich habe ihn gefragt, ob das in Ordnung ist, weil ich gern seine Frau wäre. Und ich wäre gern deine und Emmas Mami, also würde das alles irgendwie schon gut funktionieren, wenn wir heiraten."

Emma meldete sich zu Wort. Leise, aber klar über die anderen leisen Stimmen im Raum hinweg hörbar. „Du ... du willst unsere Mami sein?"

Caleb wurde die Kehle eng. Tamara drückte seine Hand, ehe sie losließ und auf die Knie ging, um auf Augenhöhe mit seinem kleinen Mädchen zu sein. „Mit allem, was ich habe. Ich würde liebend gern eure Mami sein."

Emma warf sich auf Tamara, Sasha folgte nur einen Augenblick später, und Caleb erwischte sie, bevor sie zu Boden fielen. Sie alle vier auf einem Stapel wie ein Haufen Welpen.

Wie eine Familie.

Ein Geräusch brach durch das Lachen und Weinen. Es war ein Klatschen, das von Luke und Walker kam, die beide unbeherrscht grinsten. Dustin wischte sich die Augen ab und versuchte, es zu verbergen, bevor er sich ebenfalls anschloss.

Caleb schlang die Arme um seine kostbare Familie und hielt sie fest. Er würde niemals loslassen.

Es hatte eine Weile gedauert, bis alle sich beruhigten, aber nachdem Händeschütteln und Umarmen und Küssen und Fragen vorbei waren, hatten sie schließlich alle an den Tisch geführt und sich überlegt, was sie essen könnten.

Tamara war immer wieder am Rande der Tränen vor Glück, und sie nahm sich einen Augenblick, um sich wegzuschleichen und eine E-Mail an ihre Schwestern zu schicken.

Ich habe beschlossen, dauerhaft in Heart Falls zu bleiben. Habe Caleb gefragt, ob er mich heiratet; er sagte ja. Scheint, als hätte ich eine neue Heimat und zwei kleine Mädchen, ohne dafür Wehen durchmachen zu müssen. Karen, erinnere mich daran, dass ich dir einen Kuss gebe, wenn ich dich das nächste Mal sehe. Lisa, wann kommst du zu Besuch?

Sie antworteten beide beinahe sofort.

Ich freue mich so für dich, obwohl ich mir nicht sicher bin, was ich getan habe. Ruf an, wenn du reden kannst — Karen.

Ich arbeite an diesem Besuch. Und du hast ihn gefragt, ob er dich heiratet? Ich will mich nur vergewissern, denn für mich könnten da fünfzig Mäuse rausspringen. Ich liebe dich, liebe Grüße an die Mädchen, und an den großen, grummeligen Cowboy, obwohl ich wette, dass er nicht mehr so grummelig ist. <3 <3 Lisa

Gelächter stieg in ihr auf. Natürlich hatte Lisa irgendwo Geld gewettet, aber Tamara musste die Einzelheiten nicht erfahren.

Was sie brauchte, waren die Kuscheleinheiten, die sie sowohl von Sasha als auch von Emma bekam, die sich auf das Sofa gelegt hatten, sodass sie sich neben ihnen ankuscheln konnte. Damit blieb Caleb nur, ihnen gegenüber zu sitzen, doch das zufriedene Lächeln auf seinem Gesicht machte klar, wie glücklich er war, sie ein wenig aus der Ferne zu beobachten.

Sasha beschloss natürlich, zu versuchen, die Schlafenszeit hinauszuzögern, indem sie sich ihre Fragen für diesen Zeitpunkt aufhob. Als sie im Bett lag, feuerte sie eine nach der anderen ab. „Dürfen Emma und ich Blumenmädchen sein? Werdet ihr hier auf Silver Stone heiraten? Werdet ihr …?"

„Wir haben es noch nicht alles raus", warnte sie Tamara. „Aber ihr werdet auf jeden Fall bei der Hochzeit dabei sein. Ihr gehört zur Familie, oder nicht?"

Sasha schien mit dieser Antwort ganz zufrieden zu sein. Sie legte sich auf ihr Kissen zurück und beobachtete Tamara mit diesem Blick, der Caleb so ähnlich war. „Du bleibst hier."

Keine Frage. Keine Forderung. Zufrieden und glücklich, als hätte sie beschlossen, dass die Probezeit vorüber war, und Tamara bestanden hatte.

Tamara war sehr froh.

Sasha warf einen Kuss zu Caleb, der im Eingang stand, und rollte sich dann zur Wand. All ihre Widerworte und Beschwerden waren weg – zumindest vorerst.

Emma hatte zu dem Thema ein wenig mehr zu sagen. Sie bestand darauf, dass sowohl Caleb als auch Tamara sie ans Bett begleiteten und sie einpackten. Ihre ganze Kühnheit, dass sie laut gesprochen hatte, war verflogen, aber es war eindeutig, dass sie etwas beschäftigte.

„Was ist denn, Krümel?", fragte Caleb leise. „Willst du es mir sagen?"

Sie beugte sich dichter zu ihm und flüsterte ihm ins Ohr, seine Augen wurden dunkel, als er einen Blick auf Tamara warf, die sich auf den Stuhl neben dem winzigen Bett gesetzt hatte. „Emma will wissen, ob sie dich Mama nennen darf."

Es war fast unmöglich, den riesigen Kloß in ihrer Kehle zu schlucken. „Das hätte ich sehr gerne."

Emma schien noch nicht fertig zu sein. Sie tätschelte Caleb

die Hand, dann sprach sie lauter. „Du gehörst zu meinem Papa."

Tamara biss sich auf die Zunge.

Caleb lachte nur. „Klingt gut für mich."

Er gab ihr einen Kuss und rutschte dann auf dem Bett zurück, sodass Tamara herkommen und die Decke ganz heraufziehen konnte. Emma steckte sich ihren Plüschaffen unter den Arm und drückte ihm einen Kuss auf die Stirn, ehe sie sich hinlegte und Tamara die Lippen anbot.

Tamara gab ihr einen Kuss, wurde festgehalten, als sich kleine Arme um ihren Nacken legten und fest drückten.

„Ich habe dich lieb", sagte Emma deutlich.

„Ich habe dich auch lieb", brachte Tamara hervor, ehe ihre Sprachfähigkeiten sich vom Acker machten. Sie schlich sich aus dem Bett und aus dem Zimmer, ließ Caleb die Aufgabe abschließen, bevor sie völlig die Kontrolle verlor.

Er stieß im Gang auf sie und nahm sie in die Arme, hielt sie fest und ließ sie ihr Gleichgewicht wieder finden. Dann nahm er sie mit zurück ins Wohnzimmer, zog sie vor dem Kamin auf den Boden. Wiegte sie.

Lange Zeit waren sie still, aber sie brauchten keine Worte. Tamaras Verstand war voll, und ihre Seele glücklich.

Schließlich bewegten sie sich etwas weiter auseinander, holten sich Getränke und setzten sich hin, um herauszubekommen, was als nächstes kam.

Sie verbrachten ein paar Stunden mit Reden, Lachen und Küssen, die sich unter die ganzen Worte mischten. Tamara schätzte, dass sie immer noch drei Viertel der ganzen Unterhaltung stellte, aber es machte ihr nichts aus.

Caleb musste sich nicht um Kopf und Kragen reden, um sich klar auszudrücken.

Und als sie aufstanden und sich bettfertig machten, war

Caleb an ihrer Seite, folgte ihr durch die Tür in das große Schlafzimmer.

Sie hob eine Augenbraue.

Er versuchte, herrschaftlich zu wirken, aber es klang etwas dümmlich. „Ich warte doch nicht. Wir machen es offiziell, aber bis dahin gehörst du mir. Dazu gehört, dass wir im selben Bett schlafen, und mir ist egal, wer das weiß."

„Gute Antwort", neckte Tamara, obwohl ihr auffiel, dass er dafür sorgte, sich umzudrehen und die Tür abzuschließen.

Er brachte sie zum Bett, zog sie beide aus, bis er ihr die Brille abnahm und sie trotz ihrer Widerworte auf das Nachtkästchen legte.

Er schaltete alle Lichter ab, und sie liebten sich im Dunkeln, mit zärtlichen Händen, streifenden Lippen und allen anderen Sinnen höchst angespannt. Tamaras Herz floss über vor Glück, und sie musste nicht sehen, um zu wissen, dass er lächelte, während er sie beide in den Himmel brachte.

Sie musste nicht sehen, um zu wissen, dass er lächelte, während er sie küsste, und sie dann die ganze Nacht in die Arme nahm. Sie lächelte auch. Bis über beide Ohren, um ehrlich zu sein.

So dankbar, dass sie ihren Weg in das Herz des Ranchers gefunden hatte.

EPILOG

Walker lehnte sich in seinem Sessel zurück und sah zu, wie die Sonne hinter den Bergen unterging, Gold und Gelb spiegelte sich auf dem Big Sky Lake zu einem Mosaik aus blauen und schimmernden Lichtern.

So, so. Sein großer Bruder Caleb hatte den Mut, es noch einmal zu versuchen.

Wenn man bedachte, dass *Walker* eigentlich der Mutige in der Familie sein sollte, war es ... ernüchternd. Vielleicht musste er mutiger werden und es auch noch einmal probieren. Er hatte eine goldene Gelegenheit, die auf ihn wartete, und hier war er und ließ sie verstreichen.

Wovon er träumte, war ein Zuhause und Glück, wie Caleb und Tamara es sich aufbauten, aber die einzige Frau, die Walker je gewollt hatte, war weg.

Wenn er Vollzeit nach Silver Stone zurückkehrte, würde er keine größere Hilfe sein als jeder andere Arbeiter. Vielleicht konnte er dort draußen etwas Großes schaffen. Richtig Geld verdienen und etwas Entscheidendes bewirken. Für seine

Familie da sein, auf eine Art und Weise, die ihr Leben verändern würde, anstatt ihnen eine solche Last zu sein.

Walker kaute die ganze Nacht auf der Idee herum, bevor er schließlich nachgab. Er warf seine Gitarre hinten in seinen Truck, zusammen mit seiner Tasche, und ging, um sich von seiner Familie zu verabschieden.

Ein weiterer Versuch.

Ein weiterer Test.

Er musste es tun.

New York Times-Bestseller-Autorin Vivian Arend lädt ein nach Heart Falls, zu modernen Ranchern in einem Städtchen in Alberta, ab vom Schuss in den Ausläufern der Berge. Es ist ein wilder Ritt, bis sie alle ihr Lebens- und Liebesglück finden.

Die Stones aus Heart Falls
Das Herz des Ranchers
Das Lied des Ranchers
Die Braut des Ranchers
Die Liebe des Ranchers
Der Schwur des Ranchers

Vivian lässt derzeit ihre vielen Serien übersetzen. Bitte besuchen Sie deren Website für alle aktuellen Informationen.
www.vivianarend.com/de

ÜBER DIE AUTORIN

Mit über 3 Millionen verkauften Büchern ist Vivian Arend eine *New York Times-* und *USA Today*-Bestsellerautorin von mehr als 70 zeitgenössischen und paranormalen Liebesromanen.

Ihre Bücher lassen sich alle einzeln lesen und haben keine Cliffhanger. Sie sind witzig, aber auch emotional, es gibt heiße Szenen und glückliche Enden. Für Vivian ist das der beste Job der Welt. Sie lebt in British Columbia, Kanada, zusammen mit ihrem langjährigen Mann – der Inspiration für alle Helden und einem bereitwilligem Gefährten auf Abenteuern aller Art.

www.vivianarend.com/de